Bärbel Reetz
Die russische Patientin

Roman

Insel Verlag

© Insel Verlag Frankfurt am Main und Leipzig 2006
Alle Rechte vorbehalten,
insbesondere das des öffentlichen Vortrags
sowie der Übertragung durch Rundfunk und Fernsehen,
auch einzelner Teile.
Kein Teil des Werkes darf in irgendeiner Form
(durch Fotografie, Mikrofilm oder andere Verfahren)
ohne schriftliche Genehmigung des Verlages
reproduziert oder unter Verwendung elektronischer Systeme
verarbeitet, vervielfältigt oder verbreitet werden.
Druck: Ebner & Spiegel, Ulm
Printed in Germany
Erste Auflage 2006
ISBN 3-458-17290-4

1 2 3 4 5 6 – 11 10 09 08 07 06

… vivre, c'est créer.
Et qui ne crée plus est déjà mort.
SABINA SPIELREIN

Spuren I

Träume wahr werden lassen. Das ist ein seltenes und gefährliches Unterfangen.
SIGMUND FREUD

Wien, Mittwoch, 22. Oktober, Café Demel Hat sie hier gesessen? Eine Fremde wie ich. Mélange auf dem Tisch, das Glas Wasser. Oder hat sie Tee bestellt und ihn enttäuscht beiseite geschoben, weil er dünn war und ohne Aroma? Heimweh nach dem summenden Samowar, dem duftenden Konzentrat in dünnen Täßchen, das sie mit kochendem Wasser verdünnt und dem Sirup der schwarzen Kirsche süßt. Trink, Sabinotschka. Und iß ein Pastetchen, Täubchen. Bleib noch ein wenig, mein Herzchen. Bist so dünn, Liebling, so blaß.

Sie schreibt: *In den Ferien war ich 2 Wochen lang in Rostow. Ich war förmlich von einer Liebesfluth seitens der Eltern, Bombuchna, Bekannten, Verwandten umgeben.* Warum gibt sie alles auf? Zieht davon. In eine andere Stadt. Ein anderes Land. Grenzgängerin, immer wieder. Sitzt in der k. u. k. Hofbäckerei Demel am Wiener Kohlmarkt. Durchs Fenster kann sie bis zur Hofburg sehen. Der Wind treibt welkes Laub übers Pflaster. Das Tagebuch liegt auf dem Tisch:

Es war kein Schluss, es war Vieles und noch kein Schluss. Fort von Zürich in die Ferien nach Montreux (Chailly s. Clarens), von da – nach München wegen Kunstgeschichte, hier in voller Einsamkeit.

Hier ist: Pension Cosmopolite. Alserstraße. IX. Bezirk. Zu Freuds Mittwoch-Gesellschaften in der Berggasse kann sie zu Fuß gehen. Er hat ihr Patientinnen überstellt. Zwei Depressive, die sie unentgeltlich behandelt. Am Mittwoch, dem 29. November 1911, hat sie vor zwanzig Kollegen aus ihrer in München entstandenen Arbeit referiert: *Die Destruktion als*

Ursache des Werdens. Freud sog an seiner Zigarre. Außer ihr war keine Frau anwesend. Margarete Hilferding zu Adler übergelaufen. Tatjana Rosenthal schon in Sankt Petersburg. Die Männer ohnehin einig, daß nur die »sexuelle Unklarheit« Frauen zum Studium der Medizin führen könne.

Sie trug vor, die Stimme klein vor Aufregung. Federn, Rank, Sachs, Stekel skeptisch. Tausk vermißte klinisches Material und kritisierte, daß ihr deduktives Vorgehen für einen Psychoanalytiker unüblich sei. Doch der Meister hatte den grauen Aschekegel sorgfältig abgestreift und freundlich gelobt: »sehr gescheit ... hat Sinn.« Aber Fräulein Spielreins Ambivalenz mache ihm Sorgen, sagte er. Und daß sie Jung nicht vergessen kann, der gegen ihn zu opponieren beginnt. Rank hatte protokolliert.

Sie bestellte eine heiße Schokolade. Wie in Zürich beim Chocolatier Sprüngli in der Bahnhofstrasse. *Prof. Freud, den ich innigst lieb gewonnen habe ist für mich sehr begeistert und erzählt allen über meine »grossartige Arbeit«, auch ist er mir persönlich gegenüber sehr lieb eingestellt. Alles, was ich mir somit bis dato wünschte ist erfüllt mit Ausnahme des einen ...*

Ich trinke meine Mélange. Stimmen. Geschirrklappern. Süße Schwaden von Schokolade und Gebäck. Am Nachbartisch bestellen Amerikaner Sachertorte. Sie wohnen, erzählen sie, where they make the cake. Aber eigentlich in Arizona. Dann fotografieren sie mit ihrer Digitalkamera das Servierfräulein, ihr weißes Rüschenschürzchen auf dem schwarzen Rock. Und das Servierfräulein fotografiert die Amerikaner, die breit lachend die Köpfe aneinanderhalten.

Wien, Donnerstag, 23. Oktober, Mailberger Hof
Der Tag: grau, trocken. Wien neu gestrichen. Vor der Albertina lange Schlangen. Geduldiges Warten auf Dürers Feldhasen und den hl. Hieronymus im Gehäuse. Am Kärntner Ring steige ich in die Tram. D-Wagen nach Nußdorf. Fahrschein für eine Zonenfahrt 2 €. Ausstieg Schlickgasse/Ecke Berggasse. Haus Nr. 19 mehrstöckig, großbürgerlich. Dahin

paßte Prof. Dr. Freud, auf dessen Türschild die Ordinationszeiten 3-4 stehen und der stets korrekt Anzug, Hemd, Krawatte, goldene Taschenuhr zur Weste und einen Siegelring trug. Im Mezzanin zwei Türen. Die rechte war die Ordinationstür des Professors, die linke die Freudsche Familientür. An der Innenseite ist die Eingangstür mit einem angeschraubten Gitter aus Eisenstäben gegen Einbruch gesichert. Holzvertäfelung im Flur. Ein bleiverglastes Fenster. Garderobenhaken, an denen Mütze, Hut und Stock hängen, so als wäre der Herr Professor daheim und erwarte mich. Nur Reisekoffer und Taschen am Boden machen unruhig.

Mein Ticket hat die Nummer 179682. Darunter eine Grafik: ein weißer Fleck mit dickem roten Buchstaben-*Ich*. Ein schnörkeliges kleines schwarzes *Es* darunter, das *Über-Ich* darüber. Ich nehme meine papierne Psyche in die Hand und betrete das Wartezimmer. Originaleinrichtung. Geschenk von Anna Freud, London. Möbel bereits während der Psychologischen Mittwoch-Gesellschaft in Gebrauch. Hier hat sie also gesessen, das neue Mitglied der Wiener Psychoanalytischen Vereinigung, aufgenommen im Herbst 1911: Dr. med. Sabina Spielrein.

Kachelofen. Doppelfenster zum Hof. Ein Palmwedeltopf auf der Fensterbank. Sofa, Polsterstühle, Tisch. Darunter ein Teppich, kunstvoll geknüpft. Die Bilder eng gehängt. Ehrenurkunden. Wie beim Friseurmeister oder Fußballverein. Die Wandbemalungen: freigelegt. In Vitrinen die geliebten Terrakotten, ein tanzender Satyr, der Jüngling mit dem Hahn, ein Amulett in Phallusform. Tarockkarten. Leidenschaft des Meisters am Wochenende. Nichts für Frauen. Die besorgten das Haus oder lagen als Patientinnen auf der Couch mit der persischen Decke und dem Sessel zu Häupten. Dort saß er. Umgeben von attischen Vasen, Tonbechern und Schalen, chinesischen Hunde- und Schweinefigurinen, Kriegerstatuetten und Votivgaben in Form männlicher Genitale. Späthellenistisch.

Hatte Sabina Spielrein dort über ihren Traum gesprochen, den sie am 17. Februar 1912 in Wien im Tagebuch festhielt? ... *ein Mädchen (offenbar mein Schicksal) betrachtete meine Hand und sagte mir ich werde mit 27 J. einen älteren Menschen heiraten. Wahrtraum! Dr. Tausk betrachtete, nämlich, jüngst meine Hand und erklärte feierlich mit 26/27 Jahren werde ich etwas erleben, es tritt ein(e) Schicksalsänderung bei mir ein.* Dann sofort wieder der Gedanke an Jung, von dem sie weiß, daß er mit 27 Jahren heiratete. *So ist dieses Alter bei mir determiniert ... Wenn Jung bereits glücklich versorgt ist, so sollte sich ein Doppelgänger aus der Welt schaffen = es ist zweifelhaft, das doppelte Glück, vielleicht bin ich sein tragisches Negativ? Verflucht!*

Selten, sage ich am Abend in der Wollzeile bei »Plachutta«, selten habe ich so viele Flüche aus der Feder eines jungen Mädchens gelesen wie in ihrem Tagebuch. Wir bestellen Tafelspitz mit Apfelkren. Marillenknödel. Trinken Grünen Veltliner.

Was ist aus ihr geworden? fragt Irmi. Erschossen, antworte ich.

Graz, Freitag, 25. Oktober, Hotel Mariahilf

Jetzt bin ich beiden auf der Spur, dem russischen Fräulein Collega und dem Kollegen aus Graz, Otto Gross, von denen Jung am 4. Juni 1909 aus Küsnacht an Freud nach Wien schreibt: *Groß und Spielrein sind bittere Erfahrungen. Keinem von meinen Patienten habe ich dieses Maß an Freundschaft gegeben, und von keinem habe ich ähnlichen Schmerz geerntet.*

Im Zug vom Wiener Südbahnhof nach Graz überlegte ich, ob sie sich begegnet sein könnten. Kurzer Halt in Wiener Neustadt, dann zog die Lok die Steigung zum Semmering hinauf und hielt oben mit einem durchdringenden Pfiff. Nebelfetzen über den Hängen. Villen und Hotels verwaist, die hölzernen Läden geschlossen. Der Bahnsteig leer. Niemand stieg aus oder ein. Alles öd und grau, so daß auch mir trüb wird und ich die Augen schließe, um eine muntere Reisegesellschaft aus Wien heranzuholen: Herren in Knickerbockerhosen und Jankern, Damen in leichtem Reisekleid. Schottisch kariert vielleicht und weiße hochgeschlossene Rüschenblüschen. Koffer hätten sie dabei und juchtenlederne Taschen, die die Dienstmänner auf den Bahnsteig stellen. Und die Herren reichen den Damen die Hand, wenn sie vom Coupé auf den Perron hinuntersteigen und die Stiefelchen und schlanken Fesseln sehen lassen. *Er küßte ihre Hand lange und ging hinab ... und da er seine weißen Tennishosen erst unten anziehen sollte und also jetzt noch Kniehosen trug ...* Vielleicht haben sie während der Fahrt Champagner getrunken und ein feines Intrigennetz gesponnen, das sie über ihre Gastgeber in einer der Villen am Hang werfen werden mit *einer Kette von Eskarpaden ...* Langsam setzte sich der Zug wieder in Bewegung. Schluß mit Doderers Geschichten! *Die Nebelreste sahen aus wie Gespenster-Laken, vor dem aufziehenden Morgen nicht rechtzeitig ins Schattenreich geflüchtet ... War das der Herbst, der da kommen wollte ...*

Nächster Halt: Brugg an der Mur. Noch eine Stunde bis Graz. Dort ist Gross aufgewachsen. Am 17. März 1877 in Gniebing nahe dem steiermärkischen Feldbach geboren, getauft auf die Namen Otto Hans Adolf. Privatschulen. Matura am k. u. k. Staatsgymnasium. Medizinstudium in Graz, München und Straßburg. Volontär- und Assistenzarzt in Graz, München, Frankfurt, Czernowitz und Kiel. 1899 Promotion. Schiffsarzt bei der Hamburger Dampferlinie »Kosmos«. Als er 1902 aus Südamerika zurückkommt, ist er drogensüchtig. Will nicht mehr ins heimische Graz passen, unter die Gesetze des berühmten Kriminologenvaters, der Kolonien zum Ausschluß von gesellschaftsschädlichen Elementen plant, Deportation von Dieben, Zigeunern und Homosexuellen übers Meer oder an die adriatischen Küsten. *In der Strafkolonie,* notierte der Jurastudent Franz Kafka in Hans Gross' Prager Vorlesung.

Den Sohn verfrachtet Hans Gross nach Zürich. In die Klinik »Burghölzli« zum berühmten Eugen Bleuler, der eine Entziehungskur einleitet. Zunächst erfolgreich: 1903 heiratet Otto, arbeitet als Arzt, veröffentlicht in Fachzeitschriften, habilitiert sich 1906 für Psychopathologie an der Universität Graz. Dennoch: Er hört nicht auf zu rebellieren, zu provozieren, ist nicht nur den Drogen verfallen, sondern auch den Ideen der Anarchisten, propagiert freie Sexualität, zieht auf den Monte Verità bei Ascona, in die Münchener Boheme- und Anarchistenszene, predigt in seinen Analysen »Sexualimmoralität«, lebt sie selbst mit seinen Patientinnen: den Richthofen-Schwestern, Ilse Jaffé und Frieda Weekly, die bald darauf D. H. Lawrence heiraten wird, und der Schweizer Schriftstellerin Regina Ullmann. Neben dem ehelichen Sohn werden zu Hans Gross' Entrüstung Ottos Kinder Peter Jaffé und Camilla Ullmann geboren.

Im Mai 1908 wird Otto Gross, wieder auf Veranlassung des Vaters, zu einer zweiten Entziehungskur ins »Burghölzli« eingeliefert. Da studiert Sabina Spielrein im 3. Jahr in Zürich Medizin, famuliert am »Burghölzli«, trifft sich noch immer mit ihrem Analytiker C. G. Jung. Aber der hat plötzlich kaum Zeit für sie. Lebt wie im Rausch, obwohl er seinen Patienten vom Rausch befreien soll. Bleuler hat ihm den Rückfälligen überstellt. Dieses Mal muß es klappen mit der Therapie. Das sind sie dem berühmten Grazer Vater schuldig. Keine Mätzchen mehr! Eine regelrechte Analyse soll's sein. Schließlich ist der Patient vom Fach. Da wird sich von Kollege zu Kollege reden lassen. Obwohl die anarchistischen Aktivitäten und die ungebremste Promiskuität seines Patienten den anständig verheirateten Oberarzt verunsichern.

Kennengelernt hatte er Gross ein Jahr zuvor beim Amsterdamer Kongreß, wo Jung Spielreins Fall im Zusammenhang der Freudschen Hysterietheorie vorgetragen hatte. Unter Protest der anwesenden Ordinarien der Psychiatrie. Damals war Otto Gross zu seiner Verteidigung aufgesprungen. Scharfzüngig. Feuerköpfig. Jung war fasziniert. Das ist er auch in Zürich während der stundenlangen Sitzungen, in denen Gross seinen Analytiker geschickt zum Analysierten werden läßt, der sich plötzlich jenseits aller Konventionen erlebt. Warum den Verlockungen widerstehen? Warum nicht der russischen Patientin gewähren, was er selber will? Vielleicht hatte er Gross von ihr erzählt, und sie waren sich im Anstaltsgarten begegnet: der Anarchist mit dem wilden Blondschopf und den vom Kokainabusus entzündeten Nasenlöchern und die Studentin, die immer wieder in zwanghaftes Gelächter ausbricht, das oft in Schluchzen endet.

Draußen Häuser, Fabrikhallen, Lokschuppen. Otto Gross wird am 11. Februar 1920 im Durchgang zu einem Berliner Lagerhaus gefunden. Liegt reglos auf dem gefrorenen Boden. Schnee ist auf Mantel und Haar geweht. Zwei Tage später ist er tot. Aus Versehen begräbt man ihn auf einem jüdischen Friedhof.

Graz, Samstag, 26. Oktober, Café Bastei/Schloßberg
Plötzlich Winter. Als wir gestern abend aus dem Wirtshaus kamen, schneite es in dichten Flocken. Wir machten Schneebälle und rannten um die eingeschneiten Tische und Bänke, die auf der Straße standen, als sei noch Sommer. Oder ein Herbst, der so tut als ob. Waren ausgelassen vom Blauen Zweigelt, von dem wir mehrere Flaschen getrunken hatten. Vielleicht auch von der Müdigkeit nach einem langen Tag. Ich hatte von Wien die kürzeste Anreise gehabt.

Morgens verkatert. Auf den kahlen Ästen der Linde im Hof liegt Schnee, auf den Dächern der umliegenden Häuser. Und noch immer rieselt es aus grauem Himmel.

Wir schieben die Tische fürs Frühstück zusammen. Wie beim Familientreffen. Jeder kennt jeden. Egal, ob aus Chicago, London, Swansea, Zürich oder Berlin. Sophie, gut ausgeschlafen, stolz, in der Stadt ihres Vaters zu sein, erzählt, als sie mich sieht, unsere Geschichte. Ich souffliere. Das Lokal hieß »Karl der Große«. Ja, in Zürich. Im Schatten des Großmünsters. Und alle Tische waren besetzt. Die Leute spielten Schach.

Sophie: Und dann setzte sie sich an meinen Tisch, und ich fragte sie, woher sie kommt. Wir sprachen englisch. She was reading an English book.

Ich: Ja, Sophie, so war's. Ich sagte, ich komme aus Deutschland. Und du fragtest mich, was ich in Zürich mache. Und als ich es dir erzählt hatte ...

Sophie: Da fragte ich, ob du Anton Kuh kennst. Anton Kuh aus Wien. Und als du ja sagtest, erzählte ich, er sei mein Onkel und Mizzi, seine Schwester, meine Mutter. Und mein Vater sei Otto Gross. Und du machtest ein Gesicht ...

Ich lache, und sie fährt fort: Ich wurde 1916 als Tochter von Mizzi Kuh und Otto Gross in Wien geboren. Und auf einer Bahnfahrt von dort nach Prag saß Kafka im Abteil und redete mit meinen Eltern.

Sind wir so weit, umarmen wir einander und versichern, wie gut es ist, daß wir uns im »Karl dem Großen« kennengelernt haben, dort, wo der algerische Koch den ganzen Maghreb auf die Teller zaubert.

Jetzt sind Hans und Otto Gross im Grazer Kulturhauptstadtjahr eine Ausstellung und ein internationaler Kongreß gewidmet, der mit freundlichen Reden vom Landeshauptmann, Sekt und Canapés eröffnet wird: *Die Gesetze des Vaters.* Vier Worte auf den Plakaten zur Ausstellung im Palais Schrattenbach-Khuenburg, dem Katalog, den Kongreßunterlagen. Worte wie eine Drohung. Vor dem Übertreten der Gesetze wird gewarnt! Wehe dem, der sich gegen die väterliche Autorität stellte.

Otto Gross hat die Folgen ebenso zu spüren bekommen wie Sabina Spielrein, Jungs russische Patientin. Sie ist, so hatte er angemerkt, ein Fall von *Vaterbekämpfung* wie auch Otto Gross; die Frau im *magischen Dreieck: Otto Gross, C. G. Jung und Sabina Spielrein.* Wer analysierte 1908 wen? Der Referent führt aus: Otto Gross' Einfluß auf Jung führte während der Analyse zur Aufgabe der Analytikerdistanz gegenüber Spielrein. Aber auch Gross fühlte sich durch den Kollegen bedrohlich beeinflußt und floh, rettete sich durch den berühmten Sprung über die Mauer des Anstaltsgeländes. Tiefe Enttäuschung in Jungs Brief an Freud: *Er ist ein Mensch, den das Leben ausstoßen muß ... denn in Groß erlebte ich nur allzuviele*

Seiten meines eigenen Wesens, so daß er mir oft vorkam wie mein Zwillingsbruder minus Dementia praecox. Die Folge: Gross' gewaltsame Distanzierung von seinem Analytiker führte zu Jungs ebenso rigoroser Distanzierung von Spielrein. Und er erkennt: *Jetzt liegt mir natürlich der ganze Zauber klar vor Augen. Bei der ganzen Sache haben auch die Ideen von Groß mir etwas zu viel im Kopfe gespukt.*

Nachmittags scheint die Sonne. Der Schnee ist geschmolzen. Rinnsale fließen von der Schloßbergstiege, als ich bergauf gehe. Atemlos stehe ich am berühmten Uhrturm und bemerke verwirrt, daß der große Zeiger die Stunden anzeigt, der kleine die Minuten. Schöner Blick in die Tiefe, auf die Dächer, die im Abendrot glänzen. In Graz ist Spielrein nicht gewesen.

München, Dienstag, 29. Oktober, Hotel an der Oper
Auf der Flucht vor ihren Gefühlen. Sie hat Zürich hinter sich gelassen und Jung, der im Küsnachter Haus bei Frau und Kindern geblieben war. Sie hat erreicht, was erreicht werden sollte: Medizinexamen am 20. Januar 1911, am 9. Februar Verteidigung ihrer Dissertation *Über den psychologischen Inhalt eines Falles von Schizophrenie.* Jung war zufrieden. Wohlwollend tätschelte er ihren Arm: Weiter so, Fräulein Collega.

Ich bin ihr nachgefahren. Eine neue Stadt. Eine andere Universität. Vorlesungen in Kunst- und Musikgeschichte. Keine Verbindung zur medizinischen Fakultät. Sie ist eine Ärztin ohne Patienten. Ist selbst wieder krank. Versucht sich zu heilen mit Farben, Formen, Tönen. Und kommt nicht los von den Gedanken an Liebe und Tod, den ewigen Kreislauf. Begegnet überall denselben Vorurteilen gegen Frauen, die einen anderen Weg einschlagen als den, den die Männer vorzeichnen.

Karl Scheffler wettert in seinen Vorlesungen gegen studierende Frauen und Künstlerinnen vom Pult, droht mit »Verkümmerung oder Krankhaftigkeit des Geschlechtsgefühls«. Denn: Frauen sollen Frau sein – und sonst nichts, oder »sie müssen ihren Ehrgeiz mit Perversion oder Impotenz bezahlen«. Wenige Monate später wird Tausk in Wien Studentinnen der Homosexualität verdächtigen.

Aber Spielrein spürt ihr Frausein. Sehnt sich nach dem Geliebten. Nach einem Kind. Geht morgens die Ludwigstraße hinauf zu ihren Vorlesungen. Sitzt nachmittags auf einer Bank im Englischen Garten, versucht zu lesen. Aber die Gedanken schweifen ab. Der Kopf schmerzt. Sie geht zurück in ihre Pension, zieht die Gardinen zu, sperrt die Sonne aus, die die Stadt von Woche zu Woche stickiger werden läßt. Setzt sich an ihre neue Arbeit: *Die Destruktion als Ursache des Werdens*. Hofft auf Jungs Anerkennung. Fürchtet, daß seine Gefühle sich bereits einer anderen zugewandt haben, einer Patientin, die seine Schülerin wird. Immer dasselbe Spiel: Projektionen, Übertragung, Gegenübertragung. Die Neue heißt Antonia Wolff. Jung nennt sie Toni.

Sie schreibt ihm, versucht den lockeren Plauderton, den er liebt. Erzählt von den kunsthistorischen Vorlesungen Fritz Burgers: *Heute hat er unter anderem darüber gesprochen, warum ein kleines Füsschen sin(n)lich reizend wirkt und wie es die Maler zu verwerten verstehen.* Dabei hat sie sich seiner Hand erinnert, die ihren Fuß zärtlich umfaßt hielt. Sie kündigt an, nächstes Semester nach Wien gehen zu wollen. Seine Antworten sind kurz und distanziert: er hoffe, daß sie den richtigen Anschluß gefunden habe, daß sie sich an den Vorsitzenden der Münchener Psychoanalytischen Vereinigung, Dr. Seif, wenden solle und daß er noch nicht dazu gekommen ist, ihre neue Arbeit zu lesen.

Föhn heute. Ungewöhnliche Wärme. Wie im Sommer. Der Himmel wolkenlos blau. Mein Kopf schmerzt. Wandere ziellos durch Schwabing. Frage mich, ob sie die Bohemiens wahrgenommen hat: den langhaarigen, bärtigen Erich Mühsam, die buntschillernde Emmy Hennings, die schrillen Gestalten, die die Bürger in Lodenkotzen, Gamsbarthüten und Dirndln erschreckten. Querdenker, die die Gesellschaft umstürzen wollten.

Wußte sie von den Russen in der Stadt: Kandinsky, Jawlensky, der Werefkin? War sie in der Oper? Im Konzert? Hat sie den Aufbruch in der Kunst wahrgenommen, das Zerschlagen der alten Formen, das Ringen um Neues? Frank Wedekinds Revolution auf dem Theater? Schönbergs neue Musik? Hat sie im Café Stefanie gesessen und die hitzigen Reden der Anarchisten gehört? Die literarischen Blätter gelesen, die *Aktion* hießen, *Zukunft* und *Revolution*? In denen auch Gross publizierte, der hier in München zwei, drei Jahre zuvor in den Kaffeehäusern seine Patienten analysierte und jetzt im tessinischen Mendrisio interniert sein soll?

Ende September ist sie nach Rostow gefahren. Mehr als tausend Kilometer im Zug. Endlose Tage und Nächte. Und jede Umdrehung der Räder entfernte sie weiter von Jung. Größere Hitze als in München, aber Menschen, die ihr vertraut sind. Dobro poschalowatj, Sabinotschka! Willkommen daheim! Ihre Sprache, in der sie nicht überlegen muß, bevor sie spricht, die so selbstverständlich aus ihr hervorsprudelt wie ein Quell.

München, Mittwoch, 30. Oktober
Fahre mit U-Bahn und Bus zu C., Jungs Schülerin. 93 ist sie. Und Kritik am Meister ist verboten. Als man Spielreins Tagebücher und Briefe fand, vor mehr als zwei Jahrzehnten, als ich im *Spiegel* davon gelesen hatte und ihr berichtete, war sie empört. Unterstellungen, hatte sie gesagt, und ihre Augen hatten kampfeslustig geblitzt. Sensationsgier. Noch immer der alte Disput: Freud versus Jung. Für C. und ihre Patienten ist die Sache seit Jahrzehnten entschieden.

Warum wohnst du im Hotel? Warum nicht bei mir? Das hat mit Terminen zu tun, antworte ich ausweichend. Beruflichen. Als sie mich nach meinen Plänen fragt, erzähle ich von meiner Familie, meinen Söhnen, die sie hat aufwachsen sehen. Kein Wort von Spielrein.

Vergangenheit. Gegenwart. C. G. Jungs Werke in den Regalen. Manchmal kommen noch ehemalige Patientinnen vorbei. Bringen Obst und Blumen. Vergewissern sich ihrer Selbständigkeit.

Ich beneide C. um ihre heitere Gelassenheit. Vielleicht könnten wir heute sogar über die Affäre des Züricher Meisters und seiner russischen Patientin reden; wie immer sie gewesen sein mag. Aber ich erzähle vom Kongreß in Graz, der Ausstellung, von Begegnungen, Gesprächen, könnte Spielrein erwähnen; ganz nebenbei. C. hört mir aufmerksam zu, den Kopf zur Seite geneigt, eine Hand hinter dem Ohr, um mich besser verstehen zu können. Sie fragt. Ich antworte. Jung und Gross. Das interessiert sie.

Der Tee wird kalt. Iß noch ein Stück Kuchen. Sie hat wieder zuviel eingekauft, meint es gut mit mir. Lacht über meine Gewichtsprobleme. Selbst leicht wie eine Feder.

Dann sitzen wir schweigend in der schnell einfallenden Dunkelheit. Die Dahlien und Winterastern, die sie im Garten geschnitten hat, verlieren ihre Farben. Wir sprechen nicht von der Zukunft. Der kommenden Nacht. Dem nächsten Tag. Schon? fragt sie, als ich meine Tasche nehme, die Jacke anziehe. Vorsichtig umarme ich sie. Sie ist so klein geworden, so zerbrechlich. Sie steht an der Gartenpforte und winkt, bis ich um die Ecke biege.

Donnerstag, 31. Oktober. Im Zug.
Was war das gestern? Konfliktscheu? Harmoniesucht? Rücksichtnahme? Habe ich versäumt, ihr und mir die Gelegenheit zu geben, über das zu reden, was mich bewegt? Unsere Projektionen und die Schatten, die wir werfen. Übertragung und Gegenübertragung. Spielrein und Jung.

Augsburg. Würzburg. Kassel. Göttingen. Hannover. Hamburg. Hinter dem Fenster: Menschen, die warten. Sich begrüßen. Lachen. Abschied nehmen.

Als ich sie umarmte, dachte ich: Nie wieder.

Vielleicht war das der Grund.

Schilksee, Freitag, 12. Dezember
Ich suche meine Aufzeichnungen aus dem heißen Berliner Sommer. Kann sie nicht finden. Im Juli war ich mit dem Fahrrad in der Thomasiusstraße und stand vor dem Haus Nr. 6. Imaginierte ihre Wohnung. Und stellte später fest, daß ich mir die falsche Hausnummer gemerkt hatte. Las in den Anmerkungen zu ihren nachgelassenen Schriften, daß sie im Haus Nr. 2 gewohnt habe. War zu erschöpft von der Hitze, um mich noch einmal auf den Weg zu machen. Hätte von der Friedrichstraße mit der S-Bahn bis Bellevue fahren können. Dort über die Spreebrücke aufs Helgoländer Ufer. Gleich an der Ecke zur Thomasiusstraße müßte es sein. Bin viele Male mit der Bahn vorbeigefahren, habe zum Fenster hinausgeschaut. Da. Die Straßenecke. Vorbei. Viel zu schnell.

Im »Spielrein«-Film, den wir mit Martha und Bruno im Brotfabrikkino in Pankow sahen, werden Briefumschläge mit einer Charlottenburger Adresse gezeigt, konnte sie gar nicht so schnell lesen, wie das Bild verschwand. Überhaupt der Film. Erzählt, wie die Londoner Theaterstücke, nur die eine Geschichte: Spielrein, die Mißbrauchte, Schwache, lebenslänglich in Bann Geschlagene. Richtig und falsch zugleich. Wer wüßte das besser als ich: Die wirst du nicht los, diese Liebe, die ist wie keine andere, die alle Liebe vereint, der du fähig bist: zu Vater und Mutter, zum Mann – und zu Gott. Immer die Erlösung imaginierend durch die Sehnsucht nach dem Einssein.

Aber Spielrein war kein willenloses Opfer. War schwach und stark zugleich. Anlehnungsbedürftig und autark. Und weil sie klug war, machte sie seine Profession zu der ihren: wratsch (Arzt). Im Russischen gibt es für dieses Wort keine weibliche Form. Sie kann also beides vereinen, die männlichen Aspekte und ihre Weiblichkeit, so wie Jung es ihr später in einem Brief nach Lausanne erläutert. Oder war es Genf? Habe schon soviel gelesen und bewege mich dennoch in Spielreins Leben unsicher wie auf glatter Bahn, immer bedroht zu fallen. Irre auf nächtlichen Pfaden, auf die nur hie und da das spärliche

Licht einer Laterne fällt: Ein Brief von ihr, einer von Jung, von Freud, ein Eintrag im Tagebuch. Vermutungen anderer. Aufsätze. Spekulationen. Zu wenig Fakten. Das heizt die Phantasie an. Weckt den Voyeurismus. *The Talking Cure.* Eine Bettgeschichte? Sex ja oder nein? Und wenn ja, wie? Braucht es den Koitus? Wann beginnt der Mißbrauch? Und wie der Magie entkommen?

Schilksee, Montag, 15. Dezember

Sie heißt Spielrein. Merkwürdig für eine Jüdin. Kein Namensnachweis bei Kaganoff, Benzion, *A Dictionary of Jewish Names* (N. Y. 1977). Bleibt nur das Jiddische: *schpiln* – das ist Substantiv und Verb zugleich, und *rejn:* Ein reines Spiel, ein ehrliches?

Der Vater war in kleinbürgerlichen Verhältnissen Warschaus aufgewachsen, entschlossen, Armut und Rückständigkeit hinter sich zu lassen und im Westen ein neues Leben zu beginnen. Er studierte in Deutschland, lernte die Sprache, liebte sie so sehr, daß er sie auch seine Kinder lernen ließ, als er wieder im Osten lebte, in Rostow am Don, dem äußersten Vorposten alles Jüdischen im russischen Reich.

Ich frage mich: Warum gerade dort? Warum nicht wieder in Warschau? Auch das gehörte damals zum Zarenreich. Ich schaue ins Geschichtsbuch: Polnische Teilungen. Schulstoff. Längst vergessen. 1772, 1793, 1795. Katharina die Große, die Rußland mehr Gebiete zuführte als irgendeiner ihrer Vorgänger seit Iwan dem Schrecklichen, teilte Polen im Verbund mit Preußen und Österreich. Proklamierte Aufklärung. Öffnung nach Westen. Schöne Ideale von einer, die aus dem Westen kam: Sophie von Anhalt-Zerbst, verheiratet mit einem Schwachkopf aus dem Hause Holstein-Gottorf, dessen Stammschloß keine 50 Kilometer entfernt von meinem Schilkseer Schreibtisch in Schleswig steht.

Warum also verläßt der junge Spielrein Deutschland, das nach der Reichsgründung 1871 eine Phase des Aufschwungs und der Prosperität erlebt, und zieht tausend Kilometer ostwärts? Wegen vorgeblicher Reformen des Zaren oder weil er erfahren mußte, daß ein mittelloser Ostjude auch in Preußen keinen Zugang zur Gesellschaft findet? Vielleicht aber geht er, weil er hofft, daß die jungen »Westler«, die Söhne der Adligen, hohen Offiziere und Beamten, die in Paris oder Berlin, in Zürich oder Wien studiert haben, Rußland einen neuen Weg weisen können. Und weil die unwissenden russischen Bauern ebenso wie die Gutsherren nach landwirtschaftlicher Beratung verlangen, nach dem begehrten Kunstdünger des Justus von Liebig, der die Feldfrucht schneller wachsen läßt und die Erträge spektakulär steigert. Damit und mit dem Export von Getreide handelt der Kaufmann Nikolai Arkadjewitsch Spielrein in Rostow am Don, der seinen Namen, Naftuli Moschkowitsch, russifiziert hat. Er kommt zu Wohlstand, heiratet Eva Markowna Ljublinskaja, Tochter des Rabbiners Mark Ljublinski, von der überliefert ist, sie habe Zahnmedizin studiert.

Am 25. Oktober 1885 (noch gilt der Julianische Kalender im Zarenreich) wird das erste von fünf Kindern geboren und in der jüdischen Gemeinde als Sabina Naftulowna (Nikolajewna) registriert.

Schilksee, Dienstag, 16. Dezember
Wie oft habe ich im vergangenen Jahr diesen Namen gesagt: Sabina Spielrein. Immer wenn ich nach meinen Plänen gefragt wurde, sagte ich ihren Namen: Spielrein – Schpilrejn – Шпильрейн. Das schreibe ich jetzt in Kyrillitza, denn ich lerne Russisch. Gemeinsam mit I., der im kommenden Juni mit mir nach Moskau reisen will. Einmal in der Woche Unterricht bei Dunja. Ich brauche diese neue Welt der Buchstaben, die ich male wie eine Erstkläßlerin, um in den Osten zu kommen. Bin nie zuvor dort gewesen. Als ich jung war, gab es den Eisernen Vorhang, und was dahinter war, war schlecht. War rot, war kommunistisch, sozialistisch, bolschewistisch. Dahinter waren die Rote Armee, von der Väter und Mütter Greueltaten erzählten, der Kreml mit dem düsteren Despoten Stalin, der Außenminister Molotow mit dem altmodischen

Kneifer, der Kessel von Stalingrad, Kosaken auf wilden Pferden und die Weiten Sibiriens mit den Lagern der Kriegsgefangenen, die irgendwann in den fünfziger Jahren in Friedland aus den Zügen stiegen. Ausgemergelte Gestalten oder aufgeschwemmt von Hungerödemen, mit Augen, die blicklos geworden waren, weil sie zuviel gesehen hatten. Bilder in der Zeitung, den Illustrierten, in »Fox tönende Wochenschau« vor dem Spielfilm: Frauen mit Pappschildern in den Händen, darauf Fotos von Soldaten, Namen und die Frage: Ist er dabei? Oder: Wer kennt ihn? Ist ihm zuletzt begegnet? Oder: Ist er tot? Danach kam Sonja Ziemann als »Das Schwarzwaldmädel« oder Rudolf Prack, der Heideförster, und sang: »Grün ist die Heide, die Heide ist grün, aber rot sind die Rosen, wenn sie da blühn«. Frage mich, was die heile Kinowelt vergessen machen sollte und was die zerlumpten Elendsgestalten aus den Weiten Sibiriens mit denen aus den KZs Hitlers verband. Hatten ihre Gewehrkolben die kahlgeschorenen Köpfe getroffen? Hatten sie Frauen, Kinder und alte Männer in den Dörfern Galiziens, der Bukowina, den Städten der Ukraine und Südrußlands abgeschossen wie Tiere und danach Schnaps gesoffen, bis sie besinnungslos auf ihre Pritschen taumelten wie die Sterbenden ins Massengrab? Welche dieser Gespenster waren im Sommer 1942 in Rostow einmarschiert und hatten die Juden aus der Stadt getrieben?

Konrad Adenauer trug einen dunklen Mantel, weißen Hemdkragen, Krawatte und Hut, als er den ersten Entlassenen die Hände schüttelte. Die Leute im Städtchen sprachen ehrfürchtig von unseren Helden.

Schilksee, Mittwoch, 17. Dezember

Sabina Nikolajewna Spielrein war 57 Jahre alt, als sie im August 1942 von den Deutschen ermordet wurde. Sie hat neun Jahre unter der Regierung Alexanders III. und 23 unter dem letzten Zaren, Nikolaus II., gelebt. Hat während dieser Zeit in der Schweizerischen Eidgenossenschaft und im Königreich Bayern studiert, war in die Hauptstadt des österreichisch-ungarischen Kaiserreichs gereist, hat dort praktiziert. Seit 1912 wohnt sie im Berlin Wilhelms II. und kehrt bei Kriegsausbruch 1914 in die neutrale Schweiz zurück. Bei Kriegsende wird sie staatenlos und 1923 Bürgerin der UdSSR, der Union der Sozialistischen Sowjetrepubliken. Vorsitzender des Rates der Volkskommissare: Wladimir Iljitsch Uljanow, der sich Lenin nennt. Zuständig für die Juden im neuen Staat ist der Volkskommissar für Nationalitäten: Jossif Wissarionowitsch Dschugaschwili aus dem Gouvernement Tiflis, ein Georgier, den wir in der Zeit des Kalten Krieges fürchteten. Das Väterchen im Kreml mit dem kalten Blick und dem harten Mund unter dem Schnauzbart.

Als Dr. Spielrein 1923 von Genf nach Moskau zieht, um beim Aufbau psychoanalytischer Institutionen mitzuwirken und den traumatisierten Kindern aus Krieg und Bürgerkrieg zu helfen, läßt sie sich von der Euphorie ihres Bruders anstecken. Oskar, der sich jetzt Isaak nennt, war nach Studienjahren im Westen heimgekehrt, hat sich voll revolutionärer Träume den Bolschewiken angeschlossen und 1922 ein Psychotechnisches Laboratorium am neu gegründeten Zentralinstitut für Arbeit in Moskau eingerichtet. Die Sowjetgesellschaft, so war er überzeugt, brauchte die »Psychotechnik« als Methode zur Steigerung der Arbeitsaktivität. Mit Kühnheit und Vernunft, Enthusiasmus und Willenskraft würde der Weg in neue Lebens- und Arbeitsformen gelingen. Hat nicht Trotzki die »Säuberung von oben nach unten« proklamiert? Atheismus, Sozialismus und Psychoanalyse waren die Schlagworte: »Der Mensch wird endlich daran gehen, sich selbst zu harmonisieren... Begibt sich das Denken... kühn genug in die Tiefen seiner psychischen Ursprünge hinab, so wird es Licht in die geheimnisvollen Seelenkräfte bringen und sie dem Verstand und dem Willen unterwerfen können. Der Mensch wird die anarchischen Kräfte seiner Gesellschaft besser begreifen und an sich zu arbeiten beginnen, sich selbst sozusagen in die Retorte des Chemikers stecken... Der Mensch von heute mit all seinen Widersprüchen und Unstimmigkeiten bricht einer neuen und glücklicheren Rasse Bahn.« Sabina Nikolajewna sollte mit ihren Erfahrungen, ebenso wie die Kulturkommissare Kandinsky und Chagall, wie Meyerhold und Ilja Ehrenburg, zur Errichtung der neuen Gesellschaft beitragen, in der endlich auch Juden als Gleiche unter Gleichen leben konnten. Eine Utopie, die scheitern mußte. Denn alles ändert sich, als Lenin am 21. Januar 1924 stirbt und Stalin den Kampf um die Nachfolge für sich entscheidet. Der Jude Trotzki wird 1927 aus der Partei verstoßen, 1929 aus Rußland verbannt und 1940 in Mexiko ermordet. Getötet wie Spielreins Brüder, die als Feinde des Volkes und der Revolution 1937/38 verhaftet und hingerichtet werden.

Schilksee, Donnerstag, 18. Dezember
Ich stelle mir vor, wie sie aufwuchsen, die Geschwister Spielrein: Ein großes Haus. Dienstboten. Bücher. Bilder. Ein Klavier, Sabinas Lieblingsplatz. Lehrer, die zum Unterricht kommen. Sie liest und schreibt russisch, französisch und deutsch, zeichnet, modelliert, macht Flecht- und Klebearbeiten, spielt Klavier und schreibt Noten nach Diktat. Es gibt Ausflüge an den Fluß zum Fischfang (natürlich geschieht das nicht zum Vergnügen, sondern aus pädagogischen Gründen, um praktische Kenntnisse zu erwerben).

Lektionen, Lektüre, Musik und Zeichnen; die Mutter kontrolliert den Fortgang der Übungen, erwartet Erfolge. Zur Belohnung gibt es Feste. Andere Kinder werden eingeladen. Man gibt ein Kinderkonzert. Sabina am Klavier. Sie spielt vierhändig mit Jan. Deutsche und russische Gedichte werden aufgesagt, ein ukrainischer Hopak wird getanzt, die Kostüme haben sie aus farbigem Zeug und Buntpapier selbst geschneidert. Und dann ziehen Kinder wie Erwachsene ins Eßzimmer, um Tee zu trinken, Pasteten und Süßigkeiten zu essen. Der Vater ist ebenfalls zugegen, mehr als passiver Zuschauer, doch nimmt er Anteil, liebt es, hin und wieder dem Toben der Kinder zuzusehen. Später wird draußen Crocket gespielt und Gorodki, ein Spiel, bei dem Holzstäbchen in die Erde gesteckt werden, die dann durch den geschickten Wurf mit einem Stock umgemäht werden müssen.

Sind alle gegangen, liegt der Garten still. Dann sitzt Sabina auf der Schaukel, gibt sich einen Stoß. Auf und ab. Auf und ab. »Tochter der Luft«. Das Haus tanzt vor ihren Augen, taucht auf und verschwindet. Schneller. Immer schneller. Höher. Immer höher. Bis sie ihre Beine lang ausstreckt, die Schwünge kürzer werden. Langsames Auspendeln. Ein letzter Sonnenstrahl spiegelt sich in den Fenstern, vergoldet die Veranda. Schnauben und Wiehern aus dem Pferdestall, die tiefe beruhigende Stimme des Knechts. Klappern von Kesseln und Geschirr aus dem offenen Fenster der Küche. Lichter werden im Eßzimmer entzündet. Bald wird man sie rufen, sich zu Tisch setzen, darüber der kristallene Lüster, an der Wand das geschnitzte Büfett. Die Uhr auf dem Kamin schlägt glockenhell die Stunden. Lange sitzen die Erwachsenen am Abend, essen, trinken, besprechen ihre Geschäfte. Wenn sie die politische Lage diskutieren, werden die Stimmen so leise, daß die Kinder nichts mehr verstehen.

Täglich wird bei Tisch eine andere Sprache gesprochen. Wem das rechte Wort nicht einfällt für den Fisch aus dem Don, die Kartoffeln, Karotten, für Huhn oder Obst, der bekommt nicht, was er wünscht, bleibt hungrig. Da kennt Nikolai Arkadjewitsch kein Pardon. Er ist streng, weil er es gut meint wie alle strengen Väter dieser Zeit. Züchtigt die Jungen, schlägt auch die Mädchen. Später erinnert sich Sabina an diese Mischung aus Furcht und Erregung, die sie erfaßte, wenn der Vater die Hand hob, die Brüder zu schlagen. Oder sie selbst: Hose runter. Ihr Geschlecht. Ihr nacktes Hinterteil. Die Schläge. Der Schmerz. Und mehr: Zittern, Erregung. Bald schon genügt es, wenn er die Hand hebt, um sie in lustvolle Erwartung zu versetzen. Welch eine Beunruhigung. Verstörung. Oui, Papa. Je t'aime Papa. Ljublju tebja, papa. Immer wieder: люблю тебя, папа. Ich liebe dich.

Küßte nicht auch der geschlagene Knecht seinem Herrn die Hand? War nicht die Knute das Mittel, Recht und Ordnung im Reich zu erhalten? Peitschenhiebe, ausgeteilt sogar vom Zaren. Täglich erlebte das Mädchen Züchtigungen: in den Straßen Rostows, im Haus und im Kontor. Drakonische Strafen. Überschwengliche Demutsbekundungen und Liebesbezeugungen danach.

Und so wie Väter ihre Kinder strafen, Gutsherren die Bauern, Offiziere die Soldaten, so strafen die Rechtgläubigen die Juden. Schlagen sie, zerstören ihr Hab und Gut, zünden ihre Häuser an und jagen sie aus der Stadt, weil sie im rückständigen Reich als Symbole des Fortschritts gelten, Verbindungen über die Grenzen hinaus unterhalten, Handel und Geldgeschäfte betreiben, in fremder Zunge reden und in unleserlicher Schrift korrespondieren. Hebräische Buchstaben und lateinische. Eine Gefahr für den Bestand des heiligen Mütterchens Rußland.

Berlin, Montag, 29. Dezember, vormittags
Anstatt in die Thomasiusstraße fahre ich mit I. zum jüdischen Friedhof in Weissensee, um Ausschau zu halten nach Otto Gross. Eisiger Ostwind. Dunkler Himmel. Im Eingangsbereich das Mahnmal für die Ermordeten, im Halbkreis die Steintafeln mit den Namen der Schreckensorte: Treblinka, Bergen-Belsen, Theresienstadt, Auschwitz ... Ein Todesstein am anderen. Dazwischen Erinnerungstafeln, die überlebende Angehörige ihren Vätern, Müttern, Kindern gesetzt haben. Eine Frau steckt kleine Tannenzweige in Kübel. Ein junger Mann mit Kipa gibt uns den Friedhofsplan. Größter jüdischer Friedhof Europas. Achteckig die Anordnung der Grabfelder. Efeu überwuchert Erde und Stein, kriecht über die Schrift. Deutsch und Hebräisch. Unscheinbare graue Steine, auf denen kleine Kiesel liegen, wechseln mit den pompösen Grabmalen der Kaufleute, Ärzte, Anwälte und Künstler, die im wilhelminischen Reich zu Ansehen und Reichtum gekommen waren. Hier fehlen die hebräischen Inschriften auf dem Marmor, den Säulen mit aufwendigen Kapitelen. Flocken treiben über den Gräbern, um die Namen: Bendix, Cohn, Levi,

Friedländer, Herz, Schlesinger, Oppenheim, Abraham. Da denke ich an den Bremer Kaufmannssohn Karl Abraham, der 1907 vom »Burghölzli« aus Zürich nach Berlin kam und die neue Seelenheilkunde etablierte. In Zürich war er auch Sabina Spielrein begegnet, denn als er 1904 seine Stelle im »Burghölzli« antrat, wurde sie von Mutter und Onkel in die Obhut Eugen Bleulers gegeben. Und bald kannten alle die russische Patientin, die der ehrgeizige Secundararzt Carl Gustav Jung mit der neuen Methode des Prof. Freud heilen wollte.

In den Zeittafeln der Spielrein-Literatur findet sich zwischen 1912 und 1914 Berlin als Lebensort. Aber im Verzeichnis der vor dem Ersten Weltkrieg in Berlin praktizierenden Ärztinnen ist sie nicht aufgeführt. Das hat man mir am Institut der Geschichte der Medizin an der Charité mitgeteilt. Und mich an die FU verwiesen, wo gerade ein Projekt über Ärztinnen im Kaiserreich abgeschlossen wurde. Spielrein sei ihr ein Begriff, sagt die Frau am Telefon und wiederholt, daß sie nicht in der Liste der praktizierenden Ärztinnen zu finden sei. Wär' auch ein Wunder gewesen. Hatte sie doch ihr Studium in Zürich abgeschlossen und somit keine Approbation für das Deutsche Reich. Dennoch hätte sie zu der Berliner Vereinigung der Psychoanalytiker gehören können, die Abraham 1910 begründet hatte. Hätte auch als Assistentin bei ihm praktizieren können. Ich muß das herausfinden.

Unser Atem steht weiß in der eisigen Luft. Wir schlagen die Mantelkragen hoch, ziehen die Mützen tiefer. Lesen bekannte Namen und unbekannte. Geburts- und Sterbedaten seit dem vorletzten Jahrhundert. Und immer wieder: junge Männer gefallen für Kaiser und Vaterland 1914 bis 1918. Keine Spur von Otto Gross.

Auf dem Weg zum Ausgang ein Feld mit frischen Gräbern. Steine mit slawischen Namen. Kyrillitza. Todesdaten der letzten Jahre. Juden aus der ehemaligen Sowjetunion, die jetzt zu den Berliner Gemeinden gehören. Wie jener in der Rykestraße, neben der Martha wohnt. Rotes Backsteingebäude aus der Gründerzeit, den Jahren, bevor das große Morden begann. Eine Frau stellt Blumen auf ein Grab. Bunte Plastikblumen im Flockenwirbel. Geschmückte Gräber wie auf den christlichen Friedhöfen.

Als wir nach Prenzlauer Berg kommen, bricht die Sonne durch die Wolken. Der alte Friedhof an der Schönhauser Allee wurde Ende des 19. Jahrhunderts, als der Weissenseer Friedhof eingeweiht wurde, für Bestattungen geschlossen. Dennoch: Max Liebermann liegt hier begraben. Gestorben 1935. Zwei Jahre nachdem die Nazis an die Macht gekommen und seine Kunst als entartet erklärt hatten. Wir suchen zwischen den Gräberreihen, den schiefen Gedenksteinen unter hohen kahlen Bäumen. Im hinteren Teil, nahe der Mauer, finden wir ihn. Da hatte die Familie ein Erbbegräbnis. Neben Liebermanns Stein ein Schildchen: Ehrengrab der Stadt Berlin. Daneben das Grab seiner Frau. Gestorben 1942. Zuerst nahmen sie ihr die Ehre, dann ihr Haus am Pariser Platz, das Sommerhaus am Wannsee, dessen Garten Liebermann immer wieder gemalt hatte. Dann heftete man ihr den gelben Stern an die Brust und nannte sie Sarah. In einem Brief bittet sie den Direktor der Bank vergeblich um ein wenig Geld aus ihrem gesperrten Guthaben. Ich habe das Papier in einem gläsernen Ausstellungskasten gesehen. Demütige kleine Tintenbuchstaben in deutscher Schrift. Als sie sich das Leben nahm, wagte kaum einer, ihr das Geleit zu geben.

Berlin, Donnerstag, 1. Januar
Nachmittags mit Martha und Bruno zum Friedhof in Friedrichsfelde. Mies van der Rohes Ehrenmal für die Sozialisten von 1928 haben die Nazis zerstört, die Kommunisten nach 45 nur halbherzig repariert, bevor sie es abreißen und ein Rondell für die Ehrengräber anlegen ließen. Wir umschreiten den Kreis der sozialistischen Helden: Karl Liebknecht, Rosa Luxemburg, Ernst Thälmann, Wilhelm Pieck, Otto Grotewohl. Bekannte Namen und unbekannte. Bruno und Martha kennen fast alle. Sie sagen: Weinert, Erich Weinert und deklamieren ein paar Verse zum Sieg des Sozialismus. Übrigens:

Honecker soll sich im fernen Chile gegrämt haben, daß sein krebszerfressener Körper nicht bei den Kampfgenossen liegen darf. Jetzt singt Martha alle Strophen von »Brüder, zur Sonne, zur Freiheit«. Nur die roten Nelken fehlen. Dann gehen wir an der Ehrenmauer entlang und buchstabieren uns durch die deutsche Arbeitergeschichte, samt der zugehörigen Poeten. Alle vergessen bis auf Friedrich Wolf. Den kennen die Ossis aus den Schulbüchern und seinen Sohn Konrad vom Kino. Die Wessis kennen nur den Sohn Markus von der Stasi. Auf Wolfs Grabstein liegen ein paar zaghafte Kiesel und zeigen, was er auch war: Sohn einer jüdischen Mutter. Lies mal was von ihm, sagt Bruno. Er war gar nicht so schlecht.

Das erinnert mich an den alten Engewald in Leipzig, damals in den Fünfzigern, vor dem Mauerbau, als meine Großmutter noch lebte. Wenn ich aus dem Westen zu Besuch kam und in Engewalds Bücherschätze, die alten Stiche, Autographen und Erstausgaben abtauchte, korrigierte er mein Lesen: Zu Thomas Mann legte er die Bücher von dessen Bruder Heinrich, statt Stefan Zweig schob er mir Arnold hin. Anna Seghers, die Russen. Wenn ich Tolstoi las und Dostojewski, legte ich Namenslisten an, um nichts durcheinanderzubringen: Taufnahme, Vatersname, Familienname und sämtliche Koseformen. Hatte der Zug die Grenze passiert – Zonengrenze, sagte meine Familie, obwohl der Staat damals schon DDR hieß – und fuhr in Helmstedt ein, packte ich meine Bücher in den Koffer und kaufte durchs offene Zugfenster *Die Welt*. Die stand wieder offen, jenseits des Eisernen Vorhangs. Und ich fuhr nach London und Paris. Sammelte die Platten von Juliette Greco und der Piaf. Flog nach New York und L. A. Und drehte auf den Freeways in Roys Cadillac das Radio auf äußerste Lautstärke: Bob Dylan.

Die Freunde erzählen von seinem Konzert im Oktober in Berlin. Wer hätte das gedacht, sage ich und lese den Namen Hennekes, des Aktivisten, der durch sein Vorbild die Werktätigen für die Planerfüllung begeistern sollte. Daneben das Grab von Marthas Vater. Kommunist, Widerstandskämpfer gegen die Nazis, zehn Jahre Zuchthaus und nach der Befreiung der Glaube an den Neubeginn.

Vermutlich hat Sabina Spielrein in Berlin zum Kreis um Karl Liebknecht gehört, sage ich, während wir in der frühen Dämmerung zum Auto zurückgehen. Die Frau ihres ältesten Bruders Jan war die Schwester von Liebknechts zweiter Frau, Sonia Ryss aus Rostow.

Schilksee, Mittwoch, 7. Januar morgens
Ich war auch dieses Mal nicht in der Thomasiusstraße. Wollte erst wissen, ob sie dort wirklich gemeldet war. Wollte nicht an den falschen Häusern herumphantasieren. Fuhr am Sonntag über die Chausseestraße Richtung Wedding. Autobahn nach Norden. Packte aus. Erledigte Post. Und umkreise sie erneut, das jüdische Mädchen. Russische Kindheit 1885-1904: vielfarbig, verworren. Assimiliertes Elternhaus. Wohlhabend. Weltoffen. Dennoch: Angst. Früheste Prägung. Alles bedroht. Geheimnisvolle Schatten. Geflüsterte Gefahren. Im »Burghölzli« hockt die 19jährige in einer Ecke des kahlen Zimmers. Weißes Anstaltshemd. Wippt auf den Fersen auf und ab. Barfüßig. Auf und ab. Wackelt mit dem Kopf. Und streckt Dr. Jung die Zunge heraus, wenn er mit den Pflegerinnen kommt, um die Kranke zu Bett zu bringen. Da wird sie an den weißen Gitterstäben fixiert. Zu ihrem eigenen Schutz, sagt Dr. Jung, und seine Brillengläser spiegeln ihr verzerrtes Gesicht.

Kann man die damals bei Fräulein Spielrein diagnostizierte psychotische Hysterie von den Traumata ihres Jüdischseins trennen?

Schilksee, Montag, 12. Januar
Gestern fand der jährliche Marsch zum Gedenken an die Ermordung von Luxemburg und Liebknecht in Berlin-Friedrichsfelde statt. Im Fernsehen die PDS-Spitze mit Kränzen: Bisky, Gysi und hinter ihnen der gerade aus der Haft entlassene Egon Krenz. Der Moderator spricht von 25000 Men-

schen, die Organisatoren von mehr als 100000, die von Mitte nach Friedrichsfelde zogen, singend, mit roten Nelken in den Händen. Denke an Trotzki, Reich, Fromm, Marcuse: Marxismus und Psychoanalyse!

Berlin, Montag, 19. Januar

Spurensuche. Telefonate mit dem Karl-Abraham-Institut für Psychoanalyse wegen Benutzung der Bibliothek. Landesarchiv Berlin wegen des historischen Melderegisters: Wohnung(en) von Spielrein in Berlin, wo wurde die Tochter geboren? Hat sie an der Karl-Bonhoeffer-Klinik des Humboldt-Klinikums gearbeitet, wie sie selbst 1923 erklärt hat?

Du meinst die Klapse in Reinickendorf? fragt die Freundin. Brauche Legitimation, um schriftliche Auskünfte zu bekommen. Persönliches Interesse gilt nicht. Die Frauen in Landesarchiv und Klinik: stur, geschäftsmäßig, unzugänglich. Das wird Zeit brauchen. Mittwoch habe ich um 9 Uhr einen Termin im Karl-Abraham-Institut. Wenigstens das hat geklappt.

Berlin, Mittwoch, 21. Januar

Heute nacht -11° C. Noch keine Touristen Unter den Linden. Bus 348 zur Potsdamer/Ecke Lützowstraße. Fahren. Halten. Ein paar Berufstätige steigen ein. Von der Wilhelmstraße zum Potsdamer Platz. Philharmonie. Kulturforum. Wieder im Westen. Jenseits der zubetonierten Mauerbrache. Potsdamer Brücke. Ich steige aus, gehe nach links, überquere die Straße, biege nach 200 m rechts ab. Am Mietshaus Körnerstraße 11 die kleine Tafel: Karl-Abraham-Institut. Das Bildnis des Begründers in Öl in der Bibliothek. Es könnte auch das Porträt eines Bankdirektors, Fabrikanten oder Advokaten sein. Kein Gesicht, das ich mir merken kann. Sitze ihm gegenüber wie einst Sabina Spielrein. Lese in seinem gerade erschienenen Briefwechsel mit Freud *The Complete Correspondence 1907-1925*, so komplett ist er nicht auf deutsch erschienen. Jetzt liegt er seit 2002 bei Karnac, London/New

York vor. Suche Hinweise auf Spielrein auch in der Korrespondenz Freud /Sándor Ferenczi 1912-1914.

Abraham an Freud, Berlin, 4. April 1908:
Furthermore it fits a case of hysteria analysed by Jung with which you will undoubtedly already be acquainted from his description. Damit meint er Spielrein, von deren Fall alle Mitarbeiter 1904/05 in Zürich am »Burghölzli« gesprochen haben. Wie oft war ihm das verwirrte junge Mädchen auf den Gängen begegnet, das man, steif aufgerichtet, zu Dr. Jungs Ordination führte? Marionette an der Hand der Wärterin. Manchmal stumm, dann wieder Unverständliches brabbelnd. Grimassierend. Jedem Arzt, der ihr begegnete, die Zunge herausstreckend. Der Blick so fern, als habe sie sich in Rostow verloren.

Ferenczi an Freud, Budapest, 27. Januar 1912:
Zum psychoanalytischen Verständnis des Verhaltens von Jung müßte man vielleicht auch die Reaktion in Betracht ziehen, die die z.T. abfälligen Äußerungen, die Sie in der Wiener Vereinigung über einige Punkte der Jungschen Libidoarbeit fallen ließen und über die Frl. Spielrein Jung unterrichtet haben mag, in Jung auslösen konnten. Zuvor hatte Spielrein in Wien am 7. Januar im Tagebuch notiert: *Wien! ... Wie viele schwere Zeit verflossen. ... Nun bin ich tatsächlich auf Grund meiner Dissertation Mitglied der Psycho-analyt. Vereinigung geworden.*

An den Mittwoch-Gesellschaften in der Berggasse nimmt sie aufmerksam-stumm teil, äußert selten ihre Ansichten, wird von Freud am 27. Oktober 1911 gelobt: *Sie haben als Frau das Vorrecht feiner zu beobachten und Affekte intensiver einzuschätzen ... Ihnen danke ich aber gerne für Ihre freundlichen Worte und hoffe, daß Sie sich in unserem Verein noch recht behaglich fühlen werden.* Am 29. November hält sie den Vortrag: *Über Transformation*, ein wichtiger Aspekt ihrer Münchener Arbeit *Die Destruktion als Ursache des Werdens.*

Doch es geht ihr nicht gut. Auf einem undatierten Rezeptblatt überweist Freud *Frau Dr. Spielrein IX Alserstrasse Pension Cosmopolite* an einen ungenannten Kollegen: *Bitte Fräulein körperlich zu untersuchen u wenn, wie wahrscheinlich, eine neurot.*

Geschichte vorliegt event. Behandlung einzuleiten. Mit ergebenem Gruß Freud. Daß diese Überweisung unnötig ist, ahnt er. Weiß, daß Spielreins Sehnsucht nach Jung, seinem abtrünnigen Kronprinzen, die junge Kollegin noch immer umtreibt. Beim Lesen der Tagebuchaufzeichnungen spricht sie aus jeder Zeile. Am 28. Januar schickt sie Jung *Die Destruktion als Ursache des Werdens* nach Zürich mit der Bitte um Veröffentlichung. Fragt sich ängstlich, was werden soll. Leidet unter ihrer Sehnsucht, ihrer Einsamkeit.

1912 ist sie nach Berlin gegangen. Einen genauen Zeitpunkt habe ich bisher ebensowenig ermittelt wie den Grund ihres Umzugs oder ihre Verbindung zu Friedrich Kraus (1858-1936), Professor und Leiter der medizinischen Klinik an der Charité, den sie für Freud zu gewinnen sucht.

Freud an Ferenczi, Wien, 10. Februar 1913:

Kraus in Berlin hat unlängst, wie die Spielrein schreibt, in einer Vorlesung sehr energisch für unsere Psychoanalyse Partei genommen; das meiste anerkannt und die Gegner sehr beschimpft.

Im Korrespondenzblatt der *Internationalen Zeitschrift für ärztliche Psychoanalyse* finde ich erst 1914 in der Mitgliederliste der Wiener Psychoanalytischen Vereinigung die Berliner Adresse: *Dr. S. Spielrein-Scheftel, Berlin-N., Thomasiusstr. 2.*

Also doch. Nehme mir vor, bei nächster Gelegenheit hinzugehen.

Daß sie geheiratet hat, weiß Freud noch bevor sie ihm diese Veränderung selbst mitteilte. In der kleinen Gruppe der Analytiker kannte man, nicht zuletzt durch Jungs Vortrag über den »Fall Spielrein« beim Amsterdamer Kongreß, die Beziehung des Küsnachters zu der jungen Russin. Und so hat Ludwig Jekels, ein in Wien ausgebildeter polnischer Psychiater, Freud bereits im August in Karlsbad mit der Neuigkeit überrascht. *Sie sind also jetzt Frau, u das heißt für mich von ihrer neurotischen Anhänglichkeit an Jung halb geheilt,* lese ich in einem Brief Freuds aus dem Urlaub am Karersee vom 20. August 1912 an Spielrein. *Sonst hätten Sie sich ja nicht zur Heirat entschloßen. Bleibt noch die andere Hälfte; die Frage ist, was geschieht mit der.* Das mag sich die Betroffene selbst auch gefragt haben, die am 11. Juli lapidar im Tagebuch ihre Heirat mit *Dr. Paul Scheftel* verzeichnet hat. Sie ist 27 Jahre alt. So wie es Tausk in Wien vor Jahresfrist aus ihrer Hand gelesen hatte, sie selbst es träumte. Das Tagebuch bricht ab. Keine Fortsetzung.

Schilksee, Mittwoch, 28. Januar
Es herrscht noch immer eine ungewöhnliche Kälte, etwas Schnee liegt und läßt mich an den Winter 1923/24 in Moskau denken. An Dr. S. N. Spielrein, die wieder ihren Vatersnamen hinzusetzt, ihren Ehenamen jedoch abgelegt hat. Wann hat sie sich von Scheftel getrennt? Warum? Gab es Kontakt zu ihrem Mann, der sich wieder in Rostow aufhielt? Wie hat sie gelebt in der sowjetischen Hauptstadt nach dem Ende des Bürgerkriegs? Wo war die 10jährige Tochter Renata? Wie eng arbeitete sie mit ihrem Bruder Isaak zusammen, der sie bestürmt hatte, zurückzukommen?

Gestern haben I. und ich neue Pässe beantragt. Wir brauchen Visa für Rußland. Vom 7. bis 14. Juni fahren wir mit Martha und Bruno nach Moskau und Sankt Petersburg.

Schilksee, Donnerstag, 29. Januar
Neuschnee über Nacht. Der Himmel tief. Sehe sie zwischen den schwarzen Stämmen der Bäume im Park. Auf dem Weg ins Institut. Sie geht schnell. Trägt einen langen dunklen Mantel. Wie die Soldaten. Vielleicht auch einen Pelz, den ihr Isaak besorgt hat. Oder der irgendwann von Rostow nach Zürich geschickt wurde, um Sabinotschka vor der Schweizer Winterkälte zu schützen.

Klobige Filzstiefel an den Füßen oder Galoschen, die große Abdrücke im Schnee hinterlassen. Eine Pelzmütze auf dem Kopf. Wie die Männer. Aufgeschlagen über der Stirn, die Ohrenklappen heruntergezogen bis auf den Mantelkragen. Kein Schmuck, keine Schminke, kein Parfum. Das galt als bourgeois und war verpönt.

Aber Sabina Nikolajewna scheint auch zuvor wenig Wert

auf Äußerlichkeiten gelegt zu haben. Hat nicht Jung die Freundin gemahnt, sich »hübsch« zu machen. Die wenigen Fotos, die von ihr existieren, sind undeutlich, zeigen in verschwommenem Schwarzweiß die vielleicht 13/14jährige neben der Mutter und der kleinen Schwester. Sie steht steif in Mantel und flachem Hut. Ihr Haar unter der Kopfbedekkung verschwunden, die Ohren frei. Das Gesicht kindlich rund. Der Blick gesenkt, während die Schwester keck unter dem breitrandigen Strohhut hervorschaut. Kein Lächeln Sabina Nikolajewnas für den Fotografen. Ein Zug von Verdrossenheit liegt um den Mund, so als sei ihr das Posieren zuwider.

Gesenkt der Blick auch auf einem Foto von 1909. Im Kreis ihrer Familie. Sie sitzt neben dem Vater. Hat den Kopf in die Linke gestützt. Scheint zu lesen, mit dem Arrangement des Bildes nichts zu tun haben zu wollen. Die Mutter steht, eine korpulente Erscheinung, die Hände in den Hüften. Energisch. Die drei Brüder rechts vom Vater. Sabina Nikolajewna ist aus Zürich nach Berlin gekommen, um ihre Familie zu treffen. Man reist gemeinsam ans Meer. Ins pommersche Kolberg. Sie notiert im Tagebuch: *Mutter sagt es sei unmöglich dass ich und mein Freund Freunde bleiben nachdem wir (uns) einander bereits Liebe schenkten ... Was erwartet mich wenn ich jetzt nach Zürich komme? Ich fürchte darüber weiter zu denken.*

Eine Aufnahme von 1925 zeigt sie ernst, gesammelt. Sie schaut den Betrachter an. Ruhig. So als wisse sie alles. Das Gesicht der Vierzigjährigen: alterslos. Ohne Falten. Das Haar glatt zurückgenommen. Zum Knoten im Nacken geschlungen. Aber vielleicht ist es auch nur auf halber Ohrlänge abgeschnitten. Ein kleiner ovaler Ausschnitt im Kleid, der den kräftigen Hals freigibt, den Ansatz von Nacken und Schultern. Der Stoff des Kleides gemustert. Ein karges Bild, das nichts verrät. Es muß in Rostow aufgenommen sein. Da liegt alles hinter ihr: Zürich und Jung, das Intermezzo in München, Wien und Freud, Berlin und die Analytiker um Karl Abraham und Max Eitingon, Lausanne und Genf, Claparède, de Saus-

sure und der junge Jean Piaget, den sie analysierte, die Hoffnungen auf Moskau, auf das Institut und die Enttäuschung, als sie mit der Realität konfrontiert wird, der Tod Lenins und der Aufstieg Stalins.
Ihr Blick sagt: vorbei.

Berlin, Mittwoch, 11. Februar
Träumte mich in einem bunten Sommerkleid. Leichte Seide. Keine Strümpfe. Braungebrannt. Schön im Spiegelbild. Will zu F. Kämme mein Haar und lächle mir zu. Da fällt ein Schatten auf mich, und der Regen rinnt übers Fenster. Ich friere und suche auf dem Kleiderständer etwas Warmes. Eilig. Eilig. Die Zeit läuft. Die Uhr hängt groß am Himmel. Fünf Minuten noch. Ich streife einen dicken Wollrock über, einen unförmigen Pullover. Darüber eine Jacke. Wie eine Vogelscheuche sehe ich aus. Dabei möchte ich schön sein. Eilig. Eilig. Die Zeit läuft mir davon. Nehme einen Lippenstift und male mir den Mund an. Will rot, male schwarz. Öffne ihn entsetzt, ein tiefes Loch, ein schwarzer Schacht, aus dem mein Schrei gellt.

Mittags der Brief vom Landesarchiv: »Recherchen in der historischen Einwohnermeldekartei (EMK) von 1875-1960 (nur lückenhaft überliefert) – Auskunftsersuchen vom 1. Februar über Frau Dr. med. Sabina Spielrein-Scheftel ... aufgrund Ihres Auskunftsersuchens habe ich die überlieferten Kartenbestände überprüft. Meldekarten für
SCHEFTEL geb. SPIELREIN, Sabina, Dr. med., geb. 1885
SCHEFTEL, Pawel (Arzt)
SCHEFTEL, Renata, geb. 1913
liegen jedoch nicht vor.«
Es folgt die Kostenrechnung + Porto = 8,73 €. Zu überweisen bis zum 12. 3. an die Landeshauptkasse Berlin. Kontonummer. Unterschrift.

Sind die Meldebogen in den wirren Zeitläuften verlorengegangen, oder hat sie sich illegal in der Reichshauptstadt aufgehalten?

Von der ehemaligen Bonhoeffer-Klinik, die jetzt Vivantes am Urban heißt, keine Reaktion.

Berlin, Samstag, 28. Februar
Im Internet gesehen, daß der nächste Otto-Gross-Kongreß in Zürich stattfinden soll. Ob Sophie dann noch dabei ist? 88 ist sie jetzt. Bei unserem letzten Treffen schien sie mir noch kleiner, zerbrechlicher, und ihre Lippen waren beängstigend blau.

Warum besuchst du mich nie? Ihre Augen: ein einziger Vorwurf. Ich suche meine Ausflucht im Zuviel an Arbeit. Habe ein schlechtes Gewissen. Sie ist meine einzige lebende Verbindung zu Spielrein. Über Otto Gross und C. G. Jung in Zürich 1908.

Ihr Vater traf Mizzi Kuh 1915 in Wien. Umfeld: libertinär, antibürgerlich. Mizzis Bruder Anton: ein bekannter Journalist und Schriftsteller. Sophie trägt neben dem Namen ihres geschiedenen Mannes auch den von Mutter und Onkel.

Lächerlich, wenn ein Mann Kuh heißt, der diesen Namen allen Mitgliedern seiner Familie geben muß. Ein Willkürname. Ein Name für Juden. In der Donaumonarchie per Zwangsdiktat gegeben. Nur wer Geld hatte, die Beamten zu bestechen, konnte das Schlimmste abwenden. Denn die korrupte Militärkommission, die im Land für die Eintragung von Nachnamen der jüdischen Bevölkerung tätig war, verkaufte »gute« Namen für »gutes Geld«. Wer arm war, mußte Verachtung und Spott der Umwelt als Stigma mit sich tragen: Kuh.

Und in Deutschland?

Seit dem Mittelalter war es in Europa üblich, dem individuellen Vornamen einer Person einen Familiennamen hinzuzufügen. An diesem ließ sich die Zugehörigkeit zum Stand ablesen: Adel, Kaufleute, Handwerker, Bauern. Allein den Juden, die außerhalb dieser Ständegesellschaft lebten, blieb der Nachname verwehrt. Zur Unterscheidung wurde ihnen häufig der Vatersname beigegeben: Naftuli (ben) Mosche. Mit der

Aufklärung wurde die Judenfrage emanzipatorisch gestellt: Wie kann in einem Staat eine Minderheit mit einer Mehrheit zusammengeführt werden? Eine der Antworten: Durch Beseitigung augenfälliger Unterschiede und Angleichung des Namensrechts. Mich interessiert wegen des im Generalgouvernement Warschau lebenden Naftuli Moschkowitsch Spielrein das preußische Namensrecht. Danach können seit 1812 die Juden feste Familiennamen auf den Ämtern eintragen und beglaubigen lassen. Die meisten Familienvorstände entschließen sich, Namen zu wählen, die ohnehin bereits als Merkmal zum Vornamen bestanden hatten: den Vatersnamen, den Herkunfts- oder Wohnort, den Beruf. Und darin unterschieden sie sich nicht von ihren christlichen Nachbarn, an deren Namen sich dieses auch ablesen ließ. Erst mit der Annahme eines Nachnamens war in Preußen die Staatsbürgerschaft verbindlich.

Ohne Arg behielten zunächst die meisten, wie Moses Mendelssohn, ihre jüdischen Namen. Erst mit der zunehmenden Judenfeindschaft im Reich während des 19. und zu Beginn des 20. Jahrhunderts wurde es üblich, jüdische in neutrale oder ähnlich klingende unbelastete Namen zu tauschen. Und so änderten in Preußen im Jahr 1861 2,2 % der jüdischen Haushaltsvorstände ihre Namen, 1901 bereits 4,0 %. Doch dieses wurde nach der Einführung der Standesämter 1874 und dem »Reichsgesetz zur Beurkundung des Personenstandes« vom 6. 2. 1875 zunehmend schwieriger. Denn nachdem bei den assimilierten Juden die früheren Unterscheidungsmerkmale durch Kleidung, rituelle Eßgewohnheiten und eigentümlichen Sprachduktus fortgefallen waren, blieb nur ein unveränderliches Merkmal: der Name. Bei jeder Vorstellung, jeder Begrüßung wurde er genannt, und sein Träger war unmittelbar zuzuordnen. Naftuli Spielrein machte während seiner Ausbildung in Deutschland, trotz aller Bemühungen um Assimilation, keine Ausnahme.

Denn so wie im Zarenreich Orthodoxe und Slawophile den Judenhaß anheizten, gingen in Deutschland die Parolen von der »Überwucherung des germanischen Geistes« durch den jüdischen um. Den Juden in Preußen wurde ebenso wie denen in Rußland die Offizierslaufbahn verwehrt. Und obwohl sich das Vorurteil des »rassisch Minderwertigen« hielt, mußte man doch die überproportionale Studierwilligkeit und -fähigkeit der Juden, ihren Erfolg als Ärzte, Anwälte, als Kaufleute und Bankiers während der wilhelminischen Gründerzeit zur Kenntnis nehmen. Das schürte Konkurrenzdenken und Neid, und selbst getauften Juden wurde der Aufstieg in hohe Ämter und gutdotierte Posten versagt, wenn der Name ihre Herkunft verriet. Aber auch in der Boheme wechselte man die stigmatisierten Namen: aus Therese Gift wurde die Giehse, aus Hans Davidsohn der Dichter Jakob van Hoddis, aus Georg Levin der Publizist und Galerist Herwarth Walden, aus Sami Rosenstock der Dadaist Tristan Tzara, aus Isidor Witkowski der Publizist Maximilian Harden und aus Max Katz Breit der berühmte Zauberer Malini. Die Liste ließe sich beliebig verlängern.

Binz auf Rügen, Mittwoch, 3. März, Bel Air Berlin – Pommern. Spielrein nahm den Zug und ich das Auto. Über den Rügendamm nach Binz. Sie fuhr 1909 nach Stettin und von dort weiter ans Meer nach Kolberg. 1935 steht meine Mutter dort auf der Seebrücke, eine Baskenmütze schräg auf dem Kopf, im Bademantel, der auf dem Foto schwarzweiß ist. Sie lacht in die Kamera. Begeisterte Seeurlauberin mit älterer Schwester. Weite Marlene-Hosen, enger Pullunder. Damals war Mutter so alt wie Spielrein 1909, hatte alle Bewerber abgewiesen. Mein Vater noch nicht in Sicht. Der kam erst 1937 in Sellin auf Rügen. Da trägt sie einen schwarzen Hosenanzug, das Oberteil mit schmalen Trägern, ihr dunkles Haar im Nacken zum Knoten gesteckt. Hockt vor einem Strandkorb, barfüßig, braungebrannt, und lächelt in die Kamera. Leica 1932. Ich habe sie von meinem Vater geerbt.

Was trug Sabina Nikolajewna, als sie mit Vater, Mutter und den Brüdern im September 1909 in Kolberg ankam? Eine weiße Bluse? Gerüscht? Einen langen Rock und Knöpfstiefeletten? Taillierte Jacke? Der Hut aus hellem Stroh? Geh nicht ohne Hut, Sabinotschka!

Ich bin jetzt in der Familienathmosphäre und habe keinen Augenblick für mich ... bin auf die Ter(r)asse geflohen, weil mein Zim(m)er mir höchst unsymphatisch ist und weil es an das Zim(m)er der Mutter angrenzt und ich suche die Einsamkeit. Ich muss mit mir selbst reden. Es ist mir so unheimlich schwer zu Muthe. Endlose Monologe. Erinnerungen an Jung. Sie nimmt ihn mit auf die Promenade am Strand. An die Table d' hôte. In die Kutsche, wenn die Familie eine Landpartie macht. Morgens beim Erwachen ist er ihr erster Gedanke. Der letzte beim Einschlafen. Sie umarmt das Kopfkissen. Imaginiert sein Gesicht, seine Augen, den Mund, seine Hände. Sehnsucht noch immer, der brennende Wunsch, Jung wiederzusehen. Und die Angst, was sie erwartet, wenn sie jetzt nach Zürich kommt.

Für die jungen Männer in der Pension hat sie keine Augen. Besorgte Blicke der Eltern. Sie kennen die Geschichte, die ungute. Hatten im Frühjahr (vermutlich von Jungs Frau) einen anonymen Brief erhalten, der ihnen nahelegte, *ihre Tochter (zu) retten, da sie sonst durch Dr. Jung zu Grunde gerichtet wird.* Dann hatte Jung selbst nach Rostow geschrieben, daß er sich nicht mehr als Sabinas Arzt, sondern als ihr Freund betrachte. Eine Tatsache, die auch dadurch befördert wurde, daß er für die vergangenen Treffen und Gespräche kein Honorar mehr berechnet habe. Ein Honorar aber, so belehrt er Madame Spielrein, ist es, das die Grenze zwischen Arzt und Patient markiert, und er schlägt vor, ihm künftig eine angemessene Entschädigung für seine ärztlichen Bemühungen anzuweisen: 10 Franken pro Konsultation.

Die Eltern sind entsetzt. Die besorgte Eva Markowna reiste umgehend nach Zürich, bat Jung um ein Gespräch im »Baur au Lac«, wo sie abgestiegen war. Eine Frage der Ehre, zu einer Zeit, da man sich um der Ehre willen duelliert. Die Behandlung in der Klinik »Burghölzli«, so wollte sie sagen, wurde korrekt bezahlt. Jung hätte für weitere Gespräche kein

Honorar berechnen können, da er noch nicht zur Privatpraxis zugelassen war. Und hatte nicht Nikolai Arkadjewitsch – statt des Geldes – Geschenke nach Zürich geschickt, die Jung geschmeichelt annahm? Zu dem Gespräch erschien er nicht.

In ihrer Verzweiflung wendet sich Sabina Spielrein am 30. Mai 1909 an Freud, bittet um *eine kleine Audienz* in einer *aeussert wichtigen Angelegenheit* und darum, ihr *die Ihnen passende Stunde etwas vorher angeben zu wollen, da ich Unterärztinn an der hiesigen Klinik bin und somit für die Zeit meiner Abwesenheit eine Stellvertreterinn besorgen müßte.*

Aber der *sehr geehrte Herr Professor* hatte abgelehnt und das *hochgeehrte Frl. Collega* am 4. Juni gebeten, *mir vorerst schriftlich bekannt zu geben, um was es sich handelt, damit ich mir ein Urteil über die Zweckmäßigkeit Ihrer Reise bilden, eventuell mir die Sache selbst ein wenig vorher überlegen kann.*

Sie hatte nicht aufgegeben. Weitere Briefe zeigen, wie rückhaltlos sie sich Sigmund Freud anvertraute. Von ihrer Liebe lese ich, von den Treffen mit Jung, ihrer Verwirrung, Verzweiflung.

Sie stürmt in sein Zimmer, will endlich eine Entscheidung, keine weiteren Ausflüchte, Beteuerungen seiner Gefühle und das unvermeidliche: ja aber. Streit. Sie schreit, flucht russisch und deutsch: *Ich stand mit einem Messer in der linken Hand und weiss nicht, was ich damit wollte; er hat mich an der Hand gefasst, ich wehrte mich; weiter weiss ich nichts. Er wurde plötzlich ganz blass, hielt sich an der linken Schläfe: »Sie haben mich geschlagen«. Ich wusste nichts davon, sass ... mit zugedecktem Gesicht und weinte in Strömen.* Als sie, erregt und verwirrt, den Raum verläßt, entdeckt sie Blut an Hand und Unterarm. Sein Blut. Kommilitoninnen fragen, was geschehen ist. Da stammelt sie, daß sie ihn ermordet habe. *Doch mit keinem einzigen Worte habe ich meinen Freund verraten.*

In ihrem Zimmer hat sie *gewütet und geweint*, hat ihm geschrieben und die Briefe zerrissen. Der Arm schmerzt. Der Kopf will zerspringen. Sie flieht nach Orselina. Schreibt wieder an Freud. Und bekommt am 24. Juni die Antwort, daß er inzwischen von Jung selbst, nachdem Muthmann ihm schon Gerüchte zugetragen hatte, *Einsicht in die Sache bekommen, daß er Einiges richtig erraten, anderes fälschlich zu Ihrem Nachtheil construiert* habe. Bittet um Entschuldigung und gesteht zu, *daß die Verfehlung dem Manne und nicht der Frau zur Last fällt, wie mein junger Freund selbst zugibt.*

Binz auf Rügen, 4. März
Sonne und eisiger Ostwind. Der Himmel strahlend blau. Wir wandern auf der Steilküste nach Sellin. Hier traf die Frau, die meine Mutter werden, den Mann, der mein Vater werden sollte. Sellin herausgeputzt. In klarer Märzsonne das Weiß an den Veranden zu weiß, das Gelb und Blau am Strandhotel grell wie auf Theaterkulissen. Dem Restaurant auf der Seebrücke, vornehm und leer bis auf die wartende Bedienung, kehren wir den Rücken. Steile Treppe vom Strand zur Wilhelmstraße. Plötzlich Kyrillitza an einem Haus: Tschaikowski. Noch immer stolz, daß wir das lesen können. Ein roter Stern über der Tür. Da gibt es Tee.

1935 hießen die Pensionen und Lokale Seestern und Seemöwe, Seeblick oder Seegarten. Es gab ein Bellevue und ein Bel Air. Und Villen mit Frauennamen. Ich habe vergessen, wo meine Mutter abgestiegen war. Wo mein Vater logierte. Erinnere, daß sie es erzählt haben. Aber Rügen war im Erdkundeunterricht eine Insel jenseits des Eisernen Vorhangs, wie Hiddensee, Usedom und Wollin. Wenn die Erwachsenen davon erzählten, bekamen sie sehnsüchtige Augen. Mich interessierte das alles nicht. Von Vaters Fotos schaute ich nur die an, auf denen ich als Baby zu sehen war. Im Kinderwagen, auf dem Wickeltisch, im Arm meiner Mutter, meiner Großmutter. Im gerüschten Taufkleid, in dem der Täufling nur zu ahnen ist.

Wenn ich die Bilder betrachte, frage ich mich, ob sich meine Eltern geliebt haben. Sie waren so verschieden, daß ich mich schon als Kind gewundert habe, wie sie zusammenpaßten. Jetzt, da sie tot sind, frage ich mich noch immer. Er hat sie geliebt. Da bin ich sicher. Aber sie? Der Krieg, hatte sie manchmal gesagt, denn er mußte vier Jahre warten, bis sie mit ihm zum Standesamt ging. Der Krieg war's. Da brauchten die Männer einen Halt.

Auch das im Bild: er in Uniform, das Familienstammbuch in der Hand. Sie in einem eleganten, hellen Seidenkostüm. Hut. Handschuhe. Handtasche. Beide sehr schlank, sehr ernst. Das war, nachdem er in Galizien die Fotos von den Juden gemacht hatte, die auf Dorfplätzen von Soldaten bewacht wurden. Männer in dunklen Kaftanen mit langen Bärten, schwarzen Hüten, Schläfenlocken. Geduckte Häuser, elende Hütten. Pferdefuhrwerke. Keine Frauen und Kinder. Die Frau, die meine Mutter werden sollte, hatte ihm, als sie die entwickelten Filme sah, die Leica weggenommen. Die bleibt hier, hatte sie gesagt. Ich will schließlich, daß du zurückkommst.

Berlin, Sonntag, 3. April

Sonne. Kalter Wind von Ost. Es ist noch früh. Die S-Bahn-Wagen sind leer. Wir fahren zur Station »Bellevue«. Gehen nach rechts über die Spree. Auf der Brücke steinerne Elefantenköpfe. Am Helgoländer Ufer kugelige kahle Ahorne, an die Hunde pinkeln, bevor sie weiterschnüffeln. Andere werden ordentlich an der Leine Gassi geführt. Frauchen/Herrchen mit Hundekottüte in Händen. Berlin, doziert I., hat die größte Hundedichte der Republik. Jogger keuchen uns entgegen. Schwitzend. Rotgesichtig.

Thomasiusstraße. Im Falkplan Berlin, 60. Auflage mit Postleitzahlen, liegt sie auf den Koordinaten N 11. Am Eckhaus keine Nr. 2. Die geraden Ziffern beginnen am anderen Ende, wo die Straße auf Alt-Moabit stößt. Auf das Gerichtsgebäude, das Gefängnis. Ein junger Mann mit Kinderkarre kommt uns entgegen. Das Kind, dick eingemummelt, patscht erwartungsvoll mit seinen Handschuhhänden auf eine Brötchentüte.

In dieser Straße wurde Renata geboren. Zu Hause, vermute ich. Mit Hilfe einer Hebamme. Oder hat Pawel Scheftel selbst

Geburtshilfe geleistet? Geschafft, Sabinotschka! Ein Mädchen!

Wie kam ich im vergangenen Sommer nur auf die Hausnummer 6?

Sechs. Sex, ulkt I. Unsinn! Oder hat mir wirklich die Jung-Geschichte so sehr im Kopf gespukt?

Als sie damals in die Straße zog, waren die Häuser neu. Historismus. Jugendstil. Gründerzeit. Manche bestürzend schön. Dschungelornamente. Wuchernde Ranken und Blüten. An einem Hausgiebel ein Männerkopf: grünspanige Bronze, flatterndes Haar, weit aufgerissener Mund.

Aber das Haus Nr. 2 ist glatt verputzt. Kein Stuck. Keine Säulen, Gitter oder Balkone. Ochsenblutrot gestrichen. Dumpf, dunkel zwischen dem leuchtenden Weiß und Gelb der anderen Fassaden. Selbst unrenoviertes Grau ist weniger abweisend. Hochparterre. Vier Stockwerke. Berliner Traufenhöhe, die die Straße verschattet. Nichts, woran der Blick sich halten kann. Große Wohnungen vermutlich. In welcher mag sie gelebt haben? Oder hat sie im Hinterhaus gewohnt, das wir durch die Glasscheiben der verschlossenen Haustür jenseits des Eingangsflurs ahnen können. Gartenhaus heißt das in Berlin, auch wenn es weit und breit keinen Garten gibt. Bei unserer Wohnungssuche hat mich das mehr als einmal genarrt.

Wahrhaftig: Es gibt schönere Häuser. Selbst der zarte Frühlingshimmel kann diesem nicht die Schwere nehmen. Hätte man mir hier eine Wohnung angeboten, ich hätte abgelehnt. Empfinde auch keine Freude, das Haus gefunden zu haben. Aber vielleicht war es damals ganz anders. Weiß leuchtete die Fassade. Die Haustür öffnete sich einladend. Hell hießen Flur und Treppenhaus das junge Paar willkommen.

Doch Spielrein wird nicht glücklich. Kaum eingerichtet, setzt sie sich an den Tisch und schreibt an Freud, der ihr vor seinem Sommerurlaub angeboten hatte, nach Wien, zur »Correktur« ihrer Abhängigkeit von Jung zu kommen. Ihr Brief ist, wie so viele, verschollen. Aber Freuds Antwort vom

20. August 1912 ist erhalten: *Heute möchte ich auch ein Wort in die Entscheidung dreinreden. Ich meine, der Mann, von dem Sie soviel Sympathisches zu sagen haben, besitzt auch Rechte. Diese würden durch eine Kur sobald nach der Heirat arg zurückgesetzt werden. Er soll es zuerst versuchen, wie weit er Sie an sich fesseln u alte Ideale vergeßen machen kann. Erst der Rest, der ihm nicht gelingt, gehört der Analyse.*
Erwartungsfroh mag sie gewesen sein, als der Brief im Kasten lag. Enttäuscht, als sie ihn geöffnet und gelesen hatte. Ratloses Starren auf die Wand des gegenüberliegenden Hauses. *Den Tyrannen durch Psychoanalyse bei mir beseitigen*, das hatte der Meister im Frühjahr in Wien angeboten. Jetzt milder Rat, es mit der Ehe zu versuchen; und vielleicht erscheint ja *auch noch ein anderer, der mehr Rechte hat als der alte u neue Mann zusammen.*
Vielleicht. Vielleicht. Sie preßt die Stirn gegen das kühle Fensterglas, versucht sich auf das Wichtige zu besinnen: ihre Arbeit. Morgen wird sie durch den Tiergarten gehen und Karl Abraham einen Besuch abstatten, Jungs Nebenbuhler um die Gunst des Meisters. Sein Neid, solange sie denken kann. Konkurrenzkampf. Wen liebt der Alte mehr, mich oder den Juden, der die Psychoanalyse nach Berlin bringt? Oder Eitingon, der mit seinem Geld alles fördert, was Freud fordert.
Vielleicht läuft sie auch die Alt-Moabiter Chaussee entlang, die Invalidenstraße, am Humboldthafen vorbei zur Charité. Zu den neuen Backsteinbauten am Alexanderufer. Dort lehrt und praktiziert Friedrich Kraus, Ordinarius für Psychiatrie. Sie will ihn für die Psychoanalyse interessieren. Ihre Referenzen sind hervorragend: Freud und Jung. Auch Bleuler hatte in seinem Empfehlungsschreiben vom 16. Oktober 1909 für die Universität Heidelberg geschrieben, daß seine Unterassistentin Sabina Spielrein, fleißig und ein »Fräulein von gutem Ruf, hoher Intelligenz & großem wissenschaftlichen Interesse« sei. Damals wollte sie Zürich verlassen. Jung verlassen. Warum hatte Bleuler gemeint ihren guten Ruf betonen zu müssen?

Waren die Gerüchte schon nach Heidelberg gedrungen? Und wozu die Bemerkung, daß Fräulein Spielrein etwas nervös sei.

Damals war sie in Zürich geblieben, hatte Bleulers Empfehlung in den hölzernen Schreibkasten gelegt, den sie 1904 aus Rostow mitgenommen hatte. Unter Jungs Briefe. Die Briefe Freuds. Unter ihr Tagebuch. Ein schwarzes Wachstuchheft, mit schwarzer eigenwillig geschnörkelter Tintenkyrillitza. Ein zweites in deutscher Sprache, lateinischen Buchstaben. Ihre Briefentwürfe an Jung und den Meister in Wien. Hastige Notate. Fragmente.

Als sie ihr Studium aufnahm, trug sie den Kasten in die Schönleinstrasse 7, nahe dem Universitätsspital, in die »Pension Hohenstein«, Plattenstrasse 33, und vier Jahre später in die Scheuchzerstrasse 62. Ging sie fort, verschloß sie den Kasten sorgfältig. Den kleinen Schlüssel trug sie an einem dünnen Goldkettchen um den Hals.

Zurück über die Spree zur Akademie der Künste. Da sehen wir die Entwürfe Erich Mendelsohns. Zeichnungen. Grundrisse. Modelle. Fotos. Aus Berlin, Israel und den USA. Hören seine Stimme. Mitschnitt einer amerikanischen Vorlesung.

Im vergangenen Herbst waren I. und ich nach Potsdam gefahren und durch den bunten Wald zu Mendelsohns »Einsteinturm« gewandert. Damals las ich die erste psychoanalytisch orientierte Dissertation einer Frau: Spielreins *Über den psychologischen Inhalt eines Falles von Schizophrenie* von 1911. Am Ende dankt sie *ergebenst* dem Herrn Professor Bleuler, *sowie Herrn Dr. C. G. Jung für die wissenschaftliche Anregung, die ich während meiner Studienzeit von ihm empfangen habe.*

Berlin, Montag, 5. April
Mit Bruno und I. im Reisebüro »Vostok«. Osten heißt das, und dorthin soll es schließlich gehen. Montag, 7. Juni nach Moskau, Freitag, 11. 6. Sankt Petersburg, Montag, 14. Juni zurück nach Berlin. Bruno sagt immer Leningrad. Er war früher mehrmals dort. Präzisiert, als die Frau fragt: Wie oft?

Wir sagen: noch nie. Da lacht die Frau. Sie war schon oft dort. Spricht Sächsisch und Russisch. Und will uns gute Ratschläge geben. Aber Bruno erklärt, daß wir die nicht brauchen. In Moskau wartet Stella auf uns. Vom Anmelden bei der Miliz ist die Rede, wenn man privat wohnt. Was Zeit kostet und durch das Buchen eines Hotels zu umgehen ist. Dann übernimmt das Hotel die Anmeldung. Während Bruno verhandelt, sehe ich uns in Leipzig bei der Meldestelle: Vater, Mutter und mich. Lange Zöpfe. Brauner Wintermantel mit Samtkragen. Die Wollmütze hielt ich in der Hand, weil es sehr warm war im Raum und wir lange warten mußten. Ein diffuses Gefühl der Bedrückung und Bedrohung hatte mich angesichts der Schreibtische, Uniformen, starren Gesichter und schnarrenden Stimmen erfaßt. Und der Stille, in die nur manchmal eine Schreibmaschine klapperte. Steif saß ich auf dem Holzstuhl, während meine Eltern Formulare ausfüllten. Mein Vater wischte sich die Stirn.

Warten. Endlos. Ich buchstabierte die Parolen zu Arbeit und Solidarität an den Wänden, ohne die Worte zu verstehen. Meine Mutter begann zu summen. Das machte sie immer, wenn sie nervös war. Ein strafender Blick vom Uniformierten. Mein Vater stieß sie mit dem Ellbogen. Dann schienen sie uns vergessen zu haben. Schrieben. Blätterten in Akten. Ohne unsere Pässe waren wir nichts. Niemand.

Anflug von Beklommenheit. Will ich in ein Land, in dem ich mich melden muß wie ein zur Bewährung entlassener Sträfling? Mein Paß liegt wegen der Visa bei der russischen Botschaft.

Und wann wollen Sie nach Rostow? fragt die Frau. Später, sage ich hastig, später.

Jetzt gehen wir ins »Gorki-Park« und trinken auf die Reise.

Bruno dirigiert uns über die Straße in eine Kneipe mit Gorkis kleiner Gipsbüste auf dem Tresen, der russischen Speisekarte und den jungen Mädchen in bestickten Blusen. Alles etwas heruntergekommen.

Früher war das hier ein Szeneschuppen, erklärt Bruno. Damals in Ostberlin. Er hebt das Glas: prosit! – на здоровье – na sdorowje, auf unsere Reise! Und als ich mich schüttele: Zier dich nicht! Trinken ist eine Frage der Höflichkeit. Auf die Gäste! Die Gastgeber! Auf Rußland! Und auf unsere Freundschaft: Druschba! Beim zweiten Wodka geht es besser.

Das Traumweltkind

Was bin ich, wo bin ich?
Ein Wandrer steh ich da, umzückt von Blitzgefunkel,
Rings Öde um mich her und vor mir – nächtiges Dunkel!
ALEXANDER PUSCHKIN

Zürich, sagt der Vater und wischt sich den Schweiß von der Stirn. Dr. Monakow. Und ihr ist, als habe er ihr einen Eimer eiskalten Wassers über den Kopf gegossen. Wie's der alte Doktor tat, zu dem man sie brachte, wenn sie nachts durch Haus und Garten geirrt war, laut schreiend und Grimassen schneidend, um die Gespenster zu verjagen, die sie heimsuchten, sobald sie sich zu Bett legte. Die Schweiz, sagt der Vater, und sein Gesicht glänzt feucht und rot, die Adern an der Schläfe schwellen dick und blau, die Schweiz ist ein Land, das Juden alle Rechte gibt. Starr sitzt sie da. Und der Vater beginnt, sich vor ihren Augen zu drehen. Sein Kopf mit Haar und Zarenbart. Die Lippen ziehen sich breit. Sein Mund öffnet sich. Zuerst in Monakows Klinik, sagt der Mund, und dann dein Studium. Seine Schultern schwanken. Lachen die Brüder? Spricht die Mutter? Der Tisch wackelt, und sie umklammert die hölzerne Platte. Aber auch die dreht sich. Schneller. Immer schneller. Und Nikolai Arkadjewitschs Gesicht zerfließt, während seine Stimme in sie dringt, in ihrem Kopf dröhnt und ihr die Luft nimmt.

Sabinotschka! Täubchen! Komm zu dir, mein Herzchen. Poljas Gesicht. Ihr Arm unter Sabinas Kopf. Die Tischbeine wachsen in die Tischplatte. Die Stuhlbeine stecken im Polstersitz. Darin blitzen Sprungfedern wie die Schaumschläger in Swetas Küche. Die weichen Stoffschuhe der Mutter. Der steife Rockstoff, der auf die Schuhe stößt. Die schwarzen Vaterstiefel, Hosenbeine, buntseidener Hausrock. Frau und Mann, die nach oben wachsen, sich plötzlich drehen, kopfstehen, von oben nach unten hängen. Schuhe an der Decke. Und die Köpfe ihrem Kopf bedrohlich nah. Nicht, nicht, milenkaja, Liebling. Poljas beschwörende Stimme: Alles wird gut, golubuschka, mein Täubchen.

Das Riechsalz prickelt in ihrer Nase, zieht in ihren Kopf. Das Parkett ist hart und glänzend. Komm, mein Herzchen, murmelt Polja, stützt ihren Kopf. Als sie sich aufrichtet, stellen sich die Gegenstände des Zimmers wieder an ihren Platz. Alles wird bleiben, wie es immer war. Nur sie muß gehen.

Packen, befiehlt die Mutter. Polja soll helfen. Zwei Tage, sagt Eva Markowna, das muß reichen. Auch sie selbst benötigt Poljas Hilfe, denn man würde länger fortbleiben. Ihr Bruder wird sie begleiten. Nikolai Arkadjewitsch, verhindert in Geschäften, soll nachkommen. Dem Hotel »Baur en Ville« hat man bereits depeschiert und Zimmer reserviert. Und Constantin von Monakow hat einen ausführlichen Brief des alten Hausarztes erhalten, in dem er dem berühmten Kollegen, der sich auf dem Gebiet der Hirnanatomie einen Namen gemacht, ein Neuroanatomisches Institut und eine Neurologische Poliklinik in Zürich gegründet hatte, Sabina Nikolajewna als Patientin empfahl. Gute Familie, hat er geschrieben. Wohlhabend. Die Honorare kein Problem. Aber die Patientin sei eines. Er selbst komme mit seinen Möglichkeiten nicht weiter. Kenne das Mädchen seit seiner Geburt. Ein schwächliches Kind. Kränkelte viel. Immer war der Magen angegriffen. Sie neigte zu Halsentzündungen. Man wickelte sie in Tücher, um sie vor den heftigen Winden zu schützen, die jahraus, jahrein im Lande wehen. Heiß im Sommer. Eisig im Winter. Diphtherie, Scharlach, Masern. Das überstand sie gut. Aber die Nerven! Frühreif. Empfindsam. Klagt oft über Kopfweh. Wie der Vater. Ja, die Veranlagung ist da.

Der Vater: nervös, überarbeitet, neurasthenisch, jähzornig bis zur Sinnlosigkeit. Die Mutter von kindischem Charakter, in der Stadt bekannt für ihre Kauf- und Verschwendungssucht, zeigt hysterische Absencen. Ein Bruder hat hysterische Weinkrämpfe, der andere ist sehr jähzornig. Tiqueur. Und auch im Verhalten des jüngsten Sohnes zeigen sich bereits die familientypischen Symptome.

Die Schwester vor drei Jahren an Typhus verstorben. Sie war sechs Jahre alt. Zehn Jahre jünger als Sabina Nikolajewna, die die kleine Emilja liebte (*mehr als alles in der Welt ... Der Tod hat ihr einen schrecklichen Eindruck gemacht*). Seither fühlte sie sich schuldig. Nächtliche Angstzustände traten auf, sie klagte über Schmerzen in den Füßen, fürchtete sich, auszugehen. Tics kamen hinzu: Beinzuckungen, Herausstrecken der Zunge, ruckweises Rotieren des Kopfes, Grimassen, Abwehrbewegungen. Dabei hat sie das Gymnasium mit einer Goldmedaille abgeschlossen. Will Medizin studieren.

Er habe, so erklärte der Arzt in seinem Schreiben, Ruhe verordnet, die die Patientin jedoch nicht ertrage. Habe auch die Anwendung kalter Güsse praktiziert, die mit lautem Geschrei quittiert worden seien. *Nach den Excessen jeweilen starke depressive Gemüthsreaktionen*, Drohungen, Hand an sich zu legen, so daß ein Verbleiben zu Hause unhaltbar erschiene und die Verbringung in eine Klinik, in die Hände eines mit solchen Phänomenen vertrauten Kollegen, unabdingbar sei. Ein Mann wie Monakow, von dessen Psychologisch-Neurologischer Gesellschaft sogar die Kunde nach Rostow gedrungen sei, schiene ihm, so endete der Hausarzt, eine berechtigte Hoffnung, die geistig-seelische Gesundheit von Sabina Nikolajewna wiederherzustellen.

Zürich, murmelt sie, probiert die fremden Worte. Schweiz. Hohe Berge. Ein See. Würde er zufrieren wie der Don und die Ränder des Asowschen Meeres, auf dem im Winter kein Schiff fahren kann, während das Wasser im Sommer warm wird wie das, das dem kupfernen Badeofen zu Hause entströmt?

Sie sitzt auf dem Boden ihres Zimmers, hat sich in den unteren Teil der Vorhänge gewickelt wie als Kind. Dicke Vorhänge, die im Sommer die Hitze, im Winter die Kälte abhalten. Birgt den Kopf zwischen den Stoffalten. Versteckt im

Dunklen. Im Fremden, das modrig riecht. Früher berührten ihre Finger darin manchmal etwas Unförmiges, vielleicht Watte oder Filzfutter, das aus einem Riß gequollen war, zu etwas Wesenhaftem wurde, etwas Entsetzlichem aus einer unheimlichen Welt, die sich in ihr heimeliges Versteck schob.

Sabinotschka! Sie lugt aus dem Stoff, sieht Poljas Füße, ihre Strohschuhe auf dem Parkett, das alles spiegelt, wie der Don, der, weither von Tula kommend, breit ist wie ein See, in der Stadt einen Hafen bildet mit Nachitschewan, einen Hafen, in dem Schiffe liegen und Güter gestapelt werden und verladen auf die Züge, die nach Taganrog fahren, nach Slawansk, Charkow und Wladikawkas. Die Strohschuhe stehen vor ihrem Gesicht. Komm! Wir müssen packen.

Poljas Hände. Es hat keinen Sinn, sich ihnen zu widersetzen. Sie sind kräftig, und ihr Griff so fest, daß sie sich hochziehen läßt. Wortlos. Überleg, was du mitnehmen willst. Denk daran, daß es nicht zuviel sein darf. Kleidung für warme Tage und für kühle. Es gibt doch einen Sommer dort im Gebirge mit den Gipfeln aus Eis? Jedenfalls wird deine Mutter ein gut Teil der Koffer für sich beanspruchen. Grigori hat sie zur Schneiderin gefahren, zur Hutmacherin. Sie will elegant sein wie die Damen im Westen. Ein letztes Mal anprobieren, dann kann gepackt werden. Sabina schneidet eine Grimasse, streckt die Zunge heraus und rümpft die Nase.

Hör auf damit! Es ist schon verrückt genug im Haus. Nikolai Arkadjewitsch wird einen Tobsuchtsanfall bekommen, wenn er die Schneiderrechnungen sieht. Den Preis für die Hüte.

Mein Hut, sagt sie und öffnet den Schrank, mein Marie-Baschkirzew-Hut, mein Hut aus schwarzem Samt, muß mit. Allein in Auftrag gegeben. Der Hutmacherin beschrieben nach Maries Tagebuch. Ein Pariser Hut. Sie löst ihr Haar, setzt den Hut auf. Tief in die Stirn. Fast bis zu den Augenbrauen. Geht nahe an den Spiegel. Der Hut verwandelt sie, macht ihr Gesicht schön und geheimnisvoll. Sie zieht Maries Tagebuch aus dem Regal, das *Tagebuch der Malerin Marie*

Baschkirzew, die lebte in Paris, begann mit 15 zu schreiben, starb mit 24 Jahren. Halblaut murmelt sie Maries Sätze. Immer wieder springt der Funke über. Sie ist Marie. Trägt Maries Hut. Ist schön. Legt ihr Tagebuch zu dem von Marie. Das dicke schwarze Wachstuchheft, in das sie in feiner Schrift Unaussprechliches einträgt: ihre Stimmungen, Gedanken, Gefühle. Viele Gefühle! Ach, wenn nur jemand mich verstünde! Ihr geheimes Tagebuch, das niemand lesen darf. Maries Tagebuch und ihr Hut.

Polja legt ihren Strohhut dazu und die Bänder, die sie passend zur Farbe ihrer Kleider über die Krempe schlingen soll. Polja haßt den Marie-Hut. Du siehst aus wie eine Witwe, sagte sie entsetzt, als Sabina ihn stolz vorführte. Ein fünfzehnjähriges Mädchen und ein Witwenhut. Hatte man so etwas schon gesehen! Unglück würde das bringen. Wütend verbot die Mutter, den Hut außerhalb des Hauses zu tragen. Nur der Vater lachte und bezahlte die Rechnung, ohne zu murren. Da war die Mutter noch wütender geworden.

Sie setzt sich an ihren Schreibtisch, zieht die Bücher zu sich heran, bedeckt sie mit ihren Armen und legt ihren Kopf darauf. Den Kopf mit dem Samthut. Den trug sie immer, wenn sie ihr Tagebuch schrieb. In Zürich würde sie damit ausgehen. Und in die Universität.

Sie hört Polja das Zimmer verlassen, hört sie zurückkommen, etwas auf den Boden stellen. Dein Koffer, sagt sie. Die Schlösser schnappen, der Deckel klappt. Sie preßt ihr Gesicht auf die Bücher, kneift die Augen zusammen. Guter Geist! Mach, daß ich nicht fortmuß. Mach, daß der Koffer verschwindet, daß Polja sagt: Komm in den Garten, mein Täubchen. In die Laube. Ich habe kühlen Saft dorthin gestellt.

Aber Polja zieht ihr vorsichtig den Hut ab, legt die Hand auf das schweißnasse Haar. Sei vernünftig, mahnt sie. Und dann geht sie davon, weil die Mutter nach ihr geklingelt hat. Als Sabina den Kopf hebt, hat ihre Wange auf dem schwarzen Wachstucheinband einen feuchten Fleck hinterlassen.

Im Himmel sind ihre Sünden verzeichnet. Mit roter Farbe. Das sagte die Mutter, wenn sie sah, daß das Kind die Schenkel zusammenpreßte und erschauerte. Gott sieht alles. Und alles wird im großen Buch notiert. Es reicht nicht, daß der Vater sie straft, in seinem Jähzorn unberechenbar. Die Brüder schlägt und dann auch sie. Seine Hand, diese drohende Hand. Die klatschenden Schläge. Verantwortlich, sagte die Mutter streng. Du bist für deine Sünden verantwortlich. Da betete sie. Am Abend im Bett vor dem Einschlafen. Am Morgen beim Erwachen: Gott, laß mich keine Sünde mehr begehen! Sie lauschte in die Stille ihres Zimmers. Wartete auf Antwort. Irgendwann Worte. Deutsche Worte. Worte in ihr, die sie nicht verstand. Obwohl sie Deutsch lernt. Mit dem Vater Deutsch sprechen muß. Und mit dem Fräulein aus Riga. Nein, es waren nicht die Worte aus dem Übungsbuch. Die Worte waren in ihr.

Ein Engel! Gott hatte ihr einen Engel gesandt, der sagte, daß sie eine außerordentliche Person sei. Sehr besonders. Würde sie halten, schützen und führen. Ein guter Geist, der auf ihre russischen Bitten bald russische Antworten gab. Der manchmal erfüllte, was sie wünschte. Dann dankte sie überschwenglich und schwor, nie wieder Verbotenes zu tun. Nicht einmal zu denken.

Aber oft schien er sich abgewandt zu haben, war selbst durch Versprechungen, durch Beschwörungen nicht heranzuholen. So wie damals, als Emilja in wilden Fieberphantasien schrie, als der Doktor von Tag zu Tag ratloser wurde und eines Morgens das Haus mit gesenktem Kopf verließ. Es war mein Hut, dachte sie. Ich bin schuld. Habe das Unglück angezogen mit dem neuen Marie-Baschkirzew-Hut, dem Trauerhut. Schwor, ihn nie wieder zu tragen, wenn nur ... Aber die Schwester lag weiß und starr auf dem Bett, und die Totenfrau deckte ein weißes Tuch über ihren kleinen Körper und das wächserne Gesicht, das eine fremde Emilja war.

Sie springt auf. Nicht daran denken! Geht im Zimmer auf und ab. Schreibplatz, Bett. Bett, Schreibplatz. Vorbei an dem offenen Koffer in der Mitte des Raumes, der seinen Rachen aufsperrt, sie zu fressen: ihre Kleider, Umschlagtücher, Strümpfe, Schuhe. Um alles an einem fremden Ort wieder herauszuspucken: in Zürich, in der Klinik des Dr. Monakow.

Durch die angelehnte Tür tönen die Schläge der alten Standuhr. Bald wird der Geruch von Suppe und Pelmeni, von Bliny oder Fisch durch die Räume ziehen. Und sie werden um den Eßtisch sitzen, als sei nichts geschehen. Der Vater wird verordnen, an diesem Abend Deutsch zu sprechen. Schließlich ist das die Sprache, in der Sabina in Zukunft reden muß. Außer bei Dr. Monakow, der seine zwölf Betten für russische Patienten reserviert hält.

Aussichtslos. Noch eine Nacht. Ein Tag. Eine Nacht. Ein zweiter Tag. Eine letzte Nacht. Versteckt hatte sie sich einmal. Wollte sterben. Damals hatte die Mutter sie geschlagen. Nicht der Vater. Die Mutter, die sonst nie schlug. Nahm ihren Stock mit dem silbernen Hundekopfknauf und prügelte auf sie ein. Dabei war nichts geschehen. Nur auf Mutters Diwan im Salon hatte sie gelegen, süßes Fruchtmark geknabbert und in einem der Journale geblättert, die die Mutter aus Sankt Petersburg kommen ließ. Wurde hochgerissen, beschimpft, geohrfeigt. Was bildest du dir ein! Mein Diwan! Meine Journale! Nichtsnutz! Verwöhntes Ding! Außer sich war die Mutter gewesen. Kam aus dem Kontor des Vaters, wo der Kürschner die unbezahlte Rechnung für den neuen Pelz anmahnte. Ein Geschenk ihres Bruders, hatte die Mutter gelogen, als sie den Mantel das erste Mal trug. Gelogen! Gelogen! Fast hätte Nikolai Arkadjewitsch seine Frau im Zorn geschlagen. Statt dessen waren die Türen ins Schloß gekracht. Und er verschwand in seinem Schlafzimmer und verschloß die Tür.

Auch sie lief davon. Mit brennendem Gesicht. Schmerzendem Rücken. Sprang in die Küche, schöpfte kaltes Wasser aus Swetas großem Bottich, übergoß sich damit und lief hinaus in den Garten, in die Eiseskälte. Als Polja und die Köchin ihr folgten, war sie im Keller verschwunden. Klatschnaß, schlotternd, versteckte sie sich hinter den Tonnen mit gepökeltem Fisch und eingelegtem Kraut. Lungenentzündung würde sie bekommen. Und die Eltern sollten Angst haben, sollten sich quälen, Abbitte tun für ungerechte Strafen.

Steif war sie vor Kälte, und die Kleider klebten starr gefroren an ihrem Körper, als Polja sie aus ihrem Versteck zog. Auch nach dem heißen Bad, unter dicken Kissen klapperte sie mit den Zähnen, wandte apathisch den Kopf ab, wenn sie essen sollte. Todhungern wollte sie sich.

Aber jetzt würde nichts mehr helfen. Nicht das Verstecken, denn sie würde gefunden werden. Nicht die Verweigerung von Nahrung, denn der Tod braucht länger als drei Nächte und zwei Tage. Ich kann, denkt sie, auch in Zürich sterben. Und legt ihr Tagebuch in den Koffer.

Nachts träumt sie, Polja kleide sie an. Steht reglos, wie ein Götze, an dem feierliche Handlungen vollzogen werden, langsam und andächtig: warme Hosen aus Flanell, warme gefütterte Stoffschuhe, die bis zum Knie reichen und die Polja sorgfältig zuknöpft. Genug, befiehlt sie, weil ihre Füße kribbeln. Laß das, Polja! Aber die wickelt ein Tuch um ihre Schultern, zwängt sie in den wattierten Mantel, der so dick ist, daß sie die Arme abspreizen muß. Sie zieht ihr Fäustlinge über und bindet sie fest zu. Sie schwitzt, stöhnt, stößt mit den Fäusten nach Polja, aber die hat ein böses, fremdes Gesicht und stülpt ihr die Fuchsmütze auf. Legt den Baschlik darüber, den ihr der Vater aus dem Kaukasus mitgebracht hat, die feine Wollkapuze mit silbernen Litzen, kreuzt die Zipfel unter ihrem Kinn und bindet sie hinten zusammen. Zieht, daß ihr die Luft wegbleibt und ihr Schrei erstickt.

Sie schlägt mit den Armen. Stößt mit ihren Füßen die dünne Decke von sich, die Polja ihr übergelegt hat. Ist schweißnaß. Streift ihr Hemd über den Kopf, tritt zum Fenster, zieht die Vorhänge zurück. Keine Kühle. Selbst der Wind hat sich gelegt. Dunkel stehen die Bäume und Büsche des Gartens. Der Himmel drohend, als wolle es ein Gewitter geben. Morgen rundet sich der Mond, hat Polja gesagt, die die Gestirne kennt und sie ihr in klaren Nächten zeigt. Die weiß, was es bedeutet, wenn der Mond einen Hof hat, die Sonne Wasser zieht, der Mars tiefrot funkelt. Unglück, murmelt sie dann. Unglück.

In solchen Nächten trafen sich die »wahrhaft russischen Menschen« in der Kapelle am Markt, wuchtige Männer mit dicken Bäuchen und dichten Bärten. Schweißtriefend die Gesichter, wenn sie in stummen Prozessionen durch die Stadt zogen und die schweren leuchtenden Kirchenfahnen trugen, unter deren ungeheuerer Last sie schwankten und stöhnten. Wenn sie dem Popen schworen und dem Zaren, daß sie das Land rein halten wollten, das geliebte Mütterchen schützen vor den Westlern, den Freimaurern, den Juden.

Paßt auf, Nikolai Arkadjewitsch, warnte Polja dann ihren Herrn. Warnte die Männer der Gemeinde. Verschließt eure Türen sorgfältig. Legt Bolzen vor, die dem Druck standhalten. Schützt die Fenster. Stellt Feuerwachen auf. Nehmt die Thorarollen aus dem Schrein. Sucht ein sicheres Versteck, damit sie das Heiligste nicht zerstören.

Dreitausend Juden in der Stadt. Zwanzigmal mehr Andersgläubige. Zu denen gehört auch Polja. Sie hatte vor vielen Jahren vor der Tür des Rabbi Ljublinski gestanden. Am Schabbatabend. Im Januar. Eisiger Sturm war durch die leeren Straßen gefegt, Wind von Ost, aus den sibirischen Steppen. Die Fensterscheiben waren dick zugefroren, und das Papier, das man von innen davorgeklebt hatte, ließ keinen Lichtschein nach draußen dringen. Am Morgen würde man Erfrorene finden, die, zuviel Wodka im Blut, für immer auf dem harten Boden eingeschlafen waren.

Der Prophet Elias, raunten die Kinder des Rabbi, als es an die Tür klopfte. Aber es war ein verfrorenes, halbverhungertes Geschöpf, das den Rabbi um Einlaß bat und den Kopf schüttelte, als er es zu dem weißgedeckten Tisch brachte, auf dem die Kerzen entzündet waren, das Salzgefäß stand, die silbernen Kidduschbecher und das Brot unter einem Tuch bereitlag für den Segen. Es wolle warten, flüsterte das Mädchen, bis die Familie gegessen und der Rabbi Zeit für sein Anliegen habe.

Da setzte er Polja in seine Studierstube. Eine Magd brachte Tee, Brot und Fisch. Dann kam er selbst und hörte dem Mädchen zu.

Niemand erfuhr, was sie dem Rabbi erzählt hatte. Polja wurde aufgenommen, unterstützte die Magd, kümmerte sich um die Söhne und um Eva, die Tochter. Ging mit ihr, als sie Nikolai Arkadjewitsch heiratete und in dessen Haus zog. Sie richtete alles zu den Feiertagen, achtete, solange der Rabbi lebte und seine Tochter besuchte, daß keine Fleisch- und Milchspeisen zusammen verzehrt, daß das Tischgeschirr gesondert gereinigt wurde. Hatte Geschirr und Besteck für den Großvater gezeichnet und bewahrte es in einem eigenen Fach. Als er, wirr im Kopf, mal leise vor sich hinredend, dann wieder zornig mit seinem Stock klopfend, zur Tochter zog, hütete sie den Alten geduldig. Wusch ihn, kleidete ihn, achtete darauf, daß er seine Würde nicht verlor. Und Sabina, die ihn eines Tages nachäffte, den Mund schief zog und zu sabbern begann, erhielt eine schallende Ohrfeige. Danach bekreuzigte sich Polja.

Auch jetzt warnt der Mars. Polja hat mit Sorge das rote Funkeln verfolgt. Und auch Nikolai Arkadjewitsch sorgt sich, wenn er die Zeitungen liest. Überfall der Japaner auf Port Arthur. Krieg ohne Kriegserklärung. Es geht um die Mandschurei, um Korea. Und der Zar ist zum Kampf entschlossen, hat Armee und Flotte nach Osten kommandiert.

Kommen Besucher ins Haus, Kaufleute aus Petersburg, Geschäftspartner aus Warschau, Händler, die auf ihren Fahrten vieles hören und sehen, ist die Stimmung gedrückt. Das Volk hat Angst. Die Not ist groß. Längst sind die Reformen Alexanders II. Vergangenheit, haben seine Nachfolger die Rechte, die der Zar-Befreier gewährte, eingeschränkt. Und im Krieg muß es Schuldige geben, an denen das Volk seinen Zorn austoben, sich in seiner Ohnmacht rächen kann.

Ein Raunen geht um. Verdächtigungen. Furcht. Männer in langen, gelbbraunen Mänteln tauchen auf, mit altertümlichen Hüten, undurchdringlichen Gesichtern. Sie sind überall. Auf den Straßen, den Märkten, wo Fleisch verkauft wird, Gemüse und Fische, die großen blauschimmernden Störe und ihr Rogen, den man in Bliny gewickelt schon zum Frühstück verzehrt. Die Fleischhauer, Fischhändler, Gemüsefrauen tuscheln mit den Männern, wenn ein Rubelstück den Besitzer gewechselt hat. Wer wurde angeschwärzt? Die »Erbsenmäntel« kommen am Sonntag ins Teehaus, wo sich hungernde Bauern versammeln, die ihr Korn abliefern müssen und nichts übrig haben für ihr eigenes Brot. Wo Angehörige der verbotenen Sekten diskutieren und streiten und nur in einem einig sind, daß es anders werden muß mit Rußland. Altgläubige sitzen neben Atheisten, Sozialisten, Tolstojanern. Verfolgt von der Ochrana. Betreten deren Spitzel das Lokal, pfeift der Wirt, und die Männer trinken schweigend ihren Tee, sitzen so unbeteiligt, als stünde das Land nicht vor dem Abgrund.

Von Pogromen in der Provinz wird hinter vorgehaltener Hand getuschelt, den schwarzen Hundertschaften, die durchs Land ziehen und in ihrem dunklen Drang alles verfolgen, was sie nicht verstehen. Von Soldatenaushebungen raunt man, von jüdischen Jungen, kaum älter als zwölf, dreizehn Jahre, die in die Armee gesteckt werden. In den untersten Rängen bleiben. Jahre. Jahrzehnte. Aufstieg ausgeschlossen.

Erez Israel! Das wird mal laut gesagt, mal leise. Zurück nach Zion. Fort aus Rußland. Eine neue Heimat. Neue Lebensformen aus der Idee des Sozialismus. Der Vater, zornesrot, verbietet den Söhnen, auf die Feuerköpfe zu hören. Noch ist ihm nichts geschehen. Sind er und seine Familie ungeschoren geblieben. Er ist ein guter Russe, ein Gilde-Kaufherr. Assimiliert. Hat den Namen gewechselt, den des Zaren angenommen. Erzieht seine Kinder in der russischen Sprache, schickt sie auf russische Gymnasien, hat den Jungen den Besuch der jüdischen Chevar untersagt, dem Schwiegervater zum Trotz.

Sabina Nikolajewna, am nächtlichen Fenster, zieht fröstelnd die Schultern hoch. Faßt nach ihrem Morgenmantel. Wartet, wie alle warten: auf das Gewitter, das Ende der Sommerhitze, der Trockenheit, auf die Gerechtigkeit des Zaren. Alles scheint auf Erlösung zu hoffen: die Orthodoxen beim Osterritual, die Sozialisten, die auf den Dörfern, in den Gruben um Donez, den Eisenhütten und Fabriken die Revolution predigen, das Ende von Knechtschaft und Abhängigkeit versprechen. Und wenn der Winter kommt, werden sie auf das Ende der Kälte hoffen, das Ausbleiben der Stürme.

Studieren, etwas Sinnvolles tun, wie der Vater, der sich gegen die Widrigkeiten der Natur stemmt, die Bauern zum Pflanzen von Schutzstreifen um die Felder anhält gegen den stürmischen Wind. Aber wenn die Büsche verdorren, weil der Regen ausblieb und der Boden nicht genug Wasser speichern konnte, dann ist der Jude schuld, der verdammte, der versprochen hat, daß sich die Arbeit lohnt, daß die Erde nicht mehr aufwirbelt und die frische Saat davonfliegt und mit ihr die Hoffnung auf Brot. Dann bleibt nur der Himmel. Die Erlösung durch den, von dem die Russen glauben, daß er gekommen ist. Und auf den die Juden warten.

Als sie das Horn hört, weiß sie, daß der Hirte durch die Straße zieht, um die Kühe (jedes Haus hat mindestens eine) zu sammeln und auf die Weide zu treiben. Sie kneift die Augen fest zu, rollt sich zusammen, zieht die Decke über den Kopf, wünscht, daß alles nur ein böser Traum ist: Zürich, Dr. Monakow, die Hotelreservierung. Und der Koffer, der zu packen ist. Aber als sie die Decke anhebt und vorsichtig blinzelt, sieht sie ihn inmitten des Zimmers stehen, der Deckel noch immer offen. Früher hat sie manchmal gedacht, daß die Dinge lebten und sich in ihrer Gegenwart nur verstellten. Dann wandte sie sich um, schloß einen Moment die Augen, drehte sich zurück, um die Gegenstände so zu sehen, wie sie wirklich waren. Aber es gelang nicht. Nie entdeckte sie, was hinter den Dingen war. Es blieb ein Geheimnis. So wie in den Geschichten von Noah, der Arche und der großen Flut, von Moses und den Kindern

Israels, die er durch das Rote Meer führte, aus der Knechtschaft in die Freiheit. Mit den bunten Holztieren der Brüder und ihren Püppchen spielte sie nach, was Polja erzählte. Schafe, Esel, Pferde und Kühe wurden in ihr Puppenhaus verladen, aus dem sie die Möbel entfernt hatte. Nur die Tiere waren in dieser Arche und Noah mit seiner Frau, seinen Söhnen und Töchtern. Das waren ihre hölzernen Wickelpüppchen, die wie kleine Mumien aussahen: die Köpfe mit angemalten Haaren und mit zwei blauen, über Kreuz gemalten Strichen auf ihren Körpern. Wurde ein Fest gefeiert, ein Lamm geopfert, dann tanzten die altmodischen Drechselpüppchen mit den weiten Röcken. Damen und Kavaliere, von denen jedes auf vier Borsten stand. Wenn Sabina mit den Fingern auf die Tischplatte trommelte, bewegten sie sich, drehten sich herum, und manchmal, wenn sie besonders geschickt klopfte, faßten sie sich an den Händen und tanzten zu zweit oder dritt.

Polja zieht die Decke zurück. Sagt nichts. Aber du, schluchzt Sabina, aber du kommst mit. Doch Polja schüttelt den Kopf. Nur einmal hat sie Eva Markowna begleitet, nach Karlovy Váry, wo Sabina sich weigerte zu essen. Und wenn man sie zwang, schlang sie an der Table d'hôte alles in sich hinein, daß es der Mutter peinlich war. Und hinterher erbrach sie heimlich die kaum verdaute Nahrung. Das war nach Emiljas Tod, und die Mutter sollte sich erholen.

Der Onkel würde mitkommen. Mutters Bruder. Ausgerechnet. Ausgerechnet der. Ihre erste Liebe. Der alte Onkel, der Doktor aus Nowotscherkask. Dahin fuhren sie manchmal mit der Bahn. 45 Werst. Das ist nicht weit. In der Stadt steht der Palast des Gouverneurs, sind Verwaltung, Gericht und die Garnison der donischen Kosaken. Die reiten durch die Straßen, mit roten Uniformen und hohen, nach oben breiter werdenden Fellmützen, bereit, des Zaren Grenzen zu verteidigen gegen Grusinen, Tschetschenen und Armenier, die aus dem Kaukasus in die Steppen und zum Don drängen. Wenn der Vater auf den Ämtern zu tun hatte (eine Unverschämtheit, die

Kaufleute aus Rostow in dieses Nest zu bestellen, Gouvernementssitz von Jekaterinoslaw hin oder her!), saß die Mutter im Salon der Tante, trank Tee, aß Pastetchen und klagte über das Hauspersonal und den Geiz ihres Mannes. Sabina hockte daneben, kaute an ihren Nägeln, bis die Mutter mit einem Schlag auf Sabinas Hand dem ein Ende machte. Kam der Onkel aus der Ordination, begann eine neue Klagewelle. Sabina macht Ärger in der Schule, zieht im Unterricht Grimassen, äfft Lehrer nach. Hat sie eine Handarbeitsnadel dabei, sticht sie die Mitschülerinnen und macht, wenn die laut aufschreien, ein unschuldiges Gesicht. Man würde sie noch, so die verärgerte Mutter, der Schule verweisen, obwohl sie eine hervorragende Schülerin sei. In jedem Schuljahr mit einer Medaille ausgezeichnet.

Und dann die Nächte! Polja sei schon in Sabinas Zimmer einquartiert, um auf die Unruhige zu achten. Oft schreie sie im Schlaf und wache schweißnaß auf, so daß sie das Hemd wechseln müsse. Bei Vollmond steige sie aus dem Bett, ginge zum Fenster, die Augen geöffnet, dennoch blicklos. Sie öffne die Flügel, steige auf das Fensterbrett und stehe mit ausgebreiteten Armen, als wolle sie davonfliegen. Das Gesicht ganz weiß vom Mond. Da müsse er etwas tun, bat Eva Markowna den Bruder. Der alte Hausarzt sei längst ratlos.

Der Onkel tätschelte Sabinas Wange, nahm sie mit in die Ordination und hörte zu, wenn sie über die Dummheit der Mitschülerinnen klagte und daß sie keine Freundinnen habe, keine richtigen jedenfalls. Überhaupt niemanden, der sie verstehe. Alles sei flach, häßlich, ungerecht. Und wenn es nur Stillstand gibt, keine Veränderung, wenn es immer so weitergeht mit dem Leben, Tag für Tag, dann wolle sie nicht mehr, dann sei alles sinnlos. Über den Jähzorn des Vaters wagte sie nicht zu sprechen.

Warte, bis die Revolution kommt, sagte der Onkel begütigend, dann sitzen wir beide in der radikalen Linken. Und sie wußte nicht, ob er es ernst meinte oder ob er sich über sie lustig machte. Dennoch liebte sie ihn, war er doch der einzige, der ihr aufmerksam zuhörte und sie auch dann nicht auslachte oder für verdreht erklärte, als sie ihm anvertraute, daß sie nicht schlafwandle, sondern auf den Mars reise, wo man nicht ißt, sondern sich durch Osmose ernährt, wo man sich nicht fortpflanzt, sondern die Kinder im Unbewußten so schnell entwickelt, daß sie – wie durch Zauberei – plötzlich da sind.

Waren sie wieder in Rostow, schrieb Sabina ihm Briefe, schwärmerische, sehnsüchtige. Wollte ihm nicht nur Nichte sein, sondern Freundin. Träumte, der Onkel streichle nicht nur ihre Wange, striche nicht nur über ihr Haar, sondern nähme sie in seine Arme. Dann würden sie eins und die Einsamkeit hätte ein Ende. Sie ging mit abwesend seligem Gesicht durchs Haus und wartete auf Antwort. Aber der Onkel schrieb an die Mutter, und die war empört: der Onkel dreißig (und das klang wie Hohn), dreißig Jahre älter und verheiratet. Zudem ihr Bruder. Ob Sabina denn ganz und gar das Gefühl dafür verloren habe, was sich gehört.

Auch der Vater war außer sich gewesen, hatte sie in sein Zimmer geholt und ihr befohlen, sich mit dem Gesicht auf den Boden zu legen. Da hatte sie gezittert und gebettelt, daß er sie nicht schlagen solle. Hatte geschrien, als er ihren Rock hob, so laut hatte sie geschrien, daß er von ihr abließ, aber sie vor dem Bild des Großvaters in die Knie zwang, wo sie schwören mußte, gehorsam, immer gehorsam zu sein. Und nie wieder sündige Gedanken zu haben.

Als sie das Zimmer verließ, stoben die Brüder, die gelauscht hatten, mit großem Hallo davon.

Im Haus riecht es süß nach Marmelade, nach Konfitüren und Gelees. Die kocht Sweta, wenn die Erdbeeren, die Kirschen reif sind. Pfirsiche, Aprikosen, Feigen kommen dazu. Sommer für Sommer stapelt sich das Obst in der Küche, wird gewaschen, geschnitten, in den kupfernen Kesseln gerührt. Zucker rieselt in rote und gelbe Früchte, schwarzes Mark wird aus Vanillestangen gekratzt. Den Kesseln entsteigt eine schwere Süße, die das Wasser im Mund zusammenlaufen läßt. Gläser werden heiß gespült, Verschlüsse bereitgelegt. Sweta rührt, rotgesichtig, streicht das feuchte Haar aus der Stirn. Polja rührt, füllt mit dem hölzernen Löffel heißen Fruchtbrei auf einen kleinen Teller, läßt Sabina probieren, die sich die Lippen leckt. Die Frauen streichen zähe gezuckerte Obstpaste auf Bleche, lassen sie trocknen, schneiden sie in Rhomben und servieren sie zum Tee. Wie sie die vermissen wird!

Ich schicke dir ein Päckchen nach Zürich, mein Herzchen, verspricht Polja, schiebt ihr einen Teller mit Buchweizengrütze hin, auf die sie Erdbeermark verteilt hat: Iß, Sabinotschka! Aber die löffelt nur schnell die rote Decke vom Brei, bevor sie ihn von sich schiebt, geht durch das Haus, als sei es das letzte Mal: das Eßzimmer mit den blaugrünen Wänden, den geschnitzten und bemalten Stühlen, den Eckschränken, durch deren Scheiben sie das bunte Geschirr mit den aufgemalten russischen Sprichwörtern sehen kann, die gestickten Vorhänge und Polster, die schweren Silberleuchter. Alles à la russe. Das ist Mode und entspricht dem Geschmack der Mutter, dem erstrebten Russentum des Vaters. Der Salon der Mutter mit Klavier, Diwan, zierlichen Mahagonistühlchen, dem Tisch mit dem Samowar, das dunkelgrüne Herrenzimmer mit dem schweren Eichenschreibtisch des Vaters, dem Bücherschrank, in dem Akten stehen, die er aus dem Kontor mitbringt, das im Anbau gelegen ist, nahe dem Lager für die Saat- und Düngemittel, die Nikolai Arkadjewitsch aus Deutschland einführt.

Kam der deutsche Konsul ins Haus, der sein Bureau auf dem rechten hohen Ufer des Don, bei der Einmündung der Temernika, hat, mußte Sweta eine Bouillon kochen, mit winzigen, pilzgefüllten Pelmeni darin, ein Fricassé aus Hühnerfleisch zubereiten mit Erbsen, grünen Spargelstückchen und viel Sahne. Dazu Kartoffeln, die der Konsul liebte und mit Petersilie bestreut in großen Mengen verzehrte. Früher, als Sabina noch nicht mit dem Kopf ruckte und plötzlich zu lachen anfing (ein Lachen, das sie nicht aufhalten konnte, das aus ihr herausbrach, herauslachte ohne Grund), hatte sie manchmal mitessen dürfen, weil der Vater vorführen wollte, welche Fortschritte die Tochter bei dem baltischen Fräulein in der deutschen Sprache machte. Jeden Tag kam es für zwei Nachmittagsstunden ins Haus und unterrichtete Sabina und die Brüder in Deutsch und Französisch. Streng, humorlos, pflichtbewußt, durchdrungen von protestantischer Moral war die Lehrerin. Nie hatte Sabina sie lächeln sehen. Sie machte einen Knicks, wenn die Lehrerin kam, wenn sie ging. Merci. Danke sehr, Fräulein. Adieu, Mademoiselle. Auf Wiedersehen.

Sie steht in der Halle mit dem goldgerahmten Riesenspiegel, der den Raum vergrößert und ihr eigenes Bild zeigt. Von Jahr zu Jahr ein paar Zentimeter gewachsen. Mit Zöpfen, mit offenem Haar. Die Kleider, Röcke und Blusen immer ähnlich: lang, hochgeschlossen, gerüscht das Oberteil über der Brust, die sich nur zögernd runden will. Ganz nah geht sie an den Spiegel, so als müsse sie sich von der Person verabschieden, die ihr gegenübersteht. Sie schaut sich in die Augen: die Pupillen groß und schwarz, die Iris grau-grün. Manchmal eher blau als grau. Manchmal eher braun als grün. Rätselaugen, sagte der junge Klavierlehrer, für den sie geschwärmt, für den sie geübt hat. Er war anders als das pedantische baltische Fräulein, das, wenn ein Heft fehlte, Feder und Stifte schief lagen, mit zusammengekniffenen Lippen dasaß und vor sich hinstarrte. Dann konnte sie sich noch soviel Mühe geben, es war (zumindest für diese Stunde), nicht gutzumachen. Dann saßen sie in drückendem Schweigen: Sabina, Jan, Oskar und Emil. Mühten sich, die lateinischen Buchstaben fehlerlos und ohne Tintenkleckse aufs Papier zu bringen, nicht das russische W und das deutsche B zu verwechseln, nicht das kleine t mit dem kleinen m. Heilige Ordnung, predigte die Lehrerin, segensreiche Himmelstochter. Aber bei Sabina bewirkten die Stunden beim Fräulein das Gegenteil. Kehrte sie in ihr Zimmer zurück (der Unterricht wurde in einem der Jungenzimmer gehalten), warf sie ihre Hefte auf den Boden, dazu die Bücher und richtete ein heilloses Durcheinander an.

Sie betrachtet sich im Spiegel wie eine Fremde. Das Gesicht ausdruckslos, als gäbe es nicht dieses plötzliche Rucken des Kopfes, Verziehen des Mundes, das Herausstrecken der Zunge, das ihre Züge verzerrt und eine andere aus ihr macht. Ihre Augen starr. Hinter ihr im Glas, hochaufgerichtet, der Bär, den der polnische Großvater erlegt haben soll. Aber das ist nur die halbe Wahrheit, denn Juden sind keine Jäger. Der reglose Bär mit den gläsernen Augen, der zu ihrer Kindheit gehörte wie Polja, Sweta und Grigori, wie die anderen dienstbaren Geister, die den Gästen die Haustür öffnen, Pelze, Pelerinen, Hüte und Schirme abnehmen und sie ins Empfangszimmer mit den hochlehnigen Stühlen an der Wand einlassen, nachdem die Besucher ihre Karte auf das silberne Tablett gelegt haben, das der Bär in seinen Pranken hält.

Sie kommen und gehen, mit Neugier empfangen und mit Bedauern verabschiedet: Händler aus Galizien, der Ukraine, der Bukowina, Kaufleute aus den baltischen Ländern, Moskau und Sankt Petersburg, Geschäftspartner aus Deutschland, Verwandte und Fremde. Juden und Christen. Jeder wird mit leidenschaftlichem Interesse empfangen, neue Gedanken, Anregungen bereichern die Gespräche. Man bewirtet sie mit allem, was Küche und Keller zu bieten haben, und sie erzählen von der Welt: Fremdes, Schönes, Fürchterliches. Sabina nickt dem Bärenkopf im Spiegel zu und geht zurück in den Salon, setzt sich ans Klavier, spielt das Lied von den schwarzen Augen: очи чёрные, otschi tschornye. Singt leise. Spielt Glinka. Chopin. Hat vergessen, daß sie fortmuß.

Im Koffer nichts als die Tagebücher, das schön gebundene der Marie Baschkirzew und ihr eigenes. Der schwarze Samthut. Sie setzt ihn auf (trotz der Hitze im Zimmer), inspiziert ihr Bücherbord. Tolstoi muß mit. *Krieg und Frieden*. Wie lange war sie Natascha Rostowa gewesen? Tage, Monate, Jahre. Damals stand sie vor dem Spiegel, summte »Über die Straße nach dem Quell, sprang ein Mädchen nach Wasser schnell«, stemmte die Arme in die Seiten, wiegte die Schultern, nahm ihr weißes Taschentuch, flatterte mit den Händen, hob graziös die Arme. Wie Natascha im Roman, wie die Mädchen in den Dörfern, die sie besuchte, wenn sie mit dem Vater im offenen Wagen über Land fahren durfte. Gezogen von einem Pferd, manchmal im Dreigespann: das mittlere Pferd hatte einen buntbemalten Bogen über dem Kopf, an dem Glöckchen klingen. Es lief im Trab, die beiden Seitenpferde galoppierten, ein leichtes Geschirr um die Hälse, die sie weit nach außen bogen. So jagten sie über die Landstraße, über Feldwege: »Troika, Vogel Troika!« Unbeschreiblich das Glück, wenn die Felder vorbeifliegen: Weizen, Mais, Sonnenblumen, blauer Flachs. Flaches Land, tiefblauer Sommerhimmel mit weißen Wolkenbergen. Und plötzlich die gefährlichen Schluchten, die steilwandigen owragi, vor denen sie sich fürchtete.

Sie blieben rechts des Don, wo Schafe weiden, Pferde, Rinder und Schweine. Während sich am linken Ufer die unfruchtbare Salzsteppe ausbreitet, aus der Salz gewonnen wird und Kalkstein, durch die Tataren und Kalmücken mit ihren Zelten und Herden ziehen. In Ufernähe ein paar verlassene Bauernhütten. Breit ist der Fluß, und träge strömt das Wasser zwischen den beiden ungleichen Ufern.

Tschernosome, erklärte der Vater und zerkrümelte die Erde, die die Farbe reifer Kastanien hat, zwischen den Fingern. Relativ geringe Produktion von organischen Substanzen, daher humusarm; der A-Horizont nur wenige Zentimeter mächtig. Das heißt, daß man düngen muß. Künstlich dem Boden zuführen, was fehlt oder durch die ständigen Winde weggeweht wird. Verstehst du, Sabinotschka. Sie fuhren an den Schutzwaldstreifen entlang, die angepflanzt wurden, damit die Wege nicht zuwehen. Kamen an breiten Staubecken vorbei, in denen das Wasser des Don gesammelt und auf die Felder geleitet wird und doch unversehens im durchlässigen Boden versickert.

Weite Steppe. Hohe Federgräser, die Grannen silbergrauduftig, durch den Wind ständig in welliger Bewegung. Blüten im Mai: Wermut und blauer Salbei. Euphorbien. Ein Duft, der Sabina berauscht, herb und zart zugleich. Und sie fühlt sich so lebendig, daß sie kaum erwarten kann, auszusteigen und die Kräuter zu pflücken, die sie Sweta mitbringen möchte. Salvia nutans, Festuca sulcata sulcata, Stipa lessingiana, erklärte der Vater und sagte, daß außer Wermut und Salbei nichts für die Köchin von Interesse sei. Ende Juni, das weiß sie, vertrocknen die Pflanzen, die Steppe wird braun. Aber unter der Erde übertrifft die Pflanzenmasse die oberirdische um ein Vielfaches, gibt es ein enges Geflecht von Wurzeln und Rhizomen, die auf Wasser warten, um wieder ausschlagen zu können. Das ist ihr Bild, das sie in sich trägt, wenn sie in den eisigen Wintern den Frühling herbeisehnt: das verborgene Leben, das im Untergrund nur schlummert und darauf wartet, an die Oberfläche zu dürfen, um sich zu entfalten. Manchmal ahnt sie, daß es auch in ihr so etwas gibt, tief drinnen, das herauswill.

Sie nimmt den Hut vom Kopf, wischt den Schweiß von der Stirn. Nein, es wird kein Gewitter geben, solange die Sasuscha anhält, die Temperatur noch steigt, von Tag zu Tag: 29 Grad, 30, 31. Bis auf 35 Grad wird das Thermometer klettern. Und je heißer es wird, desto geringer die Aussicht auf Regen. Wochen kann es so gehen. Und wird schließlich die Sasuscha zum Sachuwei, ist es unerträglich. Selbst die Nächte bringen keine Abkühlung. Und alles wird unter den heißen Winden verdorren.

In Zürich ist es anders. Das hat sie in der Enzyklopädie gelesen.

Tolstoi in den Koffer, seine Novellen und Aufsätze. Byron.

Ihre Tagträume. Sie sehnt sich nach Liebe, nach Gesprächen, in denen einer dem anderen alles anvertrauen, alles, auch das Geheimste sagen kann.

Puschkin muß mit. Zur Feier seines hundertsten Geburtstags sollte sie in der Aula des Jekaterinengymnasiums den

Monolog des alten Mönches Pimen aus *Boris Godunow* rezitieren. Aber sie sprach (unerwartet für das Publikum) Puschkins *Verlangen nach Ruhm*. Leise und zögernd hatte sie begonnen: »Als ich von Leidenschaft und Liebeswonne trunken / In stummer Seligkeit vor dir aufs Knie gesunken«... Aufgeregt war sie gewesen, ihr Herz klopfte im Hals, die Stimme zitterte: »Ins Auge dir geblickt, geschwärmt: nun bist du mein!« Doch plötzlich war (zu ihrer eigenen Überraschung) ihre Stimme fester, ihr Vortrag immer sicherer geworden: »Was bin ich? Wo bin ich? / Ein Wandrer steh ich da«. – Und während sie, jedes Wort fein nuancierend, in die erstarrten Gesichter der Directrice, der Lehrerinnen, Eltern und Schulräte schaute, die den festlich gestalteten Programmzettel in Händen hielten, verspürte sie einen Triumph wie nie zuvor. Ich habe mich widersetzt und habe es geschafft: »Nach Ruhm verlang ich jetzt, auf daß allzeit dein Ohr / Nur meinen Namen hört« –

Stille. Dann löste sich die Erstarrung, das Publikum applaudierte, die Mitschülerinnen umarmten sie stürmisch: daß du das gewagt hast! Und die Musiklehrerin sagte ein ums andere Mal, daß Sabina Nikolajewna zum Theater müsse. Aber zu Hause hatte die Mutter sie wegen ihres Ungehorsams geschimpft und gesagt, daß sie sich nichts einbilden solle. Schließlich empfiehlt man allen hübschen Mädchen, zur Bühne zu gehen. Den hübschen Mädchen, betonte die Mutter mit einem verächtlichen Blick auf Sabina, und die Brüder grinsten. Also: Schlag dir die Flausen aus dem Kopf!

Sabina kauerte auf der Fensterbank und flüsterte Puschkins Vers in den nächtlichen Garten: »Als ich im Garten nachts das Lebewohl dir sagte!« Fühlte sich einsam, unverstanden, enttäuscht und war so müde, als stünde sie nicht am Anfang, sondern am Ende ihres Lebens.

Wie weit bist du? Polja in der Tür. Such die Sachen heraus, Täubchen. Schuhe, Strümpfe. Und nicht zu viele Bücher! Die machen den Koffer unnötig schwer.

Ihre Bücher, in die sie sich geflüchtet hat, mit denen alles verändert werden sollte. Las sie Gorki und Tschechow, deren Darstellung der Zustände in Rußland, schwankte sie zwischen trüber Hoffnungslosigkeit und verzweifelter Auflehnung. Dann nahm sie sich Solowjows *Sinn der Liebe* vor, tauchte ein in die mystische Wortwelt der All-Einheit, in der der Unterschied zwischen Mann und Frau überwunden wird. Träumte vom Menschen der Zukunft, der den Tod und das Geschlecht besiegt (diesen Drang, der ihre Finger immer wieder zwischen ihre Schenkel führt, sie Verbotenes tun läßt), träumt von jenem androgynen Zukunftswesen, für das Sexualität entbehrlich ist, von Gottmenschentum, Erlösung, Wiedergeburt.

Lesefluchten. Im Alltag war sie lächerlich unbeholfen (alles hatte Polja ihr abgenommen). Sie konnte ihre Gefühle nicht beherrschen, schwankte zwischen den Ideen des Materialismus, der alle Probleme der Gesellschaft zu lösen versprach, und religiösen Sehnsüchten. Tagträumte, auf dem Dachboden einen Altar zu errichten, vor dem sie Andachten zelebriert, als Rabbinerin mit der geöffneten Thorarolle, den silbernen Lesefinger auf den Zeilen, wie sie es beim Großvater gesehen hatte. Dann wieder wünschte sie sich in das golddurchwirkte Festgewand einer Popin, stand im flackernden Kerzenschein vor der Ikonostase, Mittlerin zwischen Himmel und Erde.

Wenn die Brüder und deren Freunde von den Protesten der Studenten erzählten, die geheime Zusammenkünfte abhielten und die akademische Freiheit verlangten, wäre sie gern eine von ihnen gewesen, eine Studentin, die sich dem Aufstand angeschlossen hätte. Heimlich verteilte sie gemeinsam mit Sofia Borisowna und Nina Semenowna Flugblätter und Revolutionsliteratur in Rostow, wußte, daß jede Versammlung, die nicht von der Polizei genehmigt war, als politisches Verbrechen galt. Nicht nur Pistolen, sondern auch die scharfen finnischen Messer, die die Jungen bei sich trugen, waren verboten. Forderungen nach politischen Reformen galten als Aufruhr, die Verhaftung, Verbannung oder Tod durch den Strang bedeuten konnten. Für Männer und für Frauen. Die warteten, eingekerkert in den Kasematten der Peter-und-Pauls-Festung, auf ihr Urteil. Und wenn sie Glück hatten oder gute Fürsprecher, wurden sie begnadigt und konnten ihr Studium im Westen fortsetzen, in Leipzig, Berlin, Heidelberg, in Wien, Paris oder Zürich.

Als Nikolai Arkadjewitsch von den geheimen Treffen hörte, wurde er zornig, die Adern an seinen Schläfen schwollen: Daß ihr euch fernhaltet! Daß mir keine verbotenen Schriften ins Haus kommen! Wir sind loyal und wir werden es bleiben! Da sagte Sabina, *man könnte die Eltern für die Gesellschaft drangeben.* Und daß das Wohl der Menschen wichtiger sei als Gehorsam gegenüber Vater und Mutter. Ganz ruhig hatte sie gesprochen.

Totenstille. Die Brüder erstarrt. Die Mutter mit hochgezogenen Schultern, als fürchte sie einen Schlag. Dann schrie der Vater. Niemand konnte sich später genau an die Worte erinnern, die er herausstieß, von heftigem Schnaufen unterbrochen, als müsse er ersticken. Und die mit der Drohung endeten, daß er sich das Leben nehmen wolle.

Jäh war er aufgesprungen und (wie immer nach solchen Szenen) in seinem Zimmer verschwunden. Danach warteten sie tagelang, daß er wieder herauskam, damit sie sich entschuldigen könnten. Die Brüder versprachen Gehorsam. Sabina jedoch schwieg, stand zu dem, was sie gesagt hatte. Was der Vater nicht verstehen konnte. Und das schmerzte sie mehr als die Schläge, die sie bekam und für die sie Nikolai Arkadjewitsch demütig die Hand küssen mußte.

Im folgenden Sommer bestellte der Vater einen Lehrer, der sie während der langen Ferien in den Naturwissenschaften unterrichten sollte, intensiver, als es in der Schule geschah. Mathematik, Physik, Chemie, Botanik, Geologie. Das würde seinen Söhnen Welterkenntnis bringen und seine Tochter auf den Boden der Tatsachen holen. Der blasse Lehrer kam aus einem Schtetl in Galizien und besuchte während seiner Ferien Verwandte aus der Rostower Gemeinde. Er studiert in Sankt Petersburg, sagte der Vater anerkennend, obwohl er Jude ist. Sabina musterte den nervösen Schnellsprecher mit dem langen Haar, der schief sitzenden schwarzsamtenen Jamulke und den hellen wäßrigen Augen, deren Ränder immer gerötet und ein wenig entzündet waren, abschätzig. Tag für Tag, während draußen die Sonne schien und auf dem Land das Korn geerntet wurde (Sabinas liebste Zeit, den Vater zu begleiten), saßen sie über Gleichungen, zeichneten Parallelverschiebungen, ließen ihre Finger über die logarithmischen Reihen wandern. Sie wiederholten und erweiterten ausgewählte Kapitel der Optik, Akustik und Mechanik, stellten chemische Versuche nach. Und der Lehrer redete so schnell, daß Sabina keinen Zusammenhang herstellen konnte. Die Welt zerfiel unter seinen Worten in Formeln, die sie nicht verstand. Immer wieder fragte sie sich: Was ist Materie? Wie ist aus dem Materiellen das Bewußtsein entstanden? Wo (in diesem Gewirr aus Prozessen und Formeln) habe ich meinen Platz?

Der Onkel aus Nowotscherkask hatte ihr Du Bois-Reymonds berühmte Rede über die Grenzen der Naturerkenntnis gegeben. Aber auf ihre Fragen hatte sie keine Antwort gefunden. Wenn es so um uns steht, hatte sie ins Tagebuch geschrieben, ist das Leben ein unwürdiger Prozeß, und man ist verpflichtet, Schluß damit zu machen. Jeder Tag ist eine sinnlose Prozedur, eine unwürdige Komödie. Wozu leben wir? Polja sagt: Füreinander, weil wir einander lieben. Für sie (die an Erlösung glaubt) ist die Welt einfach, aber für mich ...

Sie flüchtete ans Klavier, wartete auf den Klavierlehrer. Mit Herzklopfen. Wenn er jedoch bei ihr saß, verspielte sie sich, wurde rot, brach in plötzliches Gelächter aus, das nicht aufhören wollte, obwohl sie nichts mehr wünschte, als aufmerksam neben ihm zu sitzen und zu spielen. Stücke zu vier Händen. Wenn das Lachen nicht aufhören wollte, lief sie aus dem Zimmer und sah noch aus den Augenwinkeln, wie er ihr mit einer Mischung aus Neugier und Ablehnung nachblickte.

Und wenn zum Lachen die Grimassen kamen, sprang Eva Markowna ein, trank Tee mit dem Klavierlehrer und erklärte, daß ihre Tochter erschöpft sei vom Lernen im Abschlußjahr, überanstrengt, auch habe der Tod der kleinen Schwester vor Jahren eine traurige Verwirrtheit hinterlassen, die es Sabina Nikolajewna schwermache, so mit Menschen zusammenzusein, wie es sich gehöre. Nicht schlechte Manieren, sondern (und Eva Markowna zögerte) eine Krankheit des Gemütes sei der Grund für das absonderliche Verhalten. Man habe sie in Behandlung gegeben und hoffe auf Besserung.

Nicht zu viele Bücher. In der Schweiz wird sie anderes lesen. Deutsches, Französisches. Sie stellt Tolstoi zurück ins Regal. Tschechow, Gogol. Hält ihr altes Schullesebuch in Händen: Родное Слово, das heimatliche Wort. Blättert in den Geschichten und Gedichten, die sie noch immer auswendig hersagen kann, den Klang der Klapper im Ohr, mit der die Lehrerin den Rhythmus unterstrichen hat. Die erste Lehrerin, die ins Haus kam, ein häßliches, durch Blatternarben entstelltes, sanftes Wesen, das sie liebte. Eins, zwei, eins, zwei, zählte sie, wenn Sabina Nikolajewna mit der Feder zwischen den Linien kratzte. Stäbe und Haken. Achte auf die feinen Unterschiede: das kleine g, das kleine l. Setz die Härte- und Weichheitszeichen säuberlich, sonst kannst du deine eigene Schrift nicht lesen.

Auf Wunsch des Vaters machte die Lehrerin einfache chemische Versuche, damit die Kinder verstanden, wie Landwirtschaft und Düngung funktionieren: Lösung von Ton in Wasser, Kristallisation des Salzes, Verbrennung von Humus. Von den Insekten, für die der Vater Spezialist ist, gab es Schautafeln mit den lateinischen Namen, die sie auswendig lernen mußten.

Puschkin in den Koffer. Und Solowjow. Ihr Skizzenblock. Die Stifte und Farben. Die gehören zu ihrem Marie-Baschkirzew-Hut. Hilf mir, Polja. Die beginnt, die Kleider von den Bügeln zu streifen und sorgfältig zusammenzulegen, Wäsche, Strümpfe, Tücher. Steckt die Schuhe in leinerne Beutel. Ein

resedagrünes Kleid baumelt einsam im Schrank. Das Reisekostüm.
 Sie hockt reglos auf ihrem Bett und sieht zu. So viele Erinnerungen. Soviel Vergangenheit. Wieviel Zukunft? Und während sie dasitzt, vergeht die Zeit unaufhaltsam. Noch eine Nacht. Ein Tag und eine Nacht.

Beim Abendessen, als sie schweigsam und blaß in ihrem Teller stochert, sagt der Vater, daß sie für ihren letzten Tag einen Wunsch freihabe. Da bittet sie, mit Grigori durch die Stadt fahren zu dürfen. Und Polja soll mit. Aber das wird abgeschlagen.
 Dobroe utro. Guten Morgen. Der Kutscher hat das Pferd eingespannt und hält in der Durchfahrt zum Hof. Seid gegrüßt, Sabina Nikolajewna. Ich wünsche Euch einen schönen Tag. Grigoris Kohleaugen lachen unter dichten Brauen. Seine roten Wangen (er trank, wenn er auf seine Herrschaft warten mußte, mehr Wodka, als ihm guttat) sind fast gänzlich vom schwarzen Vollbart bedeckt. Er gehört zum Haus, seit sie sich erinnern kann. Eingewickelt in einen langen Kaftan mit buntem Seidengürtel, sitzt er kerzengerade auf dem Bock, eine blausamtene Mütze auf dem Kopf. Das Pferd, einer der Traber, auf die der Vater so stolz ist, tänzelt unruhig. Zur Schule, sagt Sabina und lehnt sich zurück. Und wohin dann? fragt der Kutscher. Überall, antwortet sie. Und er zieht die Zügel an und schnalzt mit der Zunge. Durch die Puschkinskaja rollt der Wagen, dann zum Jekaterinengymnasium, das hochgebaut und verlassen in der Sommerhitze steht. Als Sabina zehn war, hat die Mutter auf dem Besuch der Staatsschule bestanden. Immer in Angst vor der Zukunft, wünschte sie für ihre Kinder ein staatliches Abschlußdiplom, obwohl sie wußte, daß die Lehrer nachlässig und im Gegensatz zu den Hauslehrern uninteressiert und schlecht ausgebildet waren. Man kann nie wissen, was kommt, hatte sie gesagt, als Sabina sich widersetzte. Wir sind Juden, keine Russen, auch wenn dein Vater das nicht wahrhaben will.

Überall? fragt Grigori. Sabina nickt. Vorbei am Kreditverein, der Filiale der Staatsbank, Versicherungskontoren, den Bureaus der Transporteure, dem Zollamt. Auf den Straßen ein Gewühl von Droschken, leichten Kutschen und hoch mit Lasten, Fässern und Säcken beladenen Wagen, die von schweren Pferden gezogen werden. Nebenher laufen barfüßige Skythen, wild johlende Burschen aus den Steppen, die mit kurzen Peitschen Platz für die Fuhrwerke schaffen. Kosaken hoch zu Roß. Zottige Ponys vor Bauernkarren. Handwagen, von zerlumpten Gestalten gezogen.

Vorbei am Kreml, der Festung, die errichtet wurde, als die ersten Fischer und Händler ihre Hütten in Dmitri-Rostowski am hohen Ufer des Don bauten. Vorbei an den Kirchen mit ihren goldenen und blauen, sternenbesäten Kuppeln, vorbei an der Synagoge, der Thora-Talmud-Schule, in der der Großvater gelehrt hat und die (der Vater hatte es untersagt) ihre Brüder nicht besuchen durften. Vorbei an den eleganten Hotels der Bolschaja Sadowaja, in denen die Kaufleute logieren, wenn sie in Geschäften nach Rostow kommen. Mit Leder, Tabak, Seife und Bier wird gehandelt, der Bau von Schiffen in Auftrag gegeben, Getreide, Leinwand und Wolle werden auf die Dampfer und Segler der Wolga-Donischen-Gesellschaft verladen.

Und wenn die größte Hitze vorüber ist, wird der Herbstmarkt abgehalten. Wolle, Baumwolle und farbige Seidenstoffe werden angeboten, Porzellan und Keramik, Leder- und Metallwaren. Aber auch schwarze Nüsse, Ananasfrüchte, grusinischer Wein. Und nicht zu vergessen: Tran, Störe und feinkörniger schwarzer Kaviar. 2½ Millionen Rubel habe der letzte Jahrmarkt den Händlern gebracht, hat der Vater stolz erzählt.

Am Theater vorbei, dem weiß und grün gestrichenen, mit reichem Stuck um die Fenster, mit Säulen am Portal. Wie oft hat Grigori sie hierhergefahren. Im Herbst, wenn die Saison begann und die Kandelaber ihr weißes Licht auf die breite Zufahrt warfen. Im Winter, wenn sie in Felle und Decken gehüllt fuhren, die der Kutscher in der Kälte bewachen mußte. Stunde um Stunde, während sie in der Loge saßen, unterhalten vom bunten Geschehen auf der Bühne, der Musik, dem Gesang und in der Pause durch die Gänge flanierten, grüßten, lächelten, nickten, weil die Mutter ihre neuen Kleider zeigen mußte, ihre Tochter und die Söhne. Bevor sie wieder in Grigoris Schlitten stiegen, zogen sie Galoschen über ihre leichten Stoffschuhe und schlüpften in die Pelzmäntel, die in mit Nummern versehenen Leinensäcken in Wärmekammern auf die Herrschaften gewartet hatten und nun von Garderobenfrauen aus ihren Hüllen genommen wurden.

Halt an! ruft sie, als sie am deutschen Bäckerladen vorbeikommen. Sie springt aus dem Wagen, läuft ins Geschäft, hofft, daß die Tochter da ist, das Mädchen mit den dicken blonden Zöpfen, das manchmal im Laden hilft. Bei ihr probiert sie die bei dem baltischen Fräulein gelernten Sätze, wenn sie mit Polja die süßen Rosinenschnecken kauft oder das graue Brot mit der krossen Kruste, das der Vater so liebt und das anders schmeckt als das dunkle, sirupfeuchte Roggenbrot, das Sweta bäckt. Dieses Mädchen hätte sie gern zur Freundin gehabt, aber es besuchte weder das Gymnasium, noch war es jüdisch oder (was der Vater akzeptiert hätte) orthodox. Einmal hat sie (bei einer sonntäglichen Ausfahrt) das Mädchen und die Eltern aus der katholischen Kirche kommen sehen, in die die italienischen und französischen Kaufleute gehen.

Die Bäckersfrau grüßt, erstaunt, Sabina ohne Polja zu sehen, fragt nach ihren Wünschen, aber die dreht sich wortlos um, enttäuscht, dem Mädchen nicht Lebewohl sagen zu können. Das ist ihr plötzlich wichtig gewesen, so, als wäre der Abschied von der Bäckerstochter ein Versprechen auf Heimkehr. Daß alles so bliebe, wie es immer war: das Läuten der Ladenglocke, der Geruch von frischem Brot und süßen Wecken, das Lächeln des Mädchens mit den blonden Zöpfen.

Zum Hafen! Grigori wendet den Wagen, der leicht auf seinen Gummirädern durch das Straßengewühl rollt. Aber nach dem Besuch in der Bäckerei ist Sabina verdrossen. Die Hitze lastet auf ihrem Kopf mit dem Florentiner Hut, ihr Kleid klebt feucht am Rücken, wenn sie sich ins Polster zurücklehnt. Die Häuser werden niedriger. Das Grün, Weiß, Rosarot und Himmelblau der Fassaden verblaßt, bröckelt, wird grau. Ungepflastert die Straße, die an Bretterhütten vorbeiführt, in denen die Hafenarbeiter hausen. Zerbrochene Fensterscheiben, schmutzige zerlumpte Kinder, die neben dem Wagen herlaufen und bettelnd die Hände hochstrecken. Frauen vor den Hütten, mager bis auf die Knochen und doch wieder schwanger, betrunkene Männer vor der Schenke am Straßenrand, fluchend, schimpfend, grölend. Der heiße Wind wirbelt den Staub auf und bedeckt das Elend mit einer Schicht von feinem, rotem Sand, der an den schorfigen Augen der Kinder klebt, an ihren eitrigen Nasenlöchern.

Kehr um! schreit sie und kneift die Augen zusammen, um nichts mehr sehen zu müssen. Und Grigori lenkt wortlos den Wagen zurück und bringt sie heim, wo Polja ihr ein lauwarmes Bad bereitet, den chinesischen Hausmantel bereitlegt und unter der großen Schirmakazie im Garten den Tisch mit kühlem Saft und süßen Kuchen gedeckt hat. Morgen wird sie in der Eisenbahn sitzen. Mit der Mutter und dem Onkel, den Grigori nachher vom Bahnhof abholen soll. Den Verräteronkel, dem sie nicht verzeihen, nicht mehr trauen kann.

Morgen in der Frühe wird der Kutscher das Gepäck einladen und zur Station fahren, einer der Pferdeknechte muß es bewachen, während Grigori zurückfährt, um die Herrschaften zu holen. Nikolai Arkadjewitsch kommt auf den Perron, um das Verladen des Gepäcks zu überwachen, seiner Frau die Hand zu küssen, den Onkel zu umarmen. Auf Wiedersehen in Zürich. Dann wird er vor ihr stehen, und sie flüstert stocksteif: До свидания, папа. Do swidanja, papa. Auf Wiedersehen, Papa. Ein Knicks. Kein Kuß. Keine Umarmung. Nur keine Berührung. *Wenn ich seine H a n d sehe, so kann ich ihn nicht leiden.*

Spuren II

Schließlich habe ich auch vor, etwas »Zusammenfassendes« über Moskau zu schreiben. Wie das bei mir so geht, wird aber das sich in besonders kleine disparate Notizen aufteilen und für das Beste wird der Leser auf sich selber angewiesen bleiben.
WALTER BENJAMIN

Berlin, Sonntag, 6. Juni
Die Koffer sind gepackt. Frühstück bei Bruno. Martha ist stockheiser, bringt kaum mehr als ein Krächzen zustande. Morgen wird es besser sein: sie spült eine Pille herunter. Bruno ruft noch mal bei Stella in Moskau an. Nennt ihr unser Hotel. Haben uns wegen der umständlichen Anmelderei bei der Miliz nun doch gegen die private Unterbringung entschieden. Vielleicht ist Stella ja auch erleichtert. Niemand muß unseretwegen um- oder ausziehen, um Platz zu machen für vier Leute, die Authentizität suchen. Keine Kommunalka also, statt dessen Hotel »Ismailowo«. Bruno hat es gebucht. 2500 Betten, steht im Reiseführer (gestern bei Hugendubel gekauft), außerhalb, im Osten der Stadt gelegen. Vier Hochhäuser, von Alpha bis Delta. Einfache Zimmer, aber preiswert. Direkt an der Metrostation: Ismailowskaja.

Wir essen frische Brötchen, Erdbeeren aus dem Havelland. Blaue Trauben aus Südafrika oder Chile. Käse aus Italien und Frankreich. Nehmen unsere Pässe und Flugscheine, die Martha verwahrt hat. Punkt 8 Uhr auf Gleis 1, Bahnhof Friedrichstraße. Regionalzug nach Schönwalde, zugleich Airportexpreß. Unser Flug geht um 9.45. Airbus A 319. Aeroflot. Ankunft: 14.25 Ortszeit.

В Москву! В Москву! Sehnsüchtiger Ruf von Tschechows *Drei Schwestern*, jetzt das Fanal zu unserem Aufbruch: Nach Moskau! Nach Moskau!

Moskau, Montag, 7. Juni, Hotel Ismailowo Delta, Mitternacht.
In Berlin ist es erst zehn und noch hell. Hier ist Nacht. Ich sitze auf meinem Bett – schmal mit dünner Decke. Es ist warm. Das Fenster geöffnet. Kein Problem im 15. Stock. Da hätte man bei uns längst alles verschraubt, damit niemand auf die Idee käme, sich hinauszustürzen. Draußen der Ismailow-Park, das Grün der Bäume schwarz. Eine breite Asphaltstraße zwischen Grünanlage und Hotel, die direkt in den Vergnügungspark führt, wo es Karussells gibt, Luftschaukeln, eine Achterbahn, wo aber auch die Zinnen eines hölzernen Kreml aufragen und bunte Zwiebeltürmchen. Noch immer Autos. Die Scheinwerfer huschen über den Drahtzaun, der die Hotelanlage von der Straße trennt, werfen ihre Lichtbündel über die Menschen, die trotz der späten Stunde in die eine oder andere Richtung eilen.

Viele Menschen. Mehr als in Berlin. Nicht nur auf dem Flughafen, vor dem Flughafen, im Bus, in der Metro, im Hotel, in den Straßen, am Nachmittag, als wir ankommen, um Mitternacht, als wir heimkommen. Die Metro noch immer voll. In den Gängen der Stationen ein unablässiger Strom. Köpfe, wenn wir auf endlosen Rolltreppen in die Tiefe gleiten. Körper, wenn wir eng gedrängt in den Wagen stehen, die in rasendem Tempo durch den Untergrund rattern. Dann tasten unsere Hände zwischen anderen Händen nach Halt. An den Stangen über unseren Köpfen. Tasten nach den Plastikschlaufen, die am Gestänge baumeln. Und wenn keine Hand mehr zwischen die anderen paßt, kralle ich mich in Brunos Jackenärmel, klammere mich an I.s Rücken.

Zusammenbleiben, unsere unausgesprochene Losung schon auf Scheremetjewo II, wo wir pünktlich landen. Immer die Augen an Marthas Rucksack, Brunos Tasche, an den kleinen Rollen unter I.s Koffer. Wir nehmen den Bus 851 zum Retschnoi Woksal, der Metrostation am Stadtrand. Zuerst schieben wir unser Gepäck, dann uns durch den Einstieg. Stehen dicht an dicht. Aber auch die klapprigen Sammeltaxis, die zwischen Flughafen und Station hin- und herfahren, sind übervoll. Mehr als 20 Kilometer rumpeln wir über Schlaglochwege, schaukeln auf der Schnellstraße in Richtung Stadt. Bis wir im Stau stecken und die Luft knapp wird. Hemd und Jacke kleben am Leib. Wenn der Bus plötzlich hält, kippen alle in Fahrtrichtung. Stehen gleich wieder (wie auf Befehl) aufrecht. Für die, die aussteigen, rücken andere nach. Dann quetscht sich die Schaffnerin zwischen den Körpern durch und kassiert. Eine kleine metallene Maschine vor dem Bauch, aus der sie die Fahrscheine zieht und sorgfältig verteilt. Sie ist die einzige, die einen freien Sitzplatz hat, zu dem sie für kurze Zeit zurückkehrt, bevor der Bus erneut hält. Verringert er das Tempo, kommt Bewegung in die Mitfahrenden, setzt sich der Druck von Körper zu Körper fort, der von denen ausgeht, die sich zum Ausstieg vorarbeiten. Mit Armen, Ellbogen, mal frontal, mal seitwärts mit der Schulter schiebend, drängen sie zwischen uns. Was unmöglich scheint, gelingt immer wieder. Noch enger stehen wir. Aneinandergepreßt. Hautnah. Eingehüllt in eine Wolke von Schweiß, kaltem Rauch, Knoblauch, undefinierbarem Parfum und Benzingestank, der durch die geöffneten Fenster strömt. Ein Mann schafft es kaum, den Bus zu verlassen, weil der Fahrer (hat er ihn nicht gesehen?) bereits die Türautomatik bedient hat und anfährt. Ein Fuß eingeklemmt in der Tür, der Körper für einen Moment aufgerichtet hinter den Scheiben, dann kippt er aus unserem Blickfeld. Ein »Stoj!« ist bis nach vorn gedrungen. Halt! Die Tür wird geöffnet, der Fuß verschwindet, ein Koffer wird dem Aussteiger (oder besser: Hinausgefallenen) nachgeworfen. Wir fahren weiter, und niemand kümmert sich. Stumm starren die vor, neben und hinter mir Stehenden vor sich hin. Müde. Gleichgültig. Wer einen Sitzplatz hat, schläft. Auch in der Metro, die wir endlich, verschwitzt und durchgeschüttelt, erreichen.

Vor der Station ein buntes Gewirr von Ständen mit Gebäck und Getränken, eine Kwas-Verkäuferin mit ihrem Fäßchen vor dem Metro-Eingang. Geruch von Gebackenem. Stimmen. Rufe. Flirrendes Licht, in dem der Staub tanzt. Sammeltaxis hupen. Busse halten. Menschen quellen heraus, strömen in das Gebäude. An der Kasse im Vorraum kauft Bruno die Billetts. 20 Fahrten pro Person. Also: nicht verlieren! Rotes Licht an den Zugangsschranken. Ehe ich mich versehe, hat schon eine Grauuniformierte meine Karte eingesteckt. Grünes Licht. Давай! Dawai! Los! Unsanft schiebt sie mich mit meiner Tasche durch die Schranke. Wer nicht schnell genug ist, dem schlägt der Metallholm schmerzhaft gegen die Beine.

Wir tauchen ein in das Menschengewühl, werden Teil eines Stromes, der sich in eine Richtung schiebt, zu den Rolltreppen, den Durchgängen, die auf die Bahnsteige führen. Werden mitgeschoben, auseinandergedrängt. Nur die Freunde nicht aus den Augen verlieren! Wo ist Brunos graues Mützchen?

Das orangefarbene Halstuch von Martha leuchtet. I. würde ich unter Tausenden erkennen. Wir gleiten hinunter, so tief, daß wir das Ende der Rolltreppe von oben nicht erkennen können. Rechts stehen! tönen blechern die Stimmen der Frauen, die in grauer Jacke und rotem Barett in den Blechkästen am Fuß der Treppen sitzen und die Menschenflut lenken. Links gehen! Noch habe ich keine Augen für die Pracht der unterirdischen Hallen und Gänge, von denen die Reiseführer schreiben. Tasche festhalten. Bruno folgen. Der kennt sich aus.

Endlich auf dem Bahnsteig, schwarz von Menschen. Der Raum hallt von Stimmen, vom metallischen Rattern der Züge. Eine halbe Minute beträgt der Abstand zwischen den Bahnen, aber der Perron wird nicht leer. Aussteigen. Umsteigen. Einsteigen. Durch die offenen Fenster in den Waggons zischt der Fahrtwind, zaust die Haare der Mitfahrenden. Endlich ein Platz! Die gegenüber Sitzenden kann ich nicht sehen, weil die Stehenden sie verdecken. Wenn ich zu Boden schaue, sehe ich nur ihre Schuhe: staubige Männerstiefel, abgetragene Halbschuhe, Turnschuhe, wie sie auch bei uns die jungen Leute tragen, Sandalen mit Frauenfüßen, an deren Zehennägeln der rote Lack blättert, Stöckelschuhe. Wenn die Bahn hält und die Schuhe sich in Bewegung setzen, erkenne ich für einen Augenblick die dazugehörigen Menschen: einen Milizionär, einen alten Mann im dunklen Anzug, den jungen Burschen in Jeans und T-Shirt, ein langhaariges Mädchen im Sommerkleid, die dicke Frau, eingezwängt in Rock und Bluse, der ich die Stöckelschuhe nicht zugetraut hätte.

Als wir an unserer Station aussteigen, steht ein Pope an der Treppe. Schwarze Kutte. Dichter roter Bart. Langes krauses Haar, wie Kupfer, im Nacken zusammengenommen. Ein Kästchen hängt vor seinem dicken Bauch. Für Spenden. Er hält eine Ikone in Händen, eine schreiend bunte Muttergottes. Aber niemand beachtet ihn.

I., auf seinem Bett, getrennt von mir durch eine hölzerne Ablage, versucht auf dem Stadtplan unseren abendlichen Streifzug nachzuvollziehen: zur Station Ploschtschad Revoljucii, zum Roten Platz, den Mauern und Zinnen des Kreml. Dahinter die Giebel und Dächer der Paläste. Am anderen Ende die bunten Türme der Basilius-Kathedrale, wie auf den Fotos in den Moskauprospekten. Die Nikolskaja Uliza herauf, an der Lubjanka vorbei (das Gebäude verrät seine grausame Geschichte nicht), dann zum Arbat, wo wir auf der hölzernen Terrasse eines Lokals Bier trinken und pilzgefüllte Pelmeni essen. Geranien blühen in Kästen an der Balustrade. Wasser rieselt unablässig aus einem dünnen grünen Schlauch, der am vorstehenden Dach befestigt ist. Rinnt, ohne die Blumen zu wässern, auf die Straße, wo sich die gelben Lichter der Straßenleuchten in den Pfützen spiegeln. Dunkelgesichtige Kinder halten Abstand. Gierige Blicke auf die Teller der Essenden. Betteln verboten!

Als Sabina Nikolajewna mit Renata 1923 auf dem Belorussischen Bahnhof ankommt, mag Isaak sie im Wagen abgeholt haben. Oder sie haben die Straßenbahn genommen, deren Schienennetz seit 1903 die Stadt immer engmaschiger durchzieht. Autobusse verkehren seit 1924, lese ich. Ein Jahr später kehrt sie nach Rostow zurück. Doch Isaak Spielrein bleibt, arbeitet weiter an der auf die Probleme des Wirtschaftslebens angewandten Psychologie, der Psychotechnik. Läßt sich 1928 in Moskau selbst zum Fahrer ausbilden, bevor er mit Untersuchungen zu den Arbeitsbedingungen von Straßenbahnfahrern, einem sensiblen Psychogramm, beginnt.

Moskau, Dienstag, 8. Juni, kurz vor Mitternacht
Wieder zuviel gesehen. Zuviel erlebt. Unsere Zeit ist bemessen. Will genutzt sein. Schlafen können wir zu Hause. Die Faszination Metro bleibt. Wir kaufen frisches Gebäck an einem der Stände vor dem Eingang. Der Pope steht reglos an seinem Platz. Auf dem Perron blickt uns eine steinerne Riesenfrau entgegen, die Heldenhaftes im Großen Vaterländischen Krieg vollbracht hat. Da wurde die Station Ismailowo gebaut. 1944, als alle Kräfte aufgeboten werden mußten, um Hitler zu widerstehen, als Tausende vom Heer der Metrobauer an der Front kämpften, als Betriebe, die zuvor für den Bau produziert hatten, Rüstungsgüter herstellten. Gestern bin ich achtlos an ihr vorbeigelaufen. Jetzt bemerke ich sie: aufrecht, mit klarem Blick und entschlossenem Mund, in Uniformbluse, Rock, Koppel und schweren Stiefeln. Die Rechte mit der Waffe in die Höhe gereckt. Soja Kosmodemjanskaja, eine Partisanin, erklärt Bruno, hat einen Nazipanzer erklommen und ihn samt Besatzung mit ihrer Handgranate in die Luft gejagt. Er steckt den Rest der Blätterteigtasche in den Mund. In ihrem Heimatdorf, nahe Moskau, hat er eine Statue der Heldin in glänzendem Metall gesehen. Den Nachgeborenen zum Ansporn. Vor dreißig Jahren, sagt Bruno, war der Ort ein Musterdorf. Saubere Straßen und Häuser. Im Kolchos wurden alle Pläne vorzeitig erfüllt. Wenn ich Soja Kosmodemjanskaja in die Augen sehen will, muß ich den Kopf in den Nacken legen.

Daß vor einem Jahr tschetschenische Selbstmordkommandos auf dieser Linie ein Blutbad anrichteten, wissen wir. Reden nicht darüber, während wir eingekeilt zwischen Männern und Frauen stehen, die in frischen Hemden und gebügelten

Blusen zur Arbeit fahren oder in zerknitterten Kleidern von der Arbeit kommen, die erschöpft, die Augen geschlossen, willenlos mit der Bewegung des Zuges hin und her schwanken. Nur nicht an die Explosionen denken, die Detonationen, die Schreie, das Blut, das uns alle besudelt, wenn ... ja, wenn der, der jetzt einsteigt, der mit dem wilden schwarzen Schopf, dem Schnauzbart, der in Jeans und Adidas-Schuhen plötzlich ein Sprengstoffpäckchen am Gürtel unter seiner Puma-Jacke zündet. Ruhig. Tief atmen. Ich versuche, die Namen der Stationen zu lesen, die auf dem blauen Farbbalken stehen, der an der Waggonwand unsere Strecke markiert. Mein Papa, sagt Martha unvermittelt, als wir auf der Rolltreppe nach oben schweben, mein Papa hat am Bau mitgearbeitet. Das hier war ja nicht einfach so ein Konstrukt wie die Métro in Paris oder die Londoner Underground, ein öffentliches Transportmittel, dem städtischen Wachstum geschuldet. Das war ein Ereignis von historischer Dimension.

Neben uns der Strom der Eiligen, denen die Treppe nicht schnell genug ist. Unzählige, schön gefaßte Kugelleuchten auf sich nach unten verjüngenden Schäften aus rotem Stein gleiten vorbei. Hunderte von Lampen zwischen den vier Rolltreppen, die, je zwei in eine Richtung, die Menschen herauf- und hinunterbefördern. Henri Cartier-Bresson hat das fotografiert. 1953. Das Bild, schwarzweiß, habe ich vor wenigen Wochen in einer Ausstellung im Berliner Gropius-Bau gesehen. Außer einem großen Schild, auf dem in schwarzen Lettern etwas verboten wird, nur weiße Wände, klare Linien. Jetzt, da wir Teil des Bildes geworden sind, schreien Reklametafeln von allen Seiten auf uns ein: Autos. Coca-Cola. Kosmetika. Bier. Carlsberg sponsert die EM 2004 in Portugal.

1902 hatten amerikanische Investoren bei der Moskauer Stadtduma um Genehmigung zum Bau einer Metro nachgesucht, steht im Reiseführer. Ein russischer Ingenieur hatte Pläne eingereicht, Lösungen zur Bewältigung des Verkehrschaos in der boomenden Stadt vorgeschlagen: Hoch- und Untergrundbahnen, motorisierte Schlitten im Winter. Aber erst das Plenum des ZK beschließt im Juni 1931 den Bau, und am 7. November, dem 14. Jahrestag der Oktoberrevolution, wird in der Russakowskaja der erste Schacht ins Erdreich getrieben. Aus dem ganzen Land kommen die Arbeiter. 80000. Und mehr. Freiwillige melden sich, nach ihrem Arbeitspensum in den Fabriken, zu Sonderschichten. Begeisterte junge Kommunisten aus dem Ausland bilden Brigaden, um zu helfen, zu zeigen, welcher Leistungen die neue Gesellschaft fähig ist. *Denn es sah der wunderbare Bau / Was keiner seiner Vorgänger in vielen Städten vieler Zeiten jemals gesehen hatte: als Bauherren die Bauleute!* Brecht bei der *Inbesitznahme der großen Metro durch die Moskauer Arbeiterschaft am 27. April 1935.* Ein Foto hat ihn mit Kappe, Lederjacke und Hornbrille bei den Metrobauern im Schacht 10 auf dem Ochotny rjad festgehalten. Von Marthas Vater gibt es kein Foto. Kein Bild davon, wie er mit Hämmern das Erdreich bearbeitete, Erde schippte, Loren durch die Stollen zog. *Alle Schwierigkeiten – / Unterirdische Flüsse, Druck der Hochhäuser / Nachgebende Erdmassen – wurden besiegt.* Davon hat er seinen Kindern erzählt und vom Sieg gesprochen, dem Sieg des Sozialismus: *Keine andere Bahn der Welt hatte je so viele Besitzer.*

Plötzlich ist mein Spott über den Pomp verflogen, den ich unangemessen fand in einem Land, in dem es Armut gab und noch immer gibt. Kein Gedanke mehr an Geschmacklosigkeit. Plötzlich verstehe ich den Stolz, begreife an diesem Tag von Station zu Station, von Fahrt zu Fahrt mehr, was der Bau der Metro für die Menschen damals bedeutete, was sie noch heute für diese Riesenstadt, das Millionenheer ihrer Einwohner bedeutet. Halte mich am Rand des Gewühls, um die Wände aus weißem und gelbem Marmor, aus rotem Granit zu bestaunen, Kristallüster, die die Gewölbe mit ihren Deckenfresken und Mosaiken in feierlichen Glanz tauchen. Heldengeschichten werden erzählt von Alexander Newski, von der Revolution und dem Triumph über den Faschismus. Schwere Bronzelampen beleuchten die Skulpturen von Bauer und Bäuerin, Sportsmann und Sportlerin, vom Arbeiter und Komsomolzen, dem Flieger und dem Intelligenzler. In den Nischen der marmornen Gewölbe Frau und Mann, beide mit einem Kind auf dem Arm. Ein kraftvolles neues Menschengeschlecht. Garanten der Zukunft, die Isaak Spielrein mitgestalten und für die er Sabina Nikolajewna begeistern will.

Im Krieg war die Metro einer der sichersten Zufluchtsorte, liest I. Luftschutzkeller für den Generalstab, das diplomatische Corps, für Tausende von Menschen. Zwischen Juni und Dezember 1942 (Spielreins Todes- und meinem Geburtsjahr) kamen hier unten 213 Kinder zur Welt.

Schluß mit der Stadt unter der Stadt! Ungeduldig drängt Bruno ans Licht, frustriert von der Änderung der Straßen- und Stationsnamen, die der Plan aus seiner Moskauer Zeit verzeichnet. Schluß mit dem Sozialismus! Die Twerskaja heißt nicht mehr Uliza Gorkogo, sondern wieder Twerskaja, und wir blinzeln in die Sonne.

Hauptstraße, schon immer. Ausfallstraße nach Twer und Nowgorod. Nach der Revolution von 20 auf 42 Meter verbreitert. Eine Aktion, bei der Häuser abgerissen oder versetzt wurden, wie das Palais des Grafen Tschernischew, den der Petersburger Zar als Generalgouverneur in der alten Hauptstadt eingesetzt hatte. Heute residiert hier Luschkow, der umstrittene Bürgermeister, den die einen verehren und die anderen verachten. Hier das konstruktivistische Telegrafenamt, dort Hotel Zentralnaja, das ehemalige Lux, Herberge der deutschen Opposition während der dreißiger Jahre. Fürst Dolgoruki der Gründer Moskaus, reckt den Arm, das Jelissejew präsentiert seine Delikatessen mit Prunk, als sei der Zar noch immer Herrscher im Kreml. Wir staunen über Angebot und Preise und die neuen Russen, die aus amerikanischen Stretch-Limousinen steigen, aus den Mercedes der S-Klasse, den 7er BMWs. Alle mit dunkel getönten Scheiben. Damit man nicht sieht, ob jemand im Fond sitzt, sagt Bruno. So schnell, wie die businessmeni (amerikanisch mit russischer Pluralendung) ihr Geld verdienen, so schnell werden sie auch umgebracht.

Einstweilen kaufen sie im GUM, wo die internationalen Edelmarken ihre Dépendancen haben, telefonieren, lässig ans Auto gelehnt mit metallglänzenden Handys, die Augen hinter dunklen Brillen verborgen. Kräftige Kerle in dunklen Anzügen neben sich. Verschwinden in teuren Restaurants, Kasinos und Wellness-Oasen, die mit bunten Leuchtreklamen auf sich aufmerksam machen. Goldgräberstimmung. Auf den Boulevards geht es zu wie in Las Vegas: Spielhallen mit einarmigen Banditen, American Bars, Burger King und Starbuck's Coffee.

Ein Denkmal für Puschkin, zu dessen Füßen Blumenberge liegen, gegenüber McDonald's. Video-Shops wechseln mit Edelboutiquen. Junge Frauen stöckeln auf gewagt hohen Absätzen über Kopfsteinpflaster, eilen in knallengen Jeans und bunten Plastik-Flip-Flops an uns vorbei. Hatte ich nicht vorgestern beim Einschlafen in Berlin gedacht, ich käme in eine graue Stadt?

Genug des lauen Gewinsels, / Werft ab die rostigen Ketten. / Die Straßen sind unsere Pinsel, / Die Plätze unsere Palette. Wir stehen vor Majakowskis Denkmal, auf dem nach ihm benannten Platz. Sehen ihn breitbeinig, die Füße fest auf dem hohen Granitsockel, in Anzug, Weste, Hemd und Krawatte. Ein Buch in der Linken. Den Kopf stolz erhoben, den Blick entschlossen in die Zukunft gerichtet. 1930 hat er sich erschossen. Keine Blumen. Nur kurzgeschorener Rasen, in dem ein paar Löwenzahn und Gänseblümchen sprießen. Um uns brandet der Verkehr. Wir haben Mühe, die Fahrbahnen zu überqueren. Der Triumphbogen, 1721 nach dem Sieg über die Schweden errichtet, gegenüber einem der stalinistischen Zuckerbäckerhochhäuser. Auf dem Dach des klassizistischen Palais mit der gelb-weißen Front eine meterhohe Reklame für Sonnenlotion. Ein gebräuntes riesiges Frauengesicht bleckt einen tiefroten Mund zu einem breiten Lächeln. Martha will von Majakowski ein Foto machen. Und ich will zu den Patriarchenteichen. Wo sonst könnten sich Bulgakows teuflischer Voland und seine Entourage zur Zeit aufhalten als in dieser

Stadt, dieser Mischung aus Metropole und östlicher Karawanserei, aus wilder Bautätigkeit und unaufhaltsamem Verfall, aus schreiender Armut und protzendem Reichtum? Falls mir an der nächsten Ecke ein dicker schwarzer Kater über den Weg läuft, werde ich mich in acht nehmen.

Die Sadowaja Uliza entlang, Richtung Malaja Bronnaja. Jetzt müßten wir Bulgakows Roman parat haben. Fast hätten wir, vertieft in Stadtplan, Straßenschilder und Hausnummern, des Meisters Wohnung verfehlt. Eine kleine Gedenktafel. Durch die Einfahrt in den Hof. Hinterhaus. Seitenflügel. Im linken hat Bulgakow gewohnt. Großbürgerlich sieht das aus. Da hätte auch der Professor dem räudigen Hund ein Menschenherz einpflanzen können. Das Haus frisch grasgrün und weiß gestrichen. Aber die Elektroleitungen hängen noch frei an den Außenwänden, verschwinden im Mauerwerk, um unvermittelt neben einer Tür oder einem Fenster als schwarzer Strang oder wirres Knäuel wieder ins Freie zu drängen. Im 2. Stock, belehrt uns ein Schild an der Tür, befindet sich in Bulgakows Wohnung ein Museum. Darüber ein Zettel. Heute geschlossen. Ne rabotaet. Не работает.

Also weiter, die Patriarchenteiche müssen hier gleich um die Ecke sein. Wir biegen in die Malaja Bronnaja, finden uns zwischen gepflegten Häusern, vier, fünf Stockwerke hoch, mit Balkonen oder Wintergärten, die Bürgersteige von Linden gesäumt. Blumenrabatten. Ein kleiner Park, umzäunt mit schön geschmiedetem Gitter, darin ein Teich. Warum hat der Übersetzer daraus einen Plural gemacht? Ich hatte mir das alles größer vorgestellt. Teiche eben. Aber die kleine Idylle mit den weißen Bänken unter frischgrünen Bäumen, die sommerliche Wärme – alles stimmt. Genau so, sage ich, und lasse mich auf eine der Bänke fallen, steht es im Buch. I. streckt neben mir die Beine aus. Der Lärm von Twerskaja und Sadowaja nur ein fernes Summen. Martha und Bruno haben ein Eisbüdchen entdeckt ohne die sonst hier bereits übliche Langnese- oder Schöller-Reklame. Russisches Eis ist das beste, versichern sie. I. und ich sitzen wie einst der Chefredakteur Berlioz und der Lyriker Iwan Besdomny, aber wir sind nicht allein, denn auf den anderen Bänken halten blasse Büroangestellte ihre Gesichter in die Mittagssonne, sitzen Mütter und schaukeln ihre Kinder in Wagen und Karren, rauchen alte Männer ihre Papirossy. Und statt des rätselhaften Voland mit dem grünen Auge und seines fies grinsenden Begleiters mit Jockeymütze und karierter Jacke kommen Martha und Bruno mit silbernen Stanniolpäckchen, aus denen es tropft: Sahneeis zwischen zwei Waffeln. Wir lecken und versuchen nachzuempfinden, was dieses Eis für unsere Begleiter bedeutet. Der Geschmack muß sich durch ihre Erinnerungen veredelt haben, Erinnerungen an Moskau ohne Nestlé und Häagen Dazs, an Zeiten des Mangels, als ein Sahneeis an einem heißen Tag eine Sensation bedeutete. Für uns ist es einfach Eis. Und eigentlich haben wir Hunger.

An der Ecke öffnet das Café Margarita gerade seine Fensterläden. Ein Mann schiebt das Metallgitter von der Eingangstür. Besser könnte es gar nicht passen. Bleiben wir noch bei Bulgakow! Drinnen ist es dämmrig und kühl, in Regalen stehen verschiedene Ausgaben von *Der Meister und Margarita* sowie allerlei Figürchen, in denen wir das Romanpersonal erkennen, auch Margarita bei ihrem Ritt auf dem Besen.

Was hat das alles mit Sabina Nikolajewna zu tun? Für einige Stunden hatte ich nicht mehr an sie gedacht, hatte andere Spuren gesucht und doch auch ihre gefunden. In den Straßen, durch die sie gegangen sein muß, selbst in diesem Park, in dem sie vielleicht abends gesessen hat, aufs Wasser geschaut, den Enten zugesehen, wenn sie aus dem Institut kam. Ich weiß, wo dieses lag: Malaja Nikitskaja 6. Ich weiß nicht, wo sie wohnte.

In den Archiven gibt es Adreßbücher aus der Zarenzeit, Wsja Moskwa (Ganz Moskau), aber im Chaos der Revolution endet die Veröffentlichung von Anschriften und Telefonnummern. Dann kommt der Bürgerkrieg, immer neue Umstürze, Menschen verlassen die Stadt, verlassen Rußland, und andere ziehen dorthin, wo sich die neuen Mächtigen etabliert haben:

in die alte, jetzt neue Hauptstadt. Und da erscheint 1923 Wsja Moskwa wieder, Jahr für Jahr bis 1937, dem Höhepunkt der stalinistischen Säuberungen.

Aber unsere Zeit ist zu knapp bemessen, um in einem Archiv in alten Adreßbüchern zu forschen. Und Sabina Nikolajewna war vermutlich ohnehin zu kurz in der Stadt, um verzeichnet worden zu sein. Auch den Roman ihres Kollegen Michail Bulgakow hat sie nicht gekannt. Verboten unter Stalin, wurde er erst lange nach dem Tod des Diktators (1953) wie des Dichters (1940) veröffentlicht. Für mich ist er die geniale literarische Abrechnung mit der sowjetischen Realität der zwanziger und dreißiger Jahre, die Entlarvung der stalinistischen Propaganda, eine »Teufeliade«, die Spielrein miterlebt und erlitten hat.

Es hat ja ohnehin etwas Pathologisches, sage ich und schiebe den Teller zur Seite, daß ich mich auf die Spur einer Fremden setze, nur weil ich vor Jahrzehnten etwas über sie gelesen habe, was mich betraf. Zu dieser Zeit meines Lebens. Die Gesichter von damals längst verblichen wie Farben unter der Sonne, Erinnerungen an Gespräche, Gefühle, so fern, daß ich nicht mehr weiß, ob sie Realität waren oder ob ich mir alles nur ausgedacht habe. Suche meine eigenen Spuren, wenn ich der russischen Jüdin, der jüdischen Russin nachgehe: einem Hinweis in den Zeitungen, bei der Lektüre ihrer Tagebücher, ihrer Briefe. Beim Suchen der Häuser in Berlin und Wien, der Straßen in München und Zürich. Beim Besuch eines Spitals am Hang, von dem man auf den See blicken kann. Nicht chronologisch, sondern sprunghaft, wie es sich ergibt. So wie sich diese Reise gefügt hat, diese Stadt. Die Menschen. Ihre Sprache und die Schrift, die nicht mehr fremd ist. Ich nähere mich Spielrein, aber erreiche sie nicht, setze mich in Beziehung zu ihr, auch wenn es vielleicht nicht ganz so, sondern nur so ähnlich war. Bin sicher, daß sie 1923 vor der Sommerhitze auf die Sperlingsberge geflohen ist, den Ort, von dem einst der Meister und Magarita, Voland und seine Entourage die Stadt verlassen hatten.

Also auf die Sperlingsberge, nickt Bruno und entfaltet erneut den Stadtplan. Wir gehen zur Station Puschkinskaja, fahren bis Universitet. Da war er Student. 1970, sagt er. Ein anderes Leben. Ohne Martha. Ohne uns. Aber die Erinnerung belebt ihn, und wir können gar nicht schnell genug zahlen, schnell genug gehen, um zur Station und auf Moskaus höchste Erhebung zu kommen. Jermolajewski pereulok, an deren Kreuzung die Straßenbahn dem armen Berlioz den Kopf abtrennte, meiden wir. Machen Witze über Aberglauben und Schwarze Magie, aber als Martha von einer Telefonzelle in der Gegend Stella anrufen will, sind wir strikt dagegen. Hatte nicht auch Berlioz telefonieren wollen, bevor sich die Prophezeiung Volands so grausam erfüllte?

Ich bin todmüde. Mitternacht längst vorbei. Mittwoch, 9. Juni. Aber bei mir ist es noch immer Dienstag, 15 Uhr, und wir nicken uns begeistert zu, als die Metro aus dem Untergrund auftaucht und über die Moskwabrücke auf die Sperlingsberge rattert. Das sind mit 85 Metern Höhe eher Hügel, aber von der Aussichtsplattform, oberhalb einer weiten Schleife des Flusses, bietet sich ein überwältigender Ausblick: vorn links ragen die Türme des Neujungfrauenklosters auf, die goldene Riesenkuppel der unter dem ehrgeizigen Luschkow neu errichteten Christerlöserkirche leuchtet, weiter flußabwärts blitzen die Kremlkirchen und Paläste in der Sonne. Vor uns, in der Flußschleife, das Olympiastadion von 1980, andere Sportstätten im Häusermeer Moskaus, das sich fern im Dunst verliert. In unserem Rücken: die Staatliche Universität, das größte der »Zuckerbäckerhäuser«, die sich in einem Halbkreis im Stadtbild fortsetzen. Wie der Kreml, so springen auch diese riesigen Gebäude, errichtet an strategischen Punkten, sofort ins Auge: an einer Biegung der Moskwa, an Bahnhöfen, an denen die Reisenden aus den Weiten des Landes eintreffen, entlang alter Festungsmauern, auf Anhöhen. Wir erinnern El Lissitzkis Projekt für die Errichtung der »Wolkenbügel« von 1923 bis 1925; das waren die Ideen, die Künstler und Architekten bewegten, als Sabina Nikolajewna in Moskau eintraf. Geplant: eine neue Stadt für den neuen Menschen.

Als jedoch Stalin nach dem Sieg über Hitler-Deutschland die Hochhäuser errichten ließ, sollten sie nicht die amerikanischen Skyscraper imitieren, sondern die neue sowjetische Lebensform spiegeln: keine düsteren Straßenschluchten, keine funktionalen Fassaden, sondern Licht und Raum um die weit auseinander stehenden Gebäude, Formen, die die Stilepochen der kulturellen Entwicklung zitieren. Verständnislos stehen wir vor dem hoch aufragenden Massiv der Universität, den Turmaufsätzen, Balkonen, Skulpturen, vergoldeten Bekrönungen. Ein monumentaler Palast, geschmückt weit oben mit Hammer und Sichel, dem roten Stern. Wir sind winzig. Zwerge auch neben der überlebensgroßen Skulptur der Studentin, die, ein aufgeschlagenes Buch im Schoß, auf steinernem Sockel vor dem Eingang sitzt. Die Menschen sollen mit ihrer Kleinheit die Größe der Gebäude steigern, zitiert Bruno und lacht, weil die meterhohen Türen des Hauptportals verschlossen sind. Das war schon immer so. Geschickt lotst er uns zu einem Seiteneingang, den ein grau Uniformierter bewacht. Njet. Kein Bedauern. Nur ein ausdruckslos ablehnendes Gesicht, weil wir keinen Passierschein vorweisen können. Aber als Bruno nicht lockerläßt, beginnt der Mann an der Brusttasche seiner Uniformbluse zu fingern. Sucht er ein Handy? Will er telefonieren? Eine Genehmigung einholen? Verblüfft merke ich, wie er kurz Rubelscheine aus der Tasche zieht, ganz kurz, wie einen Köder, den er schnell wieder verschwinden läßt. Bruno hat verstanden. Aus seiner Hand wandern Rubel in die des Wachmanns, der unbeteiligt geradeaus schaut. Sein Gesicht bleibt unbewegt, als wir an ihm vorbei ins Gebäude gehen. So, als habe er uns nicht gesehen.

Blanker Marmor, geschliffener Granit, hohe Hallen, breit ausschwingende Treppenhäuser. Endlose Korridore, von denen prächtig geschnitzte Türen abgehen. Säulen. In Wandnischen die steinernen Köpfe der Wissenschaft: Newton, Darwin, Leibniz; merkwürdig die vertrauten Namen in Kyrilliza.

Und immer wieder Michail Lomonossow, der arme Junge aus der Provinz, der Universalgelehrte und Dichter, der Mitte des 18. Jahrhunderts die Moskauer Universität gründete. Wir haben das klassizistische Gebäude in der Mochowaja Uliza gesehen. Als wir eine der breiten Treppen hinaufsteigen, schwebt Lomonossows großes, steinernes Hinterteil über uns.

Auf den Fluren, in den Treppenhäusern eilige junge Leute; Taschen, Mappen, Papiere unter dem Arm. Prüfungszeit vor den Semesterferien. Angespannte Gesichter. Entspannt plaudernde Gruppen. In einer Säulenhalle, auf spiegelndem Marmorboden üben sechs junge Mädchen einen Tanz: blau-weiße kurze Röcke, gerüschte Blusen mit weiten Ärmeln, weiße Stiefel, Schleifen im Haar, rot-weiße Tücher in den zierlich aufgestellten Händen. Keine Musik. Nur die Stiefel klacken auf dem Stein.

Wir steigen in einen der Fahrstühle und schweben in den 25. Stock. Von dort oben verspricht uns Bruno einen fantastischen Ausblick. Aber der angesteuerte Hörsaal an der Front des Gebäudes wird renoviert. Das Gestühl ist herausgerissen, die Fenster unerreichbar hoch. Nur das hölzerne Katheder steht noch, auf dem sitzen Bauarbeiter in froschgrünen Anzügen, lutschen Eis und blinzeln in die Sonne, die durch die großen Scheiben fällt. Keiner fragt, was wir wollen. Schweigend betrachten sie die vier Fremden, die Stufe für Stufe im Auditorium nach oben steigen, dann, einer nach dem andern eine Leiter erklimmen, die an der Wand lehnt, um aus dem Fenster zu spähen. Ich bin trotz Leiter zu klein!

Wenn die Männer sich wundern, zeigen sie es nicht. Knüllen das Stanniolpapier zusammen und werfen es auf den mit Staub, Mörtel und Holzspänen bedeckten Boden. Zünden Zigaretten an, sitzen schweigend, ohne ihre Arbeit wiederaufzunehmen. Auch die dicke Alte in Kittelschürze und Puschen, die uns in diesem Stockwerk gefolgt ist, schweigt. Schlurft in gehörigem Abstand hinter uns her, bleibt stehen, wenn wir stehenbleiben, setzt sich in Bewegung, wenn wir gehen.

Bruno will unbedingt noch höher hinauf, aber wir finden,

es reicht, wollen in die Sonne, an die Moskwa, wo wir wenig später ein Schiff besteigen, um flußabwärts zum Kreml zu fahren. Der Wachmann hatte keine Miene verzogen, als wir an ihm vorbeigingen.

An Bord keine Touristen, nur Russen, die die Tage vor dem Nationalfeiertag am 12. Juni frei genommen haben, um sich die Stadt anzuschauen. Auch Rekruten, bartlose junge Gesichter, kahlrasierte Schädel, ihre zusammengefalteten Stoffmützen unter den Achselstücken der Uniformblusen. Khakigefleckte Anzüge, schwere Stiefel. Auf den Klappen ihrer Brusttaschen nicht ihr Name, auch nicht die Dienstnummer, sondern (wir können es kaum glauben) ihre Blutgruppen. Es zählt nicht, wer einer ist, nur was bei Verwundungen nützt: A Rh positiv, B Rh negativ.

Muß an die Krüppel denken, die mich seit gestern verfolgen. Einer mit Kopfbinde und totem Auge, andere, die sich mühselig auf Krücken fortbewegen. Einarmige, Einbeinige, die leeren Hosenbeine, Jackenärmel mit Sicherheitsnadeln hochgesteckt. Junge Burschen, frühzeitig ergraut, mit alten Augen. Afghanistan, Tschetschenien. Wir haben solche elenden Gestalten seit dem Ende des Krieges nicht mehr gesehen. Da bevölkerten sie unsere Kindheit mit Prothesen und Phantomschmerz, den unverständlichen Reden, daß der Arm am Westwall, das Bein bei Stalingrad verlorengegangen sei. Aber besser so als anders. Und was das andere war, wußten wir nicht, und plapperten nach, was wir täglich hörten: von Amputation und Kopfschuß, Vermißten und Gefallenen, von denen wir nur wußten, daß sie nicht wieder aufstanden wie wir nach einem Sturz vom Rad.

Wir trinken Aqua Minerale mit Namen Tahiti aus Plasikflaschen, lassen die Ufer vorübergleiten, an deren graswachsenen Böschungen sich Leichtbekleidete sonnen und Paare umarmen. Noch kein Sommer, aber ein heftiger warmer Frühling. An den Metrostationen bieten alte Mütterchen mit Kopftüchern Flieder, Vergißmeinnicht und kleine Maiglöckchensträuße zum Kauf. Auf den Rabatten in den Parks blühen Stiefmütterchen und Tulpen. Die bombastische Christerlöserkirche taucht weißglänzend auf. Früher war da ein Schwimmbad, sagt der Reiseführer, ein Freiluftbad, in dem die Moskauer sommers wie winters schwimmen konnten. Eigentlich eine Verlegenheitslösung, denn es war die Baugrube für eines der gigantischsten Projekte der Sowjetarchitektur: den Palast der Sowjets. Dem hatte die alte Christerlöserkirche, errichtet nach dem Sieg über Napoleon, weichen müssen. Aber als man 1939 mit den Bauarbeiten begann, einer Kongreßhalle für 21 000 Menschen, einem Palast von 420 Metern Höhe, darauf eine 70 Meter hohe Leninstatue, stockte das Werk nach dem Aushub. Der Boden war morastig, als Fundament ungeeignet. Dann war Krieg und die Bauleute samt Material eingezogen und an die Front geschickt. Und so schwammen denn die Moskauer an dieser Stelle, bis Luschkow 1997 das Bad zuschütten und das alte Monument (für 300 Mill. Dollar) neu aufbauen ließ, originalgetreu, im russischbyzantinischen Stil, für 10 000 Gläubige. Man sagt, daß nicht nur der Moskauer Bürgermeister, sondern auch Putin und ihre Familien dort an den Messen teilnehmen.

Tiefblauer Himmel, hohe weiße Haufenwolken. Flache Lastkähne dümpeln am Ufer, beladen mit Säcken, Kartons, grauen und blauen Baucontainern. Gegenüber: Park Kultury, der Gorki-Park. Achterbahnen, bunte Buden, ein Riesenrad. Neugierig späht Bruno nach dem »Haus an der Moskwa«, in dem Politprominenz lebte und während der großen Säuberungen vor dem Eintreffen der dunklen Limousinen und der Männer in schwarzen Ledermänteln zitterte. Jeden konnte es damals treffen. Aus Freunden wurden Feinde. Und die furchtsamen Funktionäre blickten von ihren Fenstern über den Fluß auf die rote zinnenbekrönte Kremlmauer, auf Wachtürme, Kirchenkuppeln und Paläste und hofften, daß der Herr dort sie verschonen möge. Kennst du Trifonows Roman? Ich schüttele den Kopf. Er hat das Haus berühmt gemacht. Übrigens: Auch Clara Zetkin, Georgi Dimitroff und Heinrich Vogeler haben hier gewohnt. Ansagen aus dem

Bordlautsprecher scheppern über das Sonnendeck: Endhaltestelle. Uferstraße unterhalb des Kreml. Dann eine russische Rockgruppe. Die Rekruten lachen und wiegen sich im Rhythmus der Musik.

Als wir in den Kreml wollen, stehen metallene Sperren vor den Eingängen, Soldaten in Uniform. Auch um die Basiliuskathedrale und den Roten Platz. Dort wird die große Parade für den 12. Juni vorbereitet. Hunderte von Jugendlichen üben zu Militärmusik das Marschieren mit blauen, weißen und roten Tüchern, aus denen am Samstag eine herrlich bewegte russische Fahne werden soll. Noch ist es ein wirres Durcheinander, das unzufriedene Megaphonstimmen kommandieren. Bis Putin von Ronald Reagans Beerdigung zurück ist, muß die Sache klappen. Die Istwestja zeigte heute auf der ersten Seite ein Foto des russischen Präsidenten vor dem Sarg mit den Stars and Stripes. Die Menschen in der Metro blätterten gleichgültig weiter. Nur ein alter Mann regte sich auf, zeigte vorwurfsvoll auf das Bild: Wo ist Putin? In Washington! Könnt ihr das fassen, Genossen?

Müde schlendern wir am Ufer entlang, die Sonne steht tief. Auf einem vertäuten Schiff finden wir ein kleines Lokal, essen kaukasisches Hammelschaschlik mit Salat und trinken schweren grusinischen Wein, während Martha von den Artek-Sommerlagern für die Kinder der ausländischen Kommunisten auf der Krim erzählt. Den privilegierten Sprößlingen hoher Funktionäre aus Italien und Frankreich, Schweden und Kuba, Ungarn und der Tschechoslowakei, aus den Bruderländern und denen, die es mit Hilfe der Väter und Mütter dieser Jugendlichen noch werden sollten. Sie trugen Uniformen, sangen, tanzten, schwammen, spielten Theater, sonnten sich. Alles nach strengem Reglement und Trillerpfeife. Da hat Martha mehr Russisch gelernt als in acht Jahren DDR-Oberschule. Und hat auf den Sieg des Sozialismus gewartet, um die neu gewonnenen Freunde aus Westberlin und der BRD wiedersehen zu können.

Moskau, Mittwoch, 9. Juni
Wieder Mitternacht. Ich bin müde und hellwach zugleich. Müde vom vielen Gehen, wach vom Gesehenen, Gehörten. Kann mich nicht wehren gegen das Zuviel von Eindrücken, Informationen. Alles stürmt auf mich ein: die endlosen Menschenströme in den Straßen, der Metro. Das Rattern der Züge, Hupen der Autos, die sich in Viererreihen durch die Straßen schieben, der Musik, die aus geöffneten Ladentüren dringt, des Stimmengewirrs, aus dem die Getränkeverkäufer herausrufen: Coca-Cola! Fanta! Bon Aqua!

Am Ehrenmal für die Opfer des Großen Vaterländischen Krieges marschiert die Wache auf. Unter dem Denkmal Georgi Schukows, der mit seiner Armee Berlin eroberte, paradieren die Soldaten im Stechschritt. Schukow hoch zu Roß in Siegerpose.

Wachablösung. Präsentiert die Gewehre. Die einen kommen, die anderen marschieren ab. Ihre Stiefel knallen auf dem Pflaster. Die Gesichter unter den riesigen Tellermützen sind blaß, klein und austauschbar. An den Wänden des Berliner Reichstags habe ich versucht, die Namen der Sieger zu lesen, die mit ihren Panzern durch die Stadt gerollt waren, die rote Fahne schwenkend. Unweit unserer Wohnung stecken manchmal Kinder spielerisch ihre Finger in die Einschußlöcher einer Hausmauer.

Eine müde Gasflamme erinnert am Ehrenmal an die Gefallenen. Marschmusik vom Roten Platz. Noch immer Proben für den 12. Juni. Und vom Manegenplatz Preßlufthämmer. Baukräne ragen auf. Vor kurzem abgebrannt, wird die klassizistische Reitschule mit erstaunlichem Tempo wieder aufgebaut. Davor im Alexandergarten Springbrunnen und Märchenfiguren. Luschkows Werk: russisches Disneyland, das direkt in ein luxuriöses Einkaufszentrum führt.

Statt der abgesperrten Basiliuskathedrale besichtigen wir die kleine Dreifaltigkeitskirche von Nikitniki. Stille nach dem Lärm. Kerzen flackern im Luftzug. Aus dem Halbdunkel schimmert das Gold der Ikonostase. Fremd die Gesichter der

Heiligen auf Uschakows berühmten Fresken. Im Vorraum verkauft eine Frau Kerzen und bunte Heiligenbildchen. Wir sind die einzigen Besucher.

Weiter. Gehen. Sehen. Kitai Gorod, das alte Handelsviertel mit den schönen Kaufmannshäusern, die nach dem Brand von Moskau 1812 errichtet wurden. Das Bolschoi-Theater, auf das ein überlebensgroßer Marx vom Vorplatz schaut. Daß der noch steht, freut sich Martha. An der Uliza Petrowka entdecken wir hinter hohen Mauern und abweisend holzvergitterten Fenstern, die an orientalische Serails erinnern, eine Klosteranlage: Wysoko-Petrowski Monastyr. Ein weitläufiges Gelände mit Kirchen und Kapellen, mit Gebäuden, in denen wir die Zellen der Mönche vermuten. Baulärm. Klopfen, Sägen, das durchdringende Surren eines Schlagbohrers. Zwischenwände werden aus den Kirchen entfernt, die seit der Revolution als Lagerhallen und Fabriken genutzt wurden, Wandmalereien werden erneuert. Ikonostasen errichtet. Alles neu, grell, bunt. Als wir durch das große Holztor zurück zur Straße gehen, müssen wir einer schwarzen Limousine ausweichen, die im Innenhof hält. Geistliche steigen aus. Schwarzröcke. Einer mit einem schweren Goldkreuz auf der Brust. Das blinkt in der Sonne.

Am Morgen, im Ismailow-Park, hatte Bruno uns zu einer Klosteranlage geführt, die er von früher kennt. Auch da ratterte ein Betonmischer, schwebten Kranarme, hob ein kleiner Bagger Gräben für die neue Kanalisation aus. Bauschutt zwischen Kirchen und Kapellen, aus roten Klinkern errichtet, die Zwiebeltürme nicht blau und goldgesternt wie in Wysoko-Petrowski, sondern mit schwarzen Holzschindeln gedeckt, die an die Schuppen eines Fisches erinnern. Zwischen den Bauarbeitern Geistliche mit Kaftan und Kreuz, Männer in Hemd und Anzug, Pläne diskutierend, gestikulierend.

Gegensätze. Kusnetzki Most, die alte-neue Einkaufsstraße mit eleganten Boutiquen, Cafés, neu eröffneten Salons der Haute Couture, Buchhandlungen und Antiquariaten: Knigi

(Bücher). Dann wieder heruntergekommene Durchgänge, Abbruchhäuser, bröckelnder Putz, rostige Gitter, schwarzer Schimmel malt bizarre Landkarten auf die Wände. Kapellen, die in Hinterhöfen zerfallen. Die Mjasnitzkaja mit ihren Adelshöfen, die Pretschistenka mit der prächtigen Villa, die Sawwa Morosow errichten ließ, als Moskau vor dem Ersten Weltkrieg boomte. Der aus alter Kaufmannsfamilie stammende Textilfabrikant, der die revolutionäre Untergrundpresse finanziell förderte, Initiator einer fortschrittlichen Arbeitsgesetzgebung war, mit den Bolschewisten sympathisierte und der dennoch während der Revolution 1905 seinem Leben ein Ende setzte, ahnend, daß er an der neuen Welt nicht würde teilhaben können. Djagilew fällt mir ein: *wir sind zum Sterben verurteilt, um einer neuen Kultur zum Aufbruch zu verhelfen, die von uns das übernehmen wird, was von unserer müden Weisheit übrigbleibt.* Die neue Kultur in Morosows Villa repräsentierten Sergej Eisenstein und sein Proletkulttheater.

Auf dem Boulevardring mit dem grünen Parkstreifen zwischen den Fahrbahnen, den Bänken und Spielplätzen fühlen wir uns wie auf einer liebenswert altmodischen Insel. Schlendern im Schatten alter Bäume zur früheren Villa Rjabuschinskaja in der Malaja Nikitskaja 6. Erbaut von Fjodor Schechtel im schönsten Jugendstil, lesen wir in unserem Reiseführer, ein asymmetrischer Bau mit umlaufendem farbigem Mosaikfries. Auch er hat unverändert die Zeiten überdauert. Der schmiedeeiserne Gartenzaun, Fenster, Türen, alles wie vor hundert Jahren, als habe es keine Revolution gegeben, die die Erbauer verjagte und neue Besitzer einziehen ließ.

Herzklopfen. Hier also ist sie ein und aus gegangen, die Genossin Dr. S. N. Spielrein. Hier hatte die Psychoanalytische Vereinigung Rußlands ihren Sitz, befand sich das Psychoanalytische Institut, dem 1924 das Kinderlaboratorium angegliedert wurde, in dem neben Vera Schmidt auch Sabina Spielrein arbeitete. In Tagebüchern, auf Fotos, sogar in kurzen Filmen sind die Beobachtungen an den Zwei- bis Dreijährigen festgehalten. Wacklige Schwarzweißstreifen, auf denen die in weiße Kittelchen gekleideten Kleinen durch Versuch und Irrtum ihre Umgebung lernend erkunden. Kurze Erfahrungen. Bereits 1925 ist das Laboratorium wieder geschlossen, beginnen die Restriktionen. Und 1931 zieht der aus der Emigration zurückgekehrte Maxim Gorki in das Haus, hat hier seine letzten vier Lebensjahre verbracht. Er will durch Erziehung der verwahrlosten Kriegs- und Bürgerkriegswaisen die radikale Umformung in den gewünschten homo sowjeticus erreichen, träumt davon, die Naturgesetze durch die Kraft der Arbeiterklasse zu überwinden. Pädologie heißt das Zauberwort, und Sabina Spielrein wird in Rostow auch auf diesem Feld tätig sein.

Ein mürrischer Alter schiebt uns Filzpantoffeln hin und ein Buch, in das wir unsere Namen eintragen. Noch immer empört mich die Rücksichtslosigkeit, mit der die Bolschewisten fremdes Eigentum konfiszierten und willkürlich weitergaben an verdiente Parteifunktionäre, Politorganisationen oder linientreue Künstler, empört mich die Selbstverständlichkeit, mit der sich die neuen Herren zwischen den Möbeln, Bildern, kostbaren Teppichen und Leuchten der Vorbesitzer eingerichtet haben.

Wir rutschen über das Parkett im Empfangsraum, ins Speise- und Musikzimmer, durch den Salon in Gorkis Arbeitszimmer mit seiner Sammlung feiner chinesischer Elfenbeinschnitzereien. Auf dem Schreibtisch (an dem schon Rjabuschinski saß, vielleicht auch Jermakow, der Leiter des Psychoanalytischen Instituts) Papiere, Tintenfaß und Feder, eine Schreibmaschine. Maxim Maximowitschs Brille mit Futteral. Exquisite Asiatika in Gorkis Schlafzimmer. Fotos von Familienmitgliedern. Das großbürgerliche Ambiente eines sozialistischen Schriftstellers. In einem Raum Fotografien aus seinem Leben, seiner Zeit in Italien, ein Portrait mit der tatarischen Mütze, die er liebte. Gorki mit Arbeitern, Studenten, Rotarmisten, mit Romain Rolland und Stalin. Ins obere Stockwerk führt eine weit schwingende Treppe mit opulentem Geländer, Glasleuchten, die wie üppige Stalaktiten von hohen Kandelabern hängen. Farbige Fresken ineinanderverschlungener Pflanzen-, Tier- und Menschenkörper an den Wänden. Eine Sperre, ein Schild, daß wir nicht weitergehen dürfen.

Lohnt es sich, das Haus zu besichtigen? Die junge Amerikanerin mit Rucksack steht unschlüssig vor den Filzlatschen. Ich nicke und fühle mich wie in einem Zeitkarussell, das sich mal schneller dreht, mal langsamer, einen kurzen Moment anhält, neue Mitfahrer einsteigen läßt, sich weiter dreht, immer in der Runde, ohne voranzukommen.

Abends erkundigt sich ein Student verständnislos: Was heißt aufarbeiten? Wir sprechen über meinen Text, und ich bleibe zunächst die Antwort schuldig. Bin überrascht. Erkenne, daß, was bei uns jeder selbstverständlich versteht, auf russische Erfahrungen nicht übertragbar ist. Der junge Mann versucht es erneut mit seinem Anliegen. Hat das Wort nie gehört. Arbeiten. Ja. Aber aufarbeiten. Vielleicht ein altes Möbel, ein durchgesessenes Polster. Aber geht es nicht um ein seelisches Problem? Um Traumata? Hilflos verheddert er sich im deutschen Wortgestrüpp. Bewußtmachen, sage ich. Analysieren. Therapieren. Wie eine Krankheit. Ich versuche zu erklären und merke, daß die Sprache der Psychoanalyse in Rußland heute eine kaum bekannte ist, kaum einer weiß, daß um die Wende vom 19. zum 20. Jahrhundert russische Patienten in den Westen reisten, um ihre Probleme mit Hilfe der neuen Seelenlehre aufzuarbeiten. Wie Sergej Pankejew, der südrussische Gutsbesitzerssohn, der, Patient Sigmund Freuds, als »Wolfsmann« in die Geschichte der Psychoanalyse einging. Oder Adolf Abramowitsch Joffe, jüdischer Kaufmannssohn von der Krim, Medizinstudent und Untergrundkämpfer, der sich in Wien bei Freuds Schüler Alfred Adler in Analyse begab. Durch Joffe wird Lew Trotzki, der in Wien die *Prawda*, das Organ der Sozialisten, redigiert, in den Kreis der Analytiker eingeführt, sieht nach der Revolution in der Psychoanalyse ein geeignetes Instrument, die neue Gesellschaft gestalten zu helfen. Und Joffe wird sein treuester Mitkämpfer, einer der Organisatoren des Oktoberaufstands.

In den Korrespondenzblättern der Psychoanalytischen Vereinigung finde ich erstmals 1921 ausführliche Berichte zur psychoanalytischen Bewegung in Rußland, zur Gründung einer Vereinigung in Kasan und 1922 in Moskau.

Im Herbst 1923 meldet die Russische Psychoanalytische Gesellschaft: *Dr. S. Spielrein, bisher Mitglied der Schweizerischen Gesellschaft für Psychoanalyse, ist nach Moskau übersiedelt und der Moskauer Vereinigung beigetreten.* Sie leitet den Kurs *Psychologie des unterschwelligen Denkens* (1 Stunde wöchentlich), führt das Seminar für Kinderanalyse, gehört zur Leitung des Psychoanalytischen Ambulatoriums sowie des speziellen Kinderambulatoriums und ist Mitglied der Geschäftsleitung des Instituts. 1924 finde ich sie ohne Adresse als Dr. S. N. Spielrein / Moskau, Mitglied der Russischen Psychoanalytischen Gesellschaft, verzeichnet.

Daß die Psychoanalyse nach Lenins Tod, Trotzkis Sturz und Joffes Selbstmord keine Fürsprecher mehr hatte, sondern als »bourgeoise Irrlehre« in Verruf geriet, zeigen die Frage des Studenten und die kategorische Bemerkung eines älteren Zuhörers: Unsere Menschen brauchten diese detaillierte Auslegung ihrer Seele nach Komplexen oder Emotionen nicht.

Noch immer die alten Vorbehalte, die ich in den Korrespondenzblättern von 1921 gelesen hatte: *die Sexualtheorien finden a priori wenig Sympathie ... Besonders war man nicht damit einverstanden, daß sogar der Säugling sexuelle Regungen aufweist.* Freuds Schüler Ossipow berichtet über das Mißfallen, das Freud bei seinen russischen Kollegen damit hervorrief, daß er *allzusehr die ganze Welt sexualisierte*. Einig sind sich meine Zuhörer, daß das übersteigerte Ich-Gefühl des Westens schwächt, das Wir-Empfinden, das Kollektiv jedoch stärkt. Unser kollektives Unbewußtes funktioniert gemäß den Gesetzen der rechten Hirnhälfte, und selbst in unserem bewußten Denken behalten die entsprechenden Funktionen die Oberhand: Nicht Analyse, sondern Synthese, nicht Logik, sondern Intuition, wird mir erklärt. Und der Religionsphilosoph Wladimir Mikuschewitsch halte die Psychoanalyse in Rußland ohnehin für überflüssig. Sexualität sei für russische Menschen keine individuelle Angelegenheit, die ohne Scheu besprochen werden könne, sondern die sexuelle Vereinigung sei ein geistiger Akt, die Beglaubigung einer Seelenverwandtschaft, ein Geheimnis, das sich der Ratio entzieht. *Das Ich tritt hinter das Wir zurück ... Ebendies hindert den Psychoanalytiker daran, die Probleme des Geschlechtslebens in Rußland zu lösen.*

Moskau, Donnerstag, 10. Juni, morgens, Regenwetter
Warum kommen Sie erst jetzt nach Rußland? hat die alte Dame gestern abend im Goethe-Institut gefragt, und ihre Stimme hatte vorwurfsvoll geklungen. Verlegen und noch irritiert durch die Diskussion, die mein locker hingeworfenes »aufarbeiten« ausgelöst hatte, zucke ich die Schultern, sage: ich habe immer mit dem Blick in den Westen gelebt: Schule in Sussex, Verwandte in Kalifornien, Freunde in Frankreich und Irland, Reisen nach Italien, Spanien, Portugal. Mit I. in Südamerika. Mein Rußland waren Bücher. Vielleicht wollte ich die Fiktion nicht mit der Realität konfrontieren.

Denke: es war der Eiserne Vorhang, den ich mir als Kind als undurchdringliche Wand vorgestellt habe, so abschreckend, daß ich nicht einmal den Versuch machte, ihn zu durchtrennen, obwohl ich während des Studiums so weit links war, daß die Auseinandersetzungen mit meinem Vater bedrohliche Ausmaße annahmen. Unbändig stolz darauf, daß meine Urgroßmutter eine Freundin Rosa Luxemburgs gewesen war. Für die amerikanischen Verwandten waren Urgroßmutter, Rosa und ich ein schreckliches Dreigespann. Please, don't talk about her, wurde ich immer wieder beschworen.

Aber das erzähle ich nicht, sondern sage, daß ich mich freue, endlich in Moskau zu sein, nach Sankt Petersburg zu fahren, glücklich bin, daß meine Zuhörer an diesem Abend gekommen sind. Und daß ich im Herbst nach Rostow am Don reisen werde, um den Spuren Sabina Spielreins zu folgen. Erstaunen. Niemand hier hat ihren Namen zuvor gehört.

Später sitzen wir mit russischen und deutschen Freunden in einem ukrainischen Restaurant nahe der Tretjakow-Galerie, trinken Bier und Wodka, essen Kohlwickel und Gegrilltes, reden über die neuen Russen, den Chododkowski-Prozeß, über Guantanamo, die Folterungen im Gefängnis von Abu Ghraib und die EU, die jetzt bis an Rußlands Grenzen reicht. Und wieder kommt die Psychoanalyse ins Gespräch: Kann man das Minderwertigkeitsgefühl vieler Russen gegenüber den westlichen Vater-Ländern auf ödipale oder narzißtische Phobien zurückführen, die aus der kollektiven Angst vor dem Verlust der eigenen, mütterlich imaginierten Heimat, dem Mütterchen Rußland, erwachsen? In der kleinen Kirche nebenan, sagt Natalja, hat Anna Achmatowa die Messe besucht, wenn sie in Moskau war.

Spätabends Glocken, sage ich zu Bruno, als wir in Regenjacken und mit Schirmen zur Metro gehen, die Glocken habe ich noch nicht gehört. Die hatte ich im Kopf, als ich nach Moskau kam. Die Glocken der berühmten vierzigmal vierzig Kirchen.

Warte bis morgen. Bruno hat eine Fahrt zum Wallfahrtszentrum von Sergijew Possad vorgeschlagen, dem bedeutendsten Kloster der Russisch-Orthodoxen.

Nehmt den Zug vom Jaroslawer Bahnhof, hat Iwan gestern abend gesagt. I. liest: Es gibt neun Bahnhöfe in Moskau, Kopfbahnhöfe allesamt, die die entferntesten Regionen des Riesenlandes mit der Hauptstadt verbinden. Am Belorusski Woksal waren Sabina Nikolajewna und ihre Tochter angekommen, vom Kurski Woksal, von dem nur noch ein kläglicher Rest neben einem Neubau steht, waren sie ein Jahr später nach Süden, nach Rostow, abgefahren. Unser Bahnhof liegt an der prächtigen Metrostation Komsomolskaja, an dem gleichnamigen Platz, auf dem sich noch zwei weitere Bahnhöfe befinden: der Leningradski und der Kazanski. Schon die aus der Metro strömenden Menschen zeigen in Kleidung und Gepäck, wohin die Reise geht. Anzugträger mit Aktenkoffern, junge Frauen in englischen Regenmänteln und Schirmen, Reisetaschen locker über der Schulter, streben dem Petersburger Bahnhof zu, von dem die erste russische Bahnlinie aus der alten in die neue Hauptstadt führte. 1849 gebaut, steht er mit seiner noblen gelb-weißen Empirefassade neben der bizarren Mischung aus Jugendstil, Festungstürmen und dicken Mauern des Jaroslawski Woksal wie ein eleganter Städter neben einem schwerfälligen Dörfler. Archangelsk, Wologda, Workuta entziffere ich auf der Anzeigentafel. Von dort, vom Polarkreis, waren jene Elendsgestalten gekommen, die ich vor Jahrzehnten in der Wochenschau gesehen hatte. Mit Fellmützen, deren Klappen locker um ihre ausgemergelten Gesichter baumelten.

Wir tauchen ein in den Strom der Reisenden mit großem Gepäck, mit Kartons, Säcken, verschnürten Bündeln, in denen begehrte Güter in die Weiten Sibiriens oder an die Küsten des Eismeeres transportiert werden sollen. Gedränge in der Bahnhofshalle, den Gängen, die zu den Bahnsteigen führen, Unzählige, die sich ihren Weg bahnen, Lasten auf dem Rücken, in beiden Händen riesige Stofftaschen, unter die Arme noch ein Paket geklemmt. Alte und Junge, Familien mit Kindern, Mütter mit Säuglingen sitzen auf langen Reihen roter Kunststoffstühle, hocken am Boden. Um sich herum Kinderwagen, Karren mit Koffern, Taschen, Plastiktüten. Sie essen. Schlafen, den Kopf vornüber auf das Kinn oder in den Nacken gekippt. Dösen mit offenem Mund. Frauen mit Kopftüchern. Männer mit Schirmmützen. Breite helle Gesichter. Dunkle mit schrägen Tatarenaugen. Brandrotes Haar fackelt neben pechschwarzem. Sie reden, streiten, schweigen und warten. Ein Heerlager, in das Bewegung kommt, wenn die Abfahrt eines Zuges angesagt wird. Dann werden die Gepäckstücke gerafft, Kinder auf den Arm oder an die Hand genommen, drängen die Wartenden zielstrebig den Bahnsteigen zu. Mischen sich an den Türen mit den eben Angekommenen, die in die Halle strömen, noch unsicher, wohin sie sich wenden sollen in der unbekannten Stadt.

Wir lassen uns durch den Lärm der Stimmen, das Scheppern der Ansagen, das Schreien von Kindern, das Quäken eines Radios treiben. Ich werde abgedrängt, verliere Brunos graues Mützchen aus den Augen. Marthas Tuch hat sich unter der Regenjacke versteckt. Auf dem Bahnsteig der Zug, so metallisch kompakt, als wolle er uns auf der Reise gegen die Angriffe marodierender Banden schützen. An der Lok der rote Stern, den wir, des Zusammenbruchs der Sowjetunion ungeachtet, auch überall im Stadtbild finden: auf Türmen, Häusern, an der Fassade des Jaroslawski Woksal. Die Waggons breit und niedrig. Holzbänke rechts und links eines schmalen Ganges. Neben uns schieben sich Mitreisende. Die feuchten Kleider verbreiten einen muffigen Geruch. Die Fenster bleiben geschlossen. Regen trommelt gegen die Scheiben. Zwischen unsere Beine werden Plastiktaschen geschoben. Извините, пожалуйста. Freundliche Entschuldigungen. Metallener Zahnersatz blinkt. Der alte Mann neben mir will wissen, wieviel Rente man in Deutschland bekommt. In Euro, sagt er. Oder in Dollar. Bruno antwortet ausweichend, daß es darauf ankäme, wie lange einer gearbeitet habe, in welchem Beruf, wieviel er verdient habe. Aber der Alte bleibt hartnäckig. Als Bruno einen Sozialhilfesatz nennt, wiegt unser Begleiter ungläubig mit vielen oi, oi, oi den Kopf. So viel! So viel! Da sollen wir raten, wieviel Rente er bekommt. Wagen keine Summe zu nennen. Erschrecken, als er es uns sagt, klagt, daß doch auch er sein Leben lang gearbeitet hat. Und als junger Bursche für die Deutschen. Da war er in Gefangenschaft zur Landarbeit abkommandiert. Los! Los! Halt's Maul! erinnert er auf deutsch. Und nichts zu fressen. Wir sind verlegen, bieten ihm Pfefferminzpastillen an. Ärztemuster von Martha. Während wir reden, hat sich der Zug in Bewegung gesetzt, zieht langsam aus dem Bahnhof, rollt an Wohnblöcken mit Balkonen vorbei, die die Bewohner mit Holzlatten vernagelt haben, auf denen sich Abgestelltes stapelt, das drinnen keinen Raum hat. Dann wird die Bebauung spärlicher, grüne Böschungen trennen Gleise und Landstraße, Wiesen, kleine Wäldchen in frischem Grün. Hölzerne Datschen zwischen den Stämmen. Einige so windschief und morsch, als wollten sie gleich auseinanderfallen, andere frisch gestrichen oder neu errichtet mit Baumarktfenstern und -türen. Der alte Mann räsoniert über die Zustände im Land, sucht Unterstützung bei den Mitreisenden, die er mit towarischtsch anredet, Genosse. Das ist jetzt verpönt, und die Leute schauen uns verschämt schweigend an. Müssen auch nicht reden, denn das besorgen die fliegenden Händler, die in endlosem Strom durch den Waggon ziehen: Handcreme bietet der eine, der nächste Batterien, Comicheftchen, fetttriefendes Gebäck, Raubkopien von CDs. Ein Mann zieht Videofilme aus einer Plastiktüte, die ihm aus der Hand gerissen werden. Barfüßige Zigeunerkinder singen zur Garmoschka. Popen in schwarzem Kaftan und hohen Kappen halten Papierikonen hoch, die niemand will. Dem zerlumpten Narren in Christo jedoch, der inbrünstig singend, die Augen verdrehend, daß nur noch das Weiße zu sehen ist, den Gang durchtaumelt, gibt man freundlich. Und obwohl er sich wie ein Verrückter benimmt, breitet sich ehrfürchtiges Schweigen aus. Man glaubt, daß sie heilen können, die юродивые (jurodiwye), und daß ihre Prophezeiungen in Erfüllung gehen. Bei jedem Halt kommen andere Händler, beginnt das Ausrufen, Anbieten, Singen erneut.

Als der Zug auf freier Strecke bei dem Schild Abramzewo hält, steigen heute nur wenige Mitreisende aus, verschwinden im Wald. Hier hatte Sawwa Mamontow, der Erbauer der Bahnlinie Moskau–Archangelsk seine Sommerresidenz. Der kunstsinnige Mäzen, der es wagte, in Moskau eine Privatoper zu bauen und damit den Alleinanspruch des Zaren auf ein Musiktheater zu durchbrechen. Der Holzhäuser für seine Gäste errichtete, die hier über Wochen wohnen und arbeiten konnten. In einem eigenen Zug, bequemen Salonwagen mit gepolsterten Sitzen, mit Tischen und Lampen, einem Samowar, an dem eine Dienerin Tee ausschenkte, waren Repin und

Schaljapin, Literaten, Schauspieler und Musiker nach Abramzewo gereist. Heute ist es ein Museum, aber wir fahren die drei Stationen weiter bis Sergijew Possad.

Noch immer Regen. Auf der Straße zum Kloster spritzt braunes Pfützenwasser, wenn die Busse an uns vorbeifahren und den großen Parkplatz ansteuern. Pilger, Reisegruppen und ihre Führer ziehen durch das Heilige Tor mit den Fresken, die Szenen aus dem Leben Sergij Radoneschskijs zeigen, der vor mehr als 700 Jahren das Kloster gründete. Kirchen, Glockentürme. Eine der Kathedralen hat Iwan der Schreckliche errichten lassen, mit fünf Kuppeln wie im Moskauer Kreml, vier blauen und einer goldenen in der Mitte. Boris Godunow ist hier begraben, und unter der Dreifaltigkeitskirche ruht der heilige Sergij. Wir reihen uns ein in die Schar der Pilger, die sich durch den Eingang schiebt, im Inneren wartet, bis die Reihe an sie kommt, zum Altar über dem Grab vorzutreten, niederzuknien und die Ikone des Heiligen zu küssen, die der leise psalmodierende Priester ihnen entgegenhält. Manche schieben sich auf Knien zurück, andere stehen auf, entzünden eine Kerze. Geldscheine werden auf den Altartisch gelegt. Lautlos wird das Kreuzeszeichen geschlagen. Nur das Schlurfen der Füße der Gläubigen ist zu hören, die sich näher zum Grab schieben. Manchmal ein Seufzer. Und in regelmäßigem Abstand der dünne Gesang einer Litanei blaßgesichtiger Nonnen, die, eingehüllt in dunkle Tücher, im hölzernen Betgestühl an der Wand kauern. Stumm stehen wir vor den Fresken, den kostbaren Ikonen. Einige sollen vom berühmten Andrej Rubljow stammen. Um uns beten Frauen und Männer, Junge und Alte, den Blick auf die Ikonen gerichtet, murmelnde Münder, weit geöffnete Augen, so als könne sich das Wunder der Erlösung jetzt und vor uns allen vollziehen. Nicht dem Priester, zurückgezogen im Beichtstuhl, flüstern die Gläubigen ihre Sünden zu, sondern sie beichten der Ikone Christi, die sie mit ihrem Retter verbindet. Die Kerzen flakkern. Schwer legt sich der Geruch des Weihrauchs auf uns. Die Augen der Heiligen ziehen mich in ihre Bildnisse. Ich bleibe stehen und lausche dem sich immer wiederholenden Gesang der Nonnen, dem psalmodierenden Popen.

Draußen reges Treiben. Vor der Brunnenkapelle, die über einer heiligen Quelle errichtet ist, wird das wundertätige Wasser ausgeteilt, getrunken oder in Flaschen und Plasikkanistern fortgetragen. Junge Mönche hasten durch den Regen, Fellwesten über ihren Kutten, weißgesichtig, mit langem, im Nacken zusammengenommenem Haar. Nonnen in dunklen Umschlagtüchern und weiten Röcken, Socken und Fellstiefeln fegen mit Strohbesen Wege und Plätze. Überall Baugerät, Baumaterial, Wege, die gepflastert, Bauten, die renoviert werden sollen.

Mit einer israelischen Reisegruppe schlüpfen wir ins barocke Refektorium, in den 70 Meter langen Saal, der vom Zaren und der hohen Geistlichkeit genutzt wurde. Während der Führer, braungebrannt und muskulös wie ein Surflehrer vom Roten Meer, die Bedeutung der Wandmalereien erläutert, treten seine fröstelnden Zuhörer in ihren Sandalen von einem Fuß auf den anderen. Gestern noch war es warm gewesen wie in Israel im Frühling und jetzt herbstlich kalte Nässe, die jedes Interesse an der Schönheit der Bilder erlahmen läßt. Nur noch ein Wunsch: in den Bus und zurück ins Hotel. Als wir das Refektorium verlassen, hören wir einige aus der Gruppe Russisch sprechen. Heimwehtouristen, die der Antisemitismus nach Israel getrieben hat.

Und dann, auf dem Rückweg zum Bahnhof, höre ich sie doch noch, die Glocken. Voll und merkwürdig dissonant hallt ihr Geläut über die Dächer, Türme und sternbesäten Kuppeln, fällt mit dem Regen auf die durchweichten Wege. Nicht an langen Seilen, wie in unseren Glockentürmen, zum Schwingen gebracht, sondern von Glöcknern mit Hämmern oder an kurzen Seilen befestigten Klöppeln geschlagen, entsteht ein Kontrapunkt, der fremd klingt, in der Luft schwingt wie ein unerfülltes Versprechen, das darauf wartet, eingelöst zu werden.

Freitag, 11. Juni an Bord der Pulkovo Aviation, Tupolev TU 154 von Moskau/Scheremetjewo I nach Sankt Petersburg/Pulkovo I, mittags
Tief unten die Stadt in der Sonne. Die Maschine steigt. Winzig die Felder, Wälder, Datschen. Noch einmal Moskau in einer großen Schleife überflogen, ein Haufen grauer Steine, dazwischen ein schmales helles Band, die Moskwa. Dann tauchen wir in weiße Wolken, steigen, haben die Flughöhe erreicht. Tiefes Blau. Die Stewardessen beeilen sich, uns Brot und kalten Braten zu servieren.

Jetzt, da ich zusammenfassen möchte, was ich in der Stadt erlebt habe, ist das eben noch Nahe schon wieder fern, das Gegenwärtige vergangen, wir fliegen ins Zukünftige, in die andere Hauptstadt. Jünger, westlicher. *Moskau bietet sich bis heute mit russischem Vollbart, Petersburg hingegen ist schon ein akkurater Deutscher. Wie liegt Moskau da – groß und breit hingestreckt! Wie struppig ist es! Und wie steht Petersburg vor uns – straff und gertenschlank und elegant!* schreibt Gogol. *Moskau ist ein hausbackenes Weib; sie bäckt Plinsen, bleibt hocken, läßt sich, ohne vom Sessel aufzustehen, von den Dingen erzählen, die draußen in der Welt geschehen; Petersburg ist ein behender Bursche, der nie zu Hause hockt, der stets zum Ausgehen fertig ist und zum Abgucken bereit, vor Europa paradiert.*

Unbewegt in Bewegung. In einer Stunde werden wir landen. Meine Beine noch immer unruhig. Wir sind soviel gelaufen in den vergangenen Tagen, gerannt, wenn wir eine Bahn erreichen wollten, durch Parks geschlendert, am Flußufer.

Gestern abend – die Regenwolken hatten sich plötzlich verzogen – waren wir in der tiefstehenden Sonne zwischen den einförmig grauen Wohnblocks eines äußeren Bezirks gegangen. Zehn Stockwerke und höher. Darin die winzigen Kommunalkas: ein oder zwei Räume für eine Familie, Küche und Bad für alle, die auf der Etage ihre Zimmer haben. Wir besuchten Brunos Freunde, wurden umarmt, mit Bliny, Kuchen, Eis und Tee bewirtet. Stolz erzählten sie, daß sie ihre Wohnung kaufen konnten. Nur die Wohnung, sagte Olga entschuldigend, als wir im klapprigen Fahrstuhl abwärts fuhren und durch den schmutzigen, nach Urin stinkenden Flur mit den zerbeulten Briefkästen zur Haustür gingen.

Die Maschine verliert an Höhe. Die Anschnallzeichen leuchten auf. Der Kapitän sagt, daß wir uns im Anflug auf Sankt Petersburg befinden.

Sankt Petersburg, Sonntag, 13. Juni, Nemetzki-Klub, helle Nacht

Ob Petersburg, Sankt Petersburg oder einfach Peter – es ist ein und dasselbe ... Die übrigen russischen Städte sind nichts weiter als ein Haufen Holzhäuser ... Petersburg unterscheidet sich auffallend von ihnen allen, lese ich bei Belyj. Taucht auf wie eine Fata Morgana. Paläste, Kirchen, Brücken über den Fluß. Barock und alexandrinischer Klassizismus. Unzerstört. Und wären nicht die Menschen (weniger als in Moskau) und die Autos, die sich im Zentrum vor den Ampeln stauen, würde ich die Kutsche des vornehmen Senators Apollon Apollonowitsch Ableuchow erwarten oder Andrej Belyj höchstpersönlich, der von Vatermord und Revolution erzählt. *Wie dem auch sei – Petersburg ist keine bloße Einbildung, denn man kann es auf der Landkarte finden*. Die Turmspitze der Admiralität leuchtet in der Sonne. Trotz des Verkehrs bemerken wir das Geordnete der Straßen und Plätze. Alles geplant, nichts dem Zufall überlassen. Die riesige St.-Isaaks-Kathedrale mit der goldenen Kuppel, wie auf den Farbfotos in unserem Reiseführer, davor das Denkmal für Nikolaus I., der Winterpalast, die Newa, die wir auf der Schloßbrücke überqueren, um auf die größte Insel im Flußdelta, Wassilewski Ostrow, zu gelangen. Breit angelegte Prospekte, rechtwinklige Straßen: *Vor langer, langer Zeit hatte Peter diese parallelen Linien gezogen ... Jenseits des Flusses erhob sich Petersburg; aus einem wogenden Wolkenmeer lohten hohe Gebäude auf; dort schien ein Böses, ein Kaltes in der Luft zu schweben ...*

Aber heute spielen Sonne und Schatten auf den klassizistischen Lagerhäusern der Universitetskaja Nabereschnaja. Neben der ehemaligen Börse, die mit ihren weißen Säulen einem griechischen Tempel gleicht, findet sich die Kunstkammer Peters des Großen mit den Arbeitsräumen Lomonossows und der berühmte Gottorfer Globus, dessen Nachbildung gerade mit der Errichtung des Globushauses im Schloßpark von Gottorf den Weg zurück zu den Schleswiger Ursprüngen gefunden hat. Hier, am Newa-Ufer, hatte Lomonossow im hohlen Inneren des Globus, auf einem Stuhl sitzend, die Sternbilder betrachtet, die auf die Innenwand graviert worden waren. Vorbei am Gebäude Nr. 5, der Akademie der Wissenschaften. Da setzte 1782 die große Katharina ihre Vertraute, Fürstin Daschkowa, die sie 20 Jahre zuvor auf dem Ritt nach Peterhof zum Sturz Peters III. begleitet hatte, als Direktorin ein. Ehrgeizigen Höflingen zum Trotz.

In den barocken Behördengebäuden am Ufer der Großen Newa, den zwölf Kollegien aus Peters Zeit, die Universitätsinstitute. Prächtig gegliederte Fassaden, geschwungene Giebel, weiße Fensterrahmungen, Simse und Pilaster, alles frisch gestrichen: gelb-weiß, grün-weiß, blau-weiß. Mit rund einer Milliarde Dollar, so erzählen unsere Gastgeber am Institut für die Geschichte der ausländischen Literaturen, hat Putin seine Geburtsstadt zur Dreihundertjahrfeier der Gründung herausputzen lassen. Aber das Innere entspricht nicht dem Äußeren. Heruntergekommen die in enge, muffige Zimmerchen geteilten, einst großzügigen Räume. Die Wände grau, die staubigen Holzböden ausgetreten. Verwinkelte, düstere Gänge, schmutzige Toiletten. Studenten warten vor den Türen auf ihre Prüfung. In der »Österreich-Bibliothek« (der einladende Professor ist Spezialist für österreichische Literatur) stellen wir unser Gepäck ab, finden im Hörsaal eine Gruppe Studenten und Professoren.

Das Gespräch nach der Lesung schwieriger als in Moskau. Über Martin Walsers Paulskirchenrede wollen sie sprechen, wollen wissen, ob die Deutschen ihre Nazi-Vergangenheit bewältigt haben oder nicht. Ich versuche ausgewogene Antworten, stelle meine eigenen Beobachtungen und Erfahrungen in den Vordergrund. Sage, daß es schwer ist, mit den Verbrechen unserer Geschichte umzugehen, erinnere an Stalin, der im neuen Rußland noch immer totgeschwiegen wird, ernte stumme Verlegenheit. Wir tauschen, bevor wir uns verabschieden, Höflichkeiten aus, und der Professor sagt, daß er kürzlich in Rostow am Don eine Erinnerungstafel an Sabina Spielrein gesehen habe. Hatte sie fast vergessen, als ich vorgestern, 80 Jahre nach ihr, Moskau verließ.

Während wir die Stadt durchstreifen, versuche ich mein Belyj-Dostojewski-Petersburg, das Revolutions-Petro- und Sowjet-Leningrad mit dem Reiseführer-Sankt-Petersburg und der Realität zusammenzubringen. 580 Meter säulengeschmückter Fassaden auf dem Schloßplatz. 27 Meter steigt der Triumphbogen mit dem sechsspännigen Siegeswagen in der Mitte des Ensembles auf. Aus den bunten Reisebussen quellen Menschen, fotografieren den Winterpalast und Zar Alexander auf seiner Säule. Die wurde von Seilen, Flaschenzügen, Hunderten von Arbeitern und mehr als tausend Soldaten aufgerichtet. Aufmärsche statt Reisebusse und lärmende Touristen. Paraden. Schüsse auf demonstrierende Arbeiter. Hurrarufe, als der Zar sich nach Unterzeichnung der Kriegserklärung am 2. August 1914 auf dem Balkon zeigte.

Ein Schuß vom Panzerkreuzer Aurora, an dem wir mit unserem Boot vorbeidümpeln, und eine neue Zeit brach an: Sturm auf den Winterpalast. Der Zar abgesetzt. Von der Aurora wurde per Funk Lenins Manifest *An die Bürger Russlands* verbreitet. In Moskau schossen sie auf die Turmuhren: Schluß mit der alten Zeit, eine neue war angebrochen, und die rote Fahne flatterte im Herbstwind. Aber Petersburgs Paläste und Kirchen stehen entlang der Moika, der Fontanka, der Kanäle, als sei nichts geschehen. Regen kommt auf. *Schwärme grünlicher Wolkenfetzen jagten ununterbrochen über die grenzenlosen Weiten der Newa. Auf der Petersburger Seite verschwand der schlanke Turm der Peter-Pauls-Festung in den Wolken.* Wir wickeln uns in Decken, rücken eng zusammen. Hätten die Gefangenen auch gern getan, damals, als Fjodor Dostojewski einsaß und auf seine Hinrichtung wartete. Grauen in den eisigen Gängen der Festungskasematten, durch die fröstelnde Reisegruppen ziehen. Zellen, deren winzige Fenster so hoch sind, daß es für die Gefangenen unmöglich war, die Newa zu sehen, den herrlichen Marmorpalast gegenüber, den Katharina ihrem Günstling Orlow errichten ließ. Ernste junge Gesichter auf den Fotos neben den Türen: Studenten, adlige und bürgerliche, Frauen und Männer, die Rußland verändern wollten und hier einsaßen, auf ihre Hinrichtung oder die Begnadigung, also Verbannung nach Sibirien warteten. Wie Dostojewski: den Kopf geschoren, Kette und Kugel am Bein, in grauer Sträflingstracht. Die sehen wir in den Gängen, ausgestellt in gläsernen Vitrinen.

Peterhof ist ein Museum mit Zarennamen, Jahreszahlen, von Schlachten, Siegen und Niederlagen, das wir bald wieder auf dem Tragflächenboot verlassen, um durch die Straßen der Stadt zu schlendern, vorbei an einer Moschee der muslimischen Tataren mit türkisblau glänzendem Minarett, zum Bankautomaten, an dem man mit Euroscheckkarten Rubel ziehen kann. *Der Newskij Prospekt besitzt eine erstaunliche Eigenschaft: er besteht aus einem weiten Raum, der der Zirkulation des Publikums dient.*

Unter dem Ehernen Reiter lassen sich Hochzeitspaare fotografieren. In der Villa der Ballerina Matilda Kschessinskaja, einer Favoritin des letzten Zaren, hatten die Petrograder Bolschewiki 1917 ihr Hauptquartier errichtet. Davor ein alter Blokadnik, einbeinig, mit Orden auf der verschlissenen Jacke. 3500 Tote im Hungerwinter 1941/42 täglich, sagt er, und daß er 1944 bei der Gegenoffensive der Roten Armee mitgekämpft, die Deutschen geschlagen hat.

Die Menschen sitzen auf Bänken am Ufer der Kanäle, lesen, rauchen oder blinzeln in die Sonne. Die Kleine und Große Synagoge am Lermontowski Prospekt (erneuert mit Spenden aus den USA) sind geschlossen. *Die Nähe des Heumarktes, die übergrosse Zahl gewisser Häuser und besonders die Fabrikarbeiter- und Handwerkerbevölkerung, die sich in diesen inneren Straßen und Gassen zusammendrängte, brachten mitunter in das Gesamtbild einen so starken Prozentsatz derartiger Gestalten hinein, daß es sonderbar gewesen wäre, wenn man sich bei einer einzelnen von ihnen hätte wundern wollen.* Wie Raskolnikow, den Dostojewski hier leben und leiden läßt. Nach seiner sibirischen Verbannung hat auch der Dichter in der Gegend gewohnt. Die Höfe hinter den Häusern scheinen sich in den letzten 130 Jahren kaum verändert zu haben. Nur in den Straßen werden neue Erdleitungen verlegt, wird gebaut und renoviert, und auf dem Heumarkt, dort, wo einst eine Kirche stand, stapeln sich Ananas, Melonen, Pfirsiche, Aprikosen und dunkle Kirschen aus dem Süden. Ein Betrunkener liegt auf der Seite und schläft seinen Rausch aus.

Um Mitternacht wird das Feuerwerk am Newa-Ufer gezündet. Sterne regnen in blau-weiß-roten Rußlandfarben auf Stadt und Fluß. Nationalfeiertag. Die Umstehenden stoßen mit Bier- und Wodkaflaschen an. Alle haben ihn miterlebt, den Beginn von Glasnost und Perestroika unter Gorbatschow, den Putsch gegen ihn 1991 und die Auflösung der Sowjetunion. Daß im neuen Rußland der 1918 mit seiner Familie ermordete Nikolaus II. heiliggesprochen wird und die Romanows aus dem Westen ins Land kommen, ihre Portraits in der Peter-und-Pauls-Festung hängen, können sie nicht verstehen. Auch der freundliche Aserbeidschaner mit dunkler Brille und schwarzem Schnauz, der uns in seinem klapprigen Taxi zum Hotel kutschiert, schüttelt über die Politik den Kopf, erzählt von seinen anatolischen Verwandten, die in Deutschland leben. Gelsenkirchen, sagt er, und das klingt sehr fremd. Und wenn er das Geld hätte für die Reise, würde er sofort hinfahren.

Sankt Petersburg, Montag, 14. Juni, morgens
Meine Rückkehr steht nun bevor. Abflug 14.30 Uhr mit Pulkovo Aviation, Tupolev TU 154; Ankunft Berlin-Schönefeld 14.35 Uhr, Flugzeit 2 Stunden 5 Minuten. *Von hier hätte ich ohnehin keine substantielle Nachricht geben können, weil ich bis zum letz-*

ten Augenblick zu beobachten und nachzudenken habe, um schließlich ein halbwegs kommunikables Resumee meines Aufenthalts zu geben ... (Walter Benjamin an Siegfried Kracauer, Januar 1927).

Der Schattengeliebte

Ich sehe ueberhaupt keinen Unterschied zwischen Uebertragung auf den Arzt und jede andere Uebertragung: indem man seine eigene Persönlichkeit gibt, nimmt man die Persönlichkeit des Anderen, den man liebt, auf.
SABINA SPIELREIN

Sie schreit. Stemmt die Füße in den Boden. Schlägt nach dem Arzt, dem Onkel, der Mutter. Vernünftig, fleht diese, sei vernünftig, Sabinotschka. Aber sie schüttelt wild den Kopf, daß die Haare sich aus dem Zopf lösen. Schüttelt den Kopf und lacht. Und dann weint sie, stammelt, daß sie allein sein wolle.

Die Droschke rumpelt über den Bürkliplatz, über die Quaibrücke. Sie hat sich in die Ecke gedrückt. Nur ihn nicht berühren, den Onkel, den Verräter, der den Dr. B. zu Hilfe holt, weil er nicht versteht, was sie will. Am liebsten würde sie mit ihrem Rücken eine Höhle in die Wagenwand drücken, sich hineinziehen. Und wenn er ihr den Blick zuwendet, wird er sie nicht mehr finden. Nur sie wird ihn sehen aus ihrem Versteck: seinen schwarzen Hut, das Gesicht gelb wie das eines Tataren, die Stirn gefurcht, der Mund ein Strich. Er starrt geradeaus. So als habe er sie vergessen. Vom See her Stimmen, Lachen, Musik. Ein Schiff, hell erleuchtet. Es ist warm. Die eisenbeschlagenen Räder klappern auf dem Pflaster. Utoquai, Bellerivestrasse. Das kennt sie von den Spazierfahrten im offenen Wagen. Sonnenhut. Sonnenschirm. Blick auf den Zürichsee, die Schiffe, die von Ufer zu Ufer fahren. Weiße Segel. Bewaldete Hänge. Häuser, die sich hinaufziehen. In der Ferne die Schneeberge.

Der Rücken des Kutschers. Der Sanitätspolizist neben ihm. Den hat Dr. B. gerufen. Ins »Burghölzli«, ordnete er an, privat. Zu Professor Bleuler. Privat, hatte auch Dr. Monakow gesagt, Privatsanatorium. Er könne Sabina Nikolajewna nicht aufnehmen. Sie sei zu unruhig für sein Haus. Doch den Dr. Heller könne er empfehlen, er betreibe ein Sanatorium in Interlaken, eine Wasserheilanstalt speziell für Nervenkranke. Dorthin sollten sie sich wenden. Im Winter praktiziere der Doktor in Bern. Aber jetzt sei ja Sommer. Juli. Die beste Zeit, die Stadt zu verlassen und an den Thuner See zu reisen. Ein schöner Platz, hatte Monakow zur Mutter gesagt. Auch für sie, Madame, sehr erholsam. Und hatte das Grand Hotel »Victoria« empfohlen.

In den Hotels, dem »Baur en Ville«, dem »Victoria«, stießen sich die Dienstboten in die Seite, warfen sich verstohlene Blicke zu, wenn die elegante Russin mit ihrem Bruder das Foyer oder den Speisesaal betrat. Die Tochter immer ein paar Schritte hinterher, mit dem Kopf ruckend, die Augen verdrehend. Wenn serviert wird, streckt sie plötzlich die Zunge heraus und lacht. Lacht so schrill, daß alle die Köpfe wenden und die Mutter sich erhebt und schamrot, mit gesenktem Blick, das Mädchen fest an der Hand, den Saal verläßt.

N° 8793 *Spilrein, Sabina*, schreibt der diensthabende Secundararzt der Irrenanstalt »Burghölzli«, Dr. Carl Gustav Jung. *1904, VIII, 17. Heute Abend 10 ½ h wird Pat. von einem Sanitätspolizisten und vom Onkel gebracht. Ärztliches Zeugnis von Dr. B. + Lublinsk. Pat. lacht und weint in seltsamer Mischung mit Triebartigem Character. Eine Masse Tic's: rotiert ruckweise den Kopf, streckt die Zunge heraus, zuckt mit den Beinen. Klagt über schreckliches Kopfweh. Sie sei nicht verrückt, sie sei bloß aufgeregt worden im Hotel, sie könne keine Leute, kein Geräusch vertragen.*

Er ist müde. Fünf Ärzte für mehr als 350 Patienten. Pflegepersonal: 97. Bleuler verreist. Auf den heutigen Neuzugang wird man achten müssen: Spilrein, Sabina. Merkwürdiger Name. Jüdin, Russin. Hysterika. Lachte und weinte zugleich, als der Sanitätspolizist sie hereinführte. Zuckte mit den Beinen, als er sie sitzen hieß. Der Onkel, den schwarzen Hut auf dem Kopf, geduckt, als wolle er nicht dazugehören. Ein Monat bei Dr. Heller in Interlaken, sagte er, und Jung mußte sich

vorbeugen, um ihn zu verstehen. Unzufrieden. Sehr unzufrieden. Die Worte kamen mühsam. *(Giebt als alter russischer Jude beständig nur ganz magere und ausweichende Antworten, ausserdem beherrscht er das Deutsche nicht recht.)*
 Er begleitete Ljublinski zur Tür. Bat um den Besuch der Mutter. Ging über den matt erleuchteten Korridor in Bleulers Privatabteilung. Einzelzimmer. Der Docht der Lampe heruntergeschraubt. Die Pflegerin legte den Finger auf die Lippen, flüsterte: Sie fürchtet sich im Dunkeln. Das Mädchen zog die Decke bis zum Hals, ängstlich lugte ihr Gesicht aus den Kissen. Das dunkle Haar gelöst. Er hat ihr Morphium gegeben, 0.015 Gramm. Morgen wird er sie untersuchen.

Über ihr weiß. Wände weiß. Weiß die Vorhänge vor dem Fenster. Weiß der Schrank neben der Tür. Auf dem Stuhl die fremde Frau. Ihr Kleid ist grau. Weiß die Haube, weiß die lange Schürze. Sabina kneift die Augen zusammen. Wieder dunkel. Still. Ein merkwürdiger Geruch, scharf und süß zugleich. Druck im Magen, Schmerz im Kopf. Stöhnend dreht sie sich auf die Seite.
 Sind Sie wach, Fräulein Spielrein? Die Frauenstimme klingt kehlig. Njet, flüstert sie, njet, njet, njet. Der Stuhl scharrt auf dem Boden. Schritte. Sie zieht die Decke über den Kopf.
 Stehen Sie auf, Fräulein. Ich hole Ihnen Ihre Morgenmilch, ein Gebäck. Die Tür klappt. Sie öffnet die Augen. Durch die Vorhänge fällt Sonnenlicht. Das Bett endet an weißen Eisengittern. Vorsichtig bewegt sie ihre Füße, zieht die Beine an. Hebt einen Arm, streckt die Hand aus, als wolle sie jemanden begrüßen. Sie richtet sich auf, schaut sich um. Es gibt nichts im Raum als den Schrank, den Stuhl der Wärterin, einen Tisch unter dem Fenster, davor ein zweiter Stuhl. Und das Bett, in dem sie sitzt wie auf einem Schiff, das über das graue Linoleummeer schaukelt. Fremd sitzt sie darin, und ihr Kopf ist nicht ihr Kopf, vielleicht gibt es da einen zweiten, in dem eine andere denkt. Benommen steht sie auf, tappt barfüßig durch den Raum, zum Fenster, zieht an den Gardinenschnü-

ren, schließt geblendet die Augen. Sehr gut, lobt die Pflegerin und stellt ein Tablett mit dem Frühstück auf den Tisch. Aber sie schüttelt den Kopf und bittet um ihre Kleider.

Der Doktor weiß, daß sie nichts gegessen hat. Das hat die Pflegerin ihm erzählt. Er weiß, daß sie ein frühreifes Kind gewesen ist, sehr empfindsam, auch daß sie das Gymnasium mit einer Goldmedaille abgeschlossen hat und Medizin studieren möchte. Das hat der Onkel gesagt, als er in der Frühe gekommen ist, um eine Tasche und den ledernen Koffer mit Wäsche, Kleidern und Schuhen zu bringen, die man im überstürzten Aufbruch des Abends vergessen hat.

Der Doktor sitzt hinter einem Schreibtisch. Sie sitzt davor. Zwischen ihnen die Tischplatte mit Papieren, Federschale, Tintenfaß, gerahmten Fotos, deren Vorderseite ihr verborgen bleibt. Sie hockt auf der Kante des Stuhles, als wolle sie gleich aufspringen und davonrennen. Hat die Schultern hochgezogen. Ruckt mit dem Kopf.

Bis Professor Bleuler von seiner Reise zurückkommt, werde ich mich um Sie kümmern, sagt Dr. Jung. Und es fällt ihm auf, daß er kümmern gesagt hat, nicht behandeln. Vielleicht, weil sie so zusammengesunken ist. So klein und hilflos. Ein Mädchen aus einer Stadt, deren Namen er gestern abend erstmals gehört hat. Rostow am Don, liest er vom Krankenblatt. Sagen Sie mir, wo das liegt, bitte. Er lächelt ihr aufmunternd zu und denkt, daß er jetzt eigentlich die körperliche Aufnahmeuntersuchung durchführen müßte. Aber als sie leise: in Südrußland, geantwortet hat, an der Mündung des Don ins Asowsche Meer, sagt er, wie mutig er fände, daß sie eine so lange Reise in die Fremde gemacht habe, um zu studieren. Da öffnet sie die Lippen und stößt ein kurzes verächtliches Lachen aus. Das klingt wie ein Fauchen. Ihr Gesicht zuckt, die Augenlider klappen zu, auf, zu. Irrenanstalt, stößt sie hervor, und ihre Stimme ist dunkel und rauh. Irrenanstalt. Sie zieht das Wort auseinander, spricht mit starkem Akzent. Alle in grauen Schlafröcken, hölzernen Pantinen. Es schüttelt sie. Auf einem Bauernwagen ... angebunden ... wollte das Dorf verbrennen ... schlug mit dem Kreuz, wenn sie es küssen wollten ... hatte weißen Schaum am Mund. Wahn, flüstert sie, Irrsinn.

Ein Priester? Sie haben das gesehen? Sie nickt, weint.

Jung beruhigt: sie sei keineswegs wahnsinnig, überreizt vielleicht, habe viel gelernt für ihr Examen, brauche Ruhe und Pflege, deshalb sei sie hier im »Burghölzli«. Er wird ihr Medikamente geben, sich wegen der weiteren Behandlung mit Professor Bleuler beraten.

Kein Wasser, sie zittert noch immer, hebt abwehrend die Hände, kein Elektrisieren. Nein. Jung schaut auf das Rezeptblatt, das der Onkel ihm gegeben hat: Dr. med. Moritz Heller, Arzt und Besitzer des Sanatoriums Interlaken. Im Winter in Bern (Gurtengasse 3). Nota für Frl. Silberrein, Juli 21. Im voraus erhalten frs. 100.– B. Heller-Hirter. Stempel, Unterschrift. Die freien Stellen mit schwarzen Federzeichnungen gefüllt. Links eine nackte Gestalt, die Arme in die Seiten gestemmt, die Füße nach außen gedreht, Hacken gegeneinander, Knie gebeugt, Beine gespreizt. Die Augen: dicke schwarze Punkte, der aufgerissene Mund: ein schwarzes Loch. Nicht erkennbar, ob Mann oder Frau unter dem Rohr steht, aus dem Wasser strömt. »Wasserhailanstalt« ist daneben gekritzelt. Rechts eine liegende, eine schreiende Frau. Die Augen schreckgeweitet, die Beine in die Luft gestreckt. Und rittlings auf ihr ein Mann, schwarzer Anzug, Brille, der die Schreiende niederdrückt, einen Draht an ihren Kopf hält. »Electresieren« steht über dem Kopf des Mannes und umkreist vier Namen, zwei durchgestrichen, zwei schwer leserlich: Dr. Heller und Dr. Hisselbaum.

Später, beschließt Jung, wird er die Patientin fragen, was die Worte bedeuten, die sie in kyrillischen Buchstaben auf dem Blatt notiert hat. Und er wird sie fragen, wie sie heißt: Silberrein, Spilrein oder Sabina Spielrein? Kein Wasser, verspricht er, keine Elektroschocks. Wir werden reden, einfach miteinander reden.

Mein Urgrossvater und Grossvater sind beide Geistliche und daher – Auserwählte Gottes ... Urgrossvater ... war ein hochverehrter Rabiner in Ekatarinoslaw. ... Man erzählte sich viele hellseherische Geschichten von ihm ... Am meisten behielt ich die von seinem Tode: er hatte nämlich ganz ruhig den Augenblick seines Todes genau nach der Uhr vorausgesagt. Er starb garnicht, sondern nahm Abschied und ging zu Gott ...

Während sie spricht, sieht sie Jung prüfend an. Wird er ungläubig reagieren, skeptisch? Aber er nickt zustimmend, so als habe sie das Selbstverständlichste von der Welt erzählt. *Der Grossvater,* fährt sie fort, *liebte die Menschen. Sein Haus stand immer für alle offen. ... Man erzählt, wie er Jemanden im Gerichte verteidigte, bald wie er auf der Strasse auf 2 Burschen gesprungen sei die eine Frau prügeln wollten, bald wie er seine letzten 3 Rubel einer armen Frau gab ...*

Polja, rief sie in der Nacht, und wenn die Wärterin kam, verlangte Sabina nach Licht. Trank am Morgen ihren Tee (Milch hatte sie als Kindergetränk entrüstet abgelehnt) und aß etwas Brot. Sie bat, in den Spitalgarten geführt zu werden, stand lange und schaute auf den See, hinüber zu den Berghängen und sagte, als Jung sie holen ließ, daß ihr Zürich gefalle, besser als Interlaken, wo die hohen Berge so nah waren, daß alles eng wurde und sie fürchtete, sie könnten bei einem Erdbeben umfallen und die Häuser unter sich und ihren Eiskuppen begraben.

Bei uns gibt es keine Berge, erklärt sie Jung, nur die Steppe, den Fluß und den weiten Blick. Als er nach ihrer Familie fragt, erzählt sie nur von den Vorfahren, und als er den Vater erwähnt, bemerkt sie schroff, daß er Kaufmann ist und noch in Rostow zu tun hat. Übrigens: *Bezeichnend ist, dass der Vater vom Grossvater mit Hochachtung spricht, was er sonst keinem anderen Menschen gegenüber tut.* Drei Brüder, zählt sie auf: Jan, 1887 geboren, Oskar 1891 und Emil 1899. Ja, der sei erst fünf Jahre alt und in Poljas Obhut.

Als Oskar klein war, lehrte ich ihn gehen, führte ihn an einem Handtuch, das unter den Ärmchen um seinen Körper gelegt war. Er hatte einen runden Kopf mit dunklen Löckchen, ein zartes Hälschen und verträumte, blaugraue Augen, ein stumpfes Näschen und Lippen, die immer feucht und leicht geöffnet waren. Ich liebte ihn sehr, aber er liebte mich nicht. Er liebte nur Polja. Und Jan, dem er alles nachmachte. Ich glaube, ich war ihm zu häßlich. Ich hatte sehr glatte Haare, kaum Augenbrauen und eine »griechische« Nase, wie die Erwachsenen sagten. Dabei meinten sie nur, daß meine Nase zu groß sei. Und ich wünschte, daß sie auf und davon ginge, wie in Gogols Geschichte. Wissen Sie?

Ohne zu bemerken, daß Jung verständnislos den Kopf schüttelt, fährt sie fort: Ich bewunderte Oskar, denn kaum, daß er sicher auf den Beinen stand, ging er auf alles los, was ihm im Weg war, sogar auf den Hahn, vor dem ich mich fürchtete, seit er mir auf den Kopf geflogen war und sich dort aufgeplustert hatte. Fast hätte er mir das Auge ausgepickt. Hier, und sie beugt sich weit über die Schreibtischplatte und deutet mit dem Zeigefinger in ihren Augenwinkel. Jung bemerkt eine feine helle Narbe, sieht die dunklen Brauenhärchen, die langen Wimpern, das Weiß des Augapfels und weiß nicht, ob ihre Augen grau sind, grün oder blau. Jetzt, sagt sie und setzt sich wieder, ist er dreizehn, neckt und ärgert mich, ist ein... (sie sucht ein passendes Wort)... ein rechter Flegel. Das sagte das baltische Fräulein immer: Flegel, Tunichtgut.

Und Jan? fragt der Doktor. Ihr Gesicht zuckt. Sie krampft die Hände um die Stuhllehnen. Schweigt. Weiß treten ihre Handknöchel hervor. Die Stirn wird feucht. Ihre Wangen rotfleckig. Es geht uns zu gut, sagt Vater. Keine Politik! Keine Utopien, Phantastereien! Er hat gearbeitet, um voranzukommen, anerkannt zu werden. Trotz Jüdischsein. Erste Gilde, Zweite Gilde. Da müssen wir ihm danken. Uns anpassen. Nicht opponieren. Sie beginnt im Zimmer auf und ab zu gehen. So, stößt sie erregt hervor und bleibt vor Jung stehen, das Gesicht glänzend von Schweiß, so immer hin und her. Fragen und keine Antworten. Immer hin und her geredet. Hat das Leben einen Sinn? Oder ist es Geschäft? Gewinn? Eine

Pistole, er nahm eine Pistole und ritt aufs Land, Grigori und Polja fuhren ihm nach. Brachten ihn zurück, und er weinte, weinte, ohne aufzuhören. Nikolai Arkadjewitsch schlug um sich und fluchte, daß es gottlos sei, den Vater nicht zu ehren. Bis der Doktor kam und beiden ein Pulver gab.

Und sie wollten ihm helfen? Sie nickt, setzt sich ihm wieder gegenüber wie eine artige Schülerin, wischt mit der Hand über das feuchte Gesicht. Ich bin die Älteste. Ich muß ihm beweisen, daß das Leben ... Sie bricht ab. Mathematik, sagt sie dann, Mathematik ist etwas absolut Objektives.

Die Redekur? Das Assoziationsexperiment mit einer Ausländerin? Unentschlossen blättert Bleuler in der Krankenakte, die sein Secundararzt von der neuen Privatpatientin angelegt hat: *Pat. leidet auch darunter, dass der V. andere Hausgenossen beleidigt und tyrannisiert ... Wenn er gut gegen sie ist, thut es ihr leid, dass sie nicht recht gegen ihn ist. Sie fürchtet immer, dass er einmal Selbstmord begehen wird. Sie kann V. nicht »guten Tag« sagen ... kann ihn nicht küssen. Bei der Züchtigung war ein Hauptmoment das, dass der Vater ein M a n n ist.*

Reichen die Sprachkenntnisse Fräulein Spielreins für Ihre Studien? erkundigt sich Bleuler. Wenn Sie ihr ein Wort zurufen und die Patientin, ohne zu überlegen, das erste Wort sagt, das ihr einfällt, wobei Sie die Reaktionszeit bis zum Aussprechen des Wortes und die Veränderung des elektrischen Hautwiderstandes messen, können sich die Werte auch dann auffällig verändern, wenn keine gefühlsbetonten, psychischen Vorgänge dahinterstecken. Der Grund könnte einfach nur sein, daß sie das Wort nicht kennt oder es mißversteht. Es könnte sein, Bleuler sieht Jung kritisch an, daß Sie auf Grund einer solchen Reaktion auf Komplexe schließen und die Patientin nach weiteren Gedanken und Assoziationen dazu befragen. Eine Fehldiagnose, Herr Kollege, könnte in einem solchen Fall gravierende Folgen haben.

Nachdenklich betrachtet Bleuler die Zeichnung auf Dr. Hellers Blatt. Was soll das heißen, da unter dieser, Bleuler zögert, dieser Szene? Hat sie es Ihnen erzählt? Jung nickt. Teufel, antwortet er, eines ihrer Lieblingswörter. Geh zum Teufel! Sie flucht wie ein Droschkenkutscher. Auf russisch und auf deutsch. Übrigens hat sie einen erstaunlichen Wortschatz, spricht ausgezeichnet, mit Akzent, aber fast fehlerfrei. Der Vater legte großen Wert darauf, daß die Kinder Deutsch lernten, hatte seine Ausbildung in Deutschland erhalten. Ins Haus kam eine Gouvernante, Baltendeutsche, sehr streng.

Drei Brüder, eine Schwester, liest Bleuler. Starb 1901 im Alter von sechs Jahren. Mutter verlangt nach dem Tod Gefühle von Pat., die sie nicht hat, macht Vorwürfe und Szenen. Pat. kapselt sich ab, weicht schweigend aus, wird immer einsamer. Despotismus und Härte der Mutter gegen die Kinder nach dem Tod von Emilja. Pat. fühlt sich verändert, wie eingekerkert in ihrem Körper, schwer. Beim Erwachen oft Angstgefühle: So wie ich ohne meinen Willen in meinen Körper eintauchte, so werde ich im Tod gegen meinen Willen herausgeschleudert. Das Leben erschreckt sie. Was hat es bereit, bevor der Tod kommt? Wie bei Emilja – alles wurde gespensterhaft. Niemand außer einer Magd war da, ihr zu helfen. Die Eltern mit ihrem eigenen Schmerz beschäftigt, der Vater rastlos arbeitend. Pat. liest Platon, von der Unsterblichkeit der Seele, tagträumt, *wie die alten griechischen Philosophen von einer Schülerschar umringt in der Welt zu wandern und dieselbe im Einklange mit der Natur, im Freien zu belehren. Nicht das gekünstelte, sondern aufrichtige Liebe zu allem ... wollte ich sie lehren. Meine Phantasie malte mir Bilder vor, wie wir beim Sonnenuntergange zwischen den rauschenden goldenen Aehren sitzen und nach dem arbeitsreichen Tage uns des bescheidenen Abendmahles aus Brot und Gurken bestehend erfreuen.* Bleuler lächelt: *die grosse wahre Liebe möchte ich meine Zöglinge lehren.*

Bleuler schiebt die Papiere beiseite, steht auf, um die russische Patientin kennenzulernen. Und Jung ist erleichtert, daß er den Befund der körperlichen Eintrittsuntersuchung nicht vermißt hat. Weil er nicht hätte erklären können, daß er kaum wagt, Sabina Spielrein zu berühren.

Auf dem Weg zu ihrem Krankenzimmer sagt Jung, daß die Mutter der Patientin erzählt habe, Fräulein Spielrein neige dazu, sich schnell und heftig zu verlieben. In jüngerer Zeit in den Onkel, einen Arzt, und im Sanatorium Dr. Heller in einen Assistenten. Die Mutter habe ihr die Fehler des Onkels aufgezählt, auch daran erinnert, daß dieser verheiratet sei. Das alles habe die Patientin in schwere Aufregung versetzt. Und aus Interlaken wollte sie fort, weil sie von dem verehrten Arzt enttäuscht war, als dieser, aus ihr unbekannten Gründen, das Sanatorium verließ.

Sie liegt auf ihrem Bett, den Kopf gegen ein rotsamtenes Polster gelehnt, eingehüllt in einen vielfarbig gemusterten orientalischen Schal, das dunkle Haar gelöst. Wenn Bleuler über die Verwandlung des Anstaltsbettes in einen üppigen Diwan erstaunt ist, so läßt er es sich nicht anmerken, sondern reicht der Patientin die Hand und stellt sich vor. Dann setzt er sich auf den Stuhl, den die Pflegerin neben dem Bett bereitgestellt hat. Sein Secundararzt bleibt stehen. Unruhig wandert Sabinas Blick von ihm zu Bleuler und wieder zu ihm. Ihr Gesicht zuckt, sie ballt ihre Hände zu Fäusten. Nun, Bleuler nickt aufmunternd, wie fühlen Sie sich heute? Sie runzelt die Stirn, als müsse sie nachdenken, dann murmelt sie: Schlecht. Allein. Den ganzen Tag im Bett. Keine Bücher. Kein Besuch. Und dann lauter: Nur die da, und sie weist mit dem Finger auf die Pflegerin, die neben der Tür steht. Sie soll rausgehen.
Als die Frau den Raum verlassen hat, beginnt Bleuler geduldig zu erklären, daß sie (er sagt Fräulein Spielrein), daß sie Ruhe brauche, keine Aufregungen durch Lektüre oder Gespräche. In ein paar Tagen vielleicht könne man wieder über einen Gang in den Garten reden; das Wetter sei ja noch schön, fast sommerlich.
Aber da ist sie mit einem Schwung aus dem Bett, das Tuch rutscht von ihren Schultern, sie steht barfüßig vor Bleuler, im weißen Hemd. Zitternd vor Erregung stößt sie hervor, daß

sie nicht gehorchen wolle, nicht gesund werden. Bin unartig, wütend stampft sie auf den Boden, unartig. Und krank. Dann, entgegnet Bleuler freundlich, müsse sie sich hinlegen. Kranke gehörten ins Bett. Und über Besuche werde er nachdenken. In einem Brief habe sich der Vater angekündigt und den wolle sie doch sicher sehen. Da hört sie auf zu stampfen und tappt mit gesenktem Kopf zum Bett, kriecht zitternd unter die Decke, ohne den bunten Schal wieder umzulegen.

Sie wollen Medizin studieren? Bleuler betrachtet das verstörte Gesicht, das aus dem Bettzeug lugt. Und als sie nickt, erklärt er, daß Doktor Jung nach einer neuen Methode mit ihr (Bleuler zögert) arbeiten wolle. Er benutze dieses Wort, weil es weniger um eine Behandlung ginge als um ihre aktive Beteiligung an Gesprächen, wie sie auch Professor Freud in Wien praktiziere.

Aber er, unter der Decke kommt eine Hand hervor, die anklagend auf den Secundararzt zeigt, er tut bloß so, als ob er sich für mich interessiert. Hat nie Zeit, schickt mich fort.

Das ist ein falscher Eindruck. Bleuler erhebt sich und legt seine Hand kurz auf den dunklen Schopf des Mädchens. Doktor Jung wird Sie mit aller ärztlichen Anteilnahme betreuen, aber da es mehr Patienten im Hause gibt, kann er sich Ihnen nur während einer bemessenen Zeit widmen.

Dunkel. Stille. Kein Laut. Und doch. Da ist jemand. Im Raum? In ihrem Bett? Es kriecht näher, breitet sich aus unter ihrer Decke, daß sie sich ganz schmal macht, um dem zu entkommen. Sie preßt sich an die Wand, stemmt die Arme gegen das Fremde, das in sie eindringen will. Aber die Hände sind taub, als gehörten sie nicht zu ihr. Können nicht aufhalten, was zu ihr drängt, und schreit und kreischt, daß ihr der Kopf zerspringt. Licht. Stimmen. Die Wärterin. Das Gesicht Jungs. Seine Brillengläser blitzen. Er hält sie. Ein Traum, nur ein Traum. Aber es schüttelt sie, daß ihre Zähne aufeinanderschlagen. Чёрт, stößt sie hervor, tschort. Hastig, immer wieder. Das Wort, das er von Hellers Blatt kennt: Teufel.

Ich war der Teufel, sagt sie zögernd, als sie ihm am nächsten Tag gegenübersitzt. Oder ein Hund. Ich weiß es nicht. Sie ist blaß. Müde von dem Mittel, das er nachts injiziert hat.

Sie haben geträumt, haben geschrien. Vielleicht, weil Sie erregt waren vom Abend. Sie wissen, was am Abend war? Jung sieht sie prüfend an. Sie senkt den Kopf: Ich habe Skandal gemacht. Jung nickt: einen gewaltigen Krach. Sie haben die Vorhangschnur heruntergerissen und gedroht, sich zu erdrosseln, haben die Uhr der Wärterin zu Boden geworfen, die Limonade im Zimmer verschüttet, Ihr Glas zerbrochen und Ihr Bett auseinandergerissen.

Ich wollte, daß sie geht, nur fünf Minuten. Fünf Minuten allein. Ist das zuviel? Sie schnauft, hebt den Kopf. Ihr Mund zuckt. Sie kneift die Augen zusammen. Oder bin ich Ihre Gefangene?

Sie hätten die Wärterin nicht schlagen dürfen.

Aber sie lachte mich aus, nahm mich nicht ernst, wollte zu Bett gehen. Doch wenn ich Skandal mache, dann geht sie fort, um Sie zu holen.

Und wenn ich komme, sitzen Sie in Ihrem Fauteuil und tun so, als sei nichts gewesen.

Sie zieht eine Grimasse. Es ist nichts gewesen, ich will nichts sagen. Überhaupt nichts. Njet. Und wenn Sie mich weiter aushorchen, werden Sie schon sehen, was es gibt.

Als Jung schweigt, sagt sie herausfordernd, daß er sie ja strafen könne, schlagen wie der Vater. Los, los, stammelt sie erregt und wirft ihm einen koketten Blick zu: *ich möchte, dass Sie mir etwas recht Böses thun, dass Sie mich zu etwas zwingen, das ich aus ganzer Kraft nicht will.*

September. Der Krieg, sagt Nikolai Arkadjewitsch, als er mit seiner Frau auf einer Bank im Anstaltsgarten sitzt, der Krieg stürzt Rußland ins Verderben. Im Februar, beim Überfall der Japaner auf Port Arthur hätte sich der Zar nicht provozieren lassen dürfen, und Witte hätte verhandeln müssen. Es gab keine Kriegserklärung, also auch keinen Krieg. Aber jetzt,

Nikolai Arkadjewitsch seufzt, jetzt geht die Angst um vor der Niederlage.

Er sieht so müde aus, als habe er selbst gekämpft und seinen Kampf verloren. Vorhin hat Bleuler ihn und Eva Markowna in sein Ordinationszimmer gebeten und eindringlich darauf verwiesen, daß die nächtlichen Furchtanfälle, ebenso wie die täglichen Zwangshandlungen und Tics der Tochter ihre Ursache in der Familie zu haben schienen. Wie er Madame Spielrein bereits gesagt habe: die Tochter sei nicht geisteskrank, sondern zeige hysterische Symptome und eine große nervliche Überreizung. Dr. Jung behandle Fräulein Spielrein mit einer neuen Form der Therapie, die Professor Freud in Wien erfolgreich in ähnlich gelagerten Fällen angewendet habe. Dennoch: man sei sich mit der Patientin einig, daß ein Verbleib in der Klinik über Wochen, wahrscheinlich sogar Monate notwendig sei. *Eine Rückkehr nach Russland ist auf längere Zeit hinaus gänzlich zu widerrathen, auch würde nach unserer Ansicht eine Zusammenkunft mit der Familie, bevor sie das Studium begonnen hat, sehr ungünstig wirken. Ihre Tochter bedarf einer ganz selbstständigen & unabhängigen Entwicklung, namentlich muß sie ganz von ihren leidenschaftlichen Sorgen für die Familie & und von all den einschränkenden Factoren, die das Familienleben mit sich bringt, befreit werden.*

Man sucht die Schuldigen, fährt Nikolai Arkadjewitsch fort und knetet unruhig die Hände. Seit die Zeitungen schreiben, daß die im internationalen Bankgeschäft tätigen europäischen und amerikanischen Juden Japan mit Kriegsanleihen unterstützen, nehmen die Ausschreitungen gegen uns zu. Hetze, Pöbeleien, Tätlichkeiten, Plünderungen von Läden. Pobedonoszews Werk.

Aber doch nicht gegen dich, Papa, nicht gegen dein Geschäft. Du bist Gildekaufmann. Niemand würde es wagen ...
Sabina sitzt auf einem Gartenstuhl, den die Wärterin auf Jungs Geheiß in einem gehörigen Abstand zum Vater aufgestellt hat. Es ist ein sonniger Nachmittag, die Luft noch warm und doch schon mit jenem leichten Hauch von Kühle, der

den Herbst ahnen läßt. Nikolai Arkadjewitsch zuckt die Schultern: Die »Erbsenmäntel« sind in der Stadt, ihre Kuppelhüte tauchen auf und verschwinden wieder. Hinter vorgehaltener Hand wird in der Gemeinde von Strafaktionen gegen jüdische Soldaten berichtet, Zwangsrekrutierungen, Folterungen.

Eva Markowna legt ihre Hand auf den Arm ihres Mannes, schaut unsicher zur Tochter. Hör auf mit der Politik, Nikolai. Aber der starrt in den Garten mit den Beeten voll roter Hortensien und blauer Astern, als sähe er nicht die Blumen, das Gras und die Bäume, deren Blätter sich gelb zu färben begonnen haben, sondern die Stationen seiner Reise: Uniformierte auf allen Bahnhöfen. Soldaten wurden in die vorderen Wagen der Züge befohlen, dawai, dawai, die nach Osten gingen. Ihr betrunkenes Grölen mischte sich mit dem Pfeifen der Lokomotive, dem verzweifelten Weinen der Mütter, die zurückblieben. Alte Männer hielten ohnmächtige Frauen in den Armen, Gesichter, vom Schmerz erstarrt, verzerrt vom Schrecken. Wehrlos die Menschen, junge und alte, der Trauer hingegeben. Hoffnungslos. Ach, dieses Volk, der Vater birgt den Kopf in den Händen, dieses Volk ist nicht für den Krieg geschaffen. Bei Napoleon ging es darum, Rußland zu befreien. Aber jetzt? Rußland ist groß und die Mandschurei fern. Zählt eine Halbinsel mehr als das Leben unserer Männer?

Sie sitzen schweigend. Bedrückt bemerkt Sabina, daß das Haar auf des Vaters Kopf schütter geworden ist. Seine Schultern zucken, und sie weiß nicht, ob er um Rußlands Soldaten weint oder um das, was Professor Bleuler ihm gesagt hat.

Wir müssen gehen, Sabinotschka, die Mutter steht auf, nimmt den Arm ihres Mannes. Sabina erhebt sich nur zögernd. Du willst also bleiben? Sie nickt, das Blut rauscht in ihren Ohren. Ihr Herz klopft so laut, daß sie meint, Vater, Mutter und die Wärterin müßten das dumpfe Pochen hören. Nikolai Arkadjewitsch streckt die Hand aus: Do swidanja, Sabinotschka. Sie steht reglos, mit hängendem Kopf, hängenden

Armen, dann dreht sie sich grußlos um, rafft ihren Rock und läuft so schnell davon, daß die Wärterin ihr kaum folgen kann.

November. Er ist fort. Seit einer Woche. Auch seine Frau mit dem Säugling, den sie manchmal im Kinderwagen durch den Park schiebt. Sie ist zu ihrer Familie gefahren, nach Schaffhausen, sagt die Wärterin auf Sabinas Nachfragen. Fühlt sich nicht wohl hier im Spital. Aber der Professor besteht darauf, daß die Ärzte im Haus wohnen, immer erreichbar für die Kranken.

Sie hat die junge Frau beobachtet, will wissen, wen er liebt. Hat vor dem Spiegel gestanden und ihr eigenes Gesicht mit dem von Emma Jung verglichen. Zarte weiche Züge, welliges Haar. Sabina schiebt mit den Fäusten die Haut über ihre hohen Backenknochen, daß sich ihre Augen zu Schlitzen verengen und sich Wülste darunter bilden. Sie runzelt die Stirn und verzieht den Mund. Hexe. Baba Jaga. Sie läßt die Hände sinken. Ihre Züge entspannen sich, aber sie kann nichts Schönes darin entdecken. Nichts, das ihm hätte gefallen können. Ihre Nase ist zu groß, die Stirn zu ausgeprägt, zu eckig. Ihr Haar zu glatt. Alle hübscher als sie. Schon in der Schule. Da half sie sich mit Albernheiten, weshalb die Klugen sie verachteten und diejenigen sie bewunderten, an denen ihr nichts lag.

Sie setzt ihren schwarzen Samthut auf, den Marie-Baschkirzew-Hut. Jetzt ist sie schön. Sie stellt sich ganz nah vor den Spiegel. Schaut sich in die Augen. So hatte er sie angeschaut, so nah, als sie ihm die Narbe zeigte, die der Hahn in ihren Augenwinkel gepickt hatte. Und sie sah durch die runden Brillengläser in seine Augen, nur einen Augenblick. Und doch. Я тебя люблю, flüstert sie, ja tebja ljublju, und läßt sich auf ihr Bett fallen.

Ich liebe dich. Sie schließt die Augen. Sucht sein Gesicht. Setzt es aus ihrer Erinnerung zusammen. Den Mund. Zuerst den Mund mit den schmalen Lippen, dem Bärtchen darüber. Wie Jan. Wie der Vater, der seit Beginn des Krieges nicht mehr den Zarenbart trägt. Die Augen, die kräftigen Brauen.

Immer hinter den Gläsern mit dem schmalen Goldrahmen. Manchmal, wenn sich ihre Blicke treffen, durchzuckt es sie von den Augen, in den Magen, den Bauch, die Beine.

Sein Gesicht verschwimmt, nur das straff zurückgekämmte, glatte Haar ist noch da. Und der Druck seiner Hand, wenn er sie begrüßt oder verabschiedet. Sie gräbt den Kopf ins Kissen. Drei Wochen, hat er gesagt, ist er fort. Zum Militärdienst. Da ist sie erregt aufgesprungen, hat abwehrend die Hände gehoben. Nein, stieß sie hervor. Stammelte vom Krieg und den Soldaten. Aber Jung beruhigt: der Krieg ist fern in Asien, eine Geschichte zwischen Rußland und Japan. Und er muß, wie jeder Schweizer Bürger, regelmäßig zu einer Militärübung. Mit Uniform und Gewehr, die haben wir daheim im Schrank. Kein Grund zur Aufregung. Er lächelt ihr zu. Sein Mund im Kopfkissen, das sie an sich preßt.

Als er Ende September ein paar Tage fort gewesen war, wollte sie seine Rückkehr erzwingen. So wie sie sein nächtliches Kommen erreichte, wenn sie über unerträgliches Kopfweh klagte, über Stechen in Brust und Gliedern, ihr Medaillon zum Schrecken der Wärterin in den Mund steckte und es an der langen Goldkette ihren Schlund hinuntergleiten ließ und wieder heraufzog, Gurgellaute ausstieß, als müsse sie ersticken. Dann verordnete Jung Umschläge um den Kopf, nahm das Medaillon an sich und gab es ihr erst am nächsten Tag zurück, wenn sie mit beschämt gesenktem Kopf vor ihm saß.

Aber was immer sie in jenen Septembertagen auch tat, wie sehr sie randalierte, mit Messern und Gardinenschnüren fuchtelte und schrie, Jung blieb fort, und Bleuler kam, sprach freundlich, aber bestimmt und verordnete ein Pulver.

Eines Tages jedoch sagte die Wärterin, Dr. Jung sei zurück, und sie hoffte, daß er zu ihr käme. Sofort. Aber die Tür öffnete sich nicht, alle Phantasien zerstoben. Er war bei seiner Frau, bei dem Kind. Plauderte mit ihnen, hatte sie vergessen. Da rannte sie in den Korridor und zog sich am Gitter des deckenhohen Fensters in die Höhe, kletterte hinauf und drohte, daß sie sich hinunterstürzen werde, wenn Jung nicht käme. Eine Wärterin blieb, eine andere stob davon, den Secundararzt zu holen. Als er kam, saß sie, eine Decke um die Schultern, auf der Türschwelle ihres Zimmers, mit gesenktem Kopf, und wagte nicht, ihn anzuschauen. Er hieß sie aufstehen, in ihr Bett gehen. Wir reden morgen, sagte er knapp. Und sie schämte sich.

Noch immer zwei Wochen bis zu seiner Rückkehr. Vierzehn Tage. Tschetyrnadzat, flüstert sie, trinadzat, dwenadzat, zählt rückwärts, zählt die Tage bis zum Wiedersehen. Wünscht, daß auch er an sie denkt, gleich zu ihr kommen wird, wenn er im Spital ist, um endlich den lang versprochenen Spaziergang mit ihr zu machen. In den Park und hinunter zum Ufer des Sees.

Sie steht auf, tritt ans Fenster. Es dämmert, Nebel ziehen zwischen den hohen kahlen Bäumen. Nebel vom See, der am Tag grau dalag und unbewegt. Sie lehnt die Stirn gegen das Glas. Davor die Gitterstäbe, die das Draußen in Quadrate teilen.

Es klopft. Die Wärterin holt sie zu einem der Vorträge, die Bleuler regelmäßig seinen Kollegen, den Hilfsärzten und Pflegern hält. Fallstudien, an denen er Sabina teilnehmen läßt. Langsam folgt sie der Pflegerin, den Hut tief in die Stirn gezogen. Manchmal bleibt sie stehen, preßt sich gegen die Mauer des Flures. Die Wärterin mahnt zur Eile, aber sie erklärt, sie klebe fest und nur der Professor könne sie lösen. Als sie Bleuler jedoch kommen sieht, gibt sie sich einen Ruck, geht auf ihn zu und sagt, daß sie bereits in dem Anatomiebuch studiere, das der Herr Professor ihr geliehen habe, und daß sie sich auf die Arbeit im anatomischen Ambulatorium freue.

Wie geht es ihr, erkundigt sich der Secundararzt, und Bleuler weiß, daß er die russische Patientin meint. Wechselnd. Er öffnet die Krankenakte. Als Sie fort waren, klagte sie mehr als sonst über Kopfweh, ermüdete rasch, behauptete, sie könne nicht denken, meinem Vortrag nicht folgen, obwohl sie neulich nach einer Falldarstellung eine Epilepsie richtig diagnostiziert und begründet hat. Ihre Lieblingsbeschäftigung ist noch immer, die Wärterinnen mit ihren Streichen zu erschrecken, in den Korridoren zu lärmen, mit einer Kerze kleine Löcher in ihr Taschentuch zu brennen und die Mitpatienten mit ihren phantastischen Geschichten vom Mars zu verunsichern, auf den sie jeden Abend reist und wohin sie *ihre contrasexuellen Gespinste projiciert*. Auch mir gegenüber behauptet sie ihre Geschichten, *wie ein unartiges Kind, das sein Spielzeug nicht hergeben will.* Übrigens, Bleuler lächelt, stellt sie mir neuerdings Hindernisse in den Gängen auf, legt Bänke in den Weg, über die ich dann springen muß. Selbst will sie jedoch nicht den kleinsten Sprung wagen. Und sie singt Spottlieder, worin die Anstaltsärzte vorkommen. Bis sie vor Lachen nicht weiterkann. Dann wieder ist sie schwer *verstimmt, beklagt sich, dass sie nichts arbeiten könne, so habe das Leben keinen Werth. Andere Male spricht sie ostentativ von Selbstmord, man solle ihr Vorhangschnüre in ihr Zimmer geben damit sie in der Nacht ein Scandal machen könne, demonstriert, wie sie sich erdrosseln möchte.* Vorgestern ging sie in den Park, hinterließ folgenden Zettel. Bleuler schiebt die geöffnete Krankenakte über den Tisch, und Jung erkennt auf einem eingerissenen Blatt Sabinas Handschrift: *wenn ich bis morgen nicht komme, das heisst nicht unbedingt, dass ich schon gestorben bin.* Die Wärterin geriet in helle Aufregung, aber nach fünf Minuten war Fräulein Spielrein zurück. Wegen des schlechten Wetters!

Jung hält den Zettel in Händen, denkt, während er die flüchtig hingeworfenen Worte liest, daran, wie oft er ihr einen Brief hat schreiben wollen, abends nach dem eintönigen Militärdienst. Daß sie ihm gefehlt hat: ihr kindlicher Schalk und Trotz, ihr Wortwitz, der ihn immer wieder überrascht und zum Lachen bringt, die Ernsthaftigkeit und das Interesse, mit denen sie (kurz vor seiner Abreise) morgens an den Krankenuntersuchungen teilnahm. Eine Idee Bleulers, um Sabina für ein paar Stunden von ihren eigenen krankhaften Einfällen abzulenken.

Dem Vater habe ich Ende Oktober einen eher allgemeinen Bericht gegeben, bemerkt Bleuler, in Aussicht gestellt, daß die Patientin im Frühjahr mit dem Studium beginnen kann, und ihm die Fakultät in Zürich vorgeschlagen, wo sie, auch nach Verlassen der Anstalt, mit uns in Verbindung bleiben kann. Ich denke, daß das eine Prognose ist, der Sie zustimmen können. Im übrigen wäre ich dankbar, Herr Kollege, wenn Sie dem Vater in den nächsten Wochen wieder einmal schreiben würden. Jung nickt. Eine Abschrift meines Briefes finden Sie in der Akte. Bleuler erhebt sich und verabschiedet seinen Secundararzt mit dem Hinweis, daß auch ein Brief Fräulein Spielreins an ihn, Jung, den Krankenblättern beigefügt sei. Wieder in seinem Zimmer, öffnet Jung ungeduldig den Umschlag, zieht ein liniertes Blatt heraus:

Letzter Wille

Wenn ich sterbe, erlaube ich nur den Kopf anatomieren, wenn er nicht zu hässlich aussieht ... Von den Studenten dürfen zusehen nur die tüchtigsten. Meinen Schädel widme ich unserem Gymnasium, man soll ihn in ein Glaskasten reinthun und mit unsterblichen Blumen garnieren ... Den Körper soll man verbrennen, aber niemand darf dabei sein. Die Asche machen sie in 3 Teile. Einen legen sie in eine Urne und schicken sie nach Hause, den andern streuen sie in die Erde, mitten von einen grossen Feld (bei Uns), pflanzen sie dort eine Eiche und schreiben sie, ich war auch einmal ein Mensch. Ich hiess Sabina Spielrein ...

Sie weiß, daß er zurück ist. Wartet. Bürstet ihr Haar. Knöpft einen frischen Kragen und weiße Manschetten auf ihr Kleid, das blaue Wollkleid, das die Mutter vor ihrer Abreise Mitte September bei der Züricher Schneiderin in Auftrag gegeben hat, weil es plötzlich kalt geworden ist. Die Eltern nahmen die Sommerkleider und den Florentiner Hut mit und versprachen, so schnell wie möglich warme Sachen und einen Mantel zu schicken. Längst waren die Pakete angekommen, mit kleinen, sorgfältig verpackten Leckereien, von Polja zwischen den Strümpfen und in den Schuhen versteckt. Süße Pastetchen. Ein Säckchen mit Tee. Gläschen mit Marmelade. Und während sie alles auf ihrem Tisch aufbaute, meinte sie Poljas Stimme zu hören: Sabinotschka, komm, iß, mein Herzchen. Bist so blaß, milotschka.

Da übermannte sie heftiges Heimweh nach Poljas sorgenden Händen, nach ihrem Zimmer, ihren Büchern, der Küche, aus der die duftenden Bliny, die Piroschki kamen, die leckeren Pelmeni, Heimweh nach Grigori und den Pferden. Und nach ihrer Sprache, die hier niemand verstand. Tränenblind blätterte sie in den neuen Ausgaben der Zeitschriften, die Polja beigelegt hatte: *Welt der Kunst*, in der über die französischen Impressionisten geschrieben wurde, und *Die Waage*, die sie wegen der kritisch-literarischen Texte besonders liebte. Wie oft hatte sie am Abend Polja daraus vorgelesen, die selbst nie lesen und schreiben gelernt und ihr doch während der Kindheit die schönsten Märchen erzählt hatte. Von Iwan Kuhsohn, der das Herz der goldhaarigen Zarin erobert, von Iwan Zarewitsch, dem die Tiere helfen, den Feuervogel zu finden und die schöne Jelena zu gewinnen, von der Froschkönigin, die durch Treue und Liebe erlöst wird, von den Dummen, die klüger sind als die Klugen, weil sie ein reines Herz haben. Und von Wassilissa, der Wunderschönen, die daheim verspottet, gequält und davongejagt wird, sich mutig auf den Weg macht, die Hexe Baba Jaga überlistet und mit ihrer Tüchtigkeit die Liebe des Prinzen gewinnt.

Haltlos schluchzend fand die Wärterin Sabina, und als sie trösten wollte, stieß sie heftig russische Worte hervor und trat nach ihr. Sie war so wild geworden, daß die Pflegerin Dr. Jung benachrichtigte. В Ростов, nach Rostow, schluchzte Sabina immer wieder. Ich will nach Hause. Da gab er ihr sein Taschentuch und versicherte, daß niemand sie halte, daß sie aber bedenken möge, daß nicht nur Polja in Rostow sei, sondern auch die Brüder, die Mutter und der Vater. Daß sich dort nichts verändert habe, seit man sie fortbrachte, und daß es an ihr sei, Sabina (und Jung sagte erstmals nicht Fräulein Spielrein), die Ursachen der häuslichen Probleme, die sie krank gemacht hätten, zu erkennen. Ihr Schluchzen war leiser geworden, sie trocknete die Tränen, schnaubte kräftig in Jungs Taschentuch und schaute ihn hilflos aus geröteten Augen an. Da versicherte der Secundararzt, daß sie den Kampf mit den Schatten der Vergangenheit gewinnen würden, und hatte, auf Sabinas Schätze zeigend, vorgeschlagen, sich gemeinsam für die Arbeit zu stärken.

Zögernd lächelte sie. Und während sie Fruchtpasteten kauten und Halva lutschten, erzählte sie von den Mäusen, die sie in einem Käfig aufgezogen hatte. Eine Familie. Ohne den Vater. Ein friedliches Bild, wie die Mutter ihre Jungen säugt, sie zärtlich leckt. Sie hatte sie gefüttert, sogar gezeichnet. Doch plötzlich hatte die Mutter einem der Mäuschen den Kopf abgebissen. Eine Kindsmörderin, die aus unbeteiligten Knopfaugen durch die Käfigstäbe lugte! Noch immer schüttelte es sie. Und? fragte Jung. Ich habe sie bestraft, antwortete Sabina düster. Habe den Käfig aus dem Fenster geworfen. Es gab einen lauten Schlag auf dem Pflaster im Hof, und Grigori hat die Leichen aus dem zerbeulten Käfig gezogen und vergraben. Ich wollte sie nicht mehr sehen.

In der Natur, begann Jung begütigend, doch sie unterbrach mit einem ungeduldigen: Ja snaju, ich weiß. Aber für eine kurze Zeit hatte ich geglaubt, daß alles gut sei.

Wieder stehen Süßigkeiten auf dem Tisch bereit. Der Samowar, der vor einigen Tagen in einer Kiste gekommen ist, summt. Ihr Bett ist mit bunten Kissen und Decken zum Diwan verwandelt. Sie hat ein paar Tropfen Lavendelwasser hinter die Ohren und an ihre Handgelenke getupft. Wartet auf sein Klopfen an der Tür. Sie wird öffnen, ihm gegenüberstehen, und er wird ihre Hand nehmen und sie so fest pressen, daß der Schmerz ihr die Tränen in die Augen treibt und sie erschauern läßt.

Als es klopft, schaut sie erwartungsvoll zur Tür. Aber es ist die Wärterin mit dem Abendbrot. Sie will nicht essen, schüttelt abwehrend den Kopf, wartet auf Dr. Jung.

Die Pflegerin, vertraut mit den heftigen Wutausbrüchen

der Patientin, stellt vorsorglich das Tablett ab, bevor sie erklärt, der Doktor sei zum Bahnhof gefahren, seine Frau und die kleine Agathe abzuholen. Da stößt Sabina einen durchdringenden Schrei aus, fegt das Tablett vom Tisch, bückt sich nach dem Messer und stürmt in den Korridor, wirft die Leiter um, die ein Handwerker dort hat stehenlassen, und beginnt, mit dem Messer den Boden zu zerkratzen, wobei sie unablässig russische Flüche ausstößt, auf die ein schriller Schrei folgt.

Mit der Rückkehr des Ref., notiert Jung, *rasche Verschlimmerung, macht alle möglichen Streiche, plagt die Wärterin abscheulich, sodass sie ihr entzogen wird. ... Abstiniert gestern & heute von der Nahrung, um sich durch Hunger umzubringen. Sagt, sie wolle mit aller Kraft, dass sie krank werde ... Hat spontan eingestanden, zu masturbieren, das sie sehr erschöpfe.*

Dezember. Wie lange dauert der Winter? Sie steht am Fenster und schaut hinaus in das Schneetreiben. Bis Ende Februar, antwortet Jung, Anfang März. Aber dann ist es vorbei mit der Kälte und der Dunkelheit. Manchmal scheint die Sonne Anfang Februar schon so warm, daß man auf einer Bank draußen im Park sitzen kann. Und wenn das neue Semester beginnt, ist Frühling.

Bei uns ist es kälter. Eisiger Wind. Wenig Schnee.

Seit Wochen, seit Monaten sitzen sie sich schon gegenüber. Jung hinter dem Schreibtisch und sie davor. Sabinas *Zustand* ist *im Allgemeinen ruhiger & gleichmässiger*, notiert Jung. Jedoch, *wenn man sich ein paar Tage lang nicht so intensiv wie gewöhnlich mit Pat. abgibt, so wird sie immer verschlossener & man hat immer grössere Mühe in sie einzudringen.*

In den vergangenen Tagen hatten ihre Tics und Ausfälle nachgelassen, und sie konnte mit der Wärterin zum Einkaufen in die Stadt gehen. Und auf den Weihnachtsmarkt. Begeistert lauschte sie den Drehorgelspielern, kaufte heiße Maroni und ließ sich von ihrer Begleiterin zeigen, wie man sie von den Schalen befreit. Sie betrachtete die Auslagen in den mit Tannengrün geschmückten Buden, die geschnitzten Krippenfigürchen und den Christbaumschmuck, kaufte Birnenbrot und Honigkuchen. Die wollte sie Polja schicken. Und sahnige Trüffel vom Chocolatier Sprüngli, in dessen Konditorei sie eine Tasse heiße Schokolade tranken. Um sie herum plaudernde Menschen. Junge und Alte, die bei Kaffee, Kuchen oder Schokolade saßen. Im Kerzenschein. Da beschloß sie, ihre Furcht zu überwinden und künftig ohne die Wärterin auszugehen.

Bauern, erzählt sie Jung, Landleute waren auf dem Markt mit Brot, Käse und großen geräucherten Schinken. In ihren dicken Joppen und Stiefeln und den dichten Bärten erinnerten sie mich an unsere Bauern, die im Winter lange Filzmäntel oder Schafspelze tragen. Und als Jung sie fragend anschaut, erzählt sie von den Bauern, zu denen der Vater fuhr, um sie zu beraten und ihnen Saatgut und Düngemittel zu verkaufen. Freie Bauern, Kosaken, denen er im Sommer die Ernten abkauft, um sie nach dem Westen zu exportieren.

Bei uns ist es anders als im übrigen Rußland, weniger Grundherren, mehr Freie. Strohgedeckte Holzhütten, Entenweiher, barfüßige Kinder in kurzen Hemdchen, die Kreisel spielen. Brunnen, an deren krächzenden Balken ein Eimer hängt, den die Frauen herunterlassen, um Wasser zu schöpfen: Mädchen in blauen Sarafanen, mit roten Streifen gesäumt und einer Schärpe gegürtet, Frauen in langen rosa Hemden, mit grünem Beschmet und den tatarischen Schuhen aus Stoff. Kopf, Mund und Nase mit einem Tuch verhüllt, tragen sie das Wasser in zwei Eimern am Tragholz über den Schultern. Der Kopf ruhig, der Schritt leicht, als trügen sie Flaumfedern statt einer Last.

Ihr Blick, auf das Fenster gerichtet, ist so fern, daß Jung sich scheut, ihre Rede zu unterbrechen, obwohl die ihr zugemessene Zeit abgelaufen ist.

Die Dörfer von einem kleinen Erdwall und stacheliger Dornenhecke umgeben. Hohe, auf Pfeilern ruhende Torwege mit kleinen schilfgedeckten Dächern bilden die Ein- und die Ausfahrt. Neben dem Torweg eine uralte Kanone auf einer

Holzlafette, die die Kosakenbauern erobert hatten und aus der seit Jahren kein Schuß mehr abgegeben wurde. Manchmal steht einer mit Säbel im Gürtel und Gewehr über der Schulter auf Posten. Über dem Torweg ist auf weißen Täfelchen mit schwarzer Farbe die Anzahl der Häuser notiert und die Zahl der männlichen und weiblichen Bewohner. Hinter den Zäunen hohe leuchtende Sonnenblumen, Winden und Wein.

Wir fahren im Tarantas, offen bei schönem, geschlossen bei schlechtem Wetter. Damit holt uns der Kutscher von der Bahnstation: blaues Hemd, ärmelloser schwarzer Kasack aus Samt mit purpurroter Schärpe, auf seinem runden Hut Pfauenfedern. Im Winter, auf dem Schlitten, ist er so vermummt, daß man nur seine rote Nase und die wäßrigen Augen sieht. Vorgespannt die Troika, eine große Glocke am mittleren Pferd, kleine Schellen am Geschirr der anderen beiden. Und zu beiden Seiten des gewundenen Weges die Steppe. Gräser, im Wind.

Ihre Wangen haben sich gerötet, die Augen leuchten. Zur Begrüßung bekommen wir Buchweizengrütze und Tee im Haus des Hetmanns, dann geht der Vater mit den Männern in die Schenke. Der Wirt: ein Jude wie wir. Einen Augenblick kommt ihr Blick zurück. Juden dürfen nicht alles in Rußland. Aber Schankkonzessionen bekommen sie, und wenn die Bauern ihre Zeche nicht zahlen können, ist der Wirt schuld, und man kann ihn prügeln und ihm das Dach über dem Kopf anzünden. Aber mehr als die Juden hassen die Kosaken Rußland, dessen Einfluß sich überall bemerkbar macht: die Wahlen der Hetmänner werden von den Spitzeln des Zaren beeinflußt. Hohe Abgaben sind für die Truppen zu leisten, die in das kaukasische Grenzgebiet ziehen. Die Bauern hassen die russischen Soldaten, die in den Dörfern Quartier machen, nach Wild, Fleisch und Wein verlangen, die Hütten vollqualmen und sich an den Frauen vergreifen. Alles Russische ist ihnen fremd, ungesittet, verächtlich. Ihre Liebe zur Unabhängigkeit geht über alles.

Sie schweigt, und Jung fragt, ob auch ihr Vater schon den Zorn der Bauern auf sich gezogen hat. Sie schüttelt den Kopf: Solange er ihnen das Richtige gegen Schädlinge rät, das richtige Saatgut verkauft und die Ernten gutes Geld bringen, geschieht ihm nichts. Sie lassen sich alles erklären, rauchen ihre Pfeifen, knacken Kürbis- und Sonnenblumenkerne, spucken die Spelzen auf den Boden und trinken. Am wichtigsten sind ihnen ohnehin ihre Pferde, ihre Waffen. Keiner geht ohne seinen Dolch im Gürtel. Sie halten Habichte und richten sie zur Jagd ab, während ihre Frauen mit den Mädchen die Landarbeit tun. Die Männer säen. Die Frauen ernten, führen die Gespanne, melken. Und am Abend steigt aus den Schornsteinen der Milchküchen der scharf riechende Rauch von getrocknetem Kuhdünger, der zum Heizen verwendet wird, und glühende Lappen zum Feuermachen werden von Haus zu Haus getragen.

Manchmal spielt einer auf der Balalaika und singt. Dann tanzen die Mädchen und Burschen im Kreis. So, sagt sie und erhebt sich, summt selbstvergessen, stemmt die Arme in die Seiten, wiegt die Schultern hin und her, schwenkt das persisch gemusterte Tuch, das sie beim Eintreten achtlos über die Stuhllehne geworfen hat. Überrascht bemerkt Jung die Verwandlung seiner Patientin und kann nicht sagen, was ihn mehr gefangennimmt, ihr melodisch-fremder Gesang oder die rhythmischen Bewegungen der Schultern und Füße, ihre feinen, fast puppenhaften Gesten oder ihre zierlich aufgestellten Hände, die wie weiße Flügel aus den Ärmeln ihres dunklen Kleides hervorflattern.

Januar. Sie ist außer sich, kommt hinkend auf ihn zu. Hat die Knöchel abgeknickt, humpelt schwerfällig auf den äußeren Fußkanten. Von ihren Stiefelsohlen tropft Schmelzwasser, hinterläßt feuchte Spuren auf dem grauen Boden. Sie rudert mit den Armen, als könne sie so den ungeschickten Gang beschleunigen. Ihr Mantel mit dem Fuchskragen ist geöffnet, die Pelzmütze sitzt schief auf ihrem Haar, das an Stirn und

Schläfen in Strähnen unter dem Fell hervorhängt. Hastig erklärt die Wärterin, die vorausgelaufen ist, Jung, daß die Patientin allein ausgegangen und einige Stunden fortgeblieben sei und daß sie eben völlig erschöpft und erregt eine Droschke verlassen habe, die sie aus der Stadt heraufgebracht hat.

Jung faßt Sabinas Arm, führt sie in sein Behandlungszimmer, wo sie stöhnend auf einen Stuhl sinkt. Die Wärterin nimmt ihr die Mütze vom Kopf, hilft ihr aus dem Mantel und zieht ihr die Stiefel und Strümpfe aus. Stehen Sie auf, bittet Jung, versuchen Sie, zum Fenster zu gehen. Aber sie schüttelt heftig den Kopf, klagt, daß sie nie mehr gehen kann, nie mehr hinauswill. Er kniet vor ihr, hält den Fuß. Eisig ist er und ungewöhnlich klein. Der Fuß eines Kindes, das weit fortgelaufen ist, sich verirrt hat und jetzt hilflos dasitzt und nicht weiterkann. Er massiert, palpiert. Bei jedem Druck seiner Finger stöhnt sie auf. Während er behutsam den Strumpf wieder überstreift, erklärt er: Abasie ohne pathologischen Befund, Hyperästhesie. Und fragt, wo sie gewesen sei.

Markten, flüstert sie, hat rote Flecken auf den Wangen, und er weiß, daß sie nicht die Wahrheit sagt.

Abwartend setzt er sich ihr gegenüber. Im Lesesaal, stammelt sie endlich in sein Schweigen, Zeitungen, neueste Nachrichten. Die Japaner haben uns bei Mukden besiegt, überall im Land Massenkundgebungen der Arbeiter. Unruhen unter den Bauern, durch hohe Kriegssteuern in den Ruin getrieben. Zusammenstöße mit der Polizei. In Petersburg sind sie am Sonntag vor das Winterpalais marschiert, Tausende, unbewaffnet, wollten dem Zaren ihre verzweifelte Lage vortragen. Aber der ließ seine Soldaten aufmarschieren und auf die Demonstranten schießen. Unschuldige, die sich in ihrem Blut wälzten. Revolution in Rußland! Und die Juden, sie zittert, die Juden sind schuld, sagen sie.

Wer sagt das? fragt Jung.

Die Studenten, stammelt Sabina, die Kolonie. Pogrome im Land, Hunderte von Toten, Tausende von Verletzten. Und die Jungen schleppen sie zu den Soldaten. In den Krieg. Die

Brüder müssen raus, fort aus Rußland. Außer sich ruckt sie mit dem Kopf, trommelt mit den Fäusten auf den Tisch.
Jung beugt sich vor, faßt ihre Hände, hält sie fest. Aufstand in Petersburg, beruhigt er, muß nicht bedeuten, daß es auch in Rostow Unruhen gibt. Was schreiben Ihre Eltern?
Nichts, nichts, ihre Hände zucken. Keine Briefe. Seit Wochen. Spitzel überall, sagte der Vater im September. Die schwarzen Hundert gehen um. Eingeschlagene Scheiben, böse Schmiereien. Die Hüte werden den Juden von den Köpfen geschlagen, die Jamulken in den Schmutz getreten. Ihr Kopf sinkt vornüber. Ihr Weinen macht ihn hilflos. Schweigend streichelt er ihre eisigen Finger.

Dann setzt er sich zurück und schiebt sein Taschentuch über die Tischplatte. Wo sind Sie gewesen? erkundigt er sich, nachdem sie sich geschneuzt und die Tränen getrocknet hat.

Erregt knetet sie das nasse Tuch, preßt es zu einer Kugel, während sie leise von der russischen Kolonie erzählt, die sich regelmäßig in Privatzimmern, der russischen Speisehalle, dem Lesesaal, zusammenfindet, eine bunt gemischte Gruppe mit revolutionären Ideen: nachlässig gekleidete Studentinnen und Studenten, Neuankömmlinge aus der russischen Provinz mit frischen, rotbackigen Gesichtern, andere dürr und grün vor Hunger. Männer und Frauen, die den Umsturz in der Heimat zu ihrer Lebensaufgabe gemacht haben.

Politische Propaganda, fanatische Reden. Haß auf die Reichen. Alle Macht dem Proletariat! Sie weiß, daß die Zustände im Land unhaltbar sind, die Revolutionäre einen gerechten Kampf für das Volk führen, daß der terroristische Akt, den der einzelne vollzieht, ihn das Leben kosten kann. Es ist ein Opfer, und doch widersetzt sich ihr Empfinden der revolutionären Taktik, kann sie sich nicht mehr vorstellen, daß die Erlösung Rußlands von diesen Menschen kommen sollte.

Heimweh, gesteht sie, Heimweh hätte sie dorthin getrieben. Schwer und nüchtern ist ihr die Schweiz erschienen, unglücklich hat sie sich in der fremden Sprache gefühlt, die sie an die Strafen des baltischen Fräuleins erinnert. Und dann hat sie auf der Straße im Niederdorf junge Mädchen Russisch sprechen hören. Jüdinnen wie sie. Beide studieren Medizin. Die haben mich mitgenommen zu den Versammlungen.

Überrascht sieht Jung sie an. Revolutionäre unter seinen Studenten? Treffen in konspirativen Zirkeln? Und seine Patientin mittendrin.

Wo? fragt Jung. Wo treffen sie sich? In welchem Lesesaal? Sabina schüttelt den Kopf. Das könne sie nicht sagen. Der Kantonspolizei seien einige aus der russischen Kolonie ohnehin verdächtig. Und, fügt sie zögernd hinzu, ich glaube nicht mehr, daß das mein Weg ist. Ich träume von einer friedlichen Beseitigung der Konflikte, zuerst in mir und dann in Rußland.

Sie steht auf, legt Jungs feucht-zerknittertes Taschentuch auf den Schreibtisch, sieht ihn verlegen an und geht zur Tür, so sicher, als sei es eine andere gewesen, die eine Stunde zuvor stöhnend in das Zimmer des Secundararztes gehumpelt ist.

Februar. Sie wandern bergab ins Seefeld. Das hat er ihr seit langem versprochen. Beim Gehen spricht es sich leichter. Feiner Schnee rieselt. Noch immer kein Frühling. Sie trägt die Fuchsmütze, unter der ihr Gesicht ganz klein ist. Manchmal bleiben sie stehen und schauen zurück. Hinter ihnen der kahle Park und das wuchtige Haus. Ein Haus wie eine Burg. Da drin sind meine Ängste, sagt sie. Eingesperrt wie die Irren. Aber hier, und sie beginnt übermütig zu hüpfen, hier bin ich frei. Kein Professor Bleuler-Heuler. Sie lacht. Kein Dr. Heller; sitzt im Keller. Leichtfüßig läuft sie vor ihm her, dreht sich um: He, Dr. Jung! Kein Schwung? Auch er lacht, liebt ihre Wortspiele, wenn sie слушайте (sluschaite) sagt, hören Sie, und der sanfte Singsang der russischen Reime seine Ordination füllt, deren Klang ihn berührt, auch wenn er den Sinn nicht versteht.

Am Seeufer bleibt sie stehen. Unsere Bauern halten nichts von Ärzten, erklärt sie. Sie sagen, die Doktoren sollte man an den Galgen hängen. Und dann mit tiefer, verstellter Stimme:

Haben dem armen Wanja das Bein abgeschnitten und ihn zum Krüppel gemacht. Dummköpfe sind's! Wozu taugt der Wanja noch?

Jung lächelt, steht neben ihr. Graue Schneewolken hängen tief über dem Wasser des Sees, verdecken das gegenüberliegende Ufer. Sie schweigen.

Einmal, beginnt sie zögernd und bohrt die Stiefelspitze in den feuchten Sand, einmal überfiel mich ein seltsamer Schlaf. Ich schlief acht Tage und Nächte, erschien nur zum Essen, wie eine Nachtwandlerin. Mein Schlaf war wie ein Untertauchen, und im Traum malte ich, was ich sah, und hatte es vergessen, als ich erwachte. Ängstlich verfolgte Polja meine Gänge, wachte an meinem Bett, befragte die Sterne und versuchte, aus Teeblättern mein Schicksal zu lesen. Überall witterte sie Gefahr. Für mich, für meine Familie, für die Juden, für Rußland. Sie hat Vorahnungen. Kann wahrsagen. Als Emilja starb, behauptete sie, daß es daran gelegen habe, daß Mutter sich mit ihr und mir hatte fotografieren lassen.

Es gibt Familien, bekräftigt sie, als sie Jungs zweifelnden Ausdruck bemerkt, die engagieren einen Magier, der ihre Träume deutet und die Zukunft voraussagt. Sie nennen das heidnisch? Wir Russen können alles zugleich sein. Ich kenne mehr als einen Kaufmann, der Jude ist und Russe, Kosmopolit und Orthodoxer.

Sie meinen Konversion? Sie schüttelt den Kopf: Gogol sagt, daß Rußland die Erlöserin des Westens sein wird. Rußlands Auferstehung und geistiger Aufstieg zu menschlicher Vollkommenheit stehen bevor. Darauf warten wir wie auf den Messias. Und wenn die Ikonen vorbeigetragen wurden, bekreuzigte ich mich mit drei Fingern, weil ich sah, wie sich alle anderen bekreuzigten.

Und jetzt ist Fastnacht, der verrückteste der russischen Feiertage, an dem sich alle mit Pfannkuchen vollstopfen und Schlittenfahrten machen. Danach endloses Läuten von Glokken, verbotene Speisen werden aus den Häusern verbannt und ein Markt eröffnet, auf dem man mit dem Segen der Kirche alles kaufen kann, um die Fastenzeit zu überstehen: Pilze, Sauerkraut, Essiggurken, gefrorene Äpfel und Vogelbeeren, alle möglichen mit Fastenbutter hergestellten Brotsorten und eine besondere Art Zucker. Und so geht das sieben Wochen lang, bis Ostern. Auch wir fasten zu dieser Zeit. Drei Tage zu Purim. Kennen Sie die Geschichte von Esther?

Mein Vater war Pfarrer, sagt Jung, im Kanton Thurgau. Das ist am Bodensee. In der Nähe des Rheinfalls. Aufgewachsen bin ich in Laufen. Allein. Meine Schwester wurde erst neun Jahre später geboren. Da wohnten wir schon in Klein-Hüningen bei Basel. Oft saß ich in der Kirche unter der Kanzel, wenn der Vater predigte. Altes und Neues Testament. Die Gestalten, von denen er sprach, bewegten meine kindliche Phantasie und wurden Teil furchterregender und geheimnisvoller Träume.

Er bricht ab. Das Mädchen nickt, sieht zu ihm auf. Flocken auf Brauen und Wimpern. Auf der Pelzmütze liegt eine dünne Schicht feinen Schnees. Als Kind, sagt sie, hatte ich einen Puppenherd aus Blech. Wenn ich hineinschaute, sah ich mich selbst ganz klein, das Innere aber wie einen großen Raum, in dem die kalten, blinkenden Blechwände eine trostlose Unendlichkeit zu spiegeln schienen. So dachte ich, ist die Verdammnis, und ich fror und fürchtete mich. Aber ich suchte dieses Gefühl immer wieder: Kälte und Einsamkeit. Ich flüchtete zu Polja, lief durch das Haus, das mein Zuhause war. Doch auch das wurde fremd, am Abend, im Dunkeln, wenn ich auf der Straße ging und durch die erleuchteten Fenster die Schatten der Eltern, Brüder, Hausmädchen huschen sah. Ferne, schemenhafte Gestalten, aus deren Welt ich ausgesperrt war.

Jung schweigt, erinnert sich an die steinernen Grüfte seiner Alpträume, die angstvollen Phantasien um den »Schwarzen Mann« und »Menschenfresser« seiner Kindheit, seine Einsamkeit zwischen dem schemenhaft blassen Vater und der geheimnisvoll sibyllinischen Mutter. Wir müssen zurück, sagt er und nimmt ihren Arm. Es wird dunkel. Sie gehen schweigend.

Seine Hand liegt unter ihrem angewinkelten Ellbogen. Auf dem Berg verschwimmen gelbe Lichtpunkte im Flockengeriesel: die Fenster des »Burghölzli«. Dahinter seine Frau und die kleine Agathe, die bald ihre Ärmchen nach ihm ausstrekken und ihn zur Nacht küssen wird. Er steckt beide Hände in die Manteltaschen: Erzählen Sie von Esther, Fräulein Spielrein.

Einst wollte Haman, ein Günstling des Perserkönigs Ahasveros, mein Volk ausrotten, weil der Jude Mordechai ihn in seiner Eitelkeit verletzt hatte. Die Vernichtung wurde durch das Los auf den 13. Adar festgelegt. Aber Esther, die schöne und kluge Nichte des Mordechai, beschloß, den König um Gnade zu bitten, und rüstete sich dafür mit drei Fastentagen. Und der König ließ sich erweichen, Haman fiel in Ungnade und wurde samt seinen Söhnen zum Tode verurteilt und hingerichtet.

Das alles war im Monat Adar, unserem Februar oder März. Dann feiern wir Purim, fasten drei Tage wie Esther, und wenn in der Synagoge beim Verlesen der Esther-Erzählung der Name Hamans fällt, wird mit Rasseln gelärmt, um Hamans bösen Dämon zu vertreiben. Und aus Freude, daß mein Volk der tödlichen Gefahr entronnen ist, gibt es Geschenke. Die Fastentage enden mit üppigen Mahlzeiten, und wir verkleiden uns. So wie Sie es hier an Fasnacht tun. Die Wärterin hat es mir erzählt und versprochen, mich zum Umzug mitzunehmen, wenn sie mit Klappern, Pfeifen und Schellen durch die Straßen des Niederdorfs laufen.

Übrigens, fährt sie fort, ist das Buch Esther das einzige, in dem der Name des Herrn nicht vorkommt. Daher darf es auch illustriert und verziert werden. Es steckt in einer feinen Hülle aus Leder, Elfenbein oder Silber und dient als Geschenk, wenn man ... Ja? Jung ist an der Parkmauer stehengeblieben. Sabina errötet: wenn man sich liebt.

März. Noch immer kein Brief aus Rostow. Weder an Bleuler noch an ihn. Jung sitzt an seinem Schreibtisch. Auch Sabina wartet vergeblich auf Post. Und die im 1. Quartal zu zahlenden 1250 Franken sind, so hat Bleuler angemerkt, noch nicht eingegangen. Jung blättert in der Krankenakte. 8. Januar: *Nachts starke Furcht, es könnte eine Katze oder sonstwer im Zimmer sein, es spreche ihr plötzlich jemand ins Ohr. Am Rücken spürt sie etwas molluskenhaftes sich bewegen, an der Seite fasst sie etwas an wie eine Hand. ... schliesslich werden die Scenen, in denen der Vater geprügelt hat, wieder mit großem Affect vorgetragen ...*

An jenem Nachmittag saßen sie drei Stunden einander gegenüber, quälendes Schweigen war Sabinas erregten Ausbrüchen gewichen. Weinen, Stammeln in Russisch und Deutsch: schon mit vier Jahren war den väterlichen Züchtigungen eine sexuelle Reizung gefolgt, *sie kann das Wasser nicht mehr halten, muss die Beine zusammendrehen, später bekam sie dann auch orgiastischen Ausfluss. Es genügte schliesslich, sie zur Masturbation zu verleiten, wenn sie sah oder hörte, wenn ihr Bruder geschlagen wurde, oder man brauchte bloß zu drohen, dann musste sie sich sofort auf ihr Bett legen & masturbieren.*

Jung legt seine Aufzeichnungen beiseite, liest Bleulers Brief an den Vater vom 6. Januar 1905, der in Abschrift der Krankenakte beigelegt ist:

... Die Patientin fühlt sich gegenwärtig noch etwas matt & hat deshalb ihren Arzt ersucht, für sie an ihre Eltern zu schreiben. Da die Erinnerung an Sie für Ihre Tochter sehr viel Aufregendes hat, so wird es nach unserer Ansicht überhaupt gut sein, wenn Fräulein SPIELREIN in den nächsten Monaten nicht mehr direct an Sie schreibt. ... Trotz(dem) ... ist der allgemeine Fortschritt in der Genesung befriedigend. Fräulein SPIELREIN beschäftigt sich in letzter Zeit fast täglich mit wissenschaftlicher Lektüre, auch hat sie angefangen, im anatomischen Laboratorium wissenschaftlich-praktische Tätigkeit zu üben.

Jung überfliegt sein eigenes Schreiben an die Mutter vom 22. Januar: *Sehr geehrte Frau, Trotz zahlreicher Schwierigkeiten schreitet die Besserung von Fräulein SPIELREIN allmählig weiter. In jüngster Zeit hat sie namentlich der Gedanke aufgeregt, dass sie ihrem Vater zum Geburtstag gratulieren müsse. Sie hat nun aber doch, wie es scheint, eine bescheidene Gratulation zu Stande gebracht. Sie hat sich aber darüber derart aufgeregt, dass ich ihr weitere Briefe an den Vater vorderhand verbieten mußte.*

Weiter teilte er mit, daß Sabina sich langsam wieder an selbständige Gänge in die Stadt gewöhnt habe, *ans Marschieren & ans Essen mit anderen Leuten. Gestern ging sie zum ersten Mal freiwillig zum Essen an den Tisch der Assistenzärzte, was einen beträchtlichen Erfolg bedeutet.* Schließlich bat er sie, Sabina zu besuchen, die das Kommen der Mutter sehr wünsche, und schlug vor, Frau Spielrein möge noch im April vor dem Beginn des Studiums nach Zürich reisen.

Am 13. Februar erinnerte Bleuler an seinen Januarbrief und fügte dringlich hinzu: *Wir möchten auch gerne mit Ihnen persönlich einmal über die Krankheit Ihrer Tochter Rücksprache* halten.

Ungeduldig klopft Jung auf die Tischplatte. Das Ausbleiben der Post, das Warten und die Sorgen, wie es der Familie in dieser Zeit von Krieg und Aufruhr gehe, haben bei Sabina erneut zu diffusen Schuldgefühlen geführt, haben ihre Tics und Zwangshandlungen wiederaufleben lassen. Allerdings, so hat er notiert, *sie merkt es jetzt aber & versteckt die Abscheugeberden hinter den vorgehaltenen Händen.*

Er überfliegt seine Notizen: wie er die Patientin bei einer der Abendvisiten wie gewöhnlich in ihrer *orientalisch-üppigen Stellung* auf dem Diwan vorgefunden hatte, den schwarzen Samthut auf dem Kopf, lächelnd, als würde sie träumen. Und wie sie ihm plötzlich sagte, sie höre seine Stimme doppelt, fühle auch den Kopf doppelt und ihre linke Seite bewege sich wie von selbst. Schwer sei ihr der Kopf geworden. Beim Lesen. Als er nach dem Buch faßte und sah, daß es Florels »Hypnotismus« war, blätterte sie mit zitternden Fingern jene Stelle auf, wo Gottfried Keller erzählt, wie er einst von Knaben mit Ruten geschlagen worden war.

Zudem gestand sie ihm, mit einer Patientin, die sie beim Spaziergang im Park getroffen hatte, Assoziationsexperimente aufgenommen zu haben. Genau nach seiner Versuchsanordnung. Nur das Wort »schlagen« habe sie der Frau nicht zurufen können, sondern es einfach ausgelassen. Mein Complexreizwort, sagte sie mit einem verächtlichen Lachen und schickte einen russischen Fluch hinterher, den sie ihm nicht übersetzen wollte.

Jung schließt die Akte, steht auf, geht zum Fenster und schaut in den Park. Abendsonne. Der See tiefblau. In den Beeten, die die Rasenflächen säumen, blühen Krokus und gelbe Winterlinge. Die Patienten sind in ihren Zimmern. Oder im Speiseraum beim Essen. Jung erinnert den ersten Frühlingstag, an dem Sabina jubelnd durch den Park lief, ohne Mantel und Hut, mit wehenden Haaren und ausgebreiteten Armen.

Kommen Sie! rief sie ihm zu, sprang auf eine der Bänke und fing an zu singen. Andere Patienten, die auf den Wegen geführt wurden, liefen zu ihr, wiegten sich und klatschten im Takt des Liedes.

Ihr Verhalten hat etwas Unbilliges, ja Rücksichtsloses, dachte er, damals, während er ihr von der Terrasse zusah, ihr fehlt jedes Gefühl für äußeren Anstand. Russische Eigentümlichkeit oder mangelnde Erziehung? Was immer der Grund sein mochte, entziehen konnte er sich dem Reiz dieses Anblicks nicht.

Als sie ihm später gegenübersaß, noch immer atemlos und mit geröteten Wangen, hatte sie zu erzählen begonnen: Wenn der Schnee geschmolzen ist, beginnt die Zeit des Pflügens und der Aussaat. Abends schreitet der Priester im silbernen Ornat auf der frisch gepflügten Erde. Im linken Arm hält er den Korb mit Saatgut, an dem eine brennende Wachskerze befestigt ist. Ihm voraus trägt ein Kind die große, dunkle Ikone der Mutter Gottes. Der Priester singt, betet, streut Korn in die Furchen. Nur die Männer, die am nächsten Tag mit der Aussaat beginnen wollen, dürfen dabeisein. Aber ich war mit dem Vater aufs Land gefahren und versteckte mich hinter einer Hecke, die das Feld vor den Stürmen schützen soll. Ihre Augen leuchten. Weit, sagt sie und schaut an ihm vorbei, weit ist mein Land und breit der Strom.

Die Zusammenkünfte in der Russenkolonie besucht sie nicht mehr, nachdem Jung ihr versprochen hat, täglich für eine Zeitung zu sorgen, damit sie sich über die Vorgänge in Rußland informieren kann. Noch immer Krieg im fernen Osten. Obwohl der Aufstand in Sankt Petersburg niedergeschlagen wurde, ist die Ruhe im Reich noch nicht wiederhergestellt.

Regelmäßig begleitet sie den Professor, seinen Secundararzt und die Assistenten bei der Visite. Durch die Säle der Frauenabteilung. Vorbei an Betten, in denen Kranke, fixiert an die Bettstäbe, apathisch vor sich hinstarren. Frauen sitzen an langen Tischen, falten Tüten und kleben sie zusammen, säumen Tücher oder stricken. Eine zeichnet ein puppenstubenkleines »Burghölzli« auf dickes Papier, eine andere hat die ihr zugeteilte Wäsche zerschnitten, die Bettpolster aufgeschlitzt und näht seit Wochen an einem riesigen Gefährten, dessen Beine und Wanst sie mit Wolle stopft. Stolz hebt sie ihn dem Professor entgegen, zeigt kichernd auf den Penis, der starr zwischen den Schenkeln hervorsteht. Einen Bart bekommst, erklärt die Frau ihrem Geschöpf. Ihr blondes Haar ist straff zurückgenommen, an Kleid und Schürze hängen Wollfäden. Früher war sie Schneiderin, raunt einer der Hilfsärzte Sabina zu, spricht mit niemandem, nur mit dieser Riesenpuppe, die sie überall mit hinschleppt, sogar in ihr Bett legt, so daß sie selbst kaum Platz darin findet.

Hastig schiebt sich Sabina an den Wärterinnen und Assistenten vorbei und drängt an die Spitze der kleinen Prozession, die Bleuler und der Secundararzt anführen. Jung fühlt ihre Hand nach der seinen suchen. Faßt sie. Hält sie, während sie an den Kranken vorbeigehen, die mit verdrehten Gliedern in ihren Zwangsjacken stecken oder eingesperrt hinter Gittern heulen, als seien sie zurückgekehrt in die Schrecken der Wildnis. Als sie zu dem Raum mit den teilnahmslos in Wannen kalten Wassers liegenden Frauen kommen, mit den an der Decke befestigten Eimern an langen Schnüren, aus denen die Patientinnen in ihren weißen Hemden begossen werden, klammert sich Sabina an Jungs Hand, als fürchte sie, selbst wieder den eisigen Güssen ausgesetzt zu werden. Bleuler gibt den Wärterinnen Anweisungen, reicht die Krankenblätter, auf denen er Notizen gemacht hat, an die Ärzte weiter. Dann lädt er Sabina ein, am Tisch der Assistenten mitzuessen.

Karl Abraham, den ihr Bleuler vorgestellt hatte, nachdem er ins »Burghölzli« eingetreten war, nickt ihr auffordernd zu und hält die Tür zum Speiseraum auf. Sie setzt sich neben ihn, den jüdischen Kaufmannssohn, den sie nur bei den Visiten sieht, weil er die Privatpatienten des Professors nicht betreuen darf. Aus Bremen, hatte der bedächtige junge Mann in sehr klarem Hochdeutsch gesagt und erklärend »aus Norddeutschland« hinzugefügt.

Ich weiß, eine Hansestadt. Die dudische Hanse, Sabina ahmte des Fräuleins harten Baltenakzent nach: Hamburg, Bremen, Lübeck, Riga. Alles deutsch, von Bergen bis Nowgorod. Und wie steht es mit den Unseren in Deutschland, Herr Doktor?

Sie meinen mit den Juden? Abraham war irritiert. Als Sabina nickte, sagte er, daß sie emanzipiert, assimiliert, Bürger mit gleichen Rechten seien. Manchmal Häme, ein Witz vielleicht, aber den macht man auch über die Begriffsstutzigkeit der Ostfriesen und die Bierlärmigkeit der Bayern.

Keine Pressionen? Diffamierungen? Pogrome wie in Rußland?

Wir leben in einer aufgeklärten Gesellschaft, nicht im Mittelalter, antwortete Abraham und schaute die russische Patientin so mitleidig an, als sei sie ein Wesen aus längst vergangener Zeit.

Niemand behauptet, daß Juden Brunnen vergiften und Kinder morden. Wir studieren, werden Anwälte, Ärzte. Und Weihnachten schmücken wir einen Tannenbaum. So ist es, und so wird es bleiben.

Jetzt füllt er ihr Glas mit Wasser und fragt nach ihrem Befinden. Gut, gut, antwortet sie und tastet nach der Kanüle in ihrer Rocktasche, zieht, wie nebenbei, während die Assistenten sich über ihre Teller beugen, Wasser aus dem Glas. Dann hält sie die Kanüle gegen Abrahams Schläfe, drückt den Kolben, das Wasser rinnt über seine Wange in den Hemdkragen. Erschreckt wendet er den Kopf und blickt in Sabinas blitzende Augen, die in unbändiges Lachen ausbricht.

Sie weiß, daß Jung sich mit Hypnose beschäftigt hat, andere Patientinnen damit behandelt. Er hat ihr von Helene Preiswerk erzählt, seiner Kusine Helly, einem medial begabten Mädchen, das er über zwei Jahre zu Séancen begleitete. Und er gibt ihr seine Dissertation *Zur Psychologie und Pathologie sogenannter okkulter Phänomene* und Kerners *Die Seherin von Prevost* zum Lesen. Als ich mein Examen bestanden hatte, sagt er, ging ich in die Oper. Carmen.

Und warum machen Sie es mir so schwer? fragt sie. Ihre Stimme zittert, und sie beneidet die Kusine um die geheimnisvollen Séancen im Dämmerlicht.

Sachlich die Antwort: Weil Sie ein normales, wenn auch sensibles Mädchen sind, dessen pathologische Varianten ich verstehen will, die Gründe finden möchte für die Tics und Sonderlichkeiten, die Ihnen das Leben schwermachen. Und weil Sie mutig genug sind, auszusprechen, was Sie quält.

Da springt sie auf und beginnt, sich unter Abscheugebärden und Grimassen anzuklagen. Ihre Abseitigkeiten, die Selbstbefriedigung, die ekelhaften Träume, in denen sie *von einer grossen Volksmenge ausgepeitscht* wird oder bei Tisch sitzt und ißt, nicht auf einem Stuhl, sondern *auf dem Locus & alles gehe wieder hinten hinaus, dazu befand sich um sie eine grosse Menschenmenge, welche ihr zusah.*

Hysterisch, schreit sie, und ihre Stimme kippt, widerlich, schmutzig, schuldig. Und sie jammert, daß niemand sie liebe, lieben könne. Eingesperrt wie eine Verbrecherin, verurteilt wie jener Unglückliche, den sie eines Sommertags gesehen hatte. Da war sie mit Grigori in der auf Gummirädern federnden offenen Kalesche die Bolschaja Sadowaja entlanggefahren. Vor ihnen ein schwarzer, trotz der Hitze verschlossener

Wagen, den der Kutscher wegen des Verkehrs nicht überholen konnte. In solchen Wagen, in deren Rückwand ein kleines, vergittertes Fenster eingelassen war, wurden Verbrecher gefahren. Und wie sie hinschaute, war ein blasses Gesicht erschienen, ein Mann hatte sie angesehen, frech, mit zynischem Lächeln, und hatte ihr zugewinkt wie einer Komplizin.

Noch jetzt, stammelt sie, wenn ich mich an dieses bittere Lächeln, an diesen verzweifelten Blick erinnere, empfinde ich dasselbe Entsetzen wie damals. Ich trug ein Sommerkleid, leicht und bunt geblümt, aber die Sonne hatte sich verdunkelt, und mein Kleid war grau wie das Gewand des Gefangenen.

Da habe sie das unheimliche Gefühl beschlichen, flüstert sie und stellt sich dicht vor Jung auf, auch verdammt zu sein. Ihr war, als führen die beiden Kutschen auf eine Schlucht zu und stürzten in einen owrag, eine balka, einen der dunklen Abgründe, die sich plötzlich in der Steppe auftun.

April. Im Park begegnet sie dem Philosophen, einem russischen Patienten aus der Gegend um Tula. Groß, breit, mit dichtem schwarzen Haar und einem gepflegten Spitzbart. Gestikulierend geht er auf und ab, lehrt die Tulpen und das frische Grün den Zusammenhang von Himmel und Erde und spricht von jenen finsteren Elementen, die die göttliche Harmonie stören. Er sei das Werkzeug Gottes, gesandt, die Schöpfung zu erretten. Sabina wandert neben ihm her, ohne daß er Notiz von ihr nimmt, bleibt stehen, wenn er stehenbleibt, setzt sich wieder mit ihm in Bewegung. Selbst der abscheuliche Nervenkrampf, der ihn von Zeit zu Zeit befällt, hält sie nicht ab, ihm zu folgen. Wenn sein Gesicht sich verzieht, seine Zunge zwischen den Lippen hervorschnellt, ist es, als erblicke sie sich selbst. Dann redet sie mit ihm, und er antwortet wirr, aber in ihrer vertrauten Sprache, und sie fühlt sich zu Hause. Geht er zurück ins Spital, folgt sie ihm, nimmt in ihrem Zimmer (das jetzt mit Kissen, Decken, Kerzen, Bildern, einem Bücherschaft und dem Samowar samt Gläsern wirklich ihr Zimmer ist) ihr schwarzes Wachstuchheft aus dem Kasten, setzt ihren Marie-Baschkirzew-Hut auf, und die Kyrillitza fließen auf das Papier:

24. IV. 1905 Morgen also fängt das Studium an der Universität an, aber ich erwarte tödlich finster den glückseligen Moment. Der Kopf platzt vor Übelkeit und Schwäche. Ich glaube nicht an meine Kräfte, glaube überhaupt an nichts. Jung marschiert über den Korridor. Gleich kommt er herein: Ich muß das Heft verstecken, um ihm nicht zu zeigen, was ich denke, obwohl – warum nicht zeigen? Der Teufel soll's wissen!

Als Jung nach kurzem Klopfen ihr Zimmer betreten hat, legt er ihr ein Schreiben vom 18. April auf den Tisch, sagt: Das müßte reichen. Andernfalls wird der Professor noch ein ärztliches Zeugnis an die Fakultät schicken:

Fräulein Sabina Spielrein von Rostow a. d. Don (Russland) befindet sich seit dem 17. 8. 1904 in unserer Anstalt. Sie wird sich voraussichtlich noch längere Zeit hier aufhalten & beabsichtigt an der Universität Vorlesungen zu hören. Dr. Jung II Arzt

Wenigstens haben Sie meinen Namen richtig geschrieben, bemerkt sie spöttisch, nachdem sie die Zeilen überflogen hat. Anders als dieser (verächtliches Naserümpfen) Dr. Heller.

Fräulein Silberrein ist doch sehr hübsch, neckt Jung.

Unsinn! Ich hab's auch gleich verbessert, aber im Sanatorium meinten sie, daß es egal sei. Da hab ich »falscher Familienname« darunter geschrieben. Überhaupt laßt ihr hier das Wichtigste weg, den Vatersnamen. Ich bin die Nikolajewna, und niemand würde mich in Rußland anders nennen.

Sabina Nikolajewna. Jung probiert den Namen wie ein fremdes Gericht. Und sie schaut zu ihm auf, lehnt am Tisch, das persisch gemusterte Tuch über den Schultern, das Haar wirr, weil sie bei seinem Eintritt hastig den Hut abgezogen hat. Sabina Nikolajewna. Er hebt die Hand, streicht ihr das Haar zurück, hinters Ohr. Seine Finger berühren ihr Ohrläppchen, gleiten über ihren Hals, verharren in der warmen Hautgrube, in der ihr Blut pulsiert.

So stehen sie, bis es an der Tür klopft und die Wärterin mit dem Abendessen hereinkommt. Alles Gute für morgen, Fräulein Spielrein, sagt Dr. Jung und geht davon, ohne sich noch einmal umzuschauen.

Mit den Studenten werde ich nicht übereinkommen; das fühle ich, schreibt sie am nächsten Abend. *Ich bin für sie verschlossen; zu sehen sein wird nur die fröhliche, äußere Seite meiner Seele, versteckt allen die Tiefe selbst. ... aber leider weiß ich noch längst nicht, ob ich wissenschaftlich werde arbeiten können: erstens, ob es die Gesundheit erlaubt? Und das Wichtigste – werde ich so tüchtig sein? Indessen, ohne die Wissenschaft ist das Leben für mich völlig sinnlos.* Sie steht auf, tritt ans Fenster, legt die Stirn gegen das Glas. Denkt an Jung, in dessen Vorlesungen sie in diesem Semester sitzen wird. Denkt an seine zärtliche Hand. Schließt die Augen.

Während der Seminarstunden hat sie heute immer wieder verstohlen ihr Ohr berührt, ihren Hals. Und als ihr beim Heimkommen Emma Jung auf der Treppe begegnete, das Kind auf dem Arm, ist sie blutrot geworden und grußlos an der jungen Frau vorbeigehastet.

Sie gibt sich einen Ruck, geht zurück zum Tisch: *Was bleibt mir noch, wenn nicht die Wissenschaft? Heiraten? Aber wenn man darüber nachdenkt, das ist schrecklich: Das Herz tut mir weh, ich möchte Liebe, Zärtlichkeit, aber das ist doch nur trügerischer, zeitlicher, äußerer Glanz, der die erbärmliche Prosa verdeckt. Das kostet bereits eine Unterjochung der Persönlichkeit. Und Leere, Langeweile, sobald der erste Augenblick vorüber ist.*

Sie hält inne, seufzt, fährt entschieden fort: *Nein! So eine Liebe will ich nicht: Ich möchte einen guten Freund, dem ich jeden Zug meiner Seele darlegen kann; ich will die Liebe eines älteren Menschen, damit er mich liebe, wie die Eltern das Kind lieben und verstehen ...*

Unter dem Datum des 27. April 1905 hat Bleuler ein *Aerztliches Zeugnis* an die Universität Zürich geschickt:
Fräulein Sabina Spielrein von Rostow a/Don, welche in der hie-

sigen Anstalt wohnt und sich im Sommersemester an der medizinischen Fakultät zu immatrikulieren gedenkt, ist nicht geisteskrank. Sie befand sich hier in Behandlung wegen Nervosität mit hysterischen Symptomen. Wir müssen sie somit zur Immatrikulation empfehlen.

Morgens verläßt sie die Anstalt, besucht pünktlich die Vorlesungen, die Seminare in Zoologie, Botanik und Anatomie. Einmal pro Woche, dienstags, geht sie zu Jung. Flüchtig reicht er ihr die Hand zum Gruß. Dann sitzt sie ihm gegenüber, verlegen zu Beginn der Stunde. Die Platte seines Schreibtisches trennt sie, und Sabina hat das Gefühl, daß es nicht Zentimeter sind, sondern viele Werst, die überwunden werden müssen.

Er fragt nach ihrer Arbeit, und sie antwortet wie eine gehorsame Schülerin. Sie gebe sich Mühe, versuche keine Streiche zu machen, habe die Kanüle, mit der sie ihre überraschenden Spritzattacken auszuführen pflegt, Dr. Abraham gegeben, auf den sie es immer besonders abgesehen hat. Der Lachreiz jedoch, der sie überfalle, wenn sie verlegen sei oder ängstlich, quäle sie noch immer. Sie lacht dann, bis ihr die Tränen kommen, könne nicht aufhören, obwohl die Kommilitonen sie entrüstet anstarrten und im Auditorium um Ruhe bäten. Dann verläßt sie den Raum und kehrt erst zurück, wenn sie sich beruhigt hat. Jung nickt zustimmend, erkundigt sich nach Post aus Rostow.

Die Eltern hätten geschrieben; ja, auch der Vater. Er beklagt sich, daß Sabina nur der Mutter schreibe und Polja, der man die Briefe vorlesen müsse. Ob er, Jung, nicht so gut sein wolle, dem Vater noch einmal zu erklären, daß sie manche krankhafte Zwangsvorstellungen an Nikolai Arkadjewitschs Person knüpfe, die sie so sehr beunruhigen und erregen, daß sie ihm nicht schreiben könne, obwohl sie den Vater liebhabe.

Es ist wichtig, daß er das weiß, sagt sie, denn ich vermute, daß es Nikolai Arkadjewitsch nicht gutgeht, daß er sich Sorgen macht um seine Söhne, die nach der Vernichtung der russischen Ostseeflotte bei Tsushima vielleicht doch noch eingezogen werden könnten, um diesen aussichtslosen Krieg gegen Japan gewinnen zu helfen. Man vermutet, fügt sie hinzu, daß der Zar Port Arthur und den südlichen Teil von Sachalin abtreten, die Mandschurei räumen und Korea als japanisches Einflußgebiet anerkennen müsse. Eine Schmach für Rußland!

Wenn also weitergekämpft würde und die Bauern gezwungen wären, hohe Getreidelieferungen an die Armee zu leisten, hätten sie kein Geld, um neues Saatgut und Dünger zu kaufen. Dann müßten sie sich beim Vater verschulden und würden ihn deswegen hassen. Ein Teufelskreis, vor dem sie sich fürchtet, auch wenn die Bolschewiki jubeln und in der Niederlage einen Sieg über die Autokratie im Lande sehen, die den Zaren zwingen wird, Zugeständnisse im Hinblick auf Pressefreiheit und Selbstverwaltung zu machen und schließlich einer Duma, einer Volksvertretung, zuzustimmen.

Terror, ihre Finger trommeln auf die Tischplatte, Terror ist das einzige Mittel, die Zustände zu ändern, sagen sie in der Kolonie. Einige sind zurückgegangen, um die Bauern bei ihren Aufständen gegen die Zwangsabgaben zu unterstützen. Alles ist ihnen dabei recht: Brandschatzungen, Überfälle, Morde, Streiks an den Universitäten, in der Arbeiterschaft. Die Streikleitung wird Sowjets übertragen, gewählten Arbeiterräten, die die politische Macht erobern wollen. Und die Liberalen decken alles, sogar Petrunkewitsch sagt: »Bis jetzt hofften wir auf eine Reform von oben, von nun an ist unsere einzige Hoffnung das Volk.«

Revolution. Rote Flecken ziehen von ihrem Hals zu den Wangen. Bevor ich hierher kam, haben wir oft genug davon gesprochen, die Brüder, die Freundinnen, von einer gerechteren Gesellschaft geträumt. Sie scheint Jung vergessen zu haben, der nicht zu tadeln wagt, daß sie wieder an den revolutionären Zirkeln teilgenommen hat.

Einer, der dabei war, hat erzählt, daß in den Hörsälen keine Vorlesungen mehr stattfinden, sondern Versammlungen von Arbeitern und Studenten, von Damen der besten Gesellschaft und zerlumpten Subjekten aus den Petersburger Straßenecken, Hinterhöfen. Und als Großfürst Sergej ermordet wurde, knallten in den eleganten Restaurants die Champagnerkorken. Manche wollen auch von Meutereien in der Armee wissen, bei der Flotte, wegen schlechter Verpflegung und der Schikanen durch die adligen Offiziere. Jedenfalls sind Lew Trotzki, ein Jude, und der Anwalt Wladimir Iljitsch Uljanow, der sich Lenin nennt, die Männer der Stunde.

Sie bricht ab, faßt nach dem Briefmesser, das neben einem Papierstapel liegt, und betrachtet es, als prüfe sie eine Waffe. Das beste wäre, sagt sie, ich ginge zurück.

Doch bevor Jung etwas einwenden kann, fährt sie fort, daß sie erst ihr Studium absolvieren muß. Aber, und das Briefmesser wird mit Nachdruck auf den Tisch gelegt, wenn sie schon nicht nach Rußland kann, so will sie wenigstens von hier ausziehen.

Ich suche eine Wohnung, erklärt sie und sieht ihn entschlossen an. Zum 1. Juni habe ich etwas in Aussicht. Das wird meinen Vater von den hohen Anstaltskosten entlasten und auch sonst...

Das kommt unerwartet. Überrascht sucht Jung nach Worten, hat sich an ihre Anwesenheit im »Burghölzli« gewöhnt, an ihr russisches Boudoir, wie er ihr Zimmer nennt, ihr überraschendes Auftauchen auf den Fluren, ihre Wortspiele und ihr plötzliches Lachen. Er liebt ihr Klavierspiel (Bleuler hat ihr, als sie zu Neujahr besonders unruhig und verwirrt gewesen war, das Klavier im Speiseraum zur Verfügung gestellt). Dort fand er sie in der letzten Woche, und sie erzählte ihm von Vorträgen, die ein russischer Professor (Saitschik, wenn er den Namen recht erinnerte) über Wagners »Ring des Nibelungen« halte, empörte sich, daß der Vortragende die Tiefe dessen, was er da über den Mythos aussprach, nicht auslotete, keine Scheu empfand, sondern mit den Ideen spielte wie ein Jongleur mit Bällen. In ihr jedoch sei, wenn sie Wagners Musik höre, ein Tasten, ein Lauschen, ein Vorgefühl ohne Klarheit, ohne Sicherheit, eine Sehnsucht, die nur die Musik für

Augenblicke stillt. Dann ahnt sie, obwohl sie den Entschluß gefaßt hat, Medizin zu studieren, daß sie ihren Weg noch nicht gefunden hat.

Während sie sprach, schlug sie nachdenklich tastend Akkorde an. Dann schwieg sie, und bevor er etwas sagen konnte, begann sie zu spielen: Leuchtende Liebe, lachender Tod, den leidenschaftlichen Zwiegesang Siegfrieds mit der von seinem Kuß erweckten Brünnhilde. Das, sagte sie zu Jung, als sie geendet hatte, das gehört zusammen: Liebe und Tod.

Ist es, Jung muß sich räuspern, nicht zu früh, die Anstalt zu verlassen?

Sie schüttelt den Kopf, steht auf: Ich liebe Sie, Herr Dr. Jung, und ich mag Ihrer Frau und Ihrem Kind nicht mehr begegnen. Sie geht zur Tür, dreht sich noch einmal um und sagt: Meine neue Anschrift ist Schönleinstrasse 7.

Spuren III

Mein heissester Wunsch ist, dass ich mich liebend von ihm trenne.
SABINA SPIELREIN

Berlin, Dienstag, 24. August
Als Sabina Nikolajewna im April 1905 ihr Studium aufnahm, forderte Nikolai Arkadjewitsch sie auf, Jan und Oskar zu betreuen, die er wegen der politisch brisanten Situation in Rostow in die Schweiz geschickt hatte. Und obwohl Sabina, immer in Angst um ihre Familie, die Brüder in Sicherheit wissen wollte, stürzte deren Ankunft in Zürich sie in eine schwere Krise, von der ich in Jungs Brief an den Vater vom 31. Mai 1905 lese, in dem er mitteilt, daß sich Sabina sehr über die Zumutung aufgeregt habe, sich um die Brüder kümmern zu müssen, und daß sie weiterhin der Schonung bedürfe, um sich ganz auf ihr Studium konzentrieren zu können.

Sieben Tage später wiederholt Jung in einem weiteren Schreiben, daß das Zusammentreffen mit Jan und Oskar dem Gesundheitszustand Sabinas *entschieden schädlich ist.* Und fährt fort: *Als wir Ihnen früher Zürich als Aufenthaltsort für Ihren Sohn empfahlen, kannten wir noch nicht die krankhaften Vorstellungen, die sich bei unserer Patientin an ihren Bruder knüpfen. ... Sodann wäre es auch von größter Wichtigkeit, für die weitere Besserung Ihrer Tochter, wenn die Begegnungen mit dem jüngeren Bruder so weit wie möglich könnten eingeschränkt werden.* Und er drängt den Vater, den *Uebelstand* abzustellen und die Söhne zu veranlassen, *eine andere Universität als Zürich zu beziehen.* Deutlich wird seine Besorgnis, daß der bisherige Behandlungserfolg durch die familiären Einflüsse gemindert, Sabinas gerade errungene Selbständigkeit als Studentin außerhalb der schützenden Mauern des »Burghölzli« eingeschränkt, ihre Gesundheit beschädigt werden könne.

Schilksee, Donnerstag, 9. September
Der Besuch des russischen Präsidenten in Schleswig ist abgesagt. Wegen des Geiseldramas von Beslan. Alle bereits getroffenen Sicherheitsvorkehrungen sind zurückgenommen worden. Das Museum, das gesperrt werden sollte, bleibt der Öffentlichkeit zugänglich. Putin hatte gemeinsam mit dem Bundeskanzler die Nachbildung des Gottorfer Globus, der sich in seiner Heimatstadt Petersburg befindet, und das dazugehörige Haus im Park von Schloß Gottorf besuchen wollen.

339 Tote, unzählige Verletzte. Wir sind alle daran interessiert, ein vollständiges und objektives Bild der tragischen Vorfälle zu bekommen, sagte der Kremlchef und meinte auch die Abstürze der beiden Passagiermaschinen und den Bombenanschlag auf eine Moskauer Metrostation. Früher hätte ich das als eine der vielen täglichen Schreckensmeldungen gesehen, die uns aufregen und abstumpfen zugleich. Aber jetzt sind die Bilder von zerfetzten Leibern, ausgebrannten Autos, von Sanitätern, die mit Bahren, auf denen blutüberströmte Opfer durch das Objektiv der Kameras laufen, ganz nah, denn ich kenne die Eingänge dieser Station, bin mit Martha, Bruno und I. mehr als einmal hindurchgegangen. Und wenn eine Maschine bei Rostow am Don abstürzt, denke ich daran, daß unser Flug dorthin bereits gebucht ist.

Schilksee, Freitag, 10. September
Heute schriftliche Anfrage beim Schweizerischen Bundesarchiv in Bern, ob ein Dossier zu Sabina Spielrein verwahrt wird, denn ich vermute, daß die in der Schweiz lebenden oder studierenden Russen, die sich in konspirativen Zirkeln trafen, von der Kantonspolizei registriert und als politisch unzuverlässig observiert wurden. Als die russische Ostseeflotte im Mai 1905 von den Japanern bei Tsushima vernichtend geschlagen wurde, wirkte sich das nicht nur unmittelbar auf die innenpolitische Lage in Rußland aus, sondern sorgte auch für Unruhe bei den Russen im Ausland. Trotz der Schmach der Niederlage, die die Abtretung Port Arthurs und Südsachalins an

Japan nach sich zog, jubelten die Bolschewiken, sahen, wie viele politische Gruppen in Rußland, das Ende der zaristischen Autokratie gekommen.

Aber anders als erwartet gab es, obwohl sich während des Krieges die Aufstände der Bauern und Fabrikarbeiter gehäuft hatten, nach Beendigung der Kampfhandlungen keine bewaffnete Rebellion, erwiesen sich die zurückkehrenden Truppen als regierungstreu. Nur gelegentlich kam es zu Meutereien in der Armee oder bei der Flotte, weniger aus politischen Gründen, sondern weil ungerechte Vorgesetzte oder mangelhafte Verpflegung die Soldaten verzweifeln ließen, so im Juni 1905 auf dem Panzerkreuzer Potemkin im Schwarzen Meer. Nach elf Tagen jedoch brach der Aufstand zusammen. Die Unterstützung der Hafenarbeiter von Odessa war ausgeblieben. 1917 würde das anders sein.

Als wirksame Waffe erwies sich 1905 jedoch die umfassende, von Petersburg ausgehende Streikbewegung, die das gesamte öffentliche Leben lahmzulegen drohte. Am 17. Oktober 1905 unterzeichnete Nikolaus II. das Manifest, das Rußland eine Verfassung verhieß. Am 23. April 1906 wurde das Reichsgrundgesetz erlassen, und die erste Duma trat zusammen. Doch die Gegensätze der politischen Positionen waren unüberbrückbar: Terror, Attentate, Notverordnungen, Auflösung der ersten und zweiten Duma. Schließlich der Bruch der Verfassung unter Pjotr Arkadjewitsch Stolypin, um eine dritte, arbeitsfähige Duma zu schaffen. Diese von der Opposition gehaßte »Herrenduma« hat als einzige ihre verfassungsmäßige Zeit von fünf Jahren (1907-1912) erfüllt.

Sabina Nikolajewna erfuhr durch die Briefe und Besuche ihrer Eltern und Brüder von den politischen Umwälzungen, hat sich beim Treffen mit ihrer Familie 1909 in Berlin und Kolberg, ihren Aufenthalten in Rostow 1908 und 1911/12 um die politische Zukunft Rußlands gesorgt. Dabei mag ihr Vater, der mit Großgrundbesitzern wie Kleinbauern Handel trieb, mit besonderem Interesse die Zerschlagung des Mir, die Freigabe von Kron- und Apanagenland an die Bauern, die Überführung der Höfe in Individualeigentum verfolgt haben. Und obwohl die Kosakenbauern des Dongebietes frei waren, beunruhigten die Entwicklungen, denn die Großgrundbesitzer wurden bei allen Reformen geschont, und der kleine, aus dem Mir ausgeschiedene Bauer mußte seinen Eigenanteil verkaufen und in die Stadt ziehen, um dort in einer der Fabriken seinen Lebensunterhalt zu verdienen. Eine schändliche Reform hieß es, und die Sozialisten drohten, daß der aus dem Dorfverband ausgeschiedene Proletarier als Agitator zurückkommen und den Umsturz herbeiführen werde.

Schilksee, Mittwoch, 15. September
Mail auf meine Nachfrage beim Landesarchiv in Schleswig zu den in Otto-Gross-Biographien angegebenen Daten seiner Assistenzarzttätigkeit an der Christian-Albrechts-Universität zu Kiel in den Jahren 1897-1900:

In Abt. 47 Universität Kiel und Abt. 47.6 Medizinische Fakultät der Universität Kiel liegt keine Personalakte vor. Auch in den anderen Beständen des Landesarchivs, die zeitlich in Frage kämen, findet sich nichts zu dem Namen Otto Gross oder Groß. Darüber hinaus ergab eine Durchsicht des folgenden, jedes Semester erschienenen Verzeichnisses: Amtliches Verzeichnis des Personals und der Studierenden der Königlichen Christian-Albrechts-Universität zu Kiel, in dem neben den Professoren auch die Mitarbeiter aller Kliniken im Bereich der Universität genannt werden, für die Jahre 1895-1899 keinen Fund zu Otto Gross. Weitere Verweise auf relevante Publikationen, in denen kein Hinweis gefunden wurde, folgen. Mit freundlichen Grüßen. Für diese Recherche entstanden keine Kosten.

Als vor einigen Wochen die *Süddeutsche Zeitung* ein Interview mit Otto Gross' Tochter unter dem Titel *Ein Leben im Namen des Vaters – Drogen, sexuelle Extasen, Revolution – wie sich die heute 87-Jährige an die berüchtigten Bohemiens des letzten Jahrhunderts erinnert* veröffentlichte, hat diese sich in einem Leserbrief bitter beschwert: »...ein Artikel, der nicht nur in fast schon gehaessiger Art und Weise ueber meinen Vater, meine Lebensumstaende, meine Kleidung und meine Moebel spricht, sondern auch noch eine Vielzahl von Fehlern aufweist.« Und mit Recht beklagt sie sich, daß der Autor »offenbar die Lebens- und Wirkungsgeschichte meines Vaters nur sehr begrenzt kennt, bzw. ihm nur dort interessant vorkommt, wo es um Frauen, Drogen und Sex geht.«

Auch das eint Gross und Spielrein: nicht Person und Werk stehen im Blickpunkt des Interesses, sondern Bettgeschichten und vermutete Skandale.

Berlin, Samstag, 25. September

Sonne. Treffen uns mittags mit Martha und Bruno auf dem Kollwitzplatz, trinken prickelnden Federweißen und beschließen, zum Friedhof nach Friedrichsfelde zu fahren. Da haben wir im August die Urne von Marthas Mutter beigesetzt. Kommunistin, Kämpferin für eine bessere Gesellschaft.

An Rosa Luxemburgs Gedenkstein bleibe ich stehen, muß wieder an Lina denken, meine Urgroßmutter, die an der Seite Luxemburgs war. Unerschrocken, mutig bis zuletzt. Als im Winter 1943 die Squadrons der Royal Air Force auf Leipzig flogen, hatte sie abgelehnt, in den Keller zu gehen oder einen Bunker aufzusuchen, war mit ihrem alten Gefährten im Haus geblieben, wenn die Sirenen heulten. Ich stelle sie mir vor, wie sie Hand in Hand mit dem Urgroßvater auf dem Sofa saß, draußen der Höllenlärm, das Inferno aus Detonationen und einstürzenden Häusern, bis am 4. Dezember auch ihr Haus getroffen wurde. 300 000 Brandbomben wurden ausgeklinkt, 665 Tonnen Spreng- und Minenbomben abgeworfen, bevor die Flieger abdrehten.

Ein Feuersturm fegte durch die Innenstadt, durch das Verlagsviertel. Fünf Millionen Bücher verbrannten, und auch die Briefe Rosa Luxemburgs an meine Urgroßmutter fielen den Flammen zum Opfer. Neben unzähligen Verletzten gab es 1815 Tote, darunter meine Urgroßeltern, deren bis zur Unkenntlichkeit verkohlte Leichen aus den Trümmern ihres Hauses geborgen und auf dem Südfriedhof begraben wurden.

Erinnerung zwischen Gräberreihen, auf die erste welke Blätter fallen. Kein Grab für Gross und Spielrein.

Abends finde ich in Sabina Spielreins Krankenakte unter dem 25. IX. 1905 einen Brief Jungs an *Professor Freud in Wien*, einen Bericht über Fräulein SPIELREIN, a*n Frau SPIELREIN übergeben zu eventueller Verwendung.* Es dürfte Jungs erstes an Freud gerichtetes Schreiben gewesen sein, das dieser wohl nie zu Gesicht bekommen hat. Jung stellt darin bei dem Fräulein stud. med. die Diagnose »Hysterie«, das »psychotisch« aus der Krankenakte fehlt. Weiter geht er kurz auf die Anamnese ein, die Familienkonstellation, die Verbringung der Patientin nach Interlaken und schließlich ins »Burghölzli«, bevor er die Ergebnisse der Analyse ausführlich darstellt. Nicht zu vergessen: *Ich habe nach Ihrer Methode das Krankheitsbild ziemlich vollständig analysiert, auch mit anfangs sehr günstigem Erfolg.*

Abschließend teilt der *mit vorzüglicher Hochachtung ergebenst* zeichnende *Dr. Jung* mit: *Während der Behandlung hatte die Pat. die Malchance, sich in mich zu verlieben. Sie schwärmt nun der Mutter immer in ostentativer Weise von ihrer Liebe vor ... Die Mutter will sie nun, im Falle der Noth, in eine andere Behandlung geben, womit ich natürlich einverstanden bin.*

Damit erklärt der Secundararzt Dr. C. G. Jung die Behandlung als beendet. Fortan ist die russische Patientin seine Studentin, die er jedoch auch privat trifft.

Schilksee, Montag, 27. September
Antwort vom Schweizerischen Bundesarchiv, wo sich keine Dossiers zu Sabina Spielrein finden: »Wir empfehlen Ihnen, sich an das Staatsarchiv Zürich sowie die Universität in Zürich zu wenden.« Kosten werden nicht erhoben.

Wenige Tage später vom Züricher Staatsarchiv die Nachricht, daß keine Akte zu Sabina Spielrein – Dr. S. Spielrein-Scheftel vorliegt.

Eine wahre Fundgrube zu den Daten der aus dem Zarenreich stammenden Studenten sind jedoch die Immatrikulationslisten der Universität Zürich, die ich bei Google aufrufe.

In der veröffentlichten Hochschulstatistik sind im Wintersemester 1910/11 (Spielreins Examensjahr) in Zürich von 649 Ausländern 362 russischer Nationalität verzeichnet, wobei die Universität nicht zwischen Russen und Juden unterscheidet, obwohl diese im Zarenreich einen eigenen Nationalitätenstatus hatten. Da sich ihnen die zaristischen Hochschulen kaum öffneten, wichen sie vornehmlich in die Schweiz aus, die auch das Frauenstudium gleichberechtigt anbot. So wundert es nicht, daß im Wintersemester 1910/11 an den Eidgenossenschaftlichen Hochschulen 973 Russinnen (77 % aller weiblichen Studierenden) eingeschrieben waren, von denen 611 Medizin studierten. Chaim Weizman, der eine Frau aus Rostow heiratete, erzählt in seinen Erinnerungen, daß sich junge Jüdinnen aus dem Rostower Milieu von den anderen russischen Studentinnen in der Schweiz durch ihre Kultiviertheit positiv unterschieden haben.

Sabina Spielrein finde ich unter der Matrikel-Nr. 15546: med. Nat.-wiss. SS 1905, *07.11.1885, w., Rostow a/Don, russ. Reich, Gymn. Rostow a/Don, Lateinzgn., Hauslehrerinzgn. (8te Klasse), Wg. Lenggstr. 31, Gutachten d. Dir. d. Irrenanstalt beigebracht 27.04.05;

Matrikel-Nr. 20031 med. Klinik, Wg. Scheuchzerstr. 62 II; Notiz: »Erneuerung infolge Ablauf der Immatrikulationsdauer von 11 Semestern«; 1911 Dr. med., Diss. »Üb. den psychol. Inhalt eines Falles von Schizophrenie (Dementia praecox)«, (J'verz. 1910/11 Nr. 110).

Wie bei allen Studenten, gleich welchen Geschlechts und Alters, ist auch bei ihr die Anschrift der Eltern verzeichnet: Hr. N. A. Spielrein u. Frau E. M. Sp., Rostow am Don, Puschkinskaja Str. Nr. 97.

Ein Mouseclick, und die Kommilitoninnen aus Spielreins Tagebuch bekommen Konturen:

Matrikel-Nr. 16943 med. WS 1906 Esther Aptekmann, geboren am 15.03.1881 in Jekaterinoslaw (die Stadt, aus der Spielreins Familie mütterlicherseits stammte). 1911 Dr. med., Diss. »Experimentelle Beiträge zur Psychologie des psychogalvanischen Phänomens«. Wohnung in Zürich: Plattenstr. 46 parterre b/Grünwald.

Dort, in der Plattenstr. 28 wohnte auch Tatjana Rosenthal, geboren am 3.7.1884 in Minsk, die bereits im Wintersemester 1902 für medizinische Anatomie und Physiologie eingeschrieben war. Die Einträge sind in ihren Abkürzungen und der Reihenfolge zunächst verwirrend, dann erschließt sich: R. besuchte die Maria-Mädchenschule in Minsk und schloß nach der 8. Klasse (Lateinprüfung) mit einer Silbermedaille ab; Hospitierscheine der Universitäten Halle, Freiburg und Berlin liegen vor. 1905/06 ist sie in Petersburg, schließt sich als Vorsitzende der Studentinnenverbände aller Frauenhochschulen der revolutionären Bewegung an.

Im Sommersemester 1907 wird sie in Zürich unter der Nummer 17172 (medi. Klinik) neu immatrikuliert, Promotion 1908/09.

Fast gleich alt auch die beiden anderen Russinnen: Vera Eppelbaum und Scheina Grebelskaja. Grebelskaja hat in Zürich eine Aufnahmeprüfung in Deutsch, Latein und Naturgeschichte ablegen müssen, bevor sie sich zum Wintersemester 1907 für Medizin einschreiben durfte.

Das unruhige Leben der 1884 in Wolhynien geborenen Medizinstudentin Vera Eppelbaum spiegelt sich nur unvollkommen in den wenigen abgekürzten Notizen des Matrikelverzeichnisses wider: Besuch des Mädchengymnasiums in Odessa, Lateinzeugnis des Gymnasiums Lublin, Kollegienbuch der Universität Dorpat, Hörerscheine aus Heidelberg, Straßburg, Bern. Im Sommersemester 1910 fährt sie zu ihrer Familie (Notiz: »Grenze in Russland im Juli überschritten«).

Im Wintersemester 1910 »Verspätetes Eintreffen weg. Krankheit«. 1911/12 Dr. med., Diss. »Zur Psychologie der Aussage bei der Dementia praecox«. Wohnung in Zürich: Zollikon, Seestr. 933.

Spielrein, Aptekmann, Rosenthal, Grebelskaja, Eppelbaum: fünf jüdische Medizinstudentinnen aus dem russischen Reich, die die Sorge um die politische Situation in ihrer Heimat, der Kampf mit der deutschen Sprache beim Abfassen ihrer Dissertationen und das Interesse an der Psychoanalyse eint. Alle hospitierten und famulierten bei Eugen Bleuler und C. G. Jung am »Burghölzli« – fast alle schwärmten für den Privatdozenten Jung, der sich 1905 habilitiert hatte. Rosenthal ging nach der Promotion zu Freud nach Wien, zu Karl Abraham und Max Eitingon nach Berlin. Am 11. Januar 1911 teilt Abraham Freud mit, daß Rosenthal in der Berliner Vereinigung einen Vortrag zu Karin Michaëlis' Roman *Das gefährliche Alter* gehalten habe, einem Buch, das mit der Thematisierung weiblicher Sexualität im Alter bei seinem Erscheinen 1910 einen Skandal ausgelöst und eine jahrelange heftige Diskussion angefacht hatte.

In der folgenden Korrespondenz Freuds mit Abraham wird Rosenthal immer wieder erwähnt. Am 17. Februar schlägt Abraham vor, Rosenthals Vortrag im *Zentralblatt* zu veröffentlichen, allerdings, fügt er hinzu, müsse er diesen erst in »ein lesbares Deutsch« übertragen, da die Verfasserin Russin sei. Diese Anmerkung findet sich auch in den Briefen Jungs an Freud über Sabina Spielrein. *Frl. Spielrein ist eine Russin, das klärt ihre Ungelenkigkeit auf,* schreibt Jung am 10.VII.09, nachdem Freud elf Tage zuvor angemerkt hatte: *Ich habe Frl. Spielrein ... ein paar liebenswürdige, Genugtuung bietende Zeilen geschrieben und dafür heute Antwort von ihr bekommen, merkwürdig ungelenk – ist sie wohl keine Deutsche? – oder sehr gehemmt, schwer zu lesen und schwer zu verstehen.* Daß ihr dieser Mangel bewußt war, zeigt ihr Brief an Jung vom August 1911, in dem sie die Übersendung ihrer Arbeit *Die Destruktion als Ursache des Werdens* ankündigt und hinzufügt, daß sie den Text korrigieren lasse: *die uebrigen Unebenheiten in der Darstellung werde ich auch verbessern.*

Schilksee, Dienstag, 28. September

Im *Korrespondenzblatt der Psychoanalytischen Vereinigung* vom März 1914 finde ich bereits Tatjana Rosenthals Petersburger Adresse: Gr. Prospekt 86, Petersburger Seite. Zu dieser Zeit

hält Sabina Spielrein-Scheftel in der Berliner Psychoanalytischen Vereinigung ihren Vortrag *Ethik und Psychoanalyse*.
Fünf Monate später ist Krieg, und die Züricher Kommilitoninnen sind in alle Winde verstreut. Von Grebelskaja und Aptekmann, Spielreins Rivalinnen um die Gunst des gemeinsamen Doktorvaters, weiß ich nichts. Grebelskajas Namen finde ich zuletzt in Briefen Jungs aus Zürich an Spielrein in Wien, als er ihr am 11. Dezember 1911 mitteilt, daß ihre Arbeit im Januar 1912 in Druck gegeben und gemeinsam mit der Dissertation von Scheina Grebelskaja (»Psychologische Analyse einer Schizophrenen«) im *Jahrbuch* erscheinen wird. Und am 18. März 1912. Da lobt er Spielreins Arbeit und erwähnt, daß Frl. Grebelskaja in bedrängter Lage gewesen und abgereist sei. Er habe, fügt Jung hinzu, Grebelskaja auf ihre Bitte ein Attest ausgestellt, daß ihre Dissertation im Druck sei. Der Brief Sabina Spielreins, der Aufschluß über die »bedrängte Lage« hätte geben können, ist verschollen.
Vera Eppelbaum ist bei Kriegsausbruch wieder in Zürich, hat sich, nach einer kurzen Ehe mit dem russischen Medizinstudenten Kastelian, scheiden lassen und 1913 ihren leidenschaftlichen Verehrer, den Schweizer Arzt und Schriftsteller Charlot Strasser, geheiratet. Gemeinsam eröffnete das Ehepaar in Zürich eine psychiatrische Praxis, in der Vera Eppelbaum Strasser bis zu ihrem Tod am 1. Juli 1941 tätig war. In Schweizer Lexika ist die Ärztin auch als Schriftstellerin und Bildhauerin verzeichnet.
Während ich Namen anklicke, lese, weiterklicke, stutze ich bei der Matrikel-Nr.15055 med. Klinik, (6. Sem.) WS 1904: Max (Marcus) Eitingon, der Mann, den Spielrein aus Zürich kannte, der spätere »Musterschüler« Sigmund Freuds, dem sie 1912 in Berlin wiederbegegnete. Eine schillernde Persönlichkeit, die mit jeder Information, die ich lese, interessanter wird, deutlicher und dann wieder so dubios, daß ich nicht glauben kann, was in den Dokumenten steht. Spielrein erwähnt seinen Namen jedoch nicht.

Schilksee, Mittwoch, 29. September
Unter den Züricher Studierenden ist Sabina Spielrein ein Sonderfall, kam sie doch direkt aus der Psychiatrie in den Hörsaal und kannte die Dozenten bereits als Patientin. So wundert es auch nicht, daß sie nach ihrem Umzug in die Schönleinstrasse immer wieder ins »Burghölzli« ging, das ihr im ersten Jahr in der Fremde das Zuhause ersetzen mußte.

Daß Spielreins Behandlung mit Beginn des Studiums im Sommer 1905 zu Ende gewesen sein soll, wie von Jung später oft behauptet, widerlegt sein Brief an Freud aus dem »Burghölzli« vom 23. X. 1906, in dem er mitteilt, daß er eine 20jährige Russin (Diagnose: Hysterie), die seit sechs Jahren krank ist, nach Freuds Methode behandle. Kurz schildert er die Anamnese: *3.-4. Lebensjahr. Sieht, wie ihr Vater ihren älteren Bruder auf den nackten Hintern schlägt. ... Muß nachher denken, sie hätte dem Vater auf die Hand defäkiert. Vom 4.-7. Jahr angestrengte Versuche, sich auf die eigenen Füße zu defäkieren ... Sie setzte sich mit einem untergeschlagenen Fuß auf den Boden, preßt die Ferse gegen den Anus und versucht, zu defäkieren und zugleich die Defäkation zu hindern. Hält so mehrfach den Stuhl bis zwei Wochen lang zurück! ... es sei völlig triebartig gewesen, dabei ein wonniges Schauergefühl. Später wurde dieses Phänomen durch heftige Onanie abgelöst.* Abschließend bittet er Freud, ihm seine Einschätzung des Falles mitzuteilen.

Während ich lese, staune ich wieder einmal über den Mut und die Offenheit der jungen Russin. Doch es gibt einiges in diesem wie auch in Jungs folgenden Briefen, das mich aufmerken läßt. Da Sabina keinen älteren Bruder hatte, kann hier nur der zwei Jahre jüngere Jan gemeint sein. Mir erscheint es äußerst unwahrscheinlich, daß Nikolai Arkadjewitsch bereits seinen ein- bis zweijährigen Sohn geschlagen haben soll. Überließen doch damals die strengen Väter Säuglinge und Kleinkinder den Ammen oder Kinderfrauen und kontrollierten erst später die Entwicklung und Erziehung. Hat also Jung, der Freuds *Drei Abhandlungen zur Sexualtheorie* von 1905 kannte, die Assoziationen seiner Patientin in diesem Sinne beeinflußt, sie für seinen Lehrmeister passend gemacht?

Sollte es so gewesen sein, ist das Kalkül aufgegangen. Schon am 27. Oktober antwortet Freud aus der Wiener Berggasse:

Sehr geehrter Herr Kollege ... An Ihrer Russin ist erfreulich, daß es eine Studentin ist; ungebildete Personen sind für uns derzeit allzu undurchsichtig. Die berichtete Defäkationsgeschichte ist hübsch, nicht ohne zahlreiche Analogien. Sie erinnern sich vielleicht aus meiner Sexualtheorie an die Behauptung, daß Zurückhaltung der faeces schon vom Säugling als Lusterwerbsquelle ausgenützt wird. Das 3.-4. Jahr ist die bedeutsamste Periode für die später pathogenen Sexualbetätigungen (ebendaselbst). Der Anblick des geschlagenen Bruders weckt eine Erinnerungsspur aus dem 1.-2. Jahr oder eine dahin versetzte Phantasie. Es ist nichts Seltenes, daß kleine Kinder die Hand dessen, der sie trägt, beschmutzen. Warum soll ihr das nicht so passiert sein? Damit wacht also ihre Erinnerung an die Zärtlichkeiten des Vaters in ihrer frühen Kindheit auf. Infantile Fixierung der Libido auf den Vater, der typische Fall, als Objektwahl; analer Autoerotismus. Die dann von ihr gewählte Stellung muß sich ins Einzelne auflösen lassen, scheint noch aus anderen Momenten zusammengesetzt. Welchen? Die Analerregung muß sich dann in den Symptomen als Triebkraft erkennen lassen; selbst im Charakter. Solche Leute zeigen häufig typische Kombinationen gewisser Charakterzüge. Sie sind sehr ordentlich, geizig und trotzig, was sozusagen die Sublimierungen der Analerotik sind. Fälle wie dieser, auf verdrängter Perversion beruhend, sind besonders schön zu durchschauen. Sie haben mich also gewiß nicht gelangweilt. Ich freue mich sehr mit ihren Zuschriften und bin mit ergebensten kollegialen Grüßen Ihr Dr. Freud.

Lob von Freud! Wichtig für Jung, der den Fall Spielrein nunmehr beim Internationalen Psychoanalytischen Kongreß 1907 in Amsterdam vortragen kann. Titel seiner Ausführungen: *Die Freudsche Hysterietheorie*. Die in seinem Antwortbrief an Jung formulierten Gedanken zur Sublimierung der Analerotik entwickelt Freud zwei Jahre später in *Charakter und Analerotik* weiter.

Sabina Spielreins Sicht finde ich in den *Protokollen der Wiener Psychoanalytischen Vereinigung* Band III von 1910/11. Da ist am 6. Dezember 1911 in einer Diskussion über Onanie auch Spielreins mündlicher Beitrag vermerkt: *SPIELREIN findet es schwer zu entscheiden, ob die Autoerotik oder die Heterosexualität das Primäre ist. Das Kind kann nicht aggressiv sein und versetzt sich vielleicht deshalb an die Stelle der machthabenden Eltern, um sich selbst von Seiten der Eltern zu befriedigen. Den Ausführungen des Vortragenden sei der Vorwurf zu machen, daß sie allgemeine Eigenschaften auf ganz spezielle Ursachen zurückzuführen suchen. So kann zum Lügen und zum Drang nach Wahrheit auch oft führen, daß die Eltern dem Kinde die sexuellen Fragen verheimlicht haben; daraus kann sich der Drang nach Wahrheit, dem Warum und Wozu aller Dinge entwickeln, wie sich anderseits dabei auch für das Kind Gelegenheit zum Lügen und Märchenspinnen ergibt. Dieser Fragezwang des Kindes tritt dann später als Frageangst auf. Das Verbot bestand darin, daß man über etwas Verbotenes fragen wollte.*

Schilksee, Donnerstag, 30. September
Die sexuelle Seite zwischen Analytiker und Analysandin thematisiert Jung dem Meister in Wien gegenüber erstmals am 6. Juli 1907, ohne jedoch Bezug auf den im Vorjahr geschilderten Fall zu nehmen. Eine hysterische Patientin, heißt es da von Sabina Spielrein, habe ihm ein Gedicht von Lermontow rezitiert, von einem Gefangenen, dessen einziger Freund ein Vogel im Käfig ist. Selbst unfrei, ist der Mann beseelt von dem Wunsch, einem Lebewesen die Freiheit zu schenken. Er läßt das Tier fliegen. Auch die Patientin, so Jung, möchte *einem Wesen durch psychoanalytische Behandlung zur völligen Freiheit verhelfen.* Allerdings, fügt er hinzu, sei ihr eigentlicher Wunsch, ein Kind von ihm, ihrem Arzt, zu haben, *das alle ihre unvollendbaren Wünsche zur Vollendung brächte.* Aber: *Dazu müßte ich natürlicherweise vorher »den Vogel fliegen« lassen. (Im Schweizerdeutschen sagt man z. B.: Hat Dein »Vögeli« auch schon gepfiffen?).* Diese Anmerkung Jungs und eine weitere

Anspielung auf Kaulbachs pornographische Karikatur »Wer kauft Liebesgötter« enthüllen mehr über die Phantasien des Analytikers als über die seiner Patientin! Auch ist wieder Jungs Korrektheit anzuzweifeln, gibt er doch den Inhalt des von Spielrein rezitierten Gedichtes nur verballhornt und zu seinen folgenden Ausführungen passend wieder. Vladimir Nabokov hat darauf verwiesen, daß es kein solches Gedicht von Lermontow, wohl aber eines von Puschkin, *Ptitschka – das Vöglein*, gibt, das Sabina Nikolajewna als gebildete Russin mit Sicherheit fehlerlos und mit Angabe des Dichters hätte rezitieren können. Puschkin schrieb die Verse 1822 in Kischinjow, zwei Jahre nach seiner Verbannung aus Sankt Petersburg.

Freuds Antwort vom 10.7.07, die Jung noch vor einer Urlaubsreise erreichen soll, ist ganz die des solidarischen Kollegen: *Ich schreibe Ihnen – rasch und kurz –, um Sie noch vor Ihrer Abreise zu treffen und Ihnen einen Gruß zur Zeit der geistigen Ausspannung zu bestellen.*

Erst am 7. März 1909 finde ich in der Korrespondenz Jung/Freud wieder einen Hinweis auf Sabina Spielrein, ohne daß deren Name genannt wird. In diesem Brief beklagt Jung, daß eine Patientin, der er vor Jahren sehr geholfen habe, ihn zutiefst enttäuschte, denn: *Sie machte mir einen wüsten Skandal ausschließlich deshalb, weil ich auf das Vergnügen verzichtete, ihr ein Kind zu zeugen.* Er versichert Freud, *immer in den Grenzen des Gentleman ihr gegenüber geblieben* zu sein, und fährt fort: *Aber Sie wissen es ja, daß der Teufel auch das Beste zu seiner Schmutzfabrikation verwenden kann. Ich habe dabei unsäglich viel gelernt in der Weisheit der Eheführung, denn bislang hatte ich von meinen polygamen Komponenten trotz aller Selbstanalyse eine ganz unzulängliche Vorstellung.*

Zwei Tage später antwortet Freud: *Von jener Patientin, die Sie die neurotische Dankbarkeit der Verschmähten kennengelehrt hat, ist eine Kunde auch zu mir gedrungen ... Verleumdet und von der Liebe, mit der wir operieren, versengt zu werden, das sind unsere Berufsgefahren, deretwegen wir den Beruf wirklich nicht aufgeben werden.*

Am 11. März 1909 hält Jung die Geschichte für erledigt: *Denn meinem im ganzen unbescholtenen Gemüt graust's doch bisweilen vor dem Teufel ... Eine Geliebte habe ich wirklich nie gehabt, sondern bin überhaupt der denkbar harmloseste Ehemann.* Noch ahnt er nicht, daß die verzweifelte Sabina Spielrein sich in ihrer Not an Freud wenden wird. Als dieser Jung um Aufklärung bittet, weiß Freud noch immer nicht, daß es sich bei Spielrein um Jungs russische Patientin handelt, die dieser bereits seit 1906 erwähnt hatte. Das gesteht Jung erst am 4. Juni, erklärt, daß die junge Russin sein *erster psychoanalytischer Schulfall* gewesen ist, weshalb er sich ihr besonders verbunden gefühlt habe. Und da er fürchtete, daß sie wieder erkranken würde, wenn er sich zurückzöge, habe er die Beziehung weiter gepflegt. Aber: *Sie hatte es natürlich planmäßig auf meine Verführung abgesehen, was ich für inopportun hielt. Nun sorgt sie für Rache.* Abwehr und Rechtfertigung wechseln. Schuldzuweisungen an Spielrein.

Freud bleibt in seiner Antwort vom 7. Juni männlich-solidarisch: *Solche Erfahrungen, wenngleich schmerzlich, sind notwendig und schwer zu ersparen. Erst dann kennt man das Leben und die Sache, die man in der Hand hat. Ich selbst bin zwar nicht ganz so hereingefallen, aber ich war einige Male sehr nahe daran und hatte a narrow escape. ... Es schadet aber nichts. Es wächst einem so die nötige harte Haut, man wird der »Gegenübertragung« Herr, in die man doch jedesmal versetzt wird, und lernt seine eigenen Affekte verschieben und zweckmäßig plazieren. ... Das »großartigste« Naturschauspiel bietet die Fähigkeit dieser Frauen, alle erdenklichen psychischen Vollkommenheiten als Reize aufzubringen, bis sie ihren Zweck erreicht haben.*

Darauf antwortet Jung am 12. Juni dankbar und erleichtert, hatte er doch erwartet, Freud würde ihm eine Strafpredigt halten. Endgültig beruhigt haben dürfte ihn dann Freuds Brief vom 18. Juni, in dem er Jung mitteilt, daß Spielrein einen zweiten Brief nach Wien gesandt, auf den er *außerordentlich weise und scharfsinnig geantwortet*, und *Frl. Spielrein* eine *würdigere, sozusagen endopsychische Erledigung der Sache nahe-*

gelegt habe. Schließlich tröstet er seinen Adepten: *Kleine Laboratoriumsexplosionen werden bei der Natur des Stoffes, mit dem wir arbeiten, nie zu vermeiden sein.* Und fügt Grüße an Emma Jung hinzu.

Drei Tage später meldet Jung bereits erleichtert, daß das Gerücht, er wolle sich von seiner Frau trennen, nicht von Spielrein stamme, daß sie sich *in bester und schönster Weise von der Übertragung freigemacht und keinerlei Rückfall erlitten (außer eines Weinkrampfes unmittelbar nach der Trennung).* Zugleich beklagt er jedoch, sich falsch verhalten und Hoffnungen bei der Patientin geweckt zu haben. Und gesteht, daß er der Mutter geschrieben habe, er sei *nicht der Befriediger der Sexualität ihrer Tochter, sondern bloß der Arzt ... weshalb sie mich von der Tochter befreien solle. In Anbetracht des Umstandes, daß die Patientin noch kurz vorher meine Freundin war, die mein weitgehendes Vertrauen hatte, war meine Handlungsweise eine durch die Angst eingegebene Schufterei, die ich Ihnen als meinem Vater nur sehr ungern gestehe.*

Dann bittet er Freud, Sabina Spielrein mitzuteilen, daß er durch Jung eingehend unterrichtet sei, und entschuldigt sich, daß er ihn in die Sache hineingezogen habe. Er sei froh, sich nicht im Charakter seiner Patientin getäuscht zu haben.

Und Freud beruhigt am 30. Juni: *Machen Sie sich keine Vorwürfe, daß ich in die Sache gekommen bin; das haben ja nicht Sie, sondern der andere Teil getan. Der Abschluß ist doch ein für alle Parteien befriedigender.*

Jetzt kann sich Jung Zeit lassen mit der Antwort. Am 10. Juli 1909 dankt er Freud für seine Unterstützung in der *Spielrein-Angelegenheit*, die er inzwischen für erledigt hält.

Noch weiß er nicht, daß weder in seinem Leben noch in dem Sigmund Freuds die *Spielrein-Angelegenheit* erledigt ist. Daß sie nicht nur ins nächste Jahrzehnt, sondern ins nächste Jahrhundert (und damit ins nächste Jahrtausend) nachwirken würde, hat keiner der Beteiligten ahnen können.

Schilksee, Mittwoch, 22. Dezember
Putin und Schröder: Zwei Freunde auf Schloss Gottorf, titeln die Zeitungen und *Wende in der Kaukasuspolitik.* Auf den Fotos das Schloß, in dem ein russischer Zar geboren wurde, ein lachender Bundeskanzler, ein winkender Putin, roter Teppich, Bundeswehr und der Außenminister Arm in Arm mit der schleswig-holsteinischen Ministerpräsidentin im Pelz, mit Hut. Man ißt Damhirschrücken unter Nußkruste mit Schwarzwurzeln und Kürbisravioli, und den Demonstranten, die an das Blutbad in Beslan, den Krieg in Tschetschenien erinnern, erklärt Putin ungehalten: *Seit drei Jahren gibt es dort keinen Krieg mehr.* Kritischen Journalisten empfiehlt er, nach Hause zu fahren; sagt *Fröhliche Weihnachten* und überreicht dem Kanzler handgemalte Christbaumkugeln für die Familie.

Eine E-Mail aus Warschau vom jüdischen Archiv: keine Informationen dort über die Familie Spielrein.

Berlin, im Januar
Kommt zum Abendessen, hat Martha am Telefon gesagt. Ich möchte Euch mit ein paar Freunden bekannt machen. Sie stellt ihre Gäste vor, erzählt, daß ich nach den Spuren einer russischen Analytikerin suche, Sabina Spielrein. Überrascht wendet die Frau neben mir ihren Kopf: Wissen Sie, daß es in Berlin ein Spielrein-Institut gibt? Ich bin verblüfft. Sprachlos. Die Frau ist Psychotherapeutin. Ost, sagt sie. Aber nach der Wende kamen Kolleginnen vom Spielrein-Institut aus West-Berlin und hielten Seminare ab. Supervisionen. Ich muß irgendwo noch meine Teilnehmerscheine haben.

Warum hat man mir das am Karl-Abraham-Institut nicht erzählt? Man wußte doch genau, warum ich in der Bibliothek arbeitete. Die Therapeutin zögert. Sie habe gehört, daß es Probleme mit dieser Einrichtung gegeben habe. Oder mit den Gründerinnen. Genaues wisse sie nicht. Nennt mir die Namen von zwei Frauen, die mir weiterhelfen könnten.

Am nächsten Tag:
Keine der Suchmaschinen in meinem Computer gibt Auskunft zu einem Spielrein-Institut.
Zwei Tage später:
Habe mit zwei Analytikerinnen telefoniert. Ja, es gab ein Spielrein-Institut, eine Einrichtung, die in den Wirren der Wende 1989/90 gegründet wurde, um für die Psychotherapeutinnen aus der DDR Kontakte zu den Kolleginnen in Westberlin zu schaffen. Ein enthusiastischer Beginn, ein schnelles Ende. Täuschung und Enttäuschung. Ein Frauenprojekt, von Emotionen begleitet, über die zu sprechen schwerfällt. Nur ein Jahr, sagt eine der Frauen am Telefon. Dann war alles vorbei.
Und warum Spielreins Name? Ein Vorbild, sagt die Frau.

Zürich, Mittwoch, 9. Februar, Hotel Rössli
Ankunft abends. Das Wetter: frühlingshaft mild.
Zuerst ins Hotel, dann ein Bummel durchs Niederdorf, über den Rindermarkt und zurück durch die Spiegelgasse. Im Haus Nr. 1 gründeten 1916 Emmy Hennings und Hugo Ball das »Cabaret Voltaire«, begann Dada seine schrillen Aktionen, die biederen Bürger aufzuscheuchen. Heute werden hier keine Revolutionen mehr vorbereitet, weder in der Kunst noch in der Politik. Die Geschichte ist auf Tafeln an den Häusern versteinert: Georg Büchner. Goethe zu Besuch bei Lavater. Lenin lebte im Haus Nr. 14 vom 21. Februar 1916 bis zum 7. April 1917. Da verließ er die Stadt, um Rußland, die Welt und das Leben der Spielreins auf den Kopf zu stellen.
Unweit, in der Plattenstrasse, fragte sich die Studentin Sabina Nikolajewna: *Ist es eine Ahnung meines Unterganges oder ist dieser Schmerz ein Opfer, welches jedes grosse Werk haben will?*

Zürich, Donnerstag, 10. Februar
Wettervorhersage für heute: Frost in der Frühe, Sonne am Tag, zurückgehende Temperaturen.
Ich mache mich auf den Weg zum »Burghölzli«: die Kirch-

gasse hinauf, am Kunsthaus vorbei, Zeltweg, Zollikerstrasse. Frage mich auf dem Weg zur Schweizer Keimzelle der psychoanalytischen Bewegung noch immer, ob die Psychoanalyse eine jüdische Wissenschaft ist.

Daß Freud die Heilmethode des Sprechens unter Hypnose, die auch am »Burghölzli« praktiziert wurde, weiterzubringen trachtete, indem er auf die Hypnose verzichtete und ganz dem Wort vertraute, leuchtet, eingedenk seiner jüdischen Wurzeln, unmittelbar ein: *Am Anfang war das Wort und das Wort war bei Gott und Gott war das Wort.* Logos der Griechen, zugleich Rede und Sinn. Vernunft. Genau das war es, was er erreichen wollte: Durch die Worte den Sinn finden für das, was unsinnig scheint, sich der Vernunft entzieht und doch die Realität unerklärbar beeinflußt; Leiden schafft.

Mit dem Wort wird der jüdische Junge schon früh zum Lernen von Thora und Talmud erzogen, zum Disputieren, um der Wahrheit des Wortes und damit der Wahrheit Gottes nahezukommen. Und so blieb Freud, obwohl von der Religion ab- und den Naturwissenschaften zugewandt, mit seiner »Redekur« in der jüdischen Tradition. Und als Kenner der antiken Mythologie und Philosophie, Liebhaber und Sammler griechischer Kunst bediente er sich der Mythen zur Erklärung der unbewußten Phänomene.

Voraussetzung für eine so angelegte Therapie sind jedoch, anders als bei der zuvor praktizierten Hypnose, Sprachkompetenz, intellektuelle Fähigkeiten sowie der kulturelle Hintergrund, der zum Umgang mit Symbolen befähigt. Jüdische Ärzte und ihre assimilierten jüdischen Patienten brachten aus ihrer Bildungstradition offenbar die besten Voraussetzungen mit, Freuds neue Heilmethode anzuwenden. Und die jüdischen Studentinnen und Studenten in Zürich waren wichtige Vermittler zwischen der vom jüdischen Denken geprägten Psychoanalyse und der christlichen Tradition der am »Burghölzli« tätigen Ärzte.

Am Burgweg, in einem der verwinkelten Fachwerkhäuser, sitze ich, um Rechtsfragen zu besprechen. Warm ist es im

Zimmer mit der schiefen, tiefen Balkendecke. Durch die kleinen Fensterscheiben fällt die Sonne. Hier, zwischen Büchern, am hölzernen Tisch scheint die Zeit stehengeblieben. Wären da nicht Telefone und Computer, ich hätte mich nicht gewundert, wenn jetzt Bleuler und Jung hereingekommen wären, mich zur kantonalen Irrenanstalt zu begleiten, um das Mädchen aus Rostow zu besuchen, das im Februar 1905 seit einem halben Jahr ihre Patientin ist.

Während ich wieder bergauf gehe, vorbei am Botanischen Garten, denke ich an sie, Sabina Nikolajewna, frage mich erneut, wie erfolgreich Assoziationsexperiment und Analyse sein konnten, wenn Therapeut und Patientin aus unterschiedlichen Sprachräumen stammen. Denn obwohl Spielrein mehrsprachig erzogen war, blieb Deutsch für sie eine Fremdsprache, die sie erst mit den Jahren im Westen besser und differenzierter beherrschen lernte. Ihre Tagebücher und Briefe belegen das. Auch scheint mir, daß ihr die Sprache durch das Schweizerdeutsch ihres Arztes noch fremder vorkam. Und ich vermute, daß auch Jung, der erstmals mit der neuen Methode experimentierte, die Antworten und Assoziationen seiner russischen Patientin hätte fehldeuten können, daß die Arbeit an Träumen und Symbolen durch die unterschiedlichen Kulturkreise von Arzt und Patientin mehr als einmal Anlaß zu Mißverständnissen gegeben hat.

Auch wundert mich, wenn ich die eine Analyse bestimmenden Projektionen und Widerstände bedenke, die erkannt und bearbeitet werden müssen, daß die »Redekur« bei der russischen Patientin so schnell erfolgreich war. Und daß sie bereits neun Monate nach Beginn der Behandlung ihr Studium aufnehmen konnte.

Daß es schwer werden würde, hat sie gewußt, hat an ihren Fähigkeiten gezweifelt. *Wenn ich doch ein so kluger Mensch wäre wie mein Jung!* klagt sie am 25. Juni 1905 in ihrem noch in russischer Sprache geführten Tagebuch, dekliniert Jungs Namen (*Junga*) wie im Russischen: *Junga*, mein Junge, mein Jung. Dann fährt sie mit einem ihrer ungeduldigen Flüche fort:

Teufel! Ich möchte schon wissen, ob aus mir was werden kann. Aber dumm ist auch, daß ich kein Mann bin: Ihnen gelingt alles leichter. Unverschämt ist noch, daß für sie das ganze Leben eingerichtet ist. Aber ich will keine Sklawin sein!

Jetzt könnte sie mir entgegenkommen, die russische Patientin mit Mantel und Fellmütze, eiligen Schrittes auf dem Weg ins Niederdorf, zu einem der Plätze, an denen sich die russische Kolonie zu treffen pflegte. Oder Otto Gross könnte in langen Sprüngen den Berghang hinunterhasten, mit offenem Mantel, den blonden Schopf wirr aufgestellt, auf der Flucht vor Arzt und Anstalt.

Die Bleulerstrasse führt zur Schweizerischen Epilepsie-Klinik. Ich jedoch wandere weiter die Lenggstrasse bergauf bis zu den hohen Gebäuden der Psychiatrischen Universitätsklinik, einem riesigen Komplex aus den unterschiedlichen Bauepochen des vergangenen Jahrhunderts. Streng. Schmucklos. Fünf, sechs Stockwerke hoch. Taxen halten. Rettungswagen mit dem Roten Kreuz fahren vor. Verbotsschilder an der Straße: »Das Betreten des Grundstückes durch klinikfremde Personen ist nicht erlaubt.«

In der Liste der Mitarbeiter des »Burghölzli« von 1898 (dem Amtsantritt Eugen Bleulers als Direktor) bis 1915 finde ich alle, die für Sabina Spielrein wichtig waren:

1900 bis 1909 C. G. Jung, zunächst als 2. dann als 1. Assistenzarzt, ab 1904 als Secundararzt.

Seit 1904 Karl Abraham, der am 7. November 1907 ausscheidet, um in Berlin zu praktizieren.

Als Volontärärzte und Unterassistenten sind seit 1906 Max Eitingon (in den Akten auch als Max Eitinger geführt) und Ludwig Binswanger verzeichnet, 1910 Esther Aptekmann und 1911 Scheina Grebelskaja, die sich in Zürich Jenny nennt. Sabina Spielrein ist jedoch 1909 nicht aufgeführt, obwohl sie Freud am 30. Mai schreibt, daß sie als Unterärztin an der Klinik tätig sei und, im Falle einer Reise, eine Stellvertreterin finden müsse. Dachte sie dabei an ihre Landsmännin Rebekka Babitzkaja oder an Mira Gincburg? Aufgeführt sind beide in der Liste der Unterassistenten. Gincburg, 1884 in Lodz geboren, das damals zum russischen Reich gehörte, arbeitete eng mit Jung zusammen, der sie Freud als Kinderanalytikerin empfahl: *Ich habe eine Schülerin, eine polnische Jüdin, Frl. Dr. Gincburg, die geschickt und recht nett mit Kindern analytisch umzugehen weiß ... Nun möchte sie gerne eine entsprechende Tätigkeit ... Ich weiß ihr leider nichts. Sie würde zwar keine großen Ansprüche machen.*

Nein, Ansprüche stellten die begeisterten und engagierten jungen Ärztinnen nicht. Zumeist aus wohlhabenden Elternhäusern kommend, waren sie, um analytisch arbeiten zu können, bereit, dieses für geringe Entlohnung zu tun oder ganz auf ein Honorar zu verzichten.

Und Rebekka Babitzkaja? Sie ist in Spielreins Tagebuch 1910 als Frl. B. verzeichnet, die zunächst mit einem russischen Arzt zusammen war und jetzt von einem Studenten im vierten Monat schwanger ist.

Babitzkaja, ein Jahr jünger als Sabina Spielrein, kam aus Białystok, hatte zunächst in Bern, dann in Zürich Medizin studiert und arbeitete am »Burghölzli« an ihrer Dissertation »Versuch einer Analyse bei einem Falle von Schizophrenie«. Zur Zeit der Tagebucheintragung wohnte sie in der Freiestrasse, einer Parallelstraße zur Plattenstrasse, in der Spielrein im Herbst 1908 ein Zimmer in der »Pension Hohenstein« bezogen hatte. Im Matrikelverzeichnis der Universität Zürich ist Babitzkajas Eheschließung mit dem Medizinstudenten Mikirtitsch Ter-Oganessjan am 18.7.1910 in Basel aufgeführt.

Auch Rebekka Babitzkaja gehörte zu den Promovenden von Bleuler und Jung, die das damalige Schwerpunktthema am »Burghölzli«, die Schizophrenie (Dementia praecox) bearbeiteten, gehörte damit zum Kreis der Rivalinnen um Jungs Gunst, wurde, das Tagebuch zeigt es in emotionaler Ausführlichkeit, von Sabina Spielrein eifersüchtig beobachtet. Die letzte Eintragung lese ich im Juli 1912 nach Spielreins Hochzeit mit Pawel Scheftel. Da taucht die Babitzkaja in einem Traum als Frau Ter-Oganessjan auf. *Fr. T. O., wie erwähnt, mit welcher wir beständig das erotische Schiksaal analog erleben. Auch mit meiner Heirat ging es mir so, wie ihr mit der ihrigen. Bei ihr – Krach mit der Mutter des Mannes bei mir – dito, weil seine Mutter sich durch ihn verletzt fühlte und ohne ihn zu sehen verreiste. Sie hat nun ein einjähriges Mädchen Asia.*

Ich lese mich fest in den Unterlagen zu den russischen Medizinstudentinnen, bin überrascht, wie viele von ihnen sich mit Schweizer Kollegen verbanden: Vera Eppelbaum heiratet 1913 Charlot Strasser, Mira Gincburg im selben Jahr Emil Oberholzer, Olga Stempelin aus Kasan wird die Ehefrau Hermann Rorschachs. Beide Paare arbeiten in der Heilanstalt Breitenau, Schaffhausen. Seit 1919, dem Jahr der Neugründung der Schweizerischen Psychoanalytischen Gesellschaft, deren erster Präsident Oberholzer ist, führt das Ehepaar Oberholzer eine psychoanalytische Praxis in Zürich, 1938 verlassen sie die Schweiz und praktizieren als Analytiker in New York.

Mehr Namen: Salomea (Sala) und Felicia Kempner, die in Zürich studierten und sich der Psychiatrie und Psychoanalyse zuwandten. Salomea zog 1921 zu Freud nach Wien, lebte seit 1924 als Lehranalytikerin in Berlin, verlor 1935 die Möglichkeit zu praktizieren. Ihre Spuren verlieren sich im Warschauer Ghetto.

Wie sich die Lebensläufe gleichen: Jüdinnen, Polinnen, Russinnen, Ärztinnen, Analytikerinnen. Grenzgängerinnen von Land zu Land, Revolutionärinnen im Medizinischen wie Politischen. Sie lernten sich im Studium kennen, famulierten am »Burghölzli«, schrieben ihre Dissertationen bei Bleuler und Jung, wandten sich mit Enthusiasmus den neuen Heilmethoden in der Psychiatrie zu und wurden Opfer von Krieg und Verfolgung. Gingen ins Exil, wurden deportiert oder ermordet.

Nachmittags, Confiserie Sprüngli, Bahnhofstrasse
Ich bin von der Höschgasse in die Seefeldstrasse gegangen. Im Haus Nr. 47 hat Spielrein im Herbst/Winter 1914 kurze Zeit mit Renata gelebt, bevor sie nach Lausanne zog. Unten ein Secondhandladen, oben Wohnungen. Der Hauseingang an der Seite zur Reinhardstrasse, die wieder bergauf führt. Das aufdringliche Dunkelrosarot der Fassadenfarbe erinnert mich an den Ochsenblutanstrich in der Berliner Thomasiusstraße.

Ich schlendere in Richtung Bellevue, stelle mir vor, sie ginge neben mir über die Limmat-Brücke. Wir bleiben stehen. Schwäne auf dem See. Die Sonne scheint. Klare Sicht bis zu den schneebedeckten Gipfeln der Alpen.

Bei Sprüngli Stimmengewirr, Wärme, der Duft von Kaffee und Schokolade. Ich finde einen Platz und bestelle Schoggi, blättere in Spielreins Tagebüchern, lese von ihren Träumen, Hoffnungen und ihrer Hoffnungslosigkeit, von Täuschung und Enttäuschung: *Ach, nein, mache es Schutzgeist, dass es zwischen uns eine reine, hohe Freundschaft gibt, ... Er spottete ueber Prof. Bleuler als Analytiker, ich konnte es aber nicht dulden und meinte, ich sei nicht dazu gekommen, sich ueber einen Menschen, den ich so gern habe, lustig zu machen ... Diese Perfidität dem alten Professor gegenüber plagte mich beständig ... Manchmal scheint es mir, dass mich die Gelehrtenwelt, welche die Arbeit liest, für ein Prahlhänschen ansieht, welches jede Dummheit der ganzen Welt zeigen will ... Als er mir sein Tagebuch zu lesen gab, sagte er mit ganz leiser heiserer Stimme: Das hat nur meine Frau gelesen und ... Sie ... Er meinte, es könne ihn Niemand so verstehen, wie ich ... Es ist zwar dumm, dass ich wieder an mein Tagebuch gehe statt zu arbeiten, leider verstehe ich so wie so kein Wort, von dem, was ich lese ... Im Affekte habe ich keine Angst vor dem Tode! ... Es kam mir vor, als kämpfe ich mit bösen Dämonen, die mir mein Freund in den Weg stellt, als kämpfe ich gegen ihn ... Kann man auch vernünftig sein, wenn man so liebt? ... ich werde doch dem elenden Dasein ein Ende machen müssen und doch bin ich gesund, kräftig, intelligent, mit heiss liebender Seele versehen ... Ich habe wirklich momentan kein Tröpfchen Angst vor dem Selbstmorde ... Ist es ein Wunder, dass ich Angst hatte, seine Werke zu lesen, um nicht wieder Gefühlsklavin zu werden? ... Noch einige Jahre gehören mir, noch will ich nicht verzweifeln, sondern –* »*Mut*«*!*

Zürich, Freitag, 11. Februar
Wetterwechsel. Der Himmel hängt tief und grau über der Stadt. Ich besuche die Analytikerin, mit der ich korrespondiert habe. Wir sprechen über Forels fortschrittliche Ideen zu Gleichberechtigung und Frauenstudium. Hier, sagt sie und deutet auf eine Seite der Erinnerungen des Begründers der dynamischen Psychiatrie am »Burghölzli« und Vorgänger Eugen Bleulers: »Entweder sind die Frauen zum Hochschulstudium befähigt, dann wäre es feige und brutal – ein Abusus roher Kraft, es ihnen etwa aus Konkurrenzangst zu verwehren. Oder sie sind dazu nicht befähigt – dann werden sie schon von selber im Kampf für die Existenz allmählich unterliegen und man hat ebenfalls keinen Grund ihnen den Versuch zu verwehren ... Je mehr normale und vernüftige Frauen studieren werden, desto mehr wird das Verhältnis freundlich und natürlich werden.«

Zu Spielreins Zeit, da bin ich mit der Analytikerin einig, war es das bereits, gab es in der Schweiz eine vierzigjährige Tradition des Frauenstudiums. 1867 promovierte die erste immatrikulierte Medizinerin, Nadjeschda Prokofjewna Suslowa, die Tochter eines freigelassenen Leibeigenen aus Sankt Petersburg, in Zürich. Auch sie heiratete einen Schweizer, den Arzt Friedrich Huldreich Erismann, ging mit ihm nach Petersburg, wo sie eine gynäkologische und pädiatrische Praxis eröffnete. 1883 Scheidung von Erismann, der 1884 die russische Ärztin Sophie Hasse heiratete, die ebenfalls in Zürich studiert hatte.

1896, als die Erismanns wegen sozialistischer Umtriebe Rußland verlassen mußten, zog das Paar mit dem 1883 in Moskau geborenen Sohn nach Zürich, wo Erismann als engagierter Sozialdemokrat in den Stadtrat gewählt wurde und sich für ein fortschrittliches Gesundheitswesen einsetzte, während Sophie Erismann-Hasse als Volontärärztin am »Burghölzli« arbeitete, im Kontakt zu Freud stand und Gründungsmitglied der Ortsgruppe Zürich der Psychoanalytischen Vereinigung war. Ihre Wohnung in der Plattenstrasse 37 wurde zur Begegnungsstätte der im politischen Exil lebenden Russen und Treffpunkt notleidender russischer Studenten, die auf Unterstützung hofften.

Auch Spielrein wohnte in der Plattenstrasse, sage ich zu der Analytikerin, und Esther Aptekmann, Tatjana Rosenthal. Die Russenkolonie, sie nickt. Da haben einige Schweizer Ärzte ihre Frauen kennengelernt. So der Brupbacher. Sie geht zum Bücherregal und sucht die Autobiographie des Züricher Anarchisten, Sozialisten, Schriftstellers und Armenarztes, für dessen Zeitschrift *Revoluzzer* auch die literarische Avantgarde des »Cabaret Voltaire« schrieb. Seine Frau war Lidija Petrowna, liest sie, überzeugte Revolutionärin.

Dann blättert sie weiter, liest: »Die Bekanntschaft mit der russischen Intelligenzia bedeutete einen Einschnitt in meinem Leben. Nicht nur in meinem. Ich sah eine große Anzahl von Menschen aus den verschiedenen Ländern, auf die die Bekanntschaft mit der russischen Intelligenz in gleicher Weise tief wirkte.« In diesem Umfeld, denke ich, wären eine Scheidung Jungs und eine Verbindung mit Sabina Spielrein akzeptiert gewesen.

Aber Jung verkehrte nicht in diesem Kreis, und Sabina Nikolajewna hatte, bei aller Faszination, die von ihr ausgegangen sein mochte, den wohlsituierten Privatdozenten oft genug mit ihrer Kompromißlosigkeit, dem Fehlen von Opportunität und äußerem Anstand erschreckt und hilflos gemacht. Darüber klagte er in einem Brief an Freud, nannte Spielrein rücksichtslos, sah in ihrem Verhalten eine »russische Eigenthümlichkeit«, die ihn zugleich abstieß und magisch anzog. Ihre überbordenden Gefühlsäußerungen, ihr Schwanken zwischen Hochgefühl und Melancholie, ihr leidenschaftliches Eintreten für Ideale, ihre bedingungslose Liebe und Opferbereitschaft waren ihm jedoch fremd geblieben. Auch ihre politischen Ideen hatte er als weltfremd abgetan. Und oft genug entging ihm, so klagt sie im Tagebuch, daß er sie gekränkt, ihr Ehrgefühl verletzt, ihre *Ambitia* (амбиция) mißachtet hatte. Der politisch wache und kritische Brupbacher jedoch war begeistert von den russischen Studentinnen und Studenten, die in den Treffpunkten »bei Tag und Nacht am Samowar« über Politik, Ökonomie, Moral diskutierten und »die Befreiung Russlands vom Zarismus« planten. Ironisch notiert Brupbacher: »Der Schweizer Student hatte Rendite- und Heiratsprobleme, der russische Weltprobleme.«

Ich mache mich auf den Weg in das Universitätsviertel, wo die revolutionären Russinnen und Russen gelebt haben: Zürichberg, Rämi-, Ritter-, Freie- und Plattenstrasse. Falkplan Zürich, 13. Auflage: K 6-7 + U 1-2. Den Zettel mit den Adressen meiner Protagonisten in der Hand, überquere ich die Rämistrasse, gehe wenige Meter den Zürichberg hinauf und biege nach links in die Schönleinstrasse. Chronologisch will ich bei Spielreins Wohnungen vorgehen. 1905 bis 1908: Schönleinstrasse 7. Rechts die geraden Hausnummern, links die ungeraden. Aber da ist nichts mehr. Kein einziges Haus auf der linken Seite, das Gelände der Universität zugeschlagen, deren Gebäude, alte und neuerbaute, das Viertel bestimmen. Enttäuscht lese ich rechts die Ziffern ab der Nr. 2, bin unsicher, was mich um die Ecke in der Plattenstrasse erwartet. Aber dort steht alles zuverlässig und behäbig wie vor hundert Jahren: Nr. 28, III. Tatjana Rosenthals Zimmer lag im Dachgeschoß des Eckhauses zum Zürichberg. Ein repräsentatives Gebäude noch immer, mit Läden im Hochparterre. Interior Design. Auf einem Schild mit dem Signet der Universität steht, daß sich im Haus auch Räume des Psychologischen Seminars befinden.

Auf der anderen Straßenseite, schräg gegenüber (muß den Zürichberg überqueren), findet sich die Nr. 33, Spielreins Wohnung vom Herbst 1908 bis November 1910. Ein hohes gelbgestrichenes Haus mit grünen hölzernen Fensterläden, die so typisch für die Stadt sind. Kahle, alte Bäume im Vorgarten, auch ein paar müde Lebensbäume, keine Beete. Seitlich eine Auffahrt, die zum Eingang führt. Namen an den Klingelknöpfen. Von der »Pension Hohenstein«, in der Spielrein ihr Zimmer gemietet hatte, keine Spur. Welchen Raum mag sie in diesem riesigen Kasten bewohnt, hinter welchem Fenster dem Tagebuch ihre Gedanken und Nöte anvertraut, ihre Briefe geschrieben haben?

Stunden einsamer Arbeit ... Mein Freund sagte mir, wir müssten immer auf der Hut sein, um sich nicht wieder ineinander zu verlieben: wir seien immer füreinander gefährlich.

Es war Mißbrauch, hat die Analytikerin beim Abschied gesagt, egal wie weit sie miteinander gegangen sind. Er hat seine Distanz als Arzt aufgegeben und damit ihre Gefühle angefacht, Hoffnungen geweckt, die er nicht erfüllen wollte oder konnte. Das reicht.

Rechts neben der ehemaligen »Pension Hohenstein« ein etwas niedrigeres Wohnhaus mit Anbauten, organischen Schwüngen, die einen anthroposophischen Architekten verraten. Rudolf Steiner Schule, steht am Grundstück Nr. 35-37. Hier fand sich zu Spielreins Zeit die russische Kolonie bei den Erismanns ein, verkehrten Anarchisten und Revolutionäre, wurde in heißen Diskussionen die Welt verändert. Und gegenüber, in der Nr. 46, wohnte Esther Aptekmann im Hochparterre. Der Name des damaligen Vermieters verschwunden. Statt dessen das Schild einer psychotherapeutischen Praxis!

Es hat angefangen zu regnen. Ich klappe den Mantelkragen hoch, den Schirm auf, gehe bergab, quere den Hirschengraben und setze mich am Neumarkt ins Café. Bin plötzlich deprimiert von der Nässe, dem Grau, der Aussichtslosigkeit, wenn ich über das Ende der Utopien nachdenke, die hier bewegt wurden, die Revolutionen, die blutig endeten und die Welt nicht weitergebracht haben. Ich erinnere mich an die Analytiker der ersten Stunde, die explosive Mischung aus Experiment und Emotionen, an die Fallstricke, in denen sich die

Ärzte mit ihren Patientinnen verhedderten – und häufig genug zu Fall kamen: Sándor Ferenczi, der ungarische Schüler Freuds, mit seinen Patientinnen Gizella und Elma Palos (Mutter u. Tochter), Georg Groddeck, Stekel, Tausk, Otto Rank, Sándor Rado, der Freud-Biograph Ernest Jones, Karen Horney. Kann nicht alle aufzählen, die die Literatur erfaßt.

Ich bestelle Kaffee Crème, Rüeblitorte. Versuche vergeblich die Zeitung zu lesen. Kann Sabina Spielrein nicht vergessen.

Vielleicht, denke ich, hatten Otto Gross und Wilhelm Reich recht, wenn sie das Phänomen der Gegenübertragung und die Sexualität zwischen Analytiker und Analysandin kurzerhand zur gewünschten Heilmethode erklärten. Spielrein jedenfalls sah keinen Unterschied zwischen der Übertragung auf den Analytiker oder einen anderen Menschen; Gefühl war für sie Gefühl, und Liebe war Liebe.

Zürich, Samstag, 12. Februar

Heute gehe ich in die Scheuchzerstrasse, suche Spielreins letztes Wohnquartier auf, das sie zum Wintersemester 1910 bezog. *Neues Zimmer! Wenn es mir auch neues Glück bringen würde!?* notierte sie im Tagebuch. Als sie Jung ihre neue Adresse mitgeteilt hatte, antwortete er, daß er nicht wisse, wo die Scheuchzerstrasse sei, und schlug der »lieben Freundin« vor, ihn Donnerstag abend an der Tramhaltestelle am Bellevue zu treffen. Er komme mit dem Schiff aus Küsnacht. Ankunft: 6.40. Gemeinsam könnten sie mit der Tram in die Scheuchzerstrasse fahren oder zu Fuß gehen.

Ich begleite die beiden die Rämistrasse hinauf, an den alten Universitätsgebäuden und der ETH vorbei. Rechts die Kliniken, links der Weinbergfussweg, dann biege ich in die Sonneggstrasse ein. In der nahen Clausiusstrasse befand sich zu Spielreins Zeit die »russische Speisehalle«, in der das Mittagessen 50-60 Rappen kostete und wo auch politische Versammlungen abgehalten wurden. Von der Sonneggstrasse zweigt ein blumiges Viertel mit Flieder-, Nelken- und Narzissenstrasse ab – und die Scheuchzerstrasse. Ich frage mich, ob Spielrein ihrem Lehrer erzählt hat, warum sie die »Pension Hohenstein« verließ. Warum sie weiter weg zog von der Universität, den Kliniken, dem »Burghölzli«? Hatte es Streit mit den russischen Kommilitoninnen, den Rivalinnen um Jungs Gunst, gegeben?

Die Scheuchzerstrasse, ruhig, mit zweistöckigen, soliden Häusern, gepflegten Vorgärten, schönen alten Bäumen, zieht sich bergauf. Spielrein wohnte im Haus Nr. 62 im 2. Stock. Das steht an der Ecke Ottikerstrasse: behäbig, hellbraun gestrichen mit weißen Fensterleibungen und -rahmen, Balkonen, von denen man, aus den oberen Stockwerken, einen weiten Blick ins Tal haben wird.

Examenssemester. Sie sitzt und lernt. Schreibt an ihrer Dissertation. Jungs Besuche stürzen sie in ein Gefühlschaos: *Bald 5 h. Morgen. Seit 3h kann ich nicht schlafen. Wir lieben beide wie man nur lieben kann. Wenn er frei wäre! ... ich will von ihm frei werden! Ich will noch leben und glücklich sein! ... wie auch klagte er mir ueber seine Einsamkeit im Bezug auf die Anerkennung der Welt. Und ich? – Ich fühlte mich als Mutter, ich wollte ihm nur gutes ... Für mich ist das Examen eigentlich nur ein notwendiges Uebel ... mein erstes Ziel, das ich dann erreichen will, ist, dass meine jetzige Arbeit so gut geschrieben ist, dass sie mir eine Stelle im psychoanalytischen Vereine sichert. ... Ich liebe ihn und hasse ihn, weil er nicht der Meine ist. Ich kann unmöglich als dum(m)es Gänschen vor ihm stehen.*

In dieser Situation besucht sie Nikolai Arkadjewitsch. Einerseits ist sie froh über sein Kommen, denn seine Gegenwart lenkt sie von ihren Gefühlen für Jung ab, *was für eine »Studiermaschine« gerade das Rechte ist*, andererseits ist Schluß mit ihrer Freiheit, weil sie sich um den Vater kümmern muß, *und dieses »Muss« macht mir alles sauer. ... Der Vater macht mich müde mit seiner individualistischen, realistischen Philosophie, die meinen Schwärmereien allen Zauber nehmen möchte.*

Gemeinsam haben sie an Treffen in der Russenkolonie teilgenommen, in der sich auch Studenten aus Rostow einfinden.

Haben über Geschlechterbeziehungen diskutiert: *Der Vater aeusserte vor meinen Collleginnen die Anschauung, dass er absolut nichts gegen ein illegitimes Verhältniss hätte, ja er achtet die Frau, welche sich vor der öffentlichen Meinung nicht scheut und ihre Einsamkeit ertragen kann. Er möchte, natürlich, seine Tochter nicht unglücklich sehen, sonst würde er aber nichts dagegen haben.* Doch trotz des in dieser Zeit ungewöhnlichen väterlichen Großmuts sträubt sich ihr Stolz. Sie will kein »Daneben« sein.

Anfang Dezember. Prüfungsbeginn. Nikolai Arkadjewitsch drängt die Tochter, nach dem Examen nach Rostow zurückzukommen. Aber sie widersetzt sich: *Nach Russland will ich nicht! Die deutsche Sprache, die ich in meinem Tagebuche angenommen habe, zeigt es deutlich, dass ich Russland möglichst fern bleiben möchte.*

Wohin sie denn wolle? fragt Nikolai Arkadjewitsch. Da weiß sie keine Antwort, plagt sich mit den Gedanken, ihm nicht die *gebührende Liebe* geben zu können, *und deshalb ihm gegenueber teilweise passiv, teilweise auf negative Art mein Gefühl aeussere, aber im Grunde genommen fühle ich, dass ich einen selten guten, ganz uneigennützigen Vater habe, dem ich vielen Dank schuldig bin.*

Und dazu gehört das Bestehen des Examens. Sie lernt, spielt Klavier, um abzureagieren, quält sich mit heftigem Kopfschmerz. Erhält einen kurzen Brief von Jung, der sie erwartet hat, ohne daran zu denken, daß sie sich auf ihr Examen vorbereiten muß. Er wünscht ihr alles Gute!

Am 8. und am 15. Dezember finden die schriftlichen Prüfungen statt. Ihr ist schwindelig vor Angst. Sie fürchtet umzufallen. Ist nicht gut vorbereitet. Greift zu einer kleinen Mogelei, die sie Jung gesteht, der lachte und meinte, *dass er auch öfters in der Schule solche Streiche machte.*

Als sie am 16. Januar in ihre erste mündliche Prüfung geht, ist *wunderschönes Schneewetter.* In den folgenden Tagen wird sie in der Inneren Medizin, der Gynäkologie, Ophthalmologie, Hygiene, Pharmakologie und Pathologie geprüft. Sauerbruch nimmt das Examen in der Chirurgie und Bleuler das in der

Psychiatrie ab. Am 19. 1. 1911 notiert sie im Tagebuch, daß sie bestanden hat: *Gut wenigstens, dass die Eltern nun Freude haben.* Und zugleich die bange Frage: *Ach ja, was komm(m)t nun?* Am 9. Februar verteidigt sie ihre Dissertation *Über den psychologischen Inhalt eines Falles von Schizophrenie* und verläßt Zürich. Stammelt ratlos: *Was willst du denn, Gott? Oder vielleicht richtiger: was habet ihr, Götter im gemeinsamen Rathe beschlossen?*

Sie reist ins Gebirge, nach Chailly sur Clarens, eine Gegend, für die schon Leo Tolstoi 1857 bei seinem Schweizer Aufenthalt geschwärmt hatte und in der bevorzugt russische Reisende Erholung suchten. Doch obwohl Clarens »einen beruhigenden Einfluß auf die Seele« ausübe (so Tolstoi), findet Sabina Spielrein keine Ruhe, träumt von der Anstalt, dem »Burghölzli«, den Eltern, den Brüdern, deren einer an Flecktyphus erkrankt ist, wie einst Emilja. Angst überfällt sie vor der Ansteckung, Zorn auf die Eltern, die ihre Kinder der Gefahr aussetzen. Sie macht Vorwürfe, zweifelt, ob das Brüderchen überhaupt erkrankt ist. Als man ihr den aufgetriebenen Leib zeigt, die blauen Flecken am Rücken, erwacht sie schweißgebadet.

Sie kehrt zurück nach Zürich, kündigt ihr Zimmer in der Scheuchzerstrasse, packt und fährt nach München.

Im Nachtzug

Es ist eine Entscheidung für den Westen, gegen Rußland. Sie hat es dem Vater gesagt, zieht 1911 nach Wien, 1912 nach Berlin. Sie schreibt an Freud, ohne den Kontakt mit Jung abzubrechen. Will vermitteln: *Ich habe J. trotz aller seiner Verirrungen gern und möchte ihn wieder den unsrigen zuführen. Sie, Herr Professor und er wissen garnicht, dass ihr beide viel inniger zusammengehört, als man es glauben könnte.*

Nur dieser eine Brief von 1914 aus Berlin ist erhalten. Nach Wien gereist ist sie nicht mehr, obwohl Freud ihr angeboten hatte, sie zu analysieren, falls ihr Mann, Pawel Scheftel, sie nicht *an sich fesseln und alte Ideale vergeßen machen kann.* Zugleich macht Freud deutlich, daß jetzt nach seinem endgültigen Bruch mit Jung keine Vermittlung, sondern ein Bekenntnis zu ihm, Freud, gefordert ist: *Daß Sie von unserer Sache nicht abfallen, ... nehme ich sicher an.* Zugleich verspricht er, sie bei ihren *Anstaltsabsichten* durch Empfehlung zu unterstützen und – falls möglich, Patienten zu überweisen: *Daß ich Ihnen Kranke zuweise, kann sich wol treffen. Der Zufluß aus der Fremde ist bei mir eigentlich reichlich, obwol launenhaft,* schreibt er am 13. Oktober 1912. Und fährt fort: *Ich bin sehr zufrieden damit, wenn Sie sich etwas mehr an Abraham anschließen. Es ist viel von ihm zu lernen u seine nüchterne Art ist ein gutes Gegengewicht gegen manche Versuchung der Sie in Ihrer Arbeit ausgesetzt sind.*

In der Bibliothek des Karl-Abraham-Instituts fand ich keine Hinweise, daß sie am Institut praktiziert hat. Offensichtlich hat sie sich abgekapselt, zurückgezogen. *Warum Sie sich so isolieren, weiß ich nicht, auch von Ihrem Mann steht zu wenig in Ihrem Brief,* rügt der Alte aus der Berggasse. Doch er kennt den Grund nur zu genau, teilt ihr am 20.1.1913 mit: *Mein persönliches Verhältnis zu Ihrem germanischen Heros ist definitiv in die Brüche gegangen. Sein Benehmen war zu schlecht.*

Und am 8. Mai 1913: *Es thut mir leid zu hören, daß sie sich in Sehnsucht nach J. verzehren, wo ich besonders schlecht mit ihm stehe und beinahe bei der Überzeug angelangt bin, daß er das grosse Interesse nicht wert ist, das ich ihm geschenkt habe. Ich sehe voraus, daß er binnen Kurzem unser mühselig aufgebautes Werk zerstören u selbst nichts Besseres machen wird ... Aber ich klage ihn vor Ihnen wahrscheinlich vergebens an ... Ich stelle mir vor, Sie lieben Dr. J. noch so stark, weil Sie den ihm gebührenden Haß nicht ans Licht gebracht haben.*

Am 28. August schließlich: *Ich kann es gar nicht hören, wenn Sie noch von der alten Liebe und den verflossenen Idealen schwärmen und rechne auf einen Bundesgenossen in dem großen, kleinen Unbekannten ... und will annehmen, wenn es ein Junge wird, daß er sich zum strammen Zionisten entwickeln soll.*

Aber die Geburt Renatas im Dezember 1913 hat nichts geändert. Noch immer leidet Sabina unter der Trennung von

Jung, unter dem Zerwürfnis Jungs mit Freud: *Alle wissen es, daß ich mich zum Freudschen Verein gehörend erklärte und J. kann mir dieses nicht vergeben. Nichts zu machen!* –

Freud, unbeugsam in seiner Abneigung gegen den einst so geförderten Jung, läßt Spielrein, die ihn offenbar wieder um die Vermittlung von Patienten gebeten hat, am 15. Mai 1914 wissen: Wer nicht solidarisch sein will, wird als Abtrünniger verstoßen. Und: *Ich habe seit gewiß einem halben Jahr keinen Pat. aus Berlin gesehen, oder sonst einen, den ich Ihnen hätte schicken können. Ich habe große Schwierigkeiten, meine jungen Leute in Wien zu versorgen u die Hälfte aller Analytiker und alle außerhalb der Analyse gefallen sich darin, mich zu beschimpfen ... und dann wollen Sie sich verwundern, daß nicht alle Nervösen zu mir kommen, um sich Ärzte anweisen zu lassen. Ich weiß nicht ob Abraham viel abgeben kann, aber ich bin u(e)berzeugt, daß er Ihren Wünschen Rechnung tragen wird, wenn Sie sich nicht etwa von der Vereinstätigkeit ferne halten.*

Was soll ich in aller Welt nach unseren bisherigen Beziehungen gegen Sie haben? Spricht da etwas anderes als Ihr eigenes schlechtes Gewißen, daß Sie sich von Ihrem Idol nicht frei gemacht haben?

Einen Tag später teilt er Sándor Ferenczi in Budapest mit, daß »die Spielrein meschugge« sei, die ihm schreibt, er »habe was gegen sie«, und an Karl Abraham nach Berlin am 14. Juni 1914, daß er Spielrein aufgefordert habe, sich zu entscheiden.

Aber es geht weniger um eine Entscheidung, obwohl Freud das immer wieder betont, als um ein Bekenntnis, um Glaubenstreue, die kein Abweichen vom Dogma erlaubt. Als Belohnung winkt er am 12. Juni 1914 damit, ihren Namen auf das *Jahrbuch der Psychoanalyse* zu setzen: *Es handelt sich wol auch für Sie um eine glatte Entscheidung ... Thun Sie sich keinen Zwang an aber thun Sie das gründlich, wozu Sie sich entschließen ... Sie werden uns herzlich willkommen sein, wenn Sie bei uns bleiben, aber dann müßten Sie auch drüben den Feind erkennen.*

Ihre Antwort ist verschollen. Jungs Name als Herausgeber entfällt. Spielreins Name erscheint jedoch nicht auf dem Jahrbuch!

Wenige Wochen später veröffentlicht der *Reichsanzeiger* den Erlaß des Kaisers zur Mobilmachung:
Ich bestimme hiermit: Das Deutsche Heer und die Kaiserliche Marine sind nach Maßgabe des Mobilmachungsplans für das Deutsche Heer und die Kaiserliche Marine k r i e g s b e r e i t a u f z u s t e l l e n. Der 2. A u g u s t 1 9 1 4 wird als e r s t e r M o b i l m a c h u n g s t a g festgesetzt.
Berlin, den 1. August 1914.

Als der Krieg 1918 vorüber ist und die verfeindeten Nationen einen mühsamen, kurzen Frieden schließen, bleibt die erbitterte Feindschaft zwischen Freud und seinen abtrünnigen Schülern Alfred Adler und C. G. Jung bestehen. 1933 erklärt Jung in seinem Aufsatz zur *Lage der Psychotherapie*, daß *die tatsächlich bestehenden und einsichtigen Leuten schon längst bekannten Verschiedenheiten der germanischen und jüdischen Psychologie ... nicht mehr verwischt werden«* sollen. *Die jüdische Rasse als Ganzes besitzt ... nach meiner Erfahrung ein Unbewußtes, das sich mit dem arischen nur bedingt vergleichen läßt. Abgesehen von gewissen schöpferischen Individuen ist der Durchschnittsjude schon viel zu bewußt und differenziert, um noch mit den Spannungen einer ungeborenen Zukunft schwanger zu gehen. Das arische Unbewußte hat ein höheres Potential als das jüdische ... Meines Erachtens ist es ein schwerer Fehler der bisherigen medizinischen Psychologie gewesen, daß sie jüdische Kategorien, die nicht einmal für alle Juden verbindlich sind, unbesehen auf den christlichen Germanen und Slawen verwandte.*

Ich frage mich, ob er dabei auch die russisch-jüdischen Studenten, seine Doktorandinnen im Sinn hatte, die er in die Psychoanalyse einführte? Dachte er an Sabina Spielrein, deren Unbewußtes er zu kennen glaubte?

Bis 1919 wechselten sie Briefe. Er wußte, daß sie in Lausanne versuchte, an einer Klinik zu arbeiten, daß sie Kompositionsunterricht nahm, einen neuen Weg einschlagen wollte und doch bei der Psychoanalyse geblieben war. Verbittert mußte er feststellen, daß sie noch immer in Kontakt mit Freud stand, noch immer vermitteln wollte. Noch bevor sie 1921 in Genf ihre Arbeit am Institut Jean-Jacques Rousseau aufnahm, brach er den Briefwechsel ab.

Er kannte Claparède, der das Institut 1912 gegründet hatte, Freud zuneigte, obwohl er ihn, Jung, bei der Gründung gebeten hatte, dem Stiftungsrat beizutreten: »Vous y serez en compagnie de très bons noms ... Je serais heureux que la psychoanalyse soit représentée par vous dans ce Comité.«

Der Entwicklung des Kindes ist die Arbeit am Institut gewidmet; und Sabina Spielrein hat dort die Aufgabe gefunden, der sie sich in den folgenden Jahrzehnten mit aller Intensität widmen sollte.

Während der Zug mich durch die Nacht nach Norden bringt, der Regen wieder in Schnee übergegangen ist, versuche ich mir klarzuwerden, warum ich nicht nach Lausanne und Genf fahren wollte, obwohl es von Zürich so nahe gelegen hätte. Viele Jahre liegen meine letzten Besuche dort zurück. Nicht auf Spielreins Spuren, sondern auf dem Weg in den Süden Frankreichs.

Was hätte ich finden können, in den Städten, in denen sie nur wenige Jahre lebte? Häuser, in denen sie gewohnt hat? Vielleicht. In Genf ein privates Archiv, in dem ihre Tagebücher und Briefe verwahrt werden. Die hatte sie (wieder und wieder ist darüber geschrieben worden) im Institut zurückgelassen, als sie im Frühjahr 1923 nach Rußland zurückging. Zunächst bewahrten Claparèdes Witwe und Tochter das Konvolut, gaben es später weiter an einen Mitarbeiter, Georges de Morsier.

Hatte Sabina Spielrein zurückkommen wollen? Vielleicht. Eine Möglichkeit, ihre Tagebücher und Briefe zurückzuholen, haben jedoch Stalins Diktatur, Krieg und Shoa verhindert. Übereignet, das steht fest, hat sie ihre Dokumente niemandem.

Plötzlich ist mir klar, daß meine Scheu und mein Widerstreben daher rühren, daß Sabina Spielrein ihre persönlichen Papiere nicht zur Einsichtnahme zurückgelassen hat. Anders als Nachlässe, die von ihren Besitzern oder deren Erben in die Obhut von öffentlich zugänglichen Archiven zu wissenschaftlicher Bearbeitung gegeben werden, hat sie niemanden autorisiert, ihre Tagebücher und Briefe zu verwerten, hat jedoch durch die politischen Zeitläufte auch keine Möglichkeit gehabt, das zu untersagen oder Sperrfristen festzulegen. Und so begnüge ich mich mit dem, was veröffentlicht ist. Bleibe auf ihren Spuren, versuche Annäherungen. Sie heißt Sabina Spielrein, aber sie ist, wie alle, die ihren Weg kreuzten, auch zu einer Gestalt meiner Phantasie geworden, denn *die biographische Wahrheit ist nicht zu haben, und wenn man sie hätte, wäre sie nicht zu gebrauchen* (Sigmund Freud an Arnold Zweig, 31. Mai 1936).

Die Grenzgängerin

Diese Russen sind wie Wasser, das alle Gefäße ausfüllt, aber von keinem die Form behält.
SIGMUND FREUD

Genf. Februar 1923. В МОСКВУ, murmelt sie und geht schneller. Nach Moskau. Bewegung läßt die Gedanken geordneter fließen, hat ihr immer geholfen, sich klarzuwerden über ihre Gefühle: Hoffnungen, Sehnsüchte, Zweifel, Ängste. Seit Rußland im Dezember 1917 den unseligen Krieg beenden wollte. Nein, eigentlich schon zuvor. Seit sie im März in den Zeitungen gelesen hatte: Auflehnung der hungernden Bevölkerung, provisorische Regierungen mit Mehrheit der bürgerlichen Liberalen und Menschewiken, Abdankung des Zaren.

Überall, so wurde damals berichtet, kämpften Arbeiter- und Soldatensowjets um Einfluß und Macht. Von dem verplombten Zug, der Mitte April 1917 aus Zürich durch Deutschland nach Petersburg fuhr, hatte sie jedoch nichts gewußt. Nur Gerüchte gab es in der russischen Kolonie, über die Männer und Frauen, die von einem Tag auf den anderen verschwunden waren. Und dann, am 7. November, dem 25. Oktober des russischen Kalenders, ihrem 32. Geburtstag, meldete die Presse: Revolution der Bolschewiki, Sturz der Regierung Kerenski, Ausrufung der Russischen Sozialistischen Föderativen Sowjetrepublik. Vorsitzender des Rates der Volkskommissare: Wladimir Iljitsch Uljanow, der Mann aus der Züricher Spiegelgasse, der sich Lenin nennt.

Not herrschte in Rußland und Anarchie, aber mit dem Friedensschluß von Brest-Litowsk im März 1918 würde die Heimat zur Ruhe kommen und die neue Gesellschaft sich finden. Hatte nicht selbst der Vater aus Rostow an sie geschrieben: Jetzt, in diesem Frühling, erleben wir Wunder, Sabinotschka! Das Eis des starren Regimes auf dem großen

Strome Rußland ist geborsten. Verschwunden ist die Despotie. Rußland ist frei! Alle Menschen auf der Straße fühlen sich verbrüdert, umarmen und küssen sich. Man beglückwünscht sich gegenseitig zur »großen, der unblutigen russischen Revolution«. Und wir Juden werden in diesem neuen Rußland als Gleiche unter Gleichen leben.

Sie war erleichtert, glücklich, daß ihr konservativer Vater zu einem Befürworter der Revolution geworden war, daß Emil, der gerade das Gymnasium beendet hatte, in Rostow studieren kann. Ungeduldig warteten Jan und Isaak nach dem Ende ihres Studiums in Berlin und Stuttgart, nach Rußland zurückkehren zu können.

Auch von Sonia und Karl Liebknecht aus Berlin kamen gute Nachrichten: Bald muß Deutschland seine Niederlage eingestehen. Der großen deutschen Westoffensive wird sich Marschall Foch entgegenstellen, die Fronten werden zusammenbrechen, im Westen, Osten und Süden. Und wenn die Matrosen meutern, die Soldaten des Kampfes überdrüssig sind, die Bevölkerung hungert, kommt auch hier die Revolution. Der Kaiser wird abgesetzt. Der Sozialismus muß siegen. Deutschland eine Räterepublik!

Daß Jung ihre politischen Überzeugungen nicht teilte, wußte sie, noch bevor sie seinen Brief vom 3. April 1919 in Händen hielt, in dem er ärgerlich fragte: *Was geht Sie Liebknecht an? Er ist, wie Freud und Lenin, ein Verbreiter der rationalistischen Finsterniss, welche die Vernunftlämpchen gar noch zum Erlöschen bringt. Ich habe in Ihnen ein neues Licht angezündet, das Sie hüten sollen für die Zeit der Finsterniss.*

Sie schlägt den Mantelkragen hoch. Vergräbt die Hände in den Taschen. Liebknecht ist tot. Ermordet vor vier Jahren. Im Januar 1919. Und mit ihm Rosa Luxemburg.

Sie bleibt stehen, schaut auf den See, die Berge, die sie an Zürich erinnern, die geliebte Stadt, die Stadt ihrer Liebe und ihr Fluchtpunkt, als sie Berlin 1914 verlassen mußte.

Neun Jahre sind vergangen. Immer wieder ist sie umgezogen: von Zürich nach Lausanne, nach Chateaux d'Oex, dann nach Genf. Seit fünf Jahren ist der Krieg zu Ende, aber sie zögert, nach Rußland zurückzugehen, obwohl die Familie sie darum bittet. Am 6. Januar 1918 schreibt sie an Jung: *Ich stelle mir oft die Frage, ob mein Töchterchen kräftig genug ist, um diese unheimliche Reise und die zahlreichen Entbehrungen zu ertragen.*

Da lebte sie mit der vierjährigen Renata in Lausanne. Nebenan die Bechterewa mit ihrer Tochter, die Frau des berühmten Wladimir Michailowitsch, die ihre Koffer packte, um nach Sankt Petersburg zu fahren, das sie jetzt Petrograd nennen.

Im Traum kritzelte sie hastig eine Karte an die Eltern, die sie der Bechterewa mitgeben will nach Rußland, weil es sicherer scheint, als von der Schweiz aus zu schreiben. Selbst zu reisen: unmöglich. Das Kind entstellt, der magere kleine Körper mit Geschwüren bedeckt. Sie wartet auf den Arzt. Ungeduldig. Beruhigt sich immer wieder damit, daß es in Rußland üblich ist, mindestens eine Stunde zu spät zu kommen. Hat den Tisch festlich gedeckt, ihn mit Blumen geschmückt, denn nicht den Arzt erwartet sie, sondern ihren Musiklehrer. Vergessen das traumkranke Kind. Vergessen der Plan, nach Rußland zu gehen. Nur der Lehrer zählt und die Musik, ihre Studien zur Komposition.

In einem Brief schilderte sie Jung den Traum, schrieb Seite um Seite, fragte immer wieder unsicher nach seiner Meinung. Ist es richtig, sich von der Medizin abzuwenden, um sich der Musik zu widmen? Und klagte, warum sie nicht mindestens zehn Jahre früher mit den Kompositionsstunden begonnen hatte.

Er antwortete am 21. Januar, daß er ihr keineswegs abraten wolle, aber sie müsse sich entscheiden, ob sie Musikerin werden oder Ärztin bleiben wolle. Erinnert daran, daß sie auch Mutter ist und Hausfrau, und fügt hinzu, daß es sich dabei nur um Funktionen handele. Ihre Aufgabe als Mensch sei damit noch nicht erschöpft, Selbstwerdung, Individuation, wie er sie versteht, sei etwas anderes als Beruf und äußere Funktionen.

Er hat recht. Noch immer hat sie nicht zu sich selbst gefunden, ist nicht erlöst von ihren Irrtümern, ihren Illusionen. Es gilt nicht mehr, was sie sich in den ausweglosen Situationen der vergangenen Jahre immer wieder vorsagte: »Nur nicht die Hoffnung verlieren! Nur abwarten!« Die Beschwörung hat angesichts der Schweizer Gesetze ihre Wirksamkeit verloren, denn in diesem Jahr, 1923, wird für die russischen Staatsangehörigen die Aufenthaltsgenehmigung nicht verlängert.

Um der drohenden Ausweisung zuvorzukommen, fragte sie im Januar Freud um Rat. Der schlug ihr zunächst vor, zu Abraham und Eitingon nach Berlin zu gehen. Diese würden ihr eine für die Einreise nach Deutschland notwendige Einladung schicken. Aber zusätzlich bedurfte es einer Arbeitsgenehmigung. Und da diese nicht zu bekommen war, befand sie sich in der aussichtslosen Lage, in der Schweiz nicht bleiben zu dürfen, aber auch in keinem anderen Land eine Einreisebewilligung zu bekommen. Was blieb, war, endlich Isaaks Drängen zu folgen und nach Moskau zu fahren.

Freuds Brief vom 9. Februar hat ihr die Entscheidung erleichtert:

Liebe Frau Doktor, Ihre Absicht, nach Rußland zu gehen, scheint mir viel besser als mein Rat es mit Berlin zu versuchen. In Moskau könnten Sie neben Wulff bei Ermakow Ausgezeichnetes leisten. Und endlich sind Sie auf vaterländischem Boden.

Packen. Koffer und Taschen stehen bereit. Das Leder abgeschabt, zerschrammt von Reisen, Umzügen. Eingerissene Hotelaufkleber: Baur en Ville Zürich, Victoria Interlaken. 1909 Hotel Kiel, Berlin. Da traf sie sich mit Vater, Mutter und den Brüdern, um die Silberhochzeit der Eltern zu feiern. Sie erinnert sich an ihr Zimmer, sauber, aber nicht »anmutend«, sieht sich wieder den Vorhang vor dem Fenster heruntergelassen, als sie am Waschtisch stand, *aber auf die Art, dass er noch Raum für den Einblick ins Zimmer gestattete.* Unbewußt machte sie das, aber als sie *den Fehler beim Waschen entdeckte, so wollte ich ihn nicht weiter corrigieren.* Wünschte plötzlich, daß jemand sie so sehen könnte, nackt bis zur Taille, freute sich, daß sie *die Formen einer erwachsenen Frau habe,* ... daß ihre *Haut zart, die Formen schön und kräftig ausgebildet sind.* An Jung dachte sie und war tief errötet, als von gegenüber ein junger Mann in ihr Zimmer schaute, *und dieses leichte Spiel des Unbewussten das ich objektiv betrachtete war mir sehr angenehm.*

Sie läßt die Schlösser des Koffers aufschnappen, denkt an den Tag, als Nikolai Arkadjewitsch »nach Zürich« sagte. Denkt an Polja, die ihr und der Mutter beim Packen half, starrt in das mit braunem Seidenfutter bespannte Innere, in das sie damals ihr Tagebuch legte und den Marie-Baschkirzew-Hut, fährt vorsichtig mit dem Finger über die Risse, den zerschlissenen Stoff. Alles wird gut, milenkaja, sagte Polja und strich ihr begütigend übers Haar. Alles wird gut, mein Liebling.

Polja ist tot. Auch die Mutter. Polja hatte die Hungerzeiten des Krieges nicht überlebt, und Eva Markowna war im vergangenen Jahr gestorben. Der Vater schickte Sabina ein Foto. Bis an den Hals war die Tote mit einem weißen Laken bedeckt. Ihr Haar auf dem Spitzenkissen sorgfältig gekämmt, noch immer dunkel. Nur hier und da eine weiße Strähne. Die Stirn über den kräftigen Brauen, den geschlossenen Augen war faltenlos. Tiefe Furchen von der Nase in die Winkel ihres Mundes, so als litte sie noch im Tod an der Bitterkeit ihres Lebens: dem qualvollen Sterben Emiljas, den Pogromen im Krieg 1905, dem Selbstmordversuch Isaaks, der damals noch Oskar hieß, ein Jahr später. Sie sieht aus, als wolle sie weinen, dachte Sabina betroffen. Weinen über den Verlust des Besitzes, der ihr soviel bedeutet hat, den Bürgerkrieg, der in Rostow tobte, es zum Spielball werden ließ zwischen den Weißen und der Roten Armee, die schließlich siegte. Weinen darüber, daß sie, Mamotschkas Sorgenkind, noch immer nicht in die Heimat zurückgekehrt war, um ihr die Enkelin zu bringen.

Sabina öffnet den Schrank. Nur wenig Kleidung. Abgetragen. Vielfach gewaschen, gebügelt, in die Kunststopferei getragen. Das dunkle Wollkleid, das sie zu Vorträgen trug, immer wieder ausgebürstet, blanke Stellen und Flecken mit schwarzem Kaffee abgerieben. Seit Ausbruch des Krieges hatte Nikolai Arkadjewitsch kein Geld mehr schicken können, denn der Handel mit dem Westen war zum Erliegen gekommen. Und nach der Revolution hatte man den Eltern alles genommen: Häuser, Geld und Wertpapiere. Da schrieb Jan nach Lausanne, daß Vater und Mutter Not litten, und forderte sie auf, Franken zu schicken. Ratlos hielt sie den Brief in ihren klammen Händen, saß im Mantel in ihrem kalten Untermietzimmer, Renata in dicke Tücher gepackt, in denen sie sich kaum bewegen konnte.

Vorbei die Zeit, als sie aus der Fülle ihrer Kleider, Schuhe, Mäntel, ihrer Bücher wählen konnte. Jetzt sind es Renatas Dinge, die mitgenommen werden müssen. Sie legt Hemden und Höschen zusammen, Strümpfe, die wenigen Röcke, Blusen. Weiß, daß das alles ihr Kind nicht wärmen wird in dem Moskauer Winter, der lange dauert. Hofft auf Isaaks Hilfe, der ihr schreibt: für Kinder, Sabinotschka, wird jetzt alles getan, ohne nach dem Stand der Eltern zu fragen, nach Jude oder Christ.

Sabina hält inne. Lauscht Renatas Klavierspiel. Die Vermieterin, Madame Claissac, hat ihnen ihr Instrument überlassen, als sie in die Rue des Cources gezogen sind. Hat einen Narren gefressen an dem schmalen Mädchen mit den dunklen Locken, das übt, ohne dazu aufgefordert zu werden, das spielt, ohne sich zu verspielen. Sie muß Musik studieren, hat Madame gesagt, und Sabina hat genickt und Isaak ein weiteres Mal im Brief daran erinnert, Renata in einer Moskauer Musikschule anzumelden.

Sie soll die erste in ihrer Familie sein, die Musikerin werden darf. *Was hindert schliesslich einen normal entwickelten Menschen seine Lebensaufgabe zu erfüllen? Angst vor dem Leben? Insufficienzgefühl?* Isaak, ihr Lieblingsbruder, wird das verstehen. Auch er ist musikalisch. Das kommt vom Großvater, dem

Rabbi Mordechai Ljublinski aus Jekaterinoslaw, der die Begabung seinen Kindern, auch Eva Markowna, vererbt hat. Während in der Familie des Vaters nur dieser beim Singen mit Mühe die Melodie halten kann. Sein Bruder in Warschau, heißt es, »hat kein Gehör«, trifft nie den Ton.

Aber bei Jan und bei ihr zeigte sich das Ljublinski-Erbe früh. Sie besuchten die Klassen der Russischen Musikgesellschaft in Rostow, hatten, ebenso wie Isaak, Privatunterricht, musizierten gemeinsam.

Sie wendet sich zum Tisch, auf dem Renatas Schulbücher liegen, ihre Hefte, Notenstapel. Die Musik wird in Moskau für das Mädchen die einzige Verständigungsmöglichkeit sein. Am Anfang zumindest. Bei dem Gedanken spürt Sabina einen Druck im Magen, so als liege etwas Schweres darin, das ihr eine dumpfe Übelkeit macht und sie am Essen hindert, seit sie sich entschlossen hat, nach Rußland zurückzukehren.

Das Klavierspiel bricht ab. Gleich wird Renata die Tür öffnen und sagen: Bon soir, maman. Und sie wird Französisch antworten, vielleicht auch auf deutsch einen guten Abend wünschen, weil Renata das in der Schule lernt. Nur Russisch hat sie nicht mit ihr gesprochen, seit Pawel fortgegangen ist. Da war Renata ein Jahr alt und plapperte Kinderreime, sagte Mama und Papa.

Er hat eine andere Frau, schreiben sie aus Rostow, eine Ärztin aus Krasnodar. Das hat ihr einen Stich versetzt. Aber liebte sie nicht auch einen anderen Mann? War er nicht der unsichtbare Dritte gewesen, wenn sie mit Scheftel zusammen war?

Seit Jahren keine Briefe mehr von Jung. Sein letzter datiert vom 7. Oktober 1919. Mehr als drei Jahre liegt das zurück. Da kündigte er das Erscheinen seines Buches *Psychologische Typen* an, schrieb er über Extro- und Introversion, über Gefühl, Denken und Empfinden. Fügte eine Zeichnung bei, ordnete Goethe in sein Raster ein, Schiller und Kant und bemerkte zuletzt zu ihrer Person, daß sie vermutlich früher viel extrovertierter gewesen sei.

Er hat Erfolg. Berühmte Patienten suchen seinen Rat, pilgern zu ihm nach Küsnacht. Auch der Dichter Hesse war bei ihm, offenbar unzufrieden mit seinem Analytiker Josef Bernhard Lang, dem sie in der Analytischen Vereinigung begegnet ist und den sie in Hesses *Demian* unschwer als Dr. Pistorius erkennen konnte. Aus den USA kommt seit Jahren das Ehepaar McCormick. Sie eine geborene Rockefeller. Auch Harold Fowler McCormick gehört zum amerikanischen Geldadel. Beide sind bei Jung in Behandlung. Edith McCormick ist zu seiner enthusiastischen Anhängerin geworden, die 1916 mit der Gründung des Psychologischen Klubs in Zürich ein Forum für die Aktivitäten der Jungianer schafft, dem Emma Jung als Präsidentin vorsteht und Toni Wolff als Mitglied des Kulturausschusses angehört. Es gelingt ihm immer wieder, Frauen für sich einzuspannen, dachte Sabina, als sie davon hörte.

Aber als sie die Nachricht erhielt, daß die Schweizer Behörden ihren weiteren Aufenthalt nicht genehmigen würden, hat sie überlegt, Jung zu bitten, ihr über seine amerikanischen Gönner zu einer Einreise- und Arbeitserlaubnis in den USA zu verhelfen. Weil sie sich vor Rußland fürchtet, wo nach dem Bürgerkrieg noch immer Not und Unsicherheit herrschen. Einen kurzen Augenblick nur hatte sie an diese Möglichkeit gedacht, dann holte sie die Briefe der Brüder hervor, die jetzt beide in Moskau leben und ihr schreiben, daß die Heimat Ärzte braucht, Analytiker, Kinderpsychiater, um den Kriegswaisen und Straßenkindern zu helfen. Sogar der Vater, der immer die Unwissenheit der Bauern beklagt hat, engagiert sich jetzt in der Alphabetisierungskampagne.

Du wirst in Moskau an einer Einrichtung arbeiten dürfen, die beispielhaft und zukunftweisend für das Proletariat in ganz Rußland sein wird, schreibt Isaak. Was bedeuten da Hunger, Kälte und die Tatsache, nur ein Zimmer in einer Gemeinschaftswohnung zu haben? Nichts. Denn alles wird sich ändern, wenn die alten Bedenken überwunden sind und die neue Gesellschaft entstanden ist.

Renatas Klavierspiel bricht ab. Noch drei Nächte bis zur Abreise.

Das Kind neben ihr atmet gleichmäßig. So haben sie immer gelegen, seit Pawel sie verlassen hat, nebeneinander. Kein anderer hat diesen Platz eingenommen.

Werden wir Papa sehen? Renatas Frage, als sie gemeinsam mit ihr packt. Peut-être, ma petite, antwortet sie ausweichend, vielleicht. Fügt может быть hinzu und nimmt sich vor, künftig ins Russische zu wechseln, um das Kind an die fremde Sprache zu gewöhnen. An die fremde Stadt, das fremde Land werden sie sich beide gewöhnen müssen. Nichts ist in Rostow mehr, wie es einmal war, hat die Mutter kurz vor ihrem Tod geschrieben, ich kann mich in dieser neuen Welt nicht zurechtfinden.

Denkt Sabina an Rußland, ist ihr, als reise sie in ein unbekanntes Land, eine andere Welt, in der sie sich nicht auskennt.

Auch 1904 war es so gewesen, in dem heißen Sommer, als der Vater »nach Zürich« sagte und sie sich einen See und Berge, ein Hotel und einen Dr. Monakow im dunklen Unbekannten vorzustellen versuchte. Furcht packte sie damals. Und auch jetzt überfallen sie Angst und Zweifel. Sie tastet nach der warmen Hand des Kindes, als könne sie Trost spenden vor dieser Reise ins Ungewisse, in eine Stadt, die jetzt Hauptstadt der UdSSR ist.

Eine Stadt im Aufbruch, hat Isaak geschrieben, aber noch gibt es viele Probleme mit der Organisation. Die Kämpfe mit den Konterrevolutionären haben Kraft gekostet und mehr Verwüstungen angerichtet als der Krieg. Armut und Bettelei sind nicht überwunden. Noch liegen Lumpenbündel an den Straßenecken, und Kinder singen um Brot. Aber wenn alle arm sind, Sabinotschka, kann niemand etwas geben. Oft ist mir, als hätten die Bettler mit dem Verlust unseres schlechten Gewissens, das wir früher ihnen gegenüber hatten, das die ganze russische Gesellschaft hatte und das unsere Taschen öffnete, ihre Grundlage verloren.

Noch herrschen Mißgunst und Neid, gesteht er, ein rücksichtsloses Gedränge um Lebensmittel, obwohl die staatlichen Läden bis kurz vor Mitternacht geöffnet haben. Aber oft sind die Verkaufstische leer, weil vom Land kein Nachschub kommt. Dann kaufen die Leute an der Straße, was angeboten wird, ein mageres Huhn, das ein Mütterchen aus der Vorstadt bringt, ein auf Stroh gelegtes Stück blutig-rohes Fleisch. Und wenn ein Milizionär um die Ecke kommt, stieben sie davon, die Händlerinnen, weil sie keine Konzession haben, und ihre hungrigen Kunden, weil sie sich vor Strafe fürchten.

Noch ist uns nicht gelungen, die neue Gesellschaft so zu organisieren, daß alle Arbeit haben und satt werden, liegen Kranke und Sterbende in den Durchgängen der Häuser statt im Spital. Manchmal erscheint mir die Stadt wie ein riesiges hoffnungsloses Lazarett. Überzeugte Genossen aus dem Ausland, die uns besuchten, verlassen das Land als Royalisten, weil sie sagen, daß unter dem Zaren alles besser war. Aber das stimmt nicht, Schwester. Wir brauchen Zeit, allen Menschen zu helfen. Rußland muß sich in den Weiten seines Territoriums organisieren, die Nationalitäten versöhnen, Arbeiter und Bauern ausbilden und selbstbewußt machen. Das Land ist so groß wie Armut und Unwissenheit. Und viele unserer Besten sind im Bürgerkrieg getötet worden oder in den Westen gegangen.

Sabina dreht sich auf die Seite, sieht die Bettler vor sich, die Lumpengestalten ihrer Kindheit, mit den schorfigen Augen, den gierigen, dürren Krallenfingern. Einmal im Monat versammelten sie sich in der oberen Puschkinskaja vor dem Haus eines Stahlbarons aus Donez, standen in Hitze oder Schnee, im heißen oder eisigen Wind, barfuß oder die Füße mit Lappen umwickelt, bis ein Lakai in Livree auf die Freitreppe trat, einen großen Beutel in der Linken und mit der Rechten Münzen in die Menge warf. Dann entstand ein Gewühl, die Armen stürzten sich darauf, rauften um jede Kopeke, und die Krüppel schlugen mit Krücken aufeinander ein.

Sie zieht die Knie an, rollt sich zusammen, als könne sie sich vor ihren Erinnerungen schützen, dem Elend und den Mißständen, die in fast jedem Brief benannt werden und gegen die Issak und seine Frau Rakhil stets aufs neue nur ein Mittel beschwören: Rückkehr nach Rußland und Mitarbeit am Aufbau der neuen Gesellschaft.

Wir wohnen jetzt im Haus der Wissenschaftler, hat Rakhil geschrieben, sind aber schon oft umgezogen. Auch die neugegründeten Institutionen haben noch immer keinen festen Standort. Manchmal, wenn ich wegen einer Bescheinigung ein Amt aufsuchen muß, hat sich innerhalb weniger Wochen die Adresse geändert, und ich mache mich erneut zu Fuß oder per Tram auf den Weg. Das ist jetzt im Winter besonders mühsam, denn die Scheiben der Wagen sind dick vereist, so daß man nie weiß, wo man sich gerade befindet. Zusätzlich ändern sich auch noch häufig die Straßennamen oder die Bezeichnungen von Behörden. Und man liebt Abkürzungen, die ich mir nur schwer merken kann.

Da es nur wenige Autos gibt, ist Moskau die stillste Großstadt, die ich kenne. Kein Hupen, kein Bremsenquietschen. Auch keine Zeitungsjungen, die die neuesten Nachrichten ausrufen, weil es nur eine Zeitung gibt.

Ihr werdet mit uns im Haus der Wissenschaftler wohnen. Hier leben so viele Mieter und Untermieter, daß es nicht genügend Hausschlüssel gibt, so daß manche Türen Tag und Nacht offenbleiben. Möbel wirst Du vorfinden. Alles etwas willkürlich zusammengewürfelt, unter einigen fanden wir sogar eine Blechmarke »Moskauer Gasthöfe« und eine Inventarnummer. Die gehören eigentlich in Hotels und Pensionen. Wie sie hierher gekommen sind, ist uns ein Rätsel. Aber niemandem ist das Wohnen wichtig, denn unser Leben spielt sich ohnehin nicht zu Hause ab, sondern im Institut, dem Büro, der Fabrik, eben bei der Arbeit oder im Klub, wo sich unsere Brigaden zur politischen Schulung treffen und zu kulturellen Aktivitäten. Auch Du wirst vom Morgen bis zum

Abend in Deine Arbeitsgruppe eingebunden sein. Alles, weißt Du, muß ja neu organisiert werden, da gilt es zu planen, Vorschläge zu machen, sie in Kommissionen zu diskutieren, abzustimmen, Resolutionen zu verfassen. Selbst im Theater kannst Du jetzt mitdiskutieren und Deine Meinung einbringen.

Um Renata mußt Du Dich nicht sorgen. Sie wird zur Schule gehen und anschließend mit Menicha in den Kinderklub, wo die Schüler malen, aus dem Stegreif dramatisieren und an Wandzeitungen zu gesellschaftlich relevanten Themen arbeiten. Diese Moskauer Klubs sind Mustereinrichtungen für das ganze Land, in denen von Zeit zu Zeit Pädagogen von auswärts erscheinen, um Instruktionen einzuholen. Das heißt, die Arbeit geschieht im »allrussischen« Maßstab. Als ich einmal half, ein Schema zu kopieren, in dem durch Kreise und Striche der allrussische Behördenapparat dargestellt war, mußte ich jedoch feststellen, daß der teilweise noch gar nicht existiert. Neben mir saß der Philosoph Nikolai Berdjajew in Pelzmantel und Bojarenhut, wärmte sich an einem Glas heißem Wasser und murmelte ratlos: Ich weiß noch immer nicht, wozu ich angestellt bin, Bürgerin.

Das ist die offizielle Anrede im Land: Bürgerin oder Genossin. Und mit den Büsten des Vorsitzenden Lenin, mit Sowjetsternen und roten Fahnen wird die Revolution in unser aller Bewußtsein täglich aufs neue verankert. Es gibt riesige Plakate an den Wänden, die von 1905 erzählen, vom Blutsonntag vor dem Winterpalais, Barrikadenkämpfen, dem Aufstand der Eisenbahner und Gefängniszellen, in denen die Aufständischen einsaßen. Es gibt Anschläge gegen die Trunksucht, drastische Bilder, auf denen vom Alkohol Erblindete mit weißem Stock vor den Folgen warnen oder ordentlich gekleidete Männer beim Essen, die dem Verführer mit dem Wodkaglas ein entschiedenes »Njet« entgegenschleudern.

Übrigens: Wußtest Du, daß Nina Semenowna Marschak mit Rykow verheiratet ist, dem Mitglied des Politbüros des ZK? Und daß Sofia Borisowna Brischkina als Protokollsekretärin des ZK-Politbüros arbeitet? Wer hätte das damals in Rostow gedacht, als Ihr heimlich Eure revolutionären Proklamationen verteilt habt!

Doch zurück zum Täglichen. Du bekommst Bezugsscheine und erhältst dafür in den staatlichen Läden alles Notwendige, mußt Dich allerdings aufs Warten einrichten. Gut wäre, wenn Du Kerzen mitbringen könntest. Daran haben wir Mangel, denn die Elektrozentralen sind durch die vielen neuen Fabriken überlastet, und der Strom fällt häufig aus. Zur Zeit ist es sehr kalt, und alle Doppelfenster sind verkittet und nicht zu öffnen. Nur durch eine kleine Klappe im Oberlicht darf abends, wenn nicht mehr geheizt wird, gelüftet werden. Aber an das alles gewöhnt man sich, denn wir wissen, daß es nur eine Zeit des Überganges ist, bis das Leben so laufen wird, wie wir es planen.

Wegen der Kleidung mach Dir keine Sorgen. Niemand achtet mehr darauf. Jeder zieht an, was er hat. Das sieht manchmal komisch aus: Samtjacketts zu Arbeitshosen, Walenki, unsere klobigen Filzstiefel, zum feinen Seidenrock, ein ehemals eleganter Pelz zur Sportkappe. Hüte sind bei Männern wie Frauen verpönt. Man trägt Mützen mit Schirm, im Winter aus Fell, wie die Soldaten. Überhaupt wirst Du viele Uniformen sehen, keine Anzüge mehr wie früher. Aber auch Trachten, die die Männer und Frauen, die in den Fabriken arbeiten, von ihren Dörfern mitgebracht haben.

Ich freue mich, daß wir uns bald kennenlernen werden, hat Isaaks Frau geschrieben. Kerzen, denkt Sabina, Kerzen darf ich nicht vergessen.

Am nächsten Morgen sitzt sie früh an ihrem Schreibtisch im Institut. Aufräumen. Ausräumen. In den letzten Tagen hat sie den Kollegen, die ihre Patienten weiterbehandeln werden, die Krankenakten übergeben. Von denen hat Freud keine gute Meinung, schrieb ihr, daß er die *Leute in Genf* alle für Dilettanten halte, und forderte sie auf, *etwas von ihrer analytischen Bildung* zu übertragen.

Als ob sie das nicht in den beiden vergangenen Jahren versucht hätte. Acht Vorlesungen über Psychoanalyse und Erziehung hat sie am Institut gehalten, Vorträge über den Traum, über das Lust- und Realitätsprinzip im kindlichen Seelenleben und schlechte Gewohnheiten im Kindesalter. Aber nicht die etablierten Wissenschaftler suchten ihre Erfahrungen mit der Psychoanalyse, sondern Außenseiter: Fanja Lowzkaja und Jean Piaget. Sabina bedauert, daß Lowzkaja nach Berlin gezogen ist. Mit ihr hat sie sich besonders gut verstanden. Im letzten Brief schreibt sie, daß sie jetzt mit Eitingon arbeite und daß ihr Bruder, der Philosoph Lew Schestow, ganz begeistert von Eitingon und dessen Frau ist.

Auf Sabinas Frage, was mit ihren Aufzeichnungen von Fanjas Analyse geschehen soll, antwortete die Lowzkaja knapp: vernichten.

Das hat auch Jean Piaget gesagt, der acht Monate lang zu ihr in die Analyse kam. Als »Versuchskaninchen«, spottete der neugierige junge Mann. Aber zu seiner Enttäuschung beendete sie die Analyse schneller, als er vermutet hatte, und ermunterte ihn, weiter an den Experimenten zum Vorgang der Begriffsbildung bei Kindern im Vorschulalter zu arbeiten, an seinen Studien zur Entwicklung von Sprache und Denken.

Vor ein paar Tagen hat er sie gefragt, ob sie ihm aus Moskau schreiben werde, und sie hat genickt und zugleich die Schultern gezuckt, als wisse sie die Antwort nicht.

Insgesamt, denkt sie, während sie ihren alten hölzernen Schreibkasten vor sich hinstellt, insgesamt hat Freud recht gehabt mit seiner Feststellung, daß die Leute hier in Genf, de Saussure ausgenommen, *exclusiv eifersüchtig auf ihre Unabhängigkeit* und damit für *Belehrungen* unzugänglich sind. Nicht einmal der Psychoanalytischen Vereinigung haben sie sich bisher angeschlossen, hat er bitter bemerkt, aber: *Damit entfällt einerseits unsere Verantwortlichkeit für ihr, wenn auch irriges und schändliches Treiben, anderseits jeder Rechtstitel, ihnen unaufgefordert zu raten oder abzuraten.* Und: *Bleiben Sie ... dabei, die Unterschiede scharf zu betonen.*

Sie nestelt am Schloß der dünnen Goldkette, die sie noch immer trägt, nimmt den Schlüssel und öffnet den Kasten, der sie auf all ihren Umzügen begleitet hat und das Wichtigste enthält, was ihr aus den vergangenen zwei Jahrzehnten geblieben ist: ihre Tagebücher, die Briefe von Jung und Freud und ihre Briefentwürfe an beide, die sie noch einmal sauber abgeschrieben hatte, bevor sie sie abschickte.

Oben liegen die Briefe Freuds aus dem Katastrophenjahr 1909: *Hochgeehrtes Frl Collega, Sie setzen mich in Verlegenheit. Ich kann Sie doch nicht zur Reise nach Wien auffordern, wegen einer Angelegenheit ... Es widerstrebt mir, mich zum Richter in Dingen aufzuwerfen ... Ich habe heute durch Dr. Jung selbst Einsicht in die Sache bekommen wegen welcher Sie mich besuchen wollten, und sehe nun, ... daß die Verfehlung dem Manne und nicht der Frau zur Last fällt ...*

Sie stützt den Kopf in die Hände, schließt die Augen. Zürich. November 1910. »Grusiges Chopfweh!« Regen. Sie hatte den Schirm aufgespannt, hastete bergab: Scheuchzerstrasse, Weinbergstrasse. Erreichte die Tram zum Bahnhof. Den Schirm zwischen den Knien, saß sie zwei Kindern gegenüber. Einem Buben und einem Mädchen, die redeten und lachten. Sie hätte gern mitgelacht, aber verstand noch immer nicht das kehlige Züritüütsch, saß wie auf einer winzigen Insel inmitten der Redenden, eine Fremde, seit sechs Jahren in der Stadt. Quietschendes Einbiegen auf die Bahnhofsbrücke, wo das Schiff zum Ablegen bereitlag. Nein, halt! Ich muß zu ihm. Sie sprang von der Tram, ehe diese hielt, und fiel, fiel auf das linke Knie. Vorsicht! hatte man hinter ihr gerufen, half ihr auf. Ohne zu danken, hastete sie zum Anleger, zum Schiff, das sie gerade noch erreichte. Atemlos lehnte sie an der Wand, betrachtete ihren eingerissenen Rock, den verbogenen Schirm, drehte sich zur Wand, hob verstohlen den Rock, betastete das Loch im Strumpf, das ihr linkes Knie freigab, die abgeschürfte Haut, die brannte und auf der sich kleine glänzende Blutstropfen bildeten. Schnell ließ sie den Rock herunter, suchte sich einen Platz, während das Schiff die Limmat hinunterfuhr, am Rathaus vorbei, dem Fraunmünster, dem Stadthaus. Links die beiden grauen Türme des Grossmünsters. Links bedeutet »Incestwunsch«. Das hatte sie bei Stekel gelesen. Im linken Knie pochte der Schmerz. Den verbogenen Schirm hatte sie an die Schiffswand gelehnt. Sie strich eine feuchte Strähne aus der Stirn, hatte in der Eile des Aufbruchs ihren Hut vergessen. Kalt war ihr, und sie schlang die Arme um ihren Oberkörper, rieb mit klammen Fingern ihre Schultern. Sie fühlte sich wie ein nasser Pudel, ein ausgesetzter Hund, der seinem Herrn nachläuft.

Wie im September, kurz vor ihrem Umzug aus der Platten- in die Scheuchzerstrasse. Es regnete, als sie nach Küsnacht kam. Das Mädchen öffnete, sagte, ohne sie einzulassen: Der Herr Doktor ist jetzt nicht zu sprechen. Aber, stammelte sie, aber ich habe einen Termin. Doch da hatte das Mädchen die Tür bereits wortlos geschlossen. Verwirrt, gekränkt war sie zum Anleger zurückgelaufen, sah das Schiff ablegen. Und weil das nächste erst in einer Stunde ging, machte sie sich im strömenden Regen zur Station auf, *wählte die Eisenbahn, wo ich zusammengekauert sass und Tränen schluckte ... Er konnte sich nicht einmal herunterbequemen und sich entschuldigen, dass er mich vergebens nach Küssnacht reisen liess.* Was bin ich für ihn? fragte sie sich bitter: *nichts als seine Schülerinn, Studentinn und Russinn dazu. Was hat er mir besondere Achtung zu zeigen.*

Und während der Zug am See entlangfuhr, preßte sie ihr Taschentuch gegen den Mund, um ihr Schluchzen zu ersticken. Sie schwankte zwischen Schmerz und Wut. Bestrafen wollte sie ihn. Wenn ihm ihre Freundschaft, ihre Liebe nicht heilig ist, wird sie zu Esther gehen, die gegenüber ihrer Pension in der Plattenstrasse wohnt, und wird ihr alles verraten. Esther Aptekmann aus Jekaterinoslaw, auch sie Examenskandidatin, Doktorandin bei Jung, *war früher Pat. bei meinem Freunde und ist nun Eine von Vielen. ... Sie liebt ihn und glaubt, dass er sie liebt.*

Wenn Esther nach Küsnacht gefahren war, ist sie eifersüchtig gewesen, fand die Kommilitonin schöner als sich selbst. Zweifel nagten an ihr, wenn sie Esther anschaute, deren *Augen glänzten, die Wangen glühten. ... Wer weiss: mich hält er für »gefährlich«, vor mir nimmt er sich in Acht und die Liebe, welche er mir gegenüber unterdrückt findet vielleicht in ihr das Objekt.*

Der Zug fuhr in den Züricher Bahnhof ein. Entschlossen, zu Esther zu gehen und ihr von der »Poesie« zu erzählen, die sie mit Jung verband, stieg Sabina aus. Eine Genugtuung würde es ihr sein, Esthers Schmerz zu sehen, ihre Enttäuschung, denn sie wußte, daß, wenn sie der Kollegin ihr Geheimnis verriet, morgen die Fakultät Bescheid wissen würde. Hatte er sie nicht schon einmal verdächtigt, indiskret gewesen zu sein, vor zwei Jahren, als es Gerüchte gab und Emma Jung den anonymen Brief an die Eltern nach Rostow geschrieben hatte?

Sabina durchquerte die Bahnhofshalle, stand auf dem Vorplatz, entschied sich gegen die Tram, stieg einen der steilen Wege hinauf, die in das Universitätsviertel führen: *Ich muss es notwendig wissen, dass er mich nicht so schnell auf ein anderes, dazu noch recht unbedeutendes Mädchen vertauschte. Hat er nicht einst mir seine Seele gegeben?*

Wie damals im September gleitet das Schiff auch jetzt am Theater vorbei. Der Utoquai verschwimmt im Regen. Seefeldquai. Tiefenbrunnen. Weit oben am Hang, in der Lenggstrasse, liegt das »Burghölzli«, das sie 1905 freimütig als Anschrift angegeben hatte, bis sie die Blicke bemerkte, mit denen man sie musterte, halb neugierig, halb mitleidig. Eine aus dem Irrenhaus. Da hatte sie geschwiegen, wenn man sie fragte, wo sie wohne, oder hatte »in Russland« geantwortet, bis sie sagen konnte: Schönleinstrasse 7.

Zollikon, ruft der Schiffsführer. Kaum Mitfahrende an diesem grauen Novembersamstag. Das Schiff schrammt gegen den Landungssteg, wird vertäut. Jetzt aussteigen? Nicht zu Jung? Sondern zu Vera Eppelbaum, die in der Nähe, in der

Straße am See, wohnt? Sie ist aus Bern gekommen, hat mit ihr in Jungs Kolleg gesessen, arbeitet zur Dementia praecox, wie sie selbst. Sie mag Vera, die schwankt zwischen der Medizin und dem Wunsch, Bildhauerin zu werden, Schriftstellerin, schwankt zwischen einem Verlobten in Wolhynien, den die Eltern ihr bestimmt haben, und dem Feuerkopf Strasser, ihrem Berner Kommilitonen, der Verse schreibt über Sehnsucht und Revolution. Soll sie sich Vera anvertrauen? Sie um Rat fragen?

Im September war sie weder zu Esther gegangen noch zu Tatjana Rosenthal, an deren Wohnung in der Plattenstrasse sie auf ihrem Heimweg vorbeikam. Nein, sie muß lernen, allein mit ihren Gefühlen umzugehen. Und wegen seiner Unhöflichkeit, den Termin nicht rechtzeitig abgesagt zu haben, hatte sie beschlossen, ihn »tüchtig durchzuschimpfen«.

In der Pension fand sie sein Telegramm. Emma Jung hatte an diesem Tag eine gesunde Tochter, Marianne, geboren, so daß er seine Frau nicht allein lassen konnte. *Diese Nachricht war, wie begreiflich zugleich erfreulich und schmerzhaft für mich* ... Als sie in den Spiegel blickte, erschrak sie vor ihrem *felsengrauen Gesichte mit den unheimlich düster glühenden tiefschwarzen Augen*. Aber am nächsten Tag schickte sie Blumen und eine Gratulation an Emma Jung, für die er höflich, im Namen seiner Frau, dankte.

Nächste Station Goldbach. Sie fuhr zusammen. War plötzlich so müde, lehnte den Kopf an die Wand, hätte am liebsten ihre Augen geschlossen und wäre weitergeglitten auf dem See. Vorbei an Küsnacht, seinem Haus, vor dessen geschlossener Tür sie sich fürchtete, vorbei an Rapperswyl, weiter, immer weiter. Fort von ihm und ihren Gefühlen.

Küsnacht. Das Schiff wurde vertäut. Sie ging an Land, den Weg zu Jungs Haus, einem großen hellen Bau in einem weitläufigen Garten. Das Mädchen ließ sie ein und: *Im Vorzimmer sprangen mir seine Kinder entgegen, 2 herzige Mädchen und ein Bubi. Ja, ich fühlte mich ganz wie ins kalte Wasser getaucht, ich konnte kaum mit den Kleinen reden, vor den Kindern war ich klein machtlos, irgendwelche »Wünsche« schienen abscheulich. Was wollte ich noch. Ich setzte mich bescheiden hin, redete vernünftig...*

Jung war in guter Stimmung, lachte über ihr Unglück mit der Tram, meinte, sie solle doch keine »Angstwunscherfüllungen« inszenieren. Sie ärgerte sich über ihre Ungeschicklichkeit, ihren zerrissenen Rock, das feuchte aufgelöste Haar. Ärgerte sich, daß sie so gerannt war, das Schiff nicht zu verpassen, nicht zu spät zu kommen. Sie hätte ihn warten lassen, nicht von ihm, sondern von ihren künftigen wissenschaftlichen Erfolgen träumen sollen. Statt dessen saß sie hier wie ein dummes kleines Mädchen und lachte. Lachte mit ihm und war stolz, als er ihr vorschlug, nicht nur ihre Dissertation im Jahrbuch zu veröffentlichen, sondern auch ihre Gedanken zu »*Sexualinstinkt – Todesinstinkt*« weiterzuverfolgen. Ja, sie wollte sich auf ihr Interesse zur wissenschaftlichen Tätigkeit konzentrieren. Aber wenn sie ihn ansah, stolperte ihr Herz, obwohl sie wußte, daß, hat *man mal seiner Eitelkeit nicht genug Rechnung getragen – so muss man es schwer büssen: er nimmt den ganz kalten offiziellen Ton an und wer leidet schwer darunter? Er natürlich nicht: ein bischen Ärger kann man durch Arbeit vertreiben, die Liebe zu Einer mit der zu einer anderen ersetzen.*

Sabina öffnet die Augen. Versucht, die Erinnerungen zu verjagen wie böse Träume. Doch es bleibt, wenn sie an ihn denkt, noch immer dieses Gefühl von Ohnmacht und Eifersucht. Ich sollte meine Tagebücher vernichten, denkt sie, die Briefe. Sollte sie nicht mitnehmen nach Moskau, ihn nicht mitnehmen in mein neues Leben.

Was Liebe und Sexualität anbetrifft, Sabinotschka, so wahren wir kühlen Kopf, hat Isaak geschrieben. Nicht daß wir Gefühle bagatellisieren, aber Herz-Schmerz-Geschichten werden weder im Theater noch im Film erzählt. Tragische Liebesverwicklungen gehören einem anderen kulturellen Bewußtsein an, behindern den gesellschaftlichen Fortschritt. Unser Ideal ist, die Emotionen in den Dienst der Partei zu stellen. Sie ist der Grund, in dem wir wurzeln, der Partner, auf den wir uns verlassen können. Daß damit auch Opfer verbunden sind, erfahren Rakhil und ich täglich. Kommunistisch zu sein in einem Land, in dem das Proletariat herrscht, bedeutet die völlige Preisgabe der individuellen Unabhängigkeit. Man tritt die Aufgabe, das eigene Leben zu organisieren, an die Partei ab, steht in allen zu lösenden Fragen auf der Seite der Unterdrückten. Der Vorteil ist, daß Du Deine Gedanken und Intentionen in ein vorgegebenes Kraftfeld projizieren kannst. Ich gebe zu, daß es uns, die wir aus der Bourgeoisie stammen, manchmal nicht leichtfällt, aber die Umstellung der revolutionären Arbeit zugunsten der technischen wird uns helfen. Nicht mehr der Kampf, sondern Elektrifizierung, Kanal-, Eisenbahn- und Straßenbau sind unsere Aufgaben. Fabriken werden überall entstehen und große produktive Zusammenschlüsse auf dem Land, um künftig allen Menschen Brot zu geben und eine würdige Arbeit. Es ist mein Ziel, Berufsbilder zu erforschen, um Pläne für eine optimale Organisation schaffen zu können. Von der Telefonistin bis zum Straßenbahnschaffner, vom Arbeiter bis zum Intellektuellen werden wir mit Hilfe der Psychotechnik die Leistungen steigern. Das Labor für meine Forschungen richte ich zur Zeit an Alexander Gastews Institut für Arbeit ein. Und vor wenigen Tagen haben mich die Genossen ins Präsidium von *Vremja* gewählt, einer Vereinigung, die sich die wissenschaftlich organisierte Arbeit der Massen auf ihre Fahnen geschrieben hat. Auch Gastew ist Mitglied und Meyerhold. Ehrenvorsitzende: Lenin und Trotzki, die unsere Arbeit besonders unterstützen.

Isaak am Ziel seiner Wünsche. Mehr als zwei Jahrzehnte war er ein Suchender gewesen, schwankte zwischen Musik, Philosophie und Psychologie. Er studierte bei Windelband in Heidelberg, bei Wundt in Leipzig, analysierte mit ihrer, Sabinas, Unterstützung seine Träume.

Schon als Kind hatte Oskar sich ihr enger angeschlossen als die anderen beiden Brüder. Geheimnisse hatten sie gehabt, hielten einander, wenn der Vater sie prügelte, streichelten ihre gequälten Körper, bis der Schmerz in Lust überging. Unschuldig zuerst. Doch dann war ihre Erregung umgeschlagen in Scham, in Widerwillen gegen den Bruder und gegen sich selbst. Sie müssen sich lösen, sagte Jung, als sie sich während des Russisch-Japanischen Krieges und der Pogrome vor Sorge um ihre Familie verzehrte. Damals schützte Jung sie vor den Ansprüchen des Vaters, der die Brüder nach Zürich schickte.

Gerade 14 war Oskar gewesen, als er sich den jüdischen Selbstverteidigungspatrouillen angeschlossen hatte, und ein Jahr älter, als er der Sozialistischen Revolutionären Partei beigetreten war. Sie wußte, daß er nicht nur gegen die Autokratie des Zaren rebellierte, gegen die antijüdischen Anfeindungen und Übergriffe, sondern auch gegen den despotischen Vater. Er war genug geprügelt worden. Jetzt wollte er zurückschlagen. Von Kommilitonen aus Rostow hörte sie, daß er sich tief in konspirative, terroristische Aktivitäten verstrickt hatte, ängstigte sich um ihn.

Jung hielt, in Unkenntnis der Situation in Rußland, ihre Sorgen für unbegründet. Bis der Brief vom Vater aus Paris kam, in dem er mitteilte, daß es ihm gelungen war, Oskar außer Landes zu schaffen. Die Ochrana hatte seine Gruppe ausgehoben, Flugblätter und revolutionäre Aufrufe in der Puschkinskaja sichergestellt. Verhaftung drohte. Verurteilung. Drakonische Strafe. In Panik versuchte er, sich in den Mund zu schießen, wollte seinem Leben ein Ende setzen. Und nur Nikolai Arkadjewitschs Bestechung der Polizei war es zu verdanken, daß Oskar in Sicherheit und in ärztlicher Behandlung war.

Danach hatte Oskar angefangen, sich der jüdischen Wurzeln zu erinnern, nahm seinen eingetragenen Namen Isaak Naftuljewitsch an, studierte Thora und Talmud. Und als 1914 der Krieg ausbrach, blieb er in Berlin, lebte in ihrer Wohnung und wendete sich Hermann Cohen und dessen jüdischer Universität zu. Mit glühendem Eifer lernte er Jiddisch, die auf den Wanderungen ihres vertriebenen Volkes entstandene

Sprache aus slawischen Idiomen, dem reichen, aus dem Mittelhochdeutschen stammenden Wortschatz und einem Kern aus Hebräisch und Aramäisch, dem »heiligen« Anteil.
Sie erinnerte die Rede des Großvaters, seine Briefe an die Verwandtschaft, wenn er sorgfältig die hebräischen Buchstaben von rechts nach links aufs Papier schrieb. Das wollte sie als Kind auch können, begann Hebräisch zu lernen und gab es wieder auf, weil anderes sie mehr interessierte, als die heiligen Bücher zu lesen.
Das Jiddische ist jetzt unsere Familiensprache, schrieb Isaak nach seiner Rückkehr. Rakhil und ich sprechen es, und für Menicha ist es die Vater- neben der russischen Muttersprache. Auch gehöre ich der jüdischen Sektion der Partei an, lese die jiddische Ausgabe der *Prawda*. Eine Freude ist es, Sabinotschka, endlich Jude sein zu dürfen. Übrigens gibt es viele von uns in der Partei und im Kulturleben, und das Jiddische hört man in unseren Kreisen ebensooft wie Russisch. Ich habe ein Jiddisch-Lehrbuch und eine Grammatik verfaßt, die ich Dir geben werde, wenn Du heimkommst. Jetzt habe ich angefangen, die Sprache der Rotarmisten zu untersuchen. Trotzki ist interessiert, und ich freue mich auf Deine Anregungen.
Sie sucht im Schreibkasten das Foto von Isaak und dem Vater, das während einer Wanderung im Mai 1914 aufgenommen wurde. Nikolai Arkadjewitsch hatte den Sohn in Leipzig besucht und an einem Ausflug des jüdischen Wandervereins teilgenommen. Stolz steht er auf dem Gruppenfoto vor den jungen Leuten, das Jackett geöffnet, einen Stock in der Hand. Auch in Berlin war der Vater gewesen, hatte Pawel und sie besucht, seine Enkelin vorsichtig auf den Arm genommen. Alles in Ordnung, Sabinotschka? hatten seine Augen über das mit dunklem Flaum bedeckte Köpfchen des Kindes hinweg gefragt. Nein, Papa, hätte sie sagen sollen, aber sie hatte genickt.
Darunter ein Foto des Bruders, aufgenommen während ihrer letzten Begegnung: Isaak allein vor dem Tisch in ihrem

Berliner Wohnzimmer sitzend, schmales, blasses Gesicht, die Augen hinter den randlosen Brillengläsern ernst auf den Betrachter gerichtet, die Linke auf dem Knie zur Faust geballt. Kein Lächeln. Damals hatte er ihr von Rakhil Poschtschtarewa erzählt, einer Biologiestudentin aus Rostow, mit der er sich verloben wollte, und hatte sie dabei so schuldbewußt angeschaut, als müsse er um Verzeihung bitten.

Nach dem Krieg besuchte er auf dem Weg nach Moskau Freud in Wien, der ihr davon im Brief vom 2. August 1919 berichtete und ihr mitteilte, daß Tausk, ihr Kontrahent der Mittwoch-Gesellschaft, am 3. Juli »seinem unglücklichen Leben« ein Ende gesetzt hat.

Unschlüssig legt sie Freuds Briefe aufeinander. Mitnehmen? Vernichten? Oder soll sie den Schreibkasten verschließen und hier zur Aufbewahrung geben, bis sie zurückkäme?

Noch immer ist sie nicht sicher, ob sie in Rußland bleiben will. Aber vielleicht werden sich die Zeiten ändern, die UdSSR nicht länger vom Ausland geächtet, von Informationen abgeschnürt sein. Vielleicht werden sie eines Tages frei reisen dürfen, ohne Visa und mit einer Währung, die überall akzeptiert wird.

Im Land zahlt man jetzt mit Tscherwonzen, schrieb Rakhil, die jedoch nur im Sowjetstaat gültig sind. Beantragt man ein Ausreisevisum, so ist es, wenn überhaupt, nur gegen die hohe Summe von 200 Rubel (das sind 2000 Tscherwonzen) zu erhalten.

Welch ein Widerspruch! Noch ist sie nicht in Moskau, und schon überlegt sie, wann sie die Stadt wieder verlassen kann. Dabei ist es müßig, über ein Bleiben in der Schweiz nachzudenken. Selbst wenn ihre Arbeitserlaubnis verlängert würde, ist die Möglichkeit zu praktizieren gering. Wie oft hat sie Freud um die Überstellung von Patienten bitten müssen, in Wien, in Berlin, in der Schweiz. Bei Vera Eppelbaum, die inzwischen Charlot Strasser geheiratet und mit ihm in Zürich eine psychiatrische Praxis eröffnet hat, erkundigte sie sich mehrmals nach Möglichkeiten, in Zürich zu arbeiten. Selbst Jung hatte sie von Lausanne aus 1918 um Patienten gebeten. Aber er war in seinem Antwortbrief nicht darauf eingegangen.

Er will mich nicht in Zürich haben, denkt sie, fürchtet noch immer, daß ich sein Leben durcheinanderbringen könnte. Hat sich inzwischen eingerichtet: mit seiner Geliebten und Mitarbeiterin Toni Wolff und seiner Ehefrau samt fünf Kindern. Die letzte der vier Töchter, Helene, wurde 1914 geboren. Es gab Gerüchte, daß Emma Jung sich scheiden lassen, sich nicht länger den Kränkungen ihres Mannes aussetzen wollte, der ihr, Sabina, unumwunden gestanden hatte: *Wenn die Liebe zu einer Frau in mir erwacht, dann ist mein erstes Gefühl ein Gefühl des Bedauerns, des Mitleides mit dem armen Weibe, das von ewiger Treue und anderen Unmöglichkeiten träumt und für ein schmerzliches Erwachen bestimmt ist.* Das war 1907, als er sich Binswanger für dessen Assoziationsexperimente zur Verfügung gestellt hatte: »Kind – haben, Treue – Reue«. Damals erklärte er ihr, daß Binswanger recht habe, wenn er Freuds Sexualtheorie als die »Krone« der neuen Wissenschaft betrachte.

Und als Jung 1908 Otto Gross analysierte, *kom(m)t der ganz freudestrahlend und erzählt in tiefster Rührung... von der grossen Erkenntnis die ihm nun aufgegangen ist (d. h. wegen der Poligamie), er will nun nicht mehr sein Gefühl zu mir unterdrücken.*

Sie blättert in ihren Briefentwürfen an Freud, die sie während ihrer Krise mit vor Erregung zitternder Feder formuliert hatte: *Er wollte freilich mich in sein Haus einführen, mich zur Freundinn seiner Frau machen, wie begreiflich konnte sich seine Frau auf die Geschichte nicht einlassen, so dass »nolens-volens« ihr der größte Teil verheimlicht bleiben musste.*

Aus seinen Affären hat Jung nie ein Geheimnis gemacht, denkt sie, während sie in ihrem Tagebuch blättert. Stolz hatte er Freud Ende August 1911, kurz vor dem Internationalen Psychoanalytischen Kongreß in Weimar mitgeteilt:

Diesmal wird das weibliche Element via Zürich stark aufrücken. Schwester Moltzer, Dr. Hinkle-Eastwick (charmante Amerikanerin!), Frl. Dr. Spielrein (!), sodann eine neue Entdeckung von mir, Frl. Antonia Wolff, eine remarkable Intelligenz mit ausgezeichner Einfühlung ins Philosophisch-Religiöse – last not least, meine Frau.

Aber sie, hinter deren Namen er beziehungsreich ein Ausrufezeichen in Klammern gesetzt hatte (Freud zeigte ihr den Brief später in Wien), war nicht nach Weimar gefahren. Obwohl sie sich von München aus angemeldet hatte. Je näher damals der Kongreßtermin rückte, desto weniger fühlte sie sich in der Lage, Jung und seiner weiblichen Entourage zu begegnen, und entschuldigte sich mit Fußschmerzen, die sie am Reisen hinderten.

Daß diese nicht der Grund für ihr Fernbleiben seien, stellte er in seinem Antwortbrief aus dem Hotel Erbprinz in Weimar fest, weiß er doch aus den therapeutischen Gesprächen sehr genau, warum die Schmerzen auftreten und wann ihr Unbewußtes sie hindert zu gehen. Sie hätte, schreibt er, nicht auf den Kongreßbesuch verzichten dürfen, hätte um der Sache willen von ihren Gefühlen absehen müssen. Schließlich sei ihr Fernbleiben nicht nur eine Strategie der Vermeidung, sondern auch der Selbstbestrafung, hatte sie doch ihre Dissertation vorstellen sollen, deren gedruckte Exemplare unter den Teilnehmern verteilt worden waren.

Am Ende die Mahnung, nicht nach dem eigenen Glück, sondern dem des anderen zu streben. Er, fügt Jung hinzu, habe alle Bitterkeit gegen sie aus seinem Herzen entfernt, da diese nicht aus der gemeinsamen Arbeit herrührte, sondern aus den quälenden emotionalen Verstrickungen der vergangenen Jahre, die er als überwunden betrachtet.

Schuft, murmelte sie in ihrem Schwabinger Pensionszimmer, verdammter Schuft. Reist mit seinem Harem zum Kongreß und kritisiert, daß mein Körper das Spiel nicht mitspielen will. Keine Antwort auf diesen Brief! Sie massierte ihre schmerzenden Füße. Dann schickte sie ein Telegramm nach

Rostow, daß sie heimkommen möchte, vierzehn Tage nur, bevor sie im Herbst zu Freud nach Wien geht. Dem hatte sie immer wieder ihr Herz ausgeschüttet, ihm rückhaltlos ihre Gedanken anvertraut, von ihrer Liebe zu Jung geschrieben, die aus tiefem seelischen Verständnis und gemeinsamen Interessen erwachsen war. Ohne Jung, so gestand sie Freud damals, wäre ihr Leben sinnlos. Und wenn sie schon nicht an seiner Seite leben durfte, dann wollte sie wenigstens ein Kind, sein Kind, wohl wissend: *meine wissenschaftlichen Bestrebungen würden schwer darunter leiden: ich werde nirgends mit dem Kleinen angenommen ... Es ist nicht leicht den Gedanken an das Knäblein, an meinen ersehnten Siegfried aufzugeben, aber was tun?*

Isaaks letzter Brief zwischen den Schreiben von Freud und Jung. Er hat sie vor wenigen Tagen hier im Institut erreicht. Ich versichere Dir, antwortet er auf ihre beunruhigten Fragen, daß alles getan wird, um Renatas musikalische Begabung zu fördern. Lunatscharski, unser Kulturkommissar, richtet hier in Moskau Bildungsstätten für Talente ein, für künstlerische, musikalische, sportliche, die Vorbild sein sollen für weitere Institutionen im Land. Kommissionen wählen aus je hundert begabten Waisenkindern in Fabrikzentren des moskauischen Gouvernements die genialsten aus, die dann in einem Internat von Künstlern, Musikern, Sportlern unterrichtet werden. Natürlich gilt das nicht nur für Waisen, aber Bevorzugungen auf Grund des Herkommens und der Eltern sollen vermieden werden. Nur die Begabung zählt, und daran gibt es bei Renata, da bin ich überzeugt, keinen Zweifel.

Ich will Dir jedoch nicht verschweigen, daß diese Einrichtungen noch nicht zur Zufriedenheit arbeiten, ja teilweise sogar scheitern, weil nicht genügend kompetente und gesellschaftlich gefestigte Mitarbeiter zur Verfügung stehen. So erzählte mir unlängst eine Malerin, die Frau des Dichters W. (sie verkehrte 1905 in der russischen Kolonie in Zürich), von einer Bildungsstätte für Wunderkinder in der Malerei, die im berühmten Schloß des Fürsten Galizyn, zwei Stunden von Moskau entfernt, begründet wurde. W. war dorthin gegangen, um 40 Knaben und Mädchen in der Malerei zu unterrichten, wollte mit allem Enthusiasmus an die Arbeit gehen.

Der Leiter der Schule jedoch war ein ehemaliger Geschäftsmann ohne jede Beziehung zu Kunst und Pädagogik, der sich, ebenso wie einige Maler und Lehrkräfte, mit seiner Familie in irgendeiner Ecke des riesigen Schlosses eingenistet hatte und dort ein Privatleben führte, ohne sich um die Kinder zu kümmern, die tun und lassen konnten, was sie wollten. W. hatte sich eine Kammer neben den Schlafräumen der Kinder gesucht, wollte Ordnung in das herrschende Chaos bringen. Das bedeutete zunächst, nicht mit den Kindern zu arbeiten, sondern die Lebensumstände so erträglich wie möglich zu machen. Das Wasser mußten sie, da im Schloß die Wasserleitung nicht mehr funktionierte, mit einem lahmen Pferd vor einem Karren selbst im Faß vom Brunnen holen. Und als es kalt wurde, gab es keine Heizung. Da sammelten sie Reisig im Park und abgebrochene Äste, um ein Kaminfeuer zu machen. Monatelang bestand das Essen aus Kohl, Linsen und wurmigen Heringen, die teils in Hundenäpfen, teils im Sèvres-Porzellan des Fürsten auf den Tisch kamen. Die Kinder nahmen den Lehrern übel, daß sie hungern mußten, obwohl die es auch nicht besser hatten. Und weil sie die wäßrige Kohlsuppe nicht mehr sehen konnten, sprangen sie auf die Tische und warfen Suppe, Linsen, Heringe und schimmeliges Brot samt Sèvres-Tellern und Hundenäpfen auf das Parkett. Die Kinder, die sonst sehr lieb sein konnten, benahmen sich wie Besessene, stahlen der Köchin Brot und Kartoffeln, ihren Kameraden das Wenige, was sie aus ihrem kümmerlichen Vorleben gerettet hatten. Die berühmte Freiheit, die man ihnen lassen wollte, entstellte sie.

Um sie in Schach zu halten, zeichnete W. jeden Tag ein anderes Kind. Dabei wurde es ruhig, und sie schauten W. mit Interesse zu. Sollten sie jedoch mit dem wenigen Material, das für den Unterricht zur Verfügung stand, selbst arbeiten, begannen sie wieder zu lärmen und weigerten sich. Da gab W. auf und reiste ab. In anderen Heimen hilft man sich, indem man die Kinder hart straft, sie bei Nacht weckt und sie daran hindert, weiterzuschlafen.

Wochen später, erzählte W., traf sie in Moskau eine Schar lärmender, grauer Gnomen, die sie plötzlich auf der Straße umringten und umarmten. Es waren die Kinder aus Schloß Galizyno, die zu einem Museumsbesuch nach Moskau gebracht worden waren. Niemand hatte jedoch bedacht, daß das Museum an diesem Tag geschlossen war. Jetzt ist das Heim aufgelöst, erfuhr W. kürzlich, und die Kinder sind in verschiedenen Anstalten für jugendliche Verbrecher untergebracht.

Ich schreibe Dir dieses so drastisch, weil ich nicht weiß, ob Du in Genf mit jüngst Emigrierten zusammenkommst, die Dir von solchen Zuständen erzählen. Es gibt sie, diese Mißstände, aber nicht indem wir davonlaufen, sondern nur durch unsere aktive Arbeit werden wir die Verhältnisse ändern. Und je mehr wir sind, Sabinotschka, um so schneller werden wir die Wohltaten unseres neuen Denkens und Handelns erleben.

Sie steckt Isaaks Brief in ihre Handtasche, wird ihn heimnehmen in die Rue des Cources und in den Ofen stecken. Keinen der Briefe Rakhils oder des Bruders will sie mitnehmen nach Moskau, keinen aufbewahren in ihrem Schreibkasten. Vielleicht sollte ich den ganzen Kasten verbrennen, denkt sie. Alles in Flammen aufgehen lassen und die Asche in einem kleinen Behälter im See versenken. Beschwert mit einem dicken Stein. Ihm nachsehen, wie er tiefer und tiefer sinkt und schließlich nicht mehr zu sehen ist.

Wäre sie in Zürich, würde sie mit der Asche zum See gehen, dorthin, wo sie mit Jung so viele Male gewesen ist. Hastig sucht sie nach dem ersten Brief, den er ihr am 20. Juni 1908 schrieb. Damals entzog sich Gross der Analyse mit dem Sprung über die Anstaltsmauer, aber die Ideen des eigenwilligen Kollegen ließen Jung nicht los. Warum sollte er seinen Gefühlen für seine russische Patientin nicht nachgeben und tun, was Gross so selbstverständlich tat?

Jung schlug ihr, um allein zu sein und ungestört sprechen zu können, eine Schiffsfahrt vor. Treffen: Dienstag vormittag 11 Uhr am Dampfschiffsteg Bahnhofstrasse. Sonne und Wasser, so fügte er hinzu, werden helfen, die Gefühlswirrnisse zu klären.

Aber statt der Klärung neue Emotionen. Er hatte ihr seine Liebe gestanden, versprochen, ihre Gefühle nicht »an der Alltäglichkeit der Gewöhnung zu ersticken«. Sie ging wie auf Wolken. War seine Erwählte.

Ein neues Treffen am Freitag, ihrem Glückstag, dem Tag, an dem sich die Mutter verlobte, heiratete, an dem sie selbst zur Welt kam. Ein gutes Zeichen, daß dieser Tag, an dessen Abend der Schabbat beginnt, auch der magische Tag ihrer Liebe sein wird.

Aber bald reichte dieser eine Tag nicht aus, trafen sie sich erneut am Dienstag am äußeren Utoquai, stiegen gemeinsam bergauf zum »Burghölzli«. Freitag abend um halb sechs fuhr sie zu ihm. Für die folgende Woche schlug er ein Treffen in Rapperswyl vor.

An ihrem Genfer Schreibtisch zieht Sabina die Bogen aus den Umschlägen. Immer wieder liest sie: »Meine Liebe! Liebe Freundin! Liebes!« Briefe in die Schönleinstrasse, nach Rostow, wo sie im Sommer 1908 die Eltern besuchte. Sehnsucht. Heimliche Treffen. Leidenschaft. Und immer wieder die Frage: Wie geht es weiter mit uns?

Dann, am 4. Dezember 1908, sein Brief in die »Pension Hohenstein«. Seine Reue, Angst, daß alles, was er erreicht hat, durch ihre Beziehung in Frage gestellt ist: die berufliche Karriere, seine Familie. Er klagt sich an, bittet sie, ihm zu verzeihen, daß er seine ärztlichen Pflichten vernachlässigte, ihr Hoffnungen gemacht hat. Schwach sei er und unbeständig, fürchtet sich, daß sie sich an ihm rächen wird, spricht wieder von dem Menschen, den er sucht, der ihn liebt und versteht, ohne ihn *einzusperren und auszusaugen,* und gibt zu, daß er *des Glückes der Liebe, der stürmischen, ewig wechselnden Liebe, für mein Leben nicht entrathen kann* ...

Er will zu ihr kommen, will Klarheit, Sicherheit, *möchte bestimmte Abmachungen, dass ich ruhig sein kann über ihre Absichten.* Und er erinnert sie an seine uneigennützige Zuneigung und Unterstützung, die er ihr zuteil werden ließ, als sie krank war: *Jetzt bin ich krank.*

Zwischen seinen Schreiben liegen ihre Entwürfe, immer neu formuliert, ehe sie die Briefe abschickte: *Jemandem Leiden verschaffen? Nie! ... Den Kindern den Vater rauben? Das wirkt am tiefsten, weil ich nie über ein Kind schreiten kann ... Zum Voraus will ich bemerken, dass es mir nie einfällt zu wünschen, Sie zum Man(n) zu kriegen ... Ich bin Ihr »erster Erfolg«; Ihr Zweifel an eigenen Kräften etc. gibt sich auch in einer Abwehr mir gegenüber kund ... Tiefste Depression, hoffnungslos verloren ... ich leiste nichts Rechtes und brauche gar nicht auf der Welt zu existieren.*

Sabina erinnert ihre Verzweiflung. Verwirrung. Die Suizidgedanken, die sie quälten. Sollte sie tun, was Chana Katzmann getan hatte, die sie aus der Schulzeit kannte. Zwei Jahre vor ihr war sie nach Zürich gezogen, um Medizin zu studieren. Und kurz darauf, im Winter, hieß es, sie sei tot. Habe Selbstmord begangen.

Tage und Nächte, da ihr das Leben sinnlos erschien. Dann wieder: *hilf mir Schicksal, denn mein Sinn ist nach dem Guten gerichtet und mein Wille – göttlicher Wille!* Und mutlos: *Wann ist das Ende der Qual? ... Statt mir ruhige Liebe zu zeigen, wie ich es nach der ganzen Plage notwendig hatte, verfiel er wieder in eine Don Juan Rolle, die mir so widerwärtig ist ... fand er dass ich zu der Kategorie der Frauen gehören sollte, die nicht für das Muttersein, sondern für die freie Liebe geschaffen sind.*

Aber gerade das will sie: *Frau und Mutter sein und nicht eine zum Zeitvertreib. Ich will, dass er sieht, was ich kann, was ich werth bin.*

Und sie will ihrer Liebe in der Arbeit, die ihnen beiden

wichtig ist, Gestalt geben. Dabei muß das Kind, das sie sich von ihm wünscht, seine Gestalt wandeln, muß ihr Wunsch sich in sublimierter Form erfüllen: *Die Destruktion als Ursache des Werdens.*

Liebes! Empfangen Sie nun das Produkt unserer Liebe, die Arbeit Ihres Söhnchens ... Das hat eine Riesenmühe gegeben, aber für Siegfried war mir nichts zu schwer. Wenn die Arbeit von Ihnen in den Druck aufgenommen wird fühle ich meine Pflicht Ihnen und Ihrem Söhnchen gegenüber erfüllt. Dann erst bin ich frei.

Ende November 1914. Jung hatte sie in der Seefeldstrasse abgeholt. Auf dem Uferweg gingen sie nebeneinander. Doch weit genug entfernt, um sich nicht zu berühren. Feiner Schnee rieselte. Über dem Wasser grauer Dunst, der Berge und Himmel verdeckt. Sie schob den Wagen mit dem schlafenden Kind, trug ihre Fuchsmütze, unter der ihr Gesicht ganz klein war. Wie damals, vor einem Jahrzehnt, bei ihrem ersten Spaziergang, bergab vom »Burghölzli« ins Seefeld. Er rauchte.

Ich brauche Patienten, sagte sie. Mit dem Beginn des Krieges sind die Verbindungen nach Rostow abgeschnitten, kann uns der Vater nicht mehr unterstützen.

Wo ist Ihr Mann? fragte er.

In Rußland, antwortete sie, beim Militär.

Haben Sie Nachricht?

Sie schüttelte den Kopf, wußte nicht mehr als das, was in den Zeitungen gestanden hatte: Eindringen der russischen Truppen nach Ostpreußen bei Kriegsbeginn, 7.-15. September Schlacht an den Masurischen Seen, Untergang der Njemen-Armee. Bis auf das Grenzgebiet war Ostpreußen wieder frei. Gegen Österreich-Ungarn hatte der Zar erfolgreicher gekämpft, Ostgalizien war erobert, jetzt standen sich die feindlichen Armeen an der Karpartenfront gegenüber.

Ich weiß nicht einmal, zu welchem Truppenteil er eingezogen wurde, wo er sich befindet, sagte sie. Ohnehin fürchte ich, daß Juden, wie schon im Krieg 1905, wieder in Geiselhaft genommen werden, einerseits um das vorgebliche Sicherheitsrisiko der Militärsabotage zu verringern, andererseits um die feindlichen Regierungen unter Druck setzen zu können.

Gerüchte. Jung machte eine Bewegung mit der Hand, als wolle er ihre Bedenken wegwischen, dann sagte er: Ihr Mann wird als Arzt in irgendeinem Militärlazarett sein.

Und nach einer kurzen Pause: Vermutlich werde ich auch bald zu Wehrübungen eingezogen.

Sie ließ den Kinderwagen auf dem Weg stehen, trat ans Ufer, bohrte die Spitze ihres Schuhs in den feuchten Sand. Wie damals.

Es fällt mir nicht leicht, Sie um etwas zu bitten.

Was erwarten Sie von mir? Ihre Methode ist eine andere als meine. Wir haben uns voneinander entfernt. Sie halten zu Freud, ich habe mich von ihm getrennt, habe bei der Münchner Tagung erkannt, daß unsere Gegensätze unüberbrückbar sind.

Während sie noch eine Antwort suchte, die helfen könnte, den Graben zwischen ihnen nicht tiefer werden zu lassen, fuhr er erregt fort: *Er hatte selber eine Neurose und zwar eine wohl diagnostizierbare mit sehr peinlichen Symptomen, wie ich auf unserer Amerikareise entdeckte. Er hatte mich damals belehrt, daß alle Welt etwas neurotisch sei und man deshalb Toleranz üben müsse.* Glauben Sie, er stand jetzt hinter ihr, daß ich mich mit einer solchen Antwort begnüge. Ich will wissen, wie man Neurosen vermeidet, brauche keinen Meister, der nicht einmal mit der eigenen Neurose fertig wird. Er warf die halbgerauchte Zigarre in den Schnee: Es blieb mir nichts anderes übrig, als mich zurückzuziehen.

Sie drehte sich zu ihm um. Auf seinem schwarzen Hut schmolzen die Flocken, die Augen verschwammen hinter feuchten Brillengläsern. Hilflos hob sie die Hände, murmelte: Freud und Sie haben mehr Gemeinsames, als Sie sich jetzt eingestehen wollen. Und auch wir ...

Wir? Ich sehe, daß auch Sie mich mißachten. Habe es aus Ihren Briefen gelesen, die Sie mir aus Wien schickten, in denen jedes zweite Wort »Freud« war; dann aus Berlin. Da haben Sie sich beschwert, weil ich nicht antwortete. Daß ich es nicht konnte, daß mich meine inneren Kämpfe zu jener Zeit zu sehr belasteten, hat Sie nicht interessiert, obwohl Sie wußten, daß damals alle Freunde und Bekannten von mir abgefallen waren. *Mein Buch, »Symbole und Wandlungen der Libido«, wurde als Schund erklärt. Ich galt als Mystiker, und damit war die Sache erledigt. Riklin und Maeder waren die beiden Einzigen, die bei mir blieben* ... Und Sie, fügte er bitter hinzu, mit fliegenden Fahnen zu Freud übergelaufen. Er brach ab.

Da begann sie sich zu verteidigen, unsicher zuerst. Sprach von ihrer Arbeit, von der er selbst sagte, daß »unheimliche Parallelen« zu seinen eigenen Gedanken darin vorkommen. Wurde sicherer: Sie gingen sogar so weit, daß Kollegen vermuten könnten, ich hätte bei Ihnen »gepumpt«. Von der geheimen Durchdringung unserer Ideen haben Sie gesprochen und gestanden, daß Sie sogar Anleihen bei mir gemacht, vielleicht sogar unbewußt *ein Stück* meiner Seele *aufgeschluckt* hätten. Und jetzt soll dieses tiefe Einverständnis nicht mehr wahr sein, nur weil ich, wie Sie es ausdrücken, zu Freud übergelaufen bin. Ich jedenfalls, sagte sie fest, bin ihm dankbar, daß er mir beigestanden hat. Damals, fügte sie hinzu.

Sie kannte ihn gut genug, um zu wissen, daß er jetzt nur zwei Möglichkeiten der Erwiderung sah: eine Verteidigung seines Verhaltens zu versuchen oder zu sagen, daß er über das Vergangene nicht mehr reden wolle. Dann würde er sich umdrehen und davongehen, in Richtung Küsnacht, das sie immer in ihrem Tagebuch mit einem doppelten S geschrieben hatte, wie Küsse.

Das Damals hätte ich nicht erwähnen dürfen, nicht unsere Geschichte, dachte sie, er verträgt es nicht, sich verteidigen zu müssen. Aber sie hatte sich getäuscht. Er faßte ihren Arm, suchte ihre Augen: Nicht nur Ihnen ging es schlecht. Sie senkte den Kopf.

Kommen Sie, er zog sie zum Weg zurück. Im Gehen redet es sich leichter. Sie schob den Wagen mit dem schlafenden

Kind, dessen Gesicht unter der dicken Wollmütze gerötet war von der Kälte.
Von meinen inneren Kämpfen habe ich Ihnen geschrieben. Meine Zweifel, meine Verzweiflung waren nicht nur dem Konflikt mit Freud geschuldet, sondern auch dem Ende unserer ... Er zögerte, suchte das Wort, das ihr Miteinander benennen sollte. Liebe? Freundschaft? Beziehung? Unseres Verhältnisses?
Langsam ging sie weiter, dachte an das vergangene Jahr in Berlin, die schwierige Schwangerschaft, ihre Angst, sagte:
Ich habe Ihnen ja bereits geschrieben, dass ich gleichzeitig oder infolge des Auftretens eines mächtigen Siegfriedtraumes während der Gravidität mein Töchterchen beinahe verloren habe. Schliesslich hat diese in Wirklichkeit gesiegt und ich nannte es Renata, die Wiedergeborene.... *Siegfried wurde geschlagen. Ist er aber tot?*
Dazu das vergebliche Warten auf Ihre Briefe. Ein kurzes Schreiben im April, als Sie aus Amerika zurückgekehrt waren. Und eines im August. Da zerstreuten Sie meine Sorge um das Ungeborene mit der Mahnung, das Kindchen nur recht zu lieben; dann würde schon alles gut werden.
Schließlich, fügte sie bitter hinzu, nur eine knappe Gratulation *zum schönen Ereignis* nach Renatas Geburt am 17. Dezember.
Auch ich habe gelitten, hatte Alpträume, entgegnete er, Tag- und Nachtgesichte, die mich heimsuchten, sah *Ströme von Blut ... Ich fragte mich, ob die Visionen auf eine Revolution hinwiesen ... Der Gedanke an Krieg kam mir nicht.* Irgendwann in dieser Zeit spürte ich, daß es nicht die politische Situation war, die mich beunruhigte, sondern nahm an, ich sei von einer Psychose bedroht, *schrieb die Phantasien auf, welche mir oft wie Unsinn vorkamen und gegen die ich Widerstände empfand.*
Und dann, am 18. Dezember vor einem Jahr, fand ich *mich mit einem unbekannten braunhäutigen Jüngling, einem Wilden, in einem einsamen und felsigen Gebirge. Es war vor Tagesanbruch, der östliche Himmel war schon hell ... Da tönte über die Berge das Horn Siegfrieds, und ich wußte, daß wir ihn umbringen müßten.*

Wir waren mit Gewehren bewaffnet... Plötzlich erschien Siegfried hoch oben auf dem Grad des Berges im ersten Strahl der aufgehenden Sonne. Auf einem Wagen aus Totengebein fuhr er in rasendem Tempo den felsigen Abhang hinunter. Als er um eine Ecke bog, schossen wir auf ihn, und er stürzte, zu Tode getroffen.

Voll Ekel und Reue, etwas so Großes und Schönes zerstört zu haben, wandte ich mich zur Flucht, getrieben von Angst, man könnte den Mord entdecken. Da begann ein gewaltiger Regen niederzurauschen, und ich wußte, daß er alle Spuren der Tat verwischen würde. Der Gefahr entdeckt zu werden, war ich entronnen, das Leben konnte weiter gehen, aber es blieb ein unerträgliches Schuldgefühl.

Sie ist noch immer unentschlossen, ob sie ihre Tagebücher und Briefe mitnehmen soll. Weiß, daß sie den schweren Schreibkasten in Genf zurücklassen muß. Zwei Hände, zwei Koffer. Renata wird ihre Tasche tragen und den Ranzen auf dem Rücken, den man in Rußland nicht kennt. Da tragen die Schüler ihre Hefte und Bücher mit einem Riemen umwickelt, hat sie dem Mädchen erzählt. Trugen, verbesserte sie sich. Ich weiß nicht, wie es jetzt ist.

Ich weiß so vieles nicht, denkt sie und tritt ans Fenster. Auch nicht, wie es wirklich um die Juden steht. Die Revolution, so hatten die jüdischen Bolschewiki vor dem Krieg in Zürich proklamiert, würde Freiheit und Gleichheit bringen, einlösen, was die Religion versprochen hatte und nicht hielt. Statt des Wartens auf die Erlösung durch den Messias würde der Weg frei zum Paradies der Werktätigen.

Das hofften sie, wenn sie sich in Sophie und Friedrich Erismanns Wohnung in der Plattenstrasse trafen, Tee aus dem Samowar tranken und sich in nächtlichen Diskussionen die Köpfe heiß redeten. Sich endlos über den richtigen Weg stritten. Jetzt ist der erste Schritt getan. Der Zar gestürzt, der Bürgerkrieg beendet. Ein neues, besseres Rußland entsteht.

Ziel junger Juden nach der Revolution, so haben Isaak und Jan berichtet, ist die Russifizierung. Nach 1917 hatten sie den ihnen traditionell zugewiesenen Ansiedlungsrayon verlassen können und waren in die Städte gezogen. In Moskau und Leningrad stellen sie inzwischen die bedeutendste nationale Minderheit, sind in die neuen sowjetischen Eliten aufgestiegen. Von den 34 Mitgliedern des Politbüros sind, so schrieben die Brüder stolz, 18 % Juden. Sprunghaft angestiegen ist auch der Anteil jüdischer Studenten, Doktoranden und Professoren an den neuen Universitäten und Instituten.

Da hast Du mit Deinen Qualifikationen alle Chancen, Sabina, lockte Isaak und fügte hinzu, daß in der Roten Armee die einstmals auf die Mannschaftsdienstgrade beschränkten Juden bis in den Generalsrang aufgestiegen seien. Nie würde sich wiederholen, was 1915 geschehen war: jüdische Soldaten, der Sabotage verdächtigt, weil sie Juden waren, in Viehwagen gepfercht und ziellos durchs Land gefahren. 110 Waggons! Abgestellt tagelang auf Verladerampen und Verschiebebahnhöfen! Verzweifelt hatte sich in der Duma der Abgeordnete Friedmann mit einer Loyalitätsadresse an den Zaren und die Deputierten gewandt, versichert, daß die Juden immer auf der Seite Rußlands stehen.

Aber, hat sie Isaak unsicher gefragt, gibt es nicht auch die jüdischen GPU-Männer in schwarzen Ledermänteln und mit Maschinenpistolen, von denen die Emigranten erzählen? Nehmen sie nicht den Bauern das letzte Brot aus dem Schrank? Und richten diese ihren Haß nicht nur gegen die Plünderer, sondern gegen die gesamte jüdische Bevölkerung und rächen sich mit Pogromen? Ist es wahr, Isaak, daß Tausende von Juden im Süden und in der Ukraine ermordet wurden?

Es habe Ausschreitungen gegeben, im Bürgerkrieg, in dem jeder jedem mißtraute und alle Hunger litten, gab er zu, aber seit Juli 1918 besteht ein Dekret der Volkskommissare gegen Antisemitismus, und die Pogromtschiki wurden vor Gericht gestellt und verurteilt. Antisemitismus, schloß er, ist ein Indiz der kapitalistischen, nicht der sozialistischen Gesellschaft. Und was es nicht gibt, Sabinotschka, kann auch nicht verfolgt werden.

Sie schaut aus dem Fenster. Draußen schneit es. Am Wochenende werden die Menschen in die Berge fahren, um Ski zu laufen. Das ist nach dem Krieg in Mode gekommen. Männer wie Frauen besteigen am frühen Morgen die Züge. Sie tragen Hosen, dicke Pullover, Windjacken oder Wolljoppen und Stiefel, über die gestrickte Socken gekrempelt werden, wollene Mützen und Handschuhe. Die Bretter über die Schulter gelegt, in der anderen Hand die Stöcke. Auch Jung fährt, so hat sie gehört, mit seiner Frau zum Winterurlaub nach Zuoz. Und Emma habe sich in dem Dreieck mit Toni Wolff arrangiert, heißt es.

Ich muß aufhören, an ihn zu denken. Wenn ich in Moskau bin, werde ich keine Kollegen mehr treffen, die von ihm reden, werde so weit fort sein, daß er seinen Schatten nicht mehr auf mich werfen kann.

In diesen letzten Tagen in Genf fühlt sich Sabina wie in einem Vakuum, das sich inmitten eines Wirbelsturmes gebildet hat. Sie hat sich von den Kollegen verabschiedet, von ihren Patienten. Von den Kindern, mit denen sie im Institut gearbeitet hat. Wenn sie jedoch, in der Stille des Zimmers, ihre Sachen ordnet, die Erinnerungen aufsteigen, wird die Gegenwart unversehens wieder zur Vergangenheit, während in Isaaks und Rakhils Briefen das Zuküftige auf sie eindringt. So entstehen Wirbel, in denen sich alles vermischt: Genf und Moskau, Zürich und Wien. Die vergessenen Gesichter und Namen aus dem »Burghölzli«, aus der Russenkolonie, aus Berlin tauchen auf, verfließen mit denen Isaaks, Jans und Nikolai Arkadjewitschs, die in Rußland auf sie warten.

Sie denkt an Pawels Freude bei Renatas Geburt, die Wünsche des Alten aus der Wiener Berggasse, daß es ihr in der Ehe gelingen möge, *das infantile Ideal des germanischen Recken und Helden, an dem Ihre ganze Opposition gegen Milieu u Herkunft steckt, als Plunder zur Seite zu werfen.*

Er ist, hat er Sabina wissen lassen, *von jedem Rest von Vorliebe fürs Ariertum genesen.* Mahnt sie und sich selbst: *lassen wir die Irrlichtereien fahren!*

Es war, als habe er 1913, nach dem Zerwürfnis mit Jung,

plötzlich den einst so hochgelobten arischen Sohn verstoßen und sie, die jüdische Tochter, adoptiert, denn: *Wir sind u bleiben Juden. Die Anderen werden uns immer nur ausnützen und uns nie verstehen oder würdigen.*

Aus der Traum von der jüdisch-arischen Symbiose, als die sie auch ihr Wunschkind gesehen hatte, *weil Dr. Jung als Götterabkömmling mir vorschwebte und ich von Kindheit an so eine Ahnung hatte, dass ich nicht für das alltägliche Leben bestimmt bin.* Siegfried, der blonde Knabe, das *kostbare Geheimnis des germanischen Menschen, sein schöpferisch-ahnungsvoller Seelengrund* sollte durch sie, die jüdische Mutter, geboren werden. Scharf hatte Freud damals eingewandt, *daß ihm die Phantasie von der Geburt des Heilands aus einer Mischvereinigung gar nicht sympathisch war.* Erklärte, daß Gott in *seiner antisemitischsten Zeit* schon einmal einen Heilsbringer *aus bester jüdischer Rasse* zur Welt hatte kommen lassen. Nicht zum Besten der Juden. Es ist Zeit, mahnte er sie, das »Götzenbild« zu erschlagen und sich ihrer jüdischen Wurzeln zu besinnen.

Ich sollte in die Rue des Cources gehen und weiterpacken, denkt sie, blättert statt dessen unentschlossen in ihren alten Aufzeichnungen: *Bis zu 13 Jahren war ich aeusserst religiös trotz mancher Widersprüche, trotz des Spottes des Vaters ... Die Loslösung von Gott fiel mir ... schwer. Es entstand eine Leere. ... Als ich in meiner Einsamkeit von einer Freundin träumte, so malte ich mir immer ein jüdisches Mädchen aus.*

Auch in Zürich hatte sie sich den jüdischen Studentinnen angeschlossen, an Tatjana, Rebekka, Vera und Esther, erinnerte sich, wie eifersüchtig sie war, während sie an ihren Dissertationen schrieben und mit Jung die Ergebnisse diskutierten, der ihr gestanden hatte, daß er jüdische Frauen begehre, ein jüdisches Mädchen lieben möchte.

Jung, der einerseits der Religion des Vaters treu bleiben will, andererseits den Drang verspürt nach Auffrischung durch eine neue Rasse, nach der Befreiung von väterlichstrengem Zwang durch eine »ungläubige« Jüdin. Eine alte

Geschichte vertraute er ihr an von seiner Cousine Helly Preiswerk, die er geliebt hatte, die sein Medium gewesen war, *ein schwarzes hysterisches Mädchen ... die sich immer Jüdin nannte (in Wirklichkeit aber keine war).* Ein magisches Spiel war das gewesen, mit heimlichen Séancen und erotischen Phantasien.

Und sie erzählte ihm von ihrer Mutter, die sich während des Studiums in Sankt Petersburg leidenschaftlich in einen Christen verliebte. Aber als der junge Mann sie um ihre Hand bat, wagte sie nicht, einzuwilligen, weil sie wußte, daß es ihre Eltern »ruinieren« würde.

Und? fragte Jung, was ist aus ihm geworden?

Er hat sich erschossen. Und meine Mutter heiratete den Vater, obwohl der im Sinne der Gläubigen geradezu ein Ketzer ist.

Was erwarteten Nikolai Arkadjewitsch und Eva Markowna von ihr, ihrer Ältesten? Hätten sie, obwohl freidenkend und assimiliert, einen Christen als Schwiegersohn akzeptiert? Einen geschiedenen noch dazu?

Der Vater sagte, als er die unselige Geschichte mit Jung erfuhr, daß seine Tochter schon wisse, was sie tue. Vertraute auf Freuds Einfluß, den Jung damals noch als »grossen Meister und Rabbi« verehrte, der seine Arbeiten lobte und postulierte: »Besondere arische oder jüdische Wissenschaft dürfe es nicht geben. Diese Resultate müßten identische sein und nur die Darstellung könnte variieren.« Sein wissenschaftlicher Anspruch: Objektivität und Allgemeingültigkeit getrennt von jeder Weltanschauung.

Sabina erinnert sich an Freuds ständiges Bemühen, die klinischen Psychiater für seine Arbeit zu gewinnen: Bleuler zunächst, dann Jung. Psychoanalyse ist eine Wissenschaft und damit für neue Ergebnisse und Perspektiven offen, wurde er nicht müde zu betonen, auch wenn damals die meisten seiner Schüler und zahlreiche Patienten aus jüdischen Familien stammten. So wie sie selbst, der oft genug kritische Kollegen vorhielten, daß die psychoanalytische Theorie mehr oder weniger typisch jüdisch sei, Religion und Weltanschauung. Immer hat sie (in Freuds Sinne) heftig widersprochen, sah er doch in Philosophie und Religion geschlossene Systeme, die sich von den offenen der Wissenschaften, zu denen er die Psychoanalyse zählte, unterscheiden.

Aber, denkt sie, während sie Freuds Briefe in den Kasten zurücklegt, sein eigener Umgang mit abweichenden Meinungen und Entwicklungen, wie Adler sie verkörpert oder Jung, rückt die Psychoanalyse doch wieder in die Nähe einer Weltanschauung. Und am Rande des universitären Diskurses wird sie, das hat sie selbst bei Kraus in Berlin erlebt, ohnehin als geschlossenes System mit weltanschaulichen Ansprüchen betrachtet, dem sich die Hochschulen nicht öffnen mögen.

Alfred Adler, der eine nach allen Seiten hin unabhängige psychoanalytische Forschung sichern wollte, wurde von Freud als Abtrünniger erklärt, als persona non grata. Heftige Kämpfe, Abspaltungsprozesse und interne Ausdifferenzierungen erregten den Meister in Wien. Entsetzt wird ihm klar: Die Kinder, der Tyrannei des Vaters müde, stehen auf und erschlagen ihn. Und Stekel behauptete sogar, der Meister fürchte sich vor seinen Schülern.

Und zur inneren Auseinandersetzung kommt noch immer die kritische Außenwelt, gegen die sich Freud hatte schützen wollen, indem er die Psychoanalyse an die etablierten Wissenschaften wie die Psychiatrie zu binden suchte, nichtjüdische Schüler besonders förderte und in wichtige Posten seiner Bewegung einsetzte. Nur deshalb ernannte er Jung zum Vorsitzenden der Internationalen Vereinigung. »Juden«, proklamierte Freud damals, »müssen sich bescheiden, Kulturdünger zu sein. Ich muß Anschluß an die Wissenschaft finden.« War überzeugt: »Die Schweizer werden uns retten.«

Aber auch wenn Freud 1910 glaubte, daß Jungs Auftreten die Psychoanalyse der Gefahr entziehe, eine jüdisch-nationale Angelegenheit zu werden, so kann Sabina jetzt doch nicht umhin, einzugestehen, daß seine stringente Betonung des

Lehrer-Schüler-Verhältnisses auch religiöse Züge annehmen kann: Freud als Chassid, der sich Jünger schafft statt Schüler, Apostel, die seine »Glaubenssätze« weitertragen sollen.

Seine Schüler sind wie seine Kinder, denkt sie, die er nach seinem Willen gestaltet. Und wer nicht für ihn ist, ist gegen ihn. Wie die Genfer Kollegen. Und auch von ihr erwartet er, daß sie in Moskau »Ausgezeichnetes« leiste. In seinem Sinne. Besteht doch zwischen ihnen eine ganz eigene »intellektuelle Konstitution durch Rassenverwandtschaft«, die Karl Abraham und Max Eitingon in Berlin, Moshe Wulff in Moskau ein-, Jung jedoch explizit ausschließt.

Oft genug hatte sie den Zorn des Meisters zu spüren bekommen, als sie zwischen ihm und Jung zu vermitteln versuchte. Auch sie stellte er vor die Entscheidung: Jung oder ich.

Auf welcher Seite stehen Sie? Immer dieselbe Frage – bei Freud wie bei Jung – und immer dieselbe Antwort: *Ich, hingegen möchte mich vollkommen von Dr. Jung trennen und meine selbständige Bahn einschlagen. Das kann ich aber nur, wenn ich soweit frei bin, dass ich ihn lieben kann; wenn ich ihm entweder alles verzeihe oder ihn ermorde.*

Erzähl mir von Rußland, maman, bettelt Renata. Gemeinsam haben sie die Noten eingepackt, ein paar Kinderbücher. Die Schulsachen hat das Mädchen in der Schule abgegeben. Wir gehen nach Moskau, erklärte Sabina der Directrice, als sie Renata abmeldete. Vers la Russie, très intéressant! Die Directrice war überrascht, wußte nicht viel über die Scheftels, nur, daß Mutter und Tochter allein lebten und daß Dr. Spielrein-Scheftel Assistentin des berühmten Freud in Wien gewesen war und jetzt am Institut Jean-Jacques Rousseau in der Taconnerie 5 arbeitete. In der Lokalzeitung hatte sie vor Jahresfrist angeboten, Interessierten, *die sich über erzieherische und wissenschaftliche Analyse erkundigen wollen*, unentgeltlich jeden Dienstagabend zur Verfügung zu stehen.

Rußland, голубушка, golubupka, sagt Sabina zärtlich und

setzt sich auf den Bettrand, Rußland, mein Täubchen, ist für mich nicht Moskau, sondern Rostow am Don, die Puschkinskaja Uliza, mein Elternhaus. Polja, ergänzt Renata, die es liebt, wenn die Mutter erzählt, Grigori und Sweta, der Großvater und die Großmutter.

Дедушка и бабушка, verbessert Sabina. Deduschka i babuschka, wiederholt Renata.

Als ich klein war, beginnt Sabina, jünger als du, liebte ich es unter das Kanapee zu kriechen, das mit grünem Samt bezogen war, von dem Fransen herunterhingen. Da hindurch blickte ich unter den Fauteuils in geheimnisvolle Grotten, die geschnitzten Tischbeine wurden zu Berghängen, die bunten Teppiche zu seltsamen Landschaften, in denen ich meine Puppe spazierenführte. Und das blanke Parkett, das wie Wasser alle Gegenstände spiegelte, wurde zum Meer, auf dem ich kleine, hölzerne Boote fahren ließ.

Erzähl von den Bohnerern, bittet Renata.

Die kamen jede Woche einmal. Fünf Männer oder sechs, barfuß, in weiten Samthosen und roten Hemden, die bis zu den Knien reichten und an den Hüften lose mit einem Gürtel gehalten wurden. Dann rückte Polja alle Möbel an die Wände, rollte die Teppiche auf, und der Schulunterricht wurde unterbrochen. Jeder der Männer band sich eine Sandale an den rechten Fuß, die mit gewachsten Bürsten unterlegt war, und dann bewegten sie sich in einer Reihe durch den Raum, die Hände hinter dem Rücken gekreuzt, mit dem rechten Fuß einen Halbkreis von rechts nach links, von links nach rechts beschreibend, sich mit dem nackten linken Fuß vorwärts schiebend. So ging das von Zimmer zu Zimmer. Und wenn sie das Haus verließen, rotgesichtig und schwitzend, blieb der seltsame Geruch von saurem Schweiß und duftendem Wachs zurück.

Gedankenverloren sieht sie vor sich hin, bis Renata sie an die Kopeken erinnert, die regelmäßig wie durch Hexerei nach dem Bohnern vom Klavier verschwunden waren. Kopeken, die sie und die Brüder beim Üben auf die Hand legen mußten, damit sie sie ruhig hielten. Ich habe das gehaßt, sagt Sabina, weil sie immer herunterfielen, unter die Möbel rollten und ich hinterherkriechen und sie suchen mußte.

Sie erzählt von den Lehrern, die ins Haus kamen, dem strengen baltischen Fräulein und daß sie damals, als sie so alt war wie Renata, mit ihrer Familie jeden Tag bei Tisch in einer anderen Sprache sprechen mußte: Deutsch, Englisch, Französisch, Russisch. Aber wir haben auch gespielt, nachmittags, nach dem Tee. Schach und Scharaden. Die liebte ich besonders. Dann verkleideten wir uns, die Brüder und ich, auch Freunde, die kamen, und improvisierten Stegreifspiele. Dramolette. Wir durchwühlten Schränke und Koffer nach Hüten und Kleidern, die zur Kostümierung taugten. Jeder verschwand mit den Fundstücken in seinem Zimmer, und wenn wir wieder herauskamen, waren wir verwandelt: schöne Damen, galante Herren, Gute und Böse, Intrigante, Kluge und Dumme. Unsere Phantasie kannte keine Grenzen. Es war wie ein Rausch.

Sabina schweigt, denkt an das Danach, wenn das Spiel zu Ende war, die Gäste gegangen. Dann stand sie vor dem Spiegel in ihrem Zimmer, verschwitzt, mit Theaterschminke auf Augen, Wangen und Lippen, die verlaufen war und ihr erhitztes Gesicht fremd aussehen ließ. Vorbei die Euphorie! Sie fühlte sich leer, und die Angst beschlich sie erneut, nicht sie selbst zu sein, auch nicht die, in die sie sich verwandelt hatte, sondern eine, die sie nicht kannte und die sich ihr entzog wie ein Phantom.

Die Dienstmädchen hatten hinterher viel zu räumen, sagt sie zu Renata, und Polja hat über unsere Unordnung geschimpft. Aber eigentlich war sie stolz, hat von der Salontür aus zugesehen und hielt uns für richtige Schauspieler.

Renata sieht sie groß an. Was für eine Welt, träumen ihre Augen, eine Märchenwelt, in der sie Rostow noch immer glaubt, obwohl sie weiß, daß es Krieg und Umsturz gegeben hat, Polja und die Großmutter tot sind. Für sie bleibt das Haus in der Puschkinskaja eine wunderbare Welt, in die sie auch ihren fernen Vater, Pawel Naumowitsch, versetzt hat, in die feinen Salons, die tiefen Fauteuils, auf dicke Teppiche und glänzendes Parkett, so anders als die kargen Pensions- und Untermietzimmer, in denen sie mit der Mutter wohnt.

Erzähl mir von der Steppe, maman, sagt Renata und schließt die Augen.

Flaches Land, unendlich weit. Irgendwo am Horizont werden Felder und Gras eins mit dem Himmel. Im Winter liegt alles weiß und starr, aber im Sommer brennt die Sonne. Vom frühen Morgen an weht ein heißer Wind, der auf den Wegen Wolken glühenden Sandes emportreibt und über Dörfer und Menschen ausstreut. Das Gras und das Laub der Bäume sind mit Staub bedeckt, die Wege wie leergefegt, der Boden rissig und hart. Das Wasser trocknet ein, am Teich vor dem Dorf sind die Ufer vom dürstenden Vieh zertreten. Hitze und Wassermangel lassen die Tiere brüllend über die Felder laufen. Mücken und Stechfliegen schwärmen über den Dörfern. Und Abend für Abend geht die Sonne in einem feuerroten Glutkreis unter und färbt den Himmel wie mit Blut.

Die dunklen Trauben werden geerntet, in hölzerne Tröge gefüllt und zertreten. Die Hände, die nackten Füße, die hochgestreiften Beinkleider und die Waden der Leute sind rot vom Beerensaft, und der Geruch von Weintreber erfüllt die Luft. Gierig fressen Schweine die ausgepreßten Schalen und wälzen sich darin. Dann ist alles rot, der Saft, die Menschen und die Schweine. Die flachen Dächer der Milchkammern werden mit schwarzen und bernsteingoldenen Trauben zum Trocknen belegt. Krähen und Elstern fliegen kreischend darüber hin, hüpfen mit Beeren im Schnabel über die Wege. Melonen werden geerntet, gestapelt. Birnen in Körben in die Häuser getragen, geschnitten und getrocknet. In den Pfirsichbäumen hängen metallene Klappern, um die Vögel davon abzuhalten, die reifen Früchte anzupicken, die in die Stadt geliefert werden sollen, wo sie auf silbernen Etageren oder Kristallschüsseln auf den Verzehr warten.

Blieben wir über Nacht im Dorf, richtete ich mir mein

Bett auf der hölzernen Veranda des Hauses und schaute in den Himmel, zu den Sternen, und gegen Morgen, wenn sie verblaßten und nur noch der Morgenstern über den Bäumen flackerte, verwandelten sich die Bäume und Häuser geheimnisvoll in der Dämmerung. Ragten wie Inseln aus dem Dunst. Ging die Sonne auf, flammten die Mähnen der Pferde rot, wenn sie von der Nachtweide zurück ins Dorf galoppierten, sich im Tau wälzten, schnauften und wieherten. Tore knarrten, Peitschen knallten, Männer riefen die Tiere, die Schalmei des Hirten ertönte. Ein Kind schrie, ein anderes lachte. Irgendwo sang ein Mädchen. Und mit steigender Sonne kam die Hitze, und ich suchte den Schatten im Haus.

Renata schläft. Sabina streicht ihr übers Haar, fragt sich, ob sie nicht aufhören muß, ihre alten Geschichten zu erzählen, nach denen die Tochter immer wieder fragt. Fürchtet, daß das Mädchen enttäuscht sein wird, das Rußland der Mutter in Moskau nicht wiederzufinden.

Früher mußten in jeder Geschichte, die sie Renata erzählte, Löcher und Gruben vorkommen. Sie bestimmten auch die Spiele des Kindes. Einmal hatte sie sogar ein Brett aus dem Dielenboden herausheben wollen, *damit ein Loch entsteht, durch welches man zu den Nachbarn hineinfallen könnte.*

Das war zu der Zeit, als sie hatte wissen wollen, wie Kinder entstehen, und Renata ihr erklärte: Wenn Renatchen fallen würde, dann würden zwei Renatchen entstehen, wenn diese fallen würden, aus jedem zwei, also vier. Und dann immer so weiter: *So würden dann viele, viele Renatchen entstehen.*

Vorsichtig versuchte sie damals, von der Zeugung eines Kindes zu sprechen, aber auch da vertrat das Mädchen seine eigene Theorie: *Mama,* sagte es, *verschlucke mich, ohne mich zu kauen; dann wirst du getötet und ich komme aus dir heraus.*

Manchmal klagte das Kind, daß es keine Geschwister habe, erklärte: *Ich möchte, daß die Mutter* (von wem?) *stirbt, nein – daß sie weder lebt noch stirbt, ich möchte, daß sie wieder ein kleines Mädchen wird.*

Was mutet sie diesem Kind zu? Ein Leben ohne Vater,

ohne Geschwister, Umzüge, bevor sich Freundschaften mit anderen Kindern bilden konnten. Deutschland. Die Schweiz. Immer wieder neue Wohnungen. In Genf ist sie in zwei Jahren dreimal umgezogen. An Moskau wagt sie nach Isaaks und Rakhils Schilderungen kaum zu denken. Sie steht auf, geht leise in den durch einen Wandschirm abgetrennten Bereich des Zimmers, in dem der Tisch steht, an dem sie essen und arbeiten, ein Schrank für ihre Kleider und eine Kommode, deren oberste Schublade sie öffnet. In einer grünen Mappe verwahrt sie ihre Kompositionsversuche aus Lausanne. Während sie sich an den Tisch setzt, muß Sabina an den jungen böhmischen Musiker in München denken, den Sohn eines Schneiders, der sich aus eigenen Kräften zum Künstler emporgearbeitet hatte, komponierte und sie für Haydn begeisterte. Manchmal beneidete sie ihn, fragte sich, was sie wirklich wollte. Die Kunstgeschichte, mit der sie sich beschäftigte, oder die Musik, die sie mit ihrer leidenschaftlichen Siegfriedphantasie verband. Medizin? Psychoanalyse?

1916 hatte sie in Lausanne noch einmal ihrer Leidenschaft nachgegeben, hatte Kompositionsunterricht genommen. Endlich wollte sie das Stadium, in dem sie ihre Einfälle in einem eigenen Notationssystem aufgeschrieben hatte, das den Notationen der Gregorianischen oder einer noch früheren Zeit entsprach, überwinden. Lernte Kontrapunkt. Komponierte Choräle. Merkte, wie sich immer wieder parallele Quinten, Quarten und Terzen in ihre Kompositionen schlichen, sie gröber klingen ließen als die geschliffenen Harmonien, nach denen sie so sehr strebte. Wenn sie zum Ende die Tonart wechselte (Ganzton höher oder tiefer), lächelte ihr Lehrer und bemerkte, das sei sehr russisch. Es erzeugt ein Gefühl von Unbestimmtheit, eine nicht definierte oder logisch fortschreitende Harmonie, die anders klingt als die tonalen Strukturen des Westens.

Jung behauptet, die Musik sei für sie eine Brücke zur Religion. Vielleicht hat er recht, denkt sie, aber im Gegensatz zur Psychologie, bei der ich immer Widerstände zu überwinden habe, welche aus infantiler Zeit stammen, gibt es diese bei der Musik nicht. Und dennoch: wirklich Großes kann ich als Musikerin nicht leisten, das muß ich Renata überlassen, die beständig komponiert, Melodien aufschreibt, die »ganz dem Styl der alten Gebete« entsprechen.

Sie legt die Blätter mit Renatas Kompositionen beiseite und geht mit ihren eigenen Arbeiten zum Ofen, öffnet die Klappe und übergibt sie dem Feuer, langsam Blatt für Blatt, wie ein Opfer: *So sagt mir die Vernunft, dass ich auf die musikalische »Bestimmung« verzichten soll, da ich im wissenschaftlichen Berufe mehr leisten werde.*

Im Traum steht sie auf dem Polster, das die Marmorfensterbänke ihres Kinderzimmers schützt, und schaut hinüber zum Feuerwehrhof. Da bewegen sich zwei Winzlinge, hoch, hoch am Himmel, oben um den Turm. Das sind die Wächter, die ins Horn blasen, laut, so laut, daß die Fensterscheiben klirren und sie sich die Ohren zuhält. Farbige, feurige Kugeln schießen zum Himmel. Achtung! Feuer! Goße Bewegung: Wagen werden aus Remisen gezogen, Pferde eingespannt, als erster stürzt ein Reiter mit brennender Fackel in der Hand aus dem Tor – der Bote – und galoppiert los. Dann rollen die schweren Wagen mit ungeheurem Getöse in rasendem Tempo, goldbehelmte Männer stehen zwischen Leiter, Pumpen, Wasserfässern. Es brennt im Haus, beißender Rauch dringt durch die Tür. Polja! Sie springt vom Fensterbrett, zur Tür. Nicht öffnen, schreit Isaak. Sauerstoff heizt den Prozeß an. Dem muß sie entkommen. Aber die Flammen schlagen ihr entgegen, darin Papier. Das brennt lichterloh. Da dreht sie sich um, öffnet das Fenster und springt, stürzt schreiend in die Tiefe.

Ist sie von ihrem Schrei erwacht? Vom tiefen Fall, dem Schreck, der ihre Glieder steif macht? Mühsam öffnet sie die Augen. Schemenhaft hebt sich der Wandschirm aus dem Dunkel. Sie setzt sich auf, streicht sich über die feuchte Stirn, preßt die Hand auf ihr Herz, versucht, ruhig zu atmen. Im

Zimmer riecht es nach verbranntem Papier. Renata schläft ruhig, liegt auf der Seite, den Arm unter dem Kopf.

Ich habe Renata von Rostow erzählt, ordnet sie die Gedanken, die durch ihren Kopf wirbeln, als habe der Steppenwind sie ergriffen. Ich habe meine Kompositionen verbrannt, Rakhils und Isaaks Briefe. Auch den vom Prozeß gegen einen Kollegen, an dem Isaak teilgenommen hatte.

Beklemmendes geschieht, schrieb er, Beklemmendes, das jedoch notwendig ist, um unsere Gesellschaft von Konterrevolutionären, von Volksfeinden zu säubern. Bei dem Kollegen waren wir sicher, daß es sich um einen Irrtum handelt. Er ist Kaufmannssohn wie ich, studierte in Petersburg und in Wien, kannte Trotzki aus dieser Zeit. Plötzlich, im vergangenen Jahr, die Verhaftung. Monatelang saß er im Gefängnis, litt Hunger, war der Kälte ausgesetzt, dem Ungeziefer, wurde verhört, beteuerte seine Unschuld. Wartete. Seine Frau machte Eingaben, meine Abteilung schrieb und verbürgte sich für ihn. Wir hatten gehört, daß, wenn die Angehörigen der Verhafteten nichts taten, diese oft jahrelang vergessen im Gefängnis sitzen und dort elend zugrunde gehen. Andererseits könnte eine Fürbitte aber auch zur Folge haben, daß der Gefangene, ins Gedächtnis gerufen, plötzlich ohne Gerichtsverhandlung, ohne Urteil erschossen wurde. Man muß die politischen Konfigurationen, die Psychologie der in Betracht kommenden Tschekisten in dem gegebenen Augenblick abwägen, schrieb Isaak. Vorgestern nun tagte das revolutionäre Tribunal, nicht im Gerichtsgebäude, sondern in einem Konzertsaal. Die Verhandlung war öffentlich. Die drei Richter: Arbeiter der Wasserleitung. Als Ankläger fungierte ein Genosse, ein Intellektueller. Einzeln wurden die Angeklagten in den Saal geführt, manche hatten einen Verteidiger, andere verteidigten sich selbst. Die Anklageschrift wurde verlesen: konterrevolutionäre Aktivitäten. Zeugen traten auf, wurden von den Arbeiterrichtern kaum befragt. Dann wurde das Urteil gesprochen: Tod oder lebenslanger Gulag.

Als der Kollege in den Saal geführt wurde, stand ihm ein

Verteidiger, den seine Familie gebeten hatte, zur Seite, erklärte, daß Trotzki, den der Angeklagte aus der Emigration kennt, als Zeuge geladen sei. Verblüfftes Schweigen beim Ankläger. Warten. Plötzlich öffneten sich die Türen, und er kam, begleitet von seiner Leibwache mit altrussischen Helmen. Dann ging alles sehr schnell: die Anklage wurde verlesen, Trotzki nahm Stellung (Du mußt wissen, daß er faszinierend klug und rhetorisch eindrucksvoll ist), dann erfolgte der Freispruch. Wir waren erleichtert, hatte doch die Gerechtigkeit gesiegt. Aber der Kollege ist verändert. Seine Frau sagt, man habe ihn, während er auf die Gerichtsverhandlung wartete, öfters nachts zum Erschießen abgeholt und – nach einer Zeit der Todesangst – wieder in die Zelle zurückgebracht.

Was hat sich geändert? denkt Sabina beklommen, während sie die Decke bis zum Hals zieht. Was ist das für ein Land, in dem immer alles ins Extrem ausschlägt? Greifen wir Russen stets nach dem Großen, weil wir das Kleine nicht fertigbringen? Ist nicht das, was jetzt geschieht, die uralte Suche nach dem Paradies auf Erden? Ist Rußland nicht seit jeher eine Brutstätte für Utopisten, für anarchische Sektierer gewesen?

Flagellanten zogen durch die Orte ihrer Kindheit, Chlysten, die von einem geheimnisvollen Geist besessen waren, die Duchoborzen, »Geistkämpfer«, Stranniki, die alle Abgaben an den Staat verweigerten, in dem sie das Reich des Antichristen sahen. Die Molokanen, erinnert sie, die »Milchtrinker«, die überzeugt waren, daß Christus in Gestalt eines einfachen Bauern wiederkehren würde, und die Skopzen, die sonderbaren »Selbstkastrierer«, die glaubten, Erlösung sei nur zu erreichen, indem man die Werkzeuge der Sünde entferne.

Die Orthodoxen verehren den heiligen Johannes von Rostow und den seligen Isidor, die dereinst die Form höchster Askese gewählt und als юродивые, jurodiwye, Narren in Christo, gelebt haben. Niemand im Westen kennt diese Form der völligen Hingabe. Ohne Dach über dem Kopf, in Lumpen gekleidet, von den Menschen verlacht und verhöhnt, lebt der Narr in Christo am Tag und verbringt die Nächte im Gebet für die, die ihn verspottet haben.

Und immer fielen religiöses Abweichlertum und gesellschaftlicher Protest zusammen, waren mit Rasputin die seltsamen und gefährlichen Propheten bis in die Paläste vorgedrungen, während die Bauern auf die Erlösung durch den »weißen Zaren« und das Königreich Gottes hofften, einen Ort auf dieser Welt, wo Milch und Honig fließen und das Gras stets grün ist. Das alte Ideal, ein russischer Staat, in dem Wahrheit und Gerechtigkeit herrschen.

Sie muß an Tatjana denken, an den Brief der Bechterewa, die ihr vor zwei Jahren aus Petrograd geschrieben hat, daß Hauptarzt Dr. Rosenthal tot ist. Selbstmord. Sabina war fassungslos, erinnerte den Enthusiasmus, mit dem Tatjana an Bechterews 1919 gegründetem Forschungsinstitut für Gehirnpathologie (Institut Mosga) arbeitete, Kurse zur Psychoanalyse abhielt und in Moskau 1920 vor Ärzten und Pädagogen über *Die Bedeutung der Freudschen Lehre für die Kindererziehung* sprach. Als sie im Herbst desselben Jahres die Gründung einer Anstalt für neuropsychopathische Kinder erreichte, deren Leitung man ihr übertrug, sah sie sich endlich am Ziel, glaubte die heilende Wirkung der Psychoanalyse auch bei Kindern einsetzen zu können. *Welch eine Harmonie würde sich aus dem Zusammenwirken von Freud und Marx ergeben!* war sie überzeugt.

Aber die sich ständig verschlechternde wirtschaftliche Lage (das Brot kostete in Petrograd elfmal soviel Papierrubel wie im Jahr zuvor) erschwerte ihre Arbeit, führte in der Stadt zu Streiks und Massenkundgebungen, gegen die die Sowjets Truppen einsetzten. Und als es im März 1921 zu Aufständen der hungernden Matrosen im nahen Kronstadt kam und die Meuterei von der Roten Armee blutig niedergeschlagen wurde, sah sie die Ideale verraten, für die sie gekämpft hatte.

Welche großen Seelen- und Herzenskämpfe, welche inneren Konflikte mögen es gewesen sein! schrieb die Kollegin Sara Neiditsch in ihrem Nachruf im Korrespondenzblatt. *Sie war ein sehr komplizierter Mensch und bei unzweifelhafter großer Begabung und äußerer Tatkraft voll tiefer, innerer Unzufriedenheit. Hinter einem kühlen Äußern, einer sicheren Manier in ihrem ganzen Auftreten, einem scharfen Verstande und Klarheit des Denkens, verbarg sich eine stete innere Unruhe, eine weiche, romantisch-mystische Seele. Ein kleines Bändchen Gedichte, die im Jahre 1917 in Petersburg erschienen, äußern am besten diese Stimmungen.*

Vielleicht war sie zu müde, sich der innerparteilichen Opposition um die Kollontai anzuschließen, zu enttäuscht, vielleicht war der Weg zur irdischen Gerechtigkeit zu weit gewesen. Sabina tastet nach Renatas Hand, denkt an das Kind, das Tatjana hinterlassen hat, und fürchtet sich vor der Utopie, der sie entgegenreisen, den neuen Propheten, die alle verfolgen, die sich ihnen fragend in den Weg stellen.

Sabina zweifelt daran, daß die guten Nachrichten von den Kollegen aus Kasan und Moskau, die psychoanalytisch arbeiten und sich in Vereinigungen zusammengeschlossen haben, der Wirklichkeit standhalten. Sie kennt ihr Land und seine Menschen, ihr Schwanken zwischen manischer Euphorie und depressiver Lethargie, ist überzeugt, daß ein Umsetzen der Methoden in die Praxis behutsam geschehen muß. Beim Berliner Kongreß im vergangenen September, als die Russische Psychoanalytische Vereinigung den Antrag auf Aufnahme in die Internationale Gesellschaft stellte, hatte sie gemahnt, die Verhältnisse in Rußland zu berücksichtigen.

Alles soll plötzlich zugleich geschehen: die Einrichtung von Instituten, Ambulatorien und Kliniken, die Übersetzung der psychoanalytischen Literatur. Freuds Werke waren schon seit einigen Jahren ins Russische übertragen. Die Übersetzung von Jungs Arbeiten hat sich Emil Medtner zur Aufgabe gemacht, der Leiter des Musagetes-Verlags, der die Bücher der Symbolisten und vornehmlich die Werke Belyjs herausgab.

Jahrelang wurde Medtner von anfallartigen Schmerzzuständen und quälendem Ohrensausen heimgesucht, reagierte allergisch auf Musik, seit sein berühmter Komponistenbruder die Frau geheiratet hatte, die Emil liebte. Bei Kriegsausbruch 1914 war er in München gewesen und in die Schweiz evakuiert worden, wo er bei Jung, dessen überzeugter Anhänger und intimer Freund er wurde, eine Analyse begann.

So ist es ihm auch ein besonderes Anliegen, die Arbeiten seines Idols ins Russische zu übersetzen. Bei »Musagetes«, plant er, sollen die Werke erscheinen, sieht er doch in Jungs Denken die logische Fortsetzung der symbolistischen Tradition: Befreiung der Seele und Katharsis.

Als Jungs Patienten und Mäzene, die Rockefeller McCormicks, die Finanzierung des Projektes zugesagt hatten, machte sich Medtner an die Arbeit, schickte auf Jungs Drängen 1917 einige Übersetzungen zur Prüfung an Spielrein nach Lausanne. Am 4. Dezember schrieb sie Jung, daß sie sich sehr bemüht und fast jeden Satz neu übersetzt habe. Zufrieden war sie jedoch nicht, merkte an, daß *Sprachkenntniss und wissenschaftliche Terminologie verschiedene Dinge* sind, und schlug ihm vor zu warten, bis bereits übersetzte Literatur aus Rußland wieder zugänglich wäre, um mit einem bereits vorhandenen *Terminologieschatz* arbeiten zu können, damit kein *mangelhaftes Werk* zur Veröffentlichung komme. Aber Jung reagierte ungeduldig, glaubte, daß der Bolschewismus von der Entente »erdrückt« werden und damit der Weg zur Veröffentlichung seiner Bücher in Rußland frei werden würde.

Und Medtner ist ihm wichtig, weil er ihn in seinem Feldzug gegen Freud stützt, dachte sie damals, weil er ihm nie widerspricht, während ich noch immer zwischen ihm und Freud zu vermitteln suche, ihn bitte, Freud anzuerkennen, auch wenn er ihm nicht in allem folgen mag. Er werde staunen, schrieb sie ihm Ende Januar 1918, wie sehr sich seine Lehre *dadurch objektivieren und erweitern* werde.

Aber er ging nicht darauf ein, sondern warf ihr vor, daß sie ihn nicht verstehen könne, und erklärte, sie verkenne *das Siegfriedsymbol*, das sie noch immer beschäftigt und das Freud als die Phantasie einer Wunscherfüllung interpretiert hat. Ihre

Siegfriedphantasie habe nichts mit der Realität zu tun, belehrte Jung sie ungeduldig, sie sei die Brücke zur Individuation. Und da der Mensch zwischen der irdischen und der himmlischen Welt stünde, habe auch sie, Sabina, *d a z w i s c h e n zu stehen und den Verkehr der beiden Welten zu vermitteln, wie Siegfried zwischen Menschen und Göttern steht.*

Im folgenden Brief stellte er knapp fest, daß sie noch nicht in der Lage sei, einen *Theil der jüdischen Seele* zu leben, *weil Sie zu viel nach aussen schielen.* Und erneut auf Freuds Deutung ihres Siegfriedtraums verweisend: *Das ist – »leider« – der Fluch des Juden: sein eigenstes und tiefstes Seelisches nennt er »infantile Wunscherfüllung«, er ist der Mörder seiner eigenen Propheten, sogar seines Messias.*

Ungehalten entgegnete sie: *Sie machen uns Juden mit Freud den Vorwurf, dass wir unser tiefstes Seelenleben als infantile Wunscherfüllung betrachten. Darauf muss ich Ihnen erstens erwidern, dass kaum ein Volk so weit geneigt ist, überall das Mystische und Schicksalsverheißende zu sehen, wie das jüdische. Ein Gegensatz dazu ist der klare analytische-empirische Geist Freuds.*

Und: *Es ist nicht nur das jüdische Volk, das seinen Propheten gemordet hat, sondern das Loos der Propheten ist es, dass sie nie im eigenen Vaterlande zur Zeit des Lebens anerkannt werden.* Und damit war sie bei dem Mann aus Nazareth: *Dringen wir hingegen tiefer in das Wesen der Christussage ein – so erscheint die Frage: ist der Erlöser bereits da gewesen oder wird er blos am Ende der Welt kommen, wie es die »ungläubigen« Juden behaupten, durchaus berechtigt.*

Für sie, Sabina Spielrein, erklärte sie Jung, ist der Christus ein Symbol der Vereinigung des Himmlischen mit dem Irdischen, die Übergangsstufe vom Menschen zu Gott, das vollkommenste Sinnbild des Sublimationsvorganges. Aber dieser *Aufschwung zum Himmlischen*, ist sie als Jüdin überzeugt, wird erst nach Krieg und Kampf kommen, erst durch den Abstieg in die tiefsten Tiefen wird der Aufstieg in die höchsten Höhen möglich werden. *Wenn nun der Christus in dieser vollkommen realisierten Form noch nicht gekommen ist, so lebt er in jedem von uns als Tendenz und als Reaktion auf das Niedere in uns. In diesem Sinne haben die Christen sicher Recht zu behaupten, dass der von den Juden erwartete Messias bereits vorhanden ist.*

Sie selbst hatte den *grossen arysch-mythischen Helden* schaffen wollen, wünschte in ihrer Jugend, *dass ich diese hohe religiöse Bestimmung, diesen grossartigen Dichter, Musiker und Welterlöser in Form eines Kindes oder in Form eines Kunst- resp. Wissenschaftlichen Werkes realisiere.*

Nein, es ist *kein krankhafter Übercompensierungsversuch, kein Größenwahn,* der ihre Phantasie beflügelt, denn der Großvater hat sie einst im Traum durch Händeauflegen gesegnet, ihr *ein grosses Schicksal* beschieden. *Siegfried ist für mich = Christus.* Und aus dem Verzicht auf das reale Kind schuf sie das symbolische, ein Kind, das aus der Vereinigung der Theorien Jungs mit denen Sigmund Freuds erwachsen ist.

Lange hatte sie auf Jungs Antwort gewartet, dann gestand er im September 1919, daß die Liebe zwischen ihnen (er schrieb von S. zu J.) ihm *eine schicksalsbestimmende Macht* des Unbewußten gezeigt hat. Was zuvor Ahnung war, gestand er, wurde bewußt und führte ihn *später zu den allerwichtigsten Dingen.* Voraussetzung war jedoch, daß sie ihre Beziehung nicht lebten, sondern sublimierten, *weil sie sonst in die Verblendung und in die Verrücktheit geführt hätte (Concretmachen des Ubw.) Bisweilen,* so schloß er, *muss man unwürdig sein, um überhaupt leben zu können.* Es war sein vorletzter Brief. Seit Oktober 1919 hat sie nichts mehr von ihm gehört.

Vorbei. In Rußland beginnt ein neues Leben. »Vivre, c'est créer«, murmelt sie. »Et qui ne crée plus est déjà mort.«

Im Traum folgt sie dem toten Eisvogel, der starr und schön auf einem Katafalk liegt. Gemessenen Schrittes tragen die dunklen Männer ihn durch die Straße. Orgeln brausen. Dumpf murmeln die Trommeln. Und sie, witwenverschleiert, gibt acht, nicht zur Seite zu treten, nicht zur Rechten in die Puschkinskaja mit ihren prächtigen Häusern, aus deren Fenstern Fahnen wehen, noch nach links ins Seefeld, wo das Wasser glitzert und die Schneeberge zum Greifen nahe sind. In der Hand hält sie seinen Flügel: weiß, eisblau, mit drei Tropfen roten Bluts.

Früh am Morgen verläßt sie das Haus in der Rue des Courcelles, ohne sich umzudrehen, in jeder Hand einen Koffer, das Kind an ihrer Seite.

Solo mit E. – Eine Irritation

Sowjetische Pelze für die internationale Psychoanalyse, lese ich bei Alexander Etkind zu Max Eitingon. Frage mich: Freuds Adept ein Handlanger der Bolschewiki? Die psychoanalytische Bewegung mit Spionagegeldern finanziert? Bin sprachlos. Versuche Ordnung in meine Verwirrung zu bringen, die Fäden zu entwirren, weiß nur, daß Eitingon 24 Jahre in Berlin lebte.

Ich klicke noch einmal die Züricher Matrikel-Eintragungen an: M. E. geboren am 26. 06. 1881. Dann eine merkwürdige Konfusion bereits bei den Geburtsorten: Leipzig (bzw. Buczacz), Sachsen / (Galizien)! Dtld. / Österr. Andere Quellen belegen, daß Max Eitingon, der in sowjetischen und israelischen Dokumenten als Mark Eitingon und in den Listen des »Burghölzli« als Max Eitinger geführt wird, in Mohilew geboren wurde.

Aufgewachsen ist er in Leipzig, wo er an der II. Realschule sein Abitur ablegte. Vater: Der Pelzhändler Chaim Eitingon. Anschrift: Leipzig, Funkenburgstr. 16 III.

Ab 1900 ein breitangelegtes Studium in Leipzig (Naturwissenschaften und Philologie), 1903/04 Philosophie in Marburg, danach Medizin in Heidelberg. Eintragungen zu Exmatrikel der Universität Heidelberg von 1907, Medizinstudium in Zürich, Dissertation »Über die Wirkung des Anfalls auf die Assoziationen der Epileptischen« (J'verz. 1909/10).

Im Anschluß an die Promotion folgt Eitingon seinem Kollegen Karl Abraham nach Berlin, und ich stelle mich mit den Protagonisten an ihre Plätze, lasse sie reden. Eitingon, der Solist (13 Sprachen »fließend« trotz schweren Stotterns), jedoch schweigt.

I. Geld + Macht oder Geld = Macht.

Es treten auf:
Sándor Rádo, ungar. Psychoanalytiker, Eitingons direkter Mitarbeiter, aus dessen unveröffentlichten Erinnerungen (Office of Oral History / Columbia University, New York) Alexander Etkind zitiert.
Lew Trotzki, nach der Revolution 1917 zweiter Mann im Sowjetreich, Organisator der Roten Armee, Konflikt mit Stalin seit 1927, zwei Jahre später Flucht aus der UdSSR, wurde in Mexiko ermordet.
Sigmund Freud
C.G. Jung
Ich, ein Erzähler
und als stumme Zeugen:
Adolf Abramowitsch Joffe, Sohn eines jüdischen Kaufmanns von der Krim, studierte Jura in Zürich, Medizin in Berlin und Wien, wo er 1908 Trotzki begegnete. Untergrundkämpfer, Verhaftungen und Verbannung zur Zwangsarbeit nach Sibirien. 1917 wurde er Mitglied des ZK und Chef der russischen Delegation bei den Friedensgesprächen in Brest, 1922 Teilnehmer an den Rapallo-Verhandlungen. Botschafter in Deutschland, China, Japan, Österreich. Führer der trotzkistischen Opposition, beging 1927 Selbstmord.
Sinaida Wolkowa, Trotzkis Tochter
Zeit: 1907 bis 1933.
Orte: Zürich, Wien, Berlin.

Rádo: »Eitingon war ein Mann von glänzender philosophischer Bildung.«
Ich: Kein Wunder, hatte er doch in Marburg Philosophie studiert, bevor er zur Medizin wechselte.
Rádo: »Dieser Mensch hat in seinem ganzen Leben nicht einen klinischen Artikel geschrieben, nichts außer ein paar Reden allgemeinster Art. Er organisierte. Das bedeutete, sein Name erschien dort, wo andere die Arbeit machten. Doch

verstehen Sie mich nicht falsch. Er war ein Mann von seltener Integrität.«

Ich: War es das, was Freud an Eitingon schätzte? Oder war ihm Eitingon als der potenteste Geldgeber in Sachen Psychoanalyse wichtig? Vielleicht fühlte er sich auch nur geschmeichelt, war E. doch der erste Ausländer, der Freud 1907 in Wien aufsuchte. Wie auch immer: Freud war Eitingons Idol, und der Meister brachte seinem Bewunderer grenzenloses Vertrauen entgegen, das noch intensiver wurde, als E. Zürich verließ, wo er als Assistent am »Burghölzli« mit Jung zusammengearbeitet hatte.

Der äußerte sich Freud gegenüber eher abschätzig zu Eitingons medizinischen Fähigkeiten.

Jung: »Ich halte Eitingon für einen absolut kraftlosen Schwätzer – kaum ist dieses lieblose Urteil heraus, so fällt mir ein, daß ich ihn um die rückhaltlose Abreagierung der polygamen Instinkte beneide. Ich ziehe ›kraftlos‹ als zu kompromittierend zurück. Etwas Tüchtiges wird er gewiß nie leisten, vielleicht wird er einmal Duma-Abgeordneter.«

Ich: Da frage ich mich, wie er zu dieser Verbindung seines russischen Kollegen mit der Politik kam? Hat ihm Sabina Spielrein vom Pelzhandelsimperium des Eitingon-Clans erzählt, der Niederlassungen in Rußland, Polen, Österreich, Deutschland und den USA betrieb? Als jüdische Kaufmannstochter könnte sie davon gewußt haben. Und die Verbindung der Wirtschaft zur Politik war im zaristischen Rußland vor dem Ersten Weltkrieg ebenso intensiv wie in der Bonner und Berliner Republik nach dem Zweiten.

Tatsache ist, daß die Kollegen – nicht nur Jung und Rádo – viel von Eitingons organisatorischen, aber wenig von seinen medizinischen Qualitäten hielten. Alle jedoch wußten, daß er sehr vermögend war, erinnern eine gewisse Zwiespältigkeit und Geheimnistuerei. Er sei leicht zu beeinflussen gewesen und schwer einzuschätzen, weiß Ernest Jones.

Jedenfalls hielt sich Sabina Spielrein, die als Unterassistentin gemeinsam mit E. am »Burghölzli« tätig war, von ihrem

Landsmann fern. Daß Freud Eitingon zum engsten Vertrauten machte, ist ihr in Wien 1911/12 und danach in Berlin nicht entgangen, auch daß er Eitingon 1920 in das sogenannte »Komitée« berief, einen Geheimbund, bestehend aus seinen sechs engsten Schülern, wird Spielrein gewußt haben. Diese Gruppe bestimmte die Politik der Internationalen Psychoanalytischen Gesellschaft, deren Präsident Eitingon war, und auch im Staatlichen Psychoanalytischen Institut, das nach der Revolution in Moskau entstand, war der Einfluß Max Eitingons deutlich spürbar.

In Spielreins Tagebuchaufzeichnungen und Briefen suche ich seinen Namen vergebens. Frage mich warum. Versuche Antworten: Hatte sie in Zürich nur Augen für ihren Analytiker? Interessierten andere Männer sie nicht? Schreckte sie Eitingons Ruf als Frauenheld? Hielt sie in Berlin Abstand, weil sie wußte, daß Freuds Intimus ein Gegner Jungs war? Oder vermutete sie politische Verbindungen, die ihr unsympathisch waren?

Verdächtig muß ihr jedenfalls gewesen sein, daß nach Krieg und Revolution, als so viele – auch ihr Vater – ihre Vermögen eingebüßt hatten, Max Eitingon noch immer ein reicher Mann war. In den Korrespondenzblättern lese ich von dem Berliner Psychoanalytischen Institut, dessen Direktor er war, von der Eröffnung der Poliklinik für die psychoanalytische Behandlung nervöser Leiden, die er 1920 im wesentlichen aus Privatgeldern finanziert. 1921 tritt er in den Psychoanalytischen Verlag in Wien ein, der Freuds Arbeiten ediert, Zeitschriften und Periodika herausgibt, die E., wie alle anderen Aktivitäten, aus seinem Vermögen bezahlt. 1925 wird er Vorsitzender der durch seine Initiative gegründeten Unterrichtskommission und erreicht, daß erstmals allgemeinverbindliche Kriterien für angehende Analytiker erarbeitet werden. Eine Pioniertat, bedenkt man die vielen Problem- und Konfliktfälle, die die ersten Jahrzehnte der Psychoanalyse durchziehen. Schließlich gibt E., was Freud besonders schmeichelt, eine Büste des Meisters in Auftrag.

Freud: »Durch viele Jahre bemerkte ich Ihr Bestreben, mir näher zu kommen, und hielt Sie ferne. Erst als Sie das herzliche Wort gefunden hatten, Sie wollten zu meiner Familie – im engeren Sinne – gehören, überließ ich mich dem leichten Vertrauen früherer Lebensjahre.«

Ich: Woher nimmt Eitingon das Geld, das er seinem Meister in den schwierigen Jahren nach Krieg und Revolution für dessen private Haushaltung leiht? Und das dieser, trotz des Protestes seiner Familie, annimmt!

Rádo: »Jeder Pfennig, den das Institut ausgab, kam von Eitingon. Sein privates Einkommen rührte nicht etwa von einer Arztpraxis her, die er gar nicht hatte. Das Geld floß aus Pelzgeschäften... Eitingon war einer der wichtigsten Pelzhändler überhaupt.... sogar noch unter den Kommunisten hatten sie den größten Pelzhandelsvertrag mit den Russen.«

Ich: Da kommen Lew Trotzki und Adolf Abramowitsch Joffe ins Spiel, die sich 1908 in Wien begegneten. Joffe studiert nicht nur Medizin, sondern ist bei Freuds damaligem Lieblingsschüler Alfred Adler in Behandlung. Gemeinsam mit Trotzki redigiert er die *Prawda*, das Organ der Sozialisten. 1909 wird in der Wiener Psychoanalytischen Vereinigung erstmals das Verhältnis von Marx und Freud diskutiert. Referent ist der mit Raissa Timofejewna, einer revolutionären russischen Sozialistin, verheiratete Adler. Joffe und Trotzki sind an der Diskussion beteiligt.

Trotzki: »In den Jahren meines Wiener Aufenthalts hatte ich recht engen Kontakt zu den Freudianern, las ihre Werke und besuchte gar mitunter ihre Zusammenkünfte.... Einen ersten, übrigens recht knappen Einblick in die Psychoanalyse erhielt ich vom Renegaten und nunmehrigen Oberpriester der neuen Sekte persönlich.«

Ich: Gemeint ist Alfred Adler, der nach seiner Trennung von Freud seine Individualpsychologie entwickelte.

Trotzki: »Mein wirklicher Führer durch die Gefilde der damals noch weithin unbekannten Ketzerlehre war jedoch Joffe.«

Ich: Und dieser wird nach der Revolution Trotzkis Stellvertreter in der Hauptkommission für Konzessionen, die die Handelsgeschäfte mit Ausländern, besonders das klassische Rauchwarengeschäft, kontrolliert. Hier betritt der Pelzhändlerssohn Max Eitingon die Bühne, den Trotzki und Joffe vermutlich in Wien bei Freud kennengelernt haben. Und so schließt sich der Kreis:

Da das Außenhandelsmonopol eine von Lenins fixen Ideen war, besteht kein Zweifel, daß die Familie Eitingon durch Beschlüsse auf höchster politischer Ebene ihre umfänglichen Exportgeschäfte mit den im Westen begehrten russischen Pelzen tätigen konnte. Dabei pflegte die Valuta, die an den üblichen staatlichen Import-Export-Kanälen vorbei erwirtschaftet wurde, in einen Fonds zur Finanzierung diverser Sonderaufgaben zu gehen. Solche waren, Trotzkis Interessen folgend, auch Ausgaben für die psychoanalytische Bewegung. So ist wahrscheinlich, da Eitingon nach der Revolution kein Privatvermögen mehr besaß, daß die Firmengeschäfte durch Regierungsstellen kontrolliert und Gelder für »Sonderaufgaben« an ihn nach Berlin überwiesen wurden.

Freud: »Ich sage es ja nicht oft, aber ich vergesse nie daran, was Sie in diesen Jahren ... für unsere Sache, die ja uneingeschränkt die Ihre ist, in Ihrer stillen und unwiderstehlichen Art geleistet haben.«

Ich: Und weil auch nach Lenins Tod 1924 und Stalins Aufstieg Lew Trotzki und Adolf Joffe noch für geraume Zeit Vorsitzende der Hauptkommission Konzessionen blieben, flossen die Gelder an Eitingon weiter. Und damit auch zum Wohle der Psychoanalyse.

Trotzki: »Zum Ausgleich für die Lektionen in Psychoanalyse predigte ich Joffe die Theorie der permanenten Revolution.«

Ich: 1927 ist das alles Vergangenheit. Joffe hat sich umgebracht, und Trotzki ist auf der Flucht. Auch seine Familie wird verfolgt. 1931 schickte er, obwohl er der psychoanalytischen Heilmethode skeptisch gegenüberstand, seine Tochter

Sinaida Wolkowa zu einem Berliner Analytiker, der fließend Russisch sprach. Sie hatte, Stalins ständigen Repressalien ausgesetzt, Rußland Ende 1930 verlassen müssen und litt unter schweren Depressionen.

Trotzki: »Die Kombination eines physiologischen Realismus mit geradezu belletristischen Analysen von Seelenzuständen hat mich ... stets befremdet.«

Ich: Dennoch erscheint ihm die Psychoanalyse jetzt geeignet, der Tochter zu helfen, und Eitingon der richtige Ansprechpartner für den in finanziellen Schwierigkeiten lebenden Trotzki, konnte er doch an die erfolgreiche Zusammenarbeit im Pelzgeschäft appellieren. Eine Hand wäscht die andere!

Daß Eitingon Sinaida Wolkowa selbst behandelt hat, ist eher unwahrscheinlich. Vermutlich hat er sie an einen der damals in Berlin ansässigen russischen Exil-Analytiker verwiesen, die in engem Kontakt mit ihm standen. Wer immer jedoch ihr Arzt gewesen sein mag, er muß weniger ein Interesse an der Gesundung seiner Patientin als an ihrer Vernichtung gehabt haben, rät er ihr doch hartnäckig, nachdem sie im Februar 1932 ein offizielles Wiedereinreiseverbot in die UdSSR bekommen hatte, in die Heimat zurückzukehren. Wohl wissend, daß dieses unmöglich ist und daß er Sinaida Wolkowa in eine unauflösbar widersprüchliche Situation treiben würde. Am 5. Januar 1933, noch während der Analyse, setzt die Verzweifelte ihrem Leben ein Ende.

Trotzki schreibt die Verantwortung am Tod seiner Tochter Stalin zu, Alexander Etkind jedoch vermutet, daß Max Eitingon seine Hände im Spiel hatte, galt es doch auch nach Trotzkis Flucht und Joffes Selbstmord, mit den neuen Genossen aus der Glawkonzesskom die weitere Zusammenarbeit im Pelzexport für die Firma Eitingon zu sichern. Um das zu erreichen, mußte man Stalins Wohlwollen gewinnen, und das bedeutete: Mithilfe bei der Liquidierung Trotzkis und seiner Familie.

II Stimmen aus dem Salon

Sigmund Freud
Anna Freud, seine Tochter
Aron Steinberg, Gründer der Freien Philosophischen Vereinigung in Petrograd, später Mitglied des jüdischen Weltkongresses
Alix Strachey aus London, Mitglied des Bloomsbury Circle um Virginia Woolf
Ich, ein Erzähler
Stumme Zeugen: Dichter, Philosophen, Psychoanalytiker, Russen zwischen »Weiß« und »Rot«
Zeiten und Orte:
1913-21 Berlin-Wilmersdorf, Güntzelstr. 2
1922-27 Berlin W. 10, Rauchstr. 4
1928-33 Berlin-Dahlem, Altensteinstr. 26

Alix an James Strachey, Berlin, 3. Dezember 1924:
»Eitingon ist eine sehr charmante Persönlichkeit ... Er hat etwas an sich, das einen dahinschmelzen läßt, sodaß ich befürchte, er könne mich in jedem Ausmaß anzapfen ... und ich bin sicher, was das betrifft, vollkommen ohne Hemmungen in seinem philantropischen Übereifer.«
Ich: In Eitingons »psychoanalytischem Salon« werden viele Fäden gezogen. Von West nach Ost. Von Moskau nach Paris, zu den »weißen« Emigranten und den »roten« Machthabern. Lew Schestow, der große Philosoph, der nach Paris geflohen war, trifft 1924 bei Eitingon auf Wjatscheslaw Iwanow, einst führender Kopf des russischen Symbolismus, jetzt Kommissar für Volksbildung in Moskau, der ausdrücklich von höchster Stelle gebeten war, seine Gedichte bei Dr. Eitingon vorzutragen.
Aron Steinberg: »Schestows Berlinbesuche gaben ... Doktor Eitingon den gewünschten Anlaß, um neben den Leuten der eigenen Zunft auch die intellektuelle Emigration verschiedenster Länder bei sich zu versammeln.«

Ich: Möglich, daß Trotzki und Joffe kamen, zudem die Dichter Nabokov und André Belyj, die sich in Berlin aufhielten. Auch Freud gehörte immer wieder zu den Gästen, die Eitingon und seine russische Frau, die Schauspielerin Mirra Jakowlewna Raigorodska, bewirteten. Bei einem dieser Besucher schlägt Freud seinem großzügigen Schüler vor, »... unser bisheriges von der Freundschaft zur Sohnschaft gestrecktes Verhältnis noch über jenen Zeitraum, der bis zu meinem Lebensende verlaufen mag, aufrecht zu erhalten«.

Die Psychoanalytiker streiten über Adler, Reich und Jung, die Dichter lesen ihre gerade entstandenen Texte, man diskutiert, spricht offen oder hinter vorgehaltener Hand.

Anna Freud: »... das ganze Gemisch von Unruhe, Zeitmangel, Menschenfülle, Inanspruchnahme, Ermüdung und Belebtheit habe ich bei Eitingons schon öfter mitgemacht, und so arg es vielleicht irgendwo anders wäre, so schön war es dort.«

Ich: Lou Andreas-Salomé diskutiert mit Moshe Wulff. Hat sie ihn nach Sabina Spielrein gefragt, mit der er am Moskauer Institut zusammengearbeitet hat? Haben Vera und Otto Schmidt von Sabina Nikolajewna erzählt, als sie im Herbst 1923 nach Berlin kamen, um die Aufnahme der Moskauer Psychoanalytischen Vereinigung in die Internationale Vereinigung voranzutreiben?

Die Beteiligten schweigen, und Eitingon, der Womanizer, macht den Damen den Hof.

Alix an James Strachey: Berlin, 11. Dezember 1924
»Dadurch habe ich Eitingon etwas kennengelernt, für den ich einen großen Respekt hege; und er hat mich sogar aufgefordert, ihn mal ›irgendwann abends‹ in seinem Hause anzurufen. (Ziemlich vage, soll ich einen Vorstoß machen?) Ich war ein paar Minuten in seinem Haus, als ich das Zertifikat abholte, und hatte zum erstenmal in Berlin das Gefühl, in einem richtigen Haus zu sein. Es war nahezu Mid-Victorian, so solide und gar nicht wie diese ›Wohnungen‹. Natürlich sind

diese Häuser im Grunewald ganz besonders herausgeputzt und villenartig, aber ich verdächtige den Mann, daß er Geschmack hat. Oder vielleicht seine Frau. Es war himmlisch, sich zurückzulehnen und auf endlose Reihen von Bücherregalen zu schauen und hübsch arrangierte Möbel und dicke Teppiche und 2 oder 3 nahezu passable Bilder.«

Ich: Man flirtet. Trinkt Wodka. Roten Sekt von der Krim. Taucht die Perlmuttlöffelchen tief in die Kaviarschalen. Und immer wieder die Frage: Wie wird es weitergehen mit Europa?

Im Oktober 1922 ist der Faschist Benito Mussolini nach seinem Marsch auf Rom zum Ministerpräsidenten ausgerufen worden, im September 1923 errichtet der spanische General Primo de Rivera eine Militärdiktatur. In Deutschland endet die Inflation im November 1923 mit der Einführung der Rentenmark. Spekulanten sind reich geworden. Ehemals Vermögende arm. Viele wollen die durch den verlorenen Krieg und die Reparationszahlungen bedingte Not und die sozialen Veränderungen nicht hinnehmen. Auch von verlorener Ehre ist die Rede. Radikale von links und rechts liefern sich Straßenschlachten. Im November 1923 mißglückt der Hitler-Ludendorff-Putsch in München.

Während in Eitingons eleganter Villa gepflegt gespeist wird, fehlt es in Deutschland wie auch im neuen Sowjetstaat den meisten Menschen am Lebensnotwendigsten.

Im Juni 1924, wenige Monate nach Lenins Tod, werden Eitingons Gäste vermutlich auch über die Zukunft der Bolschewiki und den ersten Fünfjahresplan Stalins gesprochen haben. Aron Steinberg erinnert Ideen zu einer geistigen Revolution, die im Salon bewegt wurden. Zahlreiche Exil-Eurasier waren bei E. zu Gast, bolschewistische Agenten und auch, unter verschiedensten Decknamen, Naum Eitingon vom NKWD. Steinberg erzählt von Lew Schestow, der an einem dieser Abende seine Schwester, die Psychoanalytikerin Fanja (Fanny) Lowtzkaja, trifft. Und von seiner Überraschung, in der Villa Eitingons den »weißen« Ex-General Skoblin zu sehen.

Gemeinsam mit seiner Frau, der Sängerin Nadeshda Wassiljewna Plewizkaja, für deren luxuriöse Garderobe ihr Verehrer Eitingon ebenso sorgt wie für die Herausgabe ihrer Memoiren. Sie singt aus dem Stegreif zu Ruhm und Ehren Schestows.

Steinberg (dem das als unerträglicher Hohn erscheint): »Sagen Sie, wer hat sich diese peinliche Szene ausgedacht? Etwa die Plewizkaja selbst?«

Ich: Schestow soll, als ironische Antwort, eine Parabel über die Weisheit gelesen haben. Ich vermute, daß er nichts von den wirtschaftlichen Interessen und dem politischen Doppelspiel seines Freundes Max gewußt hat. Auch wir wissen davon nur aus den Akten der französischen Justiz und Polizei, aus denen der amerikanische Sicherheitsdienst zitiert, die jedoch noch immer unter Verschluß sind. Was veröffentlicht ist, hat das Zeug zu einem Thriller um politische Macht, Mord und – schöne Frauen.

Freud: »Diese Russen sind wie Wasser, das alle Gefäße ausfüllt, aber von keinem die Form behält.«

III Szenenwechsel

Ich, ein Erzähler: Eitingon wird zum Präsidenten der Internationalen Psychoanalytischen Vereinigung gewählt. Seine Weltläufigkeit läßt ihn prädestiniert für dieses Amt erscheinen. Über fast zwei Jahrzehnte bleiben seine Häuser, zuletzt die Villa in Dahlem, Orte der intellektuellen Diskurse und der internationalen politischen Intrigen. 1930 zeigt sich der italienische Dramatiker Luigi Pirandello, der Eitingon mit dem Theaterdirektor Adolf Lantz besucht, tief beeindruckt von dessen Bibliothek.

1933 jedoch ist alles zu Ende. Am 6. Mai legt E. in Berlin den Vorsitz der Ortsvereinigung nieder, den er seit Karl Abrahams Tod 1925 innehatte, und verläßt am 8. September Deutschland in Richtung Palästina. Einige jüdische Kollegen, die am Institut und der Poliklinik gearbeitet haben, folgen ihm. Auch Fanja Lowtzkaja, die im Korrespondenzblatt 1941 unter der Adresse der Pension Sachs, 4, Haziri Road, Jerusalem verzeichnet ist.

Die von Eitingon und Abraham gegründete Berliner Vereinigung wird in »Deutsches Institut für Psychologische Forschung und Psychotherapie e. V.« umbenannt und von Mathias Heinrich Göring, einem Vetter Hermann Görings, geleitet. Eitingon eröffnet 1934 in Jerusalem eine psychoanalytische Praxis und begründet die »Chevra Psychoanalith b'Erez Israel«, die in die Internationale Vereinigung aufgenommen wird. Einen Großteil seiner Arbeitskraft widmet er der Jugendorganisation »Youth Aliya« und kämpft für die Einrichtung eines Lehrstuhles für Psychoanalyse an der Hebrew University in Jerusalem. Nach wie vor gilt sein ganzes Interesse der Konsolidierung der psychoanalytischen Bewegung. 1938 nimmt er am Internationalen Psychoanalytischen Kongreß in Paris teil und besucht den nach London emigrierten todkranken Sigmund Freud. 1943 stirbt E. nach schwerer Krankheit in Jerusalem. Ein Jahr nach der Ermordung Sabina Spielreins durch deutsche Soldaten.

IV Russisches Roulette

mit den stummen Darstellern
Max Eitingon, Psychoanalytiker in Jerusalem.
Naum Eitingon (auch Leonid E.), Bruder, Halbbruder, Stiefbruder oder Namensvetter von Max, ein hoher Funktionär des stalinistischen Geheimdienstes NKWD, beteiligt an der Entführung des Generals Miller 1937 aus Paris, dem tödlichen Anschlag auf Trotzkis Sohn Lew Sedow 1938 in einem Pariser Krankenhaus und schließlich der Ermordung Trotzkis 1940 in Mexiko. Dafür zeichnet der dankbare Stalin ihn mit einer Audienz im Kreml und dem Lenin-Orden aus.
Nikolai Skoblin, Ex-General der Weißgardisten und Dop-

pelagent des sowjetischen NKWD und des deutschen Sicherheitdienstes, Vertrauter Heydrichs wie auch der Eitingons, der mit gefälschten Dokumenten dafür sorgte, daß kurz vor Ausbruch des Zweiten Weltkriegs die gesamte sowjetische Generalität liquidiert wurde.
Nadeshda Wassiljewna Plewizkaja, Skoblins Ehefrau, beteiligt an der Entführung des Generals Miller in Paris, Freundin Max Eitingons, eine populäre Sängerin, der Nikolaus II. gesagt haben soll: »Ich meinte immer, man könnte gar nicht russischer sein, als ich es bin. Ihr Gesang hat mir das Gegenteil bewiesen.«
Zeit: 1937/38
Ort: Paris

Dort vor Gericht verhandelt:
Entführung und vermutlicher Mord an dem Ex-General Jewgeni Karlowitsch Miller, Oberhaupt einer Emigrantenorganisation der »Weißen« in Paris im September 1937. Miller und seine Bewegung wurden seit 1925 immer wieder beschuldigt, mit den Trotzkisten gemeinsame Sache zu machen und Sabotageakte in der UdSSR vorzubereiten. Jetzt verschwindet er spurlos. Ob er entfernt wurde, weil Skoblin an Millers Stelle treten wollte oder weil Miller über Skoblins Machenschaften zuviel gewußt hatte, ist unklar. Sicher ist nur, daß Naum Eitingon hinter der Entführung stand und Skoblin danach spurlos verschwand, so daß er nicht zur Rechenschaft gezogen werden konnte und die französische Justiz sich an dessen Frau, die Plewizkaja, hielt.
Die amerikanische Spionageabwehr, die den Fall untersuchte, vermutet, daß die Plewizkaja und ihr Mann durch Max Eitingon von Palästina aus angeworben wurden, General Miller zu entführen. Aus Jerusalem habe E. eine Bibel an Skoblin und die Plewizkaja gesandt, die diverse verschlüsselte Anweisungen enthielt und im Prozeß das entscheidende Corpus delicti darstellte. Zwei Tage nach Millers Entführung hatte E. die Plewizkaja in Paris zum Bahnhof begleitet, wo sie den Zug

nach Florenz nahm, um von Italien aus nach Palästina zu fliehen. Unterwegs wurde sie verhaftet. 1940 starb sie in einem französischen Gefängnis.

In den Prozeßakten taucht auch Max Eitingons Name auf. Im kürzlich aufgefundenen Tagebuch der Plewizkaja finden sich Einträge über dessen Pelzgeschäfte mit den Bolschewiken und die Frage, welcher Zusammenhang zwischen diesen und der Entführung des Generals Miller bestehe. Vor Gericht ist Eitingon nicht erschienen. Zwei namhafte Psychoanalytiker bezeugten schriftlich dessen Integrität: Loewenstein und Marie Bonaparte, die Prinzessin von Griechenland, Freuds Schülerin, die dem Meister 1938 zur Flucht aus dem von den Nazis okkupierten Wien verholfen hatte. Sie trug das Geld für den »Freikauf« ihres Lehrers und seiner Familie zusammen, während der amerikanische Botschafter die diplomatischen Fäden zog, um die Ausreise Freuds zu ermöglichen.

Schlußwort (mit Alexander Etkind):

Wenn Max Eitingon nach der Revolution durch Vermittlung von Naum Eitingon, Lew Trotzki und Adolf Joffe die Erlaubnis zum Pelzexport und damit Geld für sich und die psychoanalytische Bewegung erhielt, könnte dieses auch an die Bedingung geknüpft worden sein, Mittler- oder Überwachungsdienste in den Kreisen der Emigranten zu leisten. Trotzkis Sturz und der veränderte Charakter des Sowjetregimes ließen diese Quellen kurz versiegen. E. begründete seine temporäre Finanzknappheit 1929 mit dem Zusammenbruch der amerikanischen Börsen. Aber gewöhnt an ein Doppelleben, an Luxus und das prickelnde Spiel um Geld und Macht, intensivierte er seine Moskauer Kontakte, und Naum Eitingon, das Haupt der sowjetischen Spionageabwehr, half mit Geldern für den Aufbau der Palästinensischen Psychoanalytischen Vereinigung. Und Max Eitingon unterstützte auch weiterhin die internationalen psychoanalytischen Zusammenschlüsse. Im Gegenzug jedoch wurde er in das schillernde

Zwielicht von politischen Intrigen, Komplotten, Spionage und Sabotage – bis hin zum Mord – gezogen.

Die englischen wie auch die russischen Nachkommen von Max und Naum Eitingon weisen jedoch jeglichen Verdacht gegen ihre Verwandten zurück.

Ich: Aber wie auch immer es gewesen sein mag: mit Max Eitingon und Sabina Spielrein hat Sigmund Freud zwei Vertreter der âme russe, der russischen Seele, geschätzt, die in ihrem Leben und Handeln nicht gegensätzlicher hätten sein können.

Spuren IV

Keine schwarze Magie! Im weißen
Buch des Don-Lands schärfte ich meinen Blick!
Wo immer du auch seist – ich werde dich erreichen . . .
MARINA ZWETAJEWA

Rostow am Don, Hotel Don-Plaza,
Sonntag, 24. bis Donnerstag, 28. Oktober.
Город – Stadt
Gegründet 1749, in Goethes Geburtsjahr, erklärt Marina Nikitina. Wir schlendern in der Sonne auf Rostows längster Straße, der Uliza Bolschaja Sadowaja, der Großen Gartenstraße, die am Bahnhof beginnt und über endlose Kilometer die Stadt mit Nachitschewan verbindet, dem Nachbarort, der längst eingemeindet ist. Hierher, auf das hohe Ufer des Don, hatte Katharina die Große einst armenische Kaufleute geholt, ihnen Land gegeben, Steuerfreiheit versprochen und erwartet, daß sie ein christliches Bollwerk bilden gegen die muslimischen Türken, die vom Kaukasus einfallenden Tschetschenen, Grusinen und Inguschen.

Rostow, schwärmt Marina, die in der Stadt geboren ist, hat viele Namen: »Tor zum Kaukasus« und »Stadt an den fünf Meeren«. Bei unserem ungläubigen Blick beeilt sie sich mit einer Erklärung, nimmt die Finger zu Hilfe: erstens (sie streckt den Daumen) das Asowsche Meer, 46 km entfernt. Zweitens (der Zeigefinger) vom Asowschen ins Schwarze Meer und drittens (der Mittelfinger) das Mittelmeer, das vom Schwarzen Meer erreicht werden kann. Viertens (der Ringfinger) das Kaspische Meer, zu befahren über den Wolga-Don-Kanal, und fünftens (der kleine Finger wird gespreizt) die Ostsee über ein Netz von Flüssen und Kanälen, die Rostow mit Sankt Petersburg verbinden. Wirklich? Plötzlich sind die Förde und Schilksee ganz nah.

Погода – Wetter

Auf der Gangway, beim Verlassen der Maschine (LH 3201 aus Frankfurt), faßt stürmischer Wind mein Haar. Wirbelt Papier und Staub über das Rollfeld. Steppenwind. Es ist kühl, aber nicht so kalt wie erwartet. Am nächsten Morgen Nebel. Zuerst denke ich, daß es die Scheiben unseres Hotelfensters sind, die, dunkel getönt, um die heiße Sommersonne abzuhalten, das Draußen in ein bleiernes Grau tauchen. Aber über der Stadt liegt dichter Nebel, aufgestiegen vom unsichtbaren Don, der die Gebäude gegenüber nur erahnen läßt.

Das Wetter hat sich in den letzten Jahren verändert, Natalja Wassiljewna zieht ein Tuch über den Kopf. Die Sommer sind noch heiß, bis 35 °C, aber nicht mehr so trocken. Oft regnet es tagelang. Und die Winter sind wärmer geworden. Nur selten fällt das Thermometer unter Minus 10 °C, früher konnten es leicht bis Minus 20 °C sein. Damals, als die Spielreins in Rostow lebten.

Nebel, sagt Natalja, und wir spähen vorsichtig an einer Straßenkreuzung in den Dunst, Nebel ist zu dieser Jahreszeit ganz ungewöhnlich. Aber zwei Tage unseres Aufenthalts hüllt er alles in seine feuchten Tücher, so daß wir nah an die Gebäude, den Fluß, an Hinweistafeln treten müssen, wie Kurzsichtige, deren Blick verhangen ist.

Mir ist, als wolle der Ort in seiner Verhüllung mich fernhalten von der Frau, die hier geboren wurde, die hier gelebt hat, gestorben ist. Von der ein Bündel Briefe geblieben ist, Tagebuchnotizen. Fragmente einer Liebe, die längst vergessen wäre, hätten die Namen der Beteiligten nicht mit den Jahren und Jahrzehnten Bedeutung gewonnen. Anreiz zu Vermutungen, Behauptungen, zur Legendenbildung. Hier jedoch, in dieser nebelfeuchten Stadt, hat sie ihre Wurzeln, finden sich die Dokumente des Beweisbaren und die dunklen Abgründe der Erinnerungslosigkeit, hier waren der Anfang und das Ende.

Город 2 -Stadt II
Meyers Konversationslexikon 1890: »Rostow im russ. Gouvernement Jekaterinoslaw, am rechten hohen Ufer des Don bei der Einmündung der Temernika, 5 orthodoxe und 1 kathol. Kirche, 2 Synagogen, 2 Gymnasien (eins für Mädchen), eine Real- und vier andere Schulen, u.a. eine Talmud-Thora-Schule, ein Kranken-, Armen- und Findelhaus. Der Stadtteil am Don ist gut gebaut und mit Gas- und Wasserleitung, Theater u. komfortabeln Hotels ausgestattet.

61256 Einw. darunter 3000 Juden, auch Armenier (Nachitschewan), Griechen, Deutsche, Italiener, Franzosen. Gouvernementssitz ist das ca. 30 km entfernte Nowotscherkask mit ca. 30000 Einw. Beamtenstadt mit Verwaltung, Gericht und Garnison der Donkosaken.

Die Industrie umfaßt lebhaften Schiffbau, Seilerei, Wollwäscherei, Mehl-, Zwieback- und Maccaronibereitung, Leder-, Tabaks- und Seifenfabrikation; ferner bestehen 2 Bierbrauereien, eine Glocken- und eine Eisengießerei und eine chemische Fabrik.

Rs. kommerzielle Bedeutung beruht auf seiner Lage nahe der Mündung des hier ca. 200 m breiten Don, welcher die Stadt auf 4 km Länge bespült und einen brauchbaren, natürlichen, jedoch etwas seichten Hafen bildet. R., welches als Stapelplatz mit Nachitschewan als eine Stadt betrachtet werden muß, ist ferner Knotenpunkt des Landverkehrs im Osten Neurußlands, den einerseits die Bahnen nach Taganrog-Slawansk-Charkow und Woronesh, anderseits die nach Wladikawkas, im Verein mit der großen Handelsstraße nach den Wolgamündungen, vermitteln.

Der Wert der Ausfuhr betrug 1887: 32 Mill. Rubel, vorzugsweise Getreide, Leinwand und Wolle, der der Einfuhr 312000 Rub. Die Schiffsbewegung bezifferte sich im auswärtigen Verkehr 1887 auf 36 Schiffe mit 2820 Ton. im Eingang und 35 Schiffe mit 2080 Ton. im Ausgang. Die Küstenschifffahrt umfaßte außerdem 2779 Fahrzeuge mit 478,622 T. im Eingang und 2594 Fahrzeuge mit 463,248 T. im Ausgang.

Dampfschiffverbindung besteht durch die Schiffe der Wolga-Donischen-Gesellschaft mit den Häfen des Don einerseits und Berdjansk anderseits.

Von den Jahrmärkten setzt der im Herbst 2½ Mill. Rubel in Wollen-, Baumwollen- und Seidenstoffen, Porzellan- und Thonwaren, Leder-, Metall- und Kolonialwaren um. Auch der Fischfang, sowie die damit verbundene Herstellung von Kaviar, Fischthran und Hausenblase (150-250000 Rub.) ist höchst bedeutend.

Kommerzielle Anstalten sind: das Zollamt, die Filiale der Staatsbank, die Städtische- und die Kommerzbank, der Kreditverein und viele Transport- und Versicherungskontore. R. ist Sitz eines deutschen Konsuls.«

Пушкинская улица – Puschkinskaja Uliza 83

Zuerst zu ihrem Haus, dränge ich I. beim Frühstück. Es ist der 25. Oktober, der Tag, an dem 1885 das erste Kind von Eva und Nikolai Spielrein geboren wurde. Aber I. stellt fest, daß es keinen Grund zur Eile gäbe, da dieses Datum dem alten, Julianischen Kalender entspräche, der in Rußland erst 1923 durch den Gregorianischen ersetzt wurde. Also: Zeit bis zum 7. November. Mir sind die Fehler und Abweichungen astrologischer Berechnungen, die kalendarischen Umstellungen gleichgültig. Ich bin ungeduldig, ihr Haus, ihre Straße, ihre Stadt zu sehen, ihre Spuren zu suchen. Wer kennt hier noch ihren Namen? Wer erinnert sich? Werde ich Dokumente finden? Personen, die sie gekannt haben?

Auf dem Faltplan ein Schachbrett: die Puschkinskaja verläuft parallel zur Bolschaja Sadowaja, senkrecht dazu führen die Straßen abwärts zum Don und aufwärts in die dichtbesiedelten Bezirke der heutigen Millionenstadt.

Von unserem Hotel sind es nur wenige Minuten zu Fuß, dann erreichen wir die Puschkinskaja Uliza, einen breiten Boulevard, in der Mitte eine Allee mit hohen Bäumen, Beeten, in denen die letzten Rosen blühen. Rechts und links Fahrbahnen, die, für den Durchgangsverkehr gesperrt, jetzt zum Flanieren einladen. Die Häuser teils alt, teils neu. Neoklassizismus neben mehrstöckigen, schnell aufgerichteten Blocks der Nachkriegszeit. Die bröckelnden Säulen und frei schwingenden Treppen der alten Universitätsbibliothek gegenüber dem hohen, dunklen, fast fensterlosen Betonbau, in dem die umfangreiche Bibliothek der Rostower Oblast untergebracht ist. Mit Lesesälen, unter anderem einem deutschen des Goethe-Instituts, einem französischen, einem US-amerikanischen.

An einer Straßenecke ein robuster schwarzer Briefkasten auf gußeisernem Podest. Der Zarenadler und ein Postillon zu Pferd darauf, munter davonsprengend. Hat Sabina hier ihre Briefe eingeworfen, die sie Jung im Spätsommer 1908 aus Rostow schrieb und die verschollen sind? Er antwortete ihr am 12. August aus dem »Burghölzli«, daß er sich bereits gesorgt habe, weil er nach ihrer Abreise aus Zürich lange ohne Nachricht gewesen war und gefürchtet hatte, ihr sei *etwas zugestossen.*

Nun aber, so Jung in dem ausführlichen Schreiben, sei er beruhigt und freue sich, daß es ihr gutgehe. Und er hoffe, daß *der längst ersehnte und längst gefürchtete Aufenthalt in Russland leicht werden* möge. *Bei mir,* läßt er Sabina wissen, *schwankt Alles vulkanisch, bald Alles golden, bald Alles grau. Ihr Brief kam wie ein Sonnenstrahl zwischen Gewölk.*

Auch sei er, da Bleuler im August 1908 Urlaub machte, mit Arbeit überlastet, muß Besuche amerikanischer Professoren aus New York und Michigan empfangen sowie Wolf Stockmayer betreuen, einen Assistenten der Tübinger psychiatrischen Universitätsklinik, der drei Wochen mit ihm am »Burghölzli« arbeitet, um seine *Ansichten und Methoden* kennenzulernen. Er ist erschöpft und sehnt sich nach Erholung. Am 23. August wird er in Urlaub fahren.

Rechts und links der Straße Häuser im Jugendstil, restauriert und frisch gestrichen neben heruntergekommenen Gebäuden, die hinter eingestürzten Mauern und zerbrochenem Schmiedeeisen ihrer einstigen Pracht nachträumen. Schön ist die Puschkinskaja Uliza, schöner noch muß sie gewesen sein, als Nikolai Arkadjewitsch sein Haus baute. Ein repräsentatives Gebäude, nur zwei Grundstücke entfernt vom ehemaligen Konsulat des osmanischen Sultans, auf dessen ausgebrochenen Eingangsstufen eine junge Frau sitzt und raucht.

Sabina Spielrein, sie nickt, zeigt auf das weiß und apricotfarben gestrichene Gebäude nebenan. Neoklassizismus. Zwei Stockwerke mit je vier Fenstern rechts und links des Treppenhauses. Balkone davorgesetzt, mit dünnen Holzstäben verlattet. Ein Stilbruch. Aber die schön geschmiedeten Gitter von damals, die steinernen Säulchen sind längst geborsten, abgeplatzt. Einhundertsieben Winter mit Frost, einhundertsieben Sommer mit Hitze sind vergangen. 1897 steht als Erbauungsjahr im Giebel.

Ihr Zimmer lag im zweiten Stock, links, erzählen mir später die Psychologen, die ihre Vereinigung nach ihr benannt und eine marmorne Erinnerungstafel am Haus angebracht haben. Die hängt oben zwischen der Haustür und der danebenliegenden Durchfahrt in den Hof. Haustür und Hoftor original erhalten, aus festem, schwarz gestrichenem Holz, zu hoch, zu schwer, als daß ein Kind sie leicht hätte öffnen können. Als das Haus bezogen wurde, war Sabina zwölf. Über Eingang und Einfahrt wachen steinerne, weiß gestrichene Löwenköpfe mit mächtigen Mähnen, Ring durchs Maul, gebändigt.

Im Hof zwei Seitenflügel, kunstvolle Gitter vor den Fenstern im Erdgeschoß, um Diebe abzuhalten. Hier mögen die Küche, die Wirtschaftsräume gelegen haben, das Kontor und die Ställe. Jetzt sind die Scheiben mit graustichigen Stores verhängt. Hinter einigen flackert das bunte Bild der russischen Telenovelas, die schon am Vormittag laufen.

In der Tiefe des Grundstücks, dort, wo früher der Garten gelegen war, finden sich schnell errichtete Schuppen, Wellblechbuden, bewohnt. Dahinter mehrstöckige Häuser mit Balkonen, die, vollgestellt mit Möbeln, Kisten und Geräten, fehlende Zimmer und Keller ersetzen. Gerümpel liegt herum. Der Boden uneben, die Pflastersteine herausgebrochen. Schwer, sich hier einen großbürgerlichen Hausstand zu denken, mit Dienstboten, die Ordnung hielten, Hauslehrern, die kamen, um die Kinder zu unterrichten, Besuchern aus Warschau, Moskau, Sankt Petersburg.

Ich stelle mir vor, wie Sabina in den Garten geht, sich in den Teepavillon setzt, Jungs Brief hervorholt: *Wie gefällt es Ihnen denn wieder in der Heimat? Gehen Sie auch einmal auf die Steppe hinaus? Was sagte denn die alte Bombuchna zu Ihnen? Hat sie eine Freude darüber gehabt, wie hübsch Sie jetzt geworden sind?* Ich ahne ihre Freude darüber, daß er ihre Gespräche erinnert, ihre Schilderungen des Hauses und seiner Bewohner, der Straße, der Stadt und des weiten Landes, nach dem sie sich in Zürich sehnte. Und ich vermute, daß sie über seine besorgten Ratschläge lächelte, nachdem die Zeitungen über Fälle von Cholera in Rostow berichtet hatten: *Trinken Sie ja kein ungekochtes Wasser und essen Sie keinen grünen Salat, auch mit ungekochten Früchten müssen Sie vorsichtig sein, wegen der Bacillen.*

Dahin sind Pavillon, Blumen, Büsche und Bäume, alles wirkt heruntergekommen und bedrängt. Nach der Revolution wurde Nikolai Arkadjewitsch das Haus genommen, in Kommunalkas aufgeteilt, deren eine er sich mit fremden Menschen teilen mußte. Auch Sabina und die zwölfjährige Renata finden, als sie im Frühjahr 1925 aus Moskau kommen, ein erstes Unterkommen beim Vater. Die Anschrift ist von 1925 bis 1937 in den Korrespondenzblättern der Internationalen Psychoanalytischen Vereinigung verzeichnet: Puschkinskaja 97. Daß sich die Hausnummer inzwischen geändert hat, wird uns mit der Zerstörung vieler Gebäude während des Krieges und der damit verbundenen Neuzählung der Grundstücke erklärt. Daß Sabina und Renata nur kurze Zeit hier gelebt haben, erfahren wir von den Psychologen, die wir später treffen. Sabina Spielrein ist, sagen sie, bald in Scheftels Wohnung gezogen.

Zurück zur Straße, zur Gedenktafel, um die wilder Wein rankt, rotblättrig von den Balkonen hängt wie ein später Ruhmeskranz für eine, die lange vergessen war:

В ЭТОМ ДОМЕ
ЖИЛА ЗНАМЕНИТАЯ УЧЕНИЦА
К.Г. ЮНГА И З. ФРОЙДА
ПСИХОАНАЛИТИК
САБИНА ШПИЛЬРЕЙН
1885-1942 гг.
In diesem Haus
lebte die berühmte Schülerin von
C. G. Jung und S. Freud,
die Psychoanalytikerin
Sabina Spielrein
1885 – 1942.
Als I. mich an der Haustür fotografieren will, schaue ich, vergeblich Klingelknöpfe suchend, auf die Seite. Eingeritzt in die schon abblätternde Farbe der Wand: ein Hakenkreuz und in großen Buchstaben Ein Volk Ein Reich Ein Führer.

Архивариус – Archivar
Wir sind pünktlich, der jüdische Komparatist, der für mich dolmetschen will, I. und ich. Auch der Archivar ist pünktlich, kommt die Treppe herunter, langsam, hinkend, zieht das rechte Bein nach. Trägt eine schwarze Jamulke auf dem langen, grauen Haar, das zu beiden Seiten der Wangen in einen grauen Bart übergeht. Dicke Augengläser, schwarze Hose, dunkelwollene Weste über dem kragenlosen Hemd. Wie alt mag er sein? Vierzig, fünfzig. Das Gesicht schmal, bleich, alterslos fast. Sein Händedruck gleichgültig. Das Lächeln erwidert er nicht. Mein spärliches, freundliches Russisch wird ignoriert. Schweigend humpelt er vor uns die Treppen hinauf, öffnet die Tür zur Frauenempore, auf die aus dem Betraum die Krone des Thoraschreins ragt. Betroffen sehe ich die unbedeckten Köpfe von I. und dem Komparatisten. Aber das scheint den Archivar nicht zu stören, dem wir durch ein Labyrinth von Gängen, vorbei an verschlossenen Türen mit hebräischen Zeichen, folgen.
Achtlos sind wir am Morgen an der Synagoge vorbeigegan-

gen, haben das mehrstöckige, schmucklos graue Haus für ein Verwaltungsgebäude gehalten. Erst auf den zweiten Blick verrät es seine Bestimmung: über der hohen braunen Eingangstür der Davidstern, auf dem Trümmergrundstück nebenan eine meterhohe zerbeulte Metall-Menora, der siebenarmige Leuchter mit elektrischen Glühbirnen. Um die Straßenecke ein zweiter Bau, backsteinrot, mit Kästen für die Klimaanlage unter den Fenstern und hebräischen Schriftzeichen über der Tür.

Nikolaus II. hat das Geld für den Bau gegeben, sagt der Archivar. Ende des 19. Jahrhunderts. Dann kamen Budjonnis Reiterarmee und die Sowjets, und was sie noch nicht zerstört hatten, besorgten die Deutschen 1941 und 1942. 40000 der damals 500 000 Einwohner Rostows wurden hingerichtet, 53000 Jugendliche zur Zwangsarbeit nach Deutschland deportiert.

Wir folgen dem Archivar mit gesenktem Kopf. Jetzt müßten wir im roten Backsteinbau der Seitenstraße sein. Der Archivar öffnet eine Tür und läßt uns in sein Zimmer, einen kleinen, mit Regalen vollgestopften Raum, in dem er hinter einem Schreibtisch Platz nimmt, dem Komparatisten den Platz neben sich anweist. I. und ich besetzen die beiden übrigen Stühle.

Ohne einen Blick auf das Schreiben zu werfen, das A. mir mitgegeben hat und das in höflichem Russisch die Legitimation meines Anliegens (Informationen über die Familien Spielrein/Scheftel) ausweist, beginnt er, schnell und ungehalten, mit einer Belehrung: daß wir uns in einer chassidischen Gemeinde befänden, daß die einzig wichtigen Bücher Thora und Talmud und deren Auslegungen seien, daß mein Wunsch (und er ruckt mit dem Kopf in meine Richtung und schaut mich erstmals an), ein Buch über die Psychoanalytikerin Spielrein zu schreiben, von ihm nicht unterstützt werden könne. Im übrigen: Ausländern Dokumente zugänglich zu machen, sei von seiten der Regierung verboten. Der Komparatist schüttelt erstaunt den Kopf, übersetzt und macht, trotz der entmutigenden Nachricht, ein aufmunterndes Gesicht.

Also sage ich höflich, daß ich den Standpunkt des Archivars respektiere, dennoch dankbar wäre, wenn er mein Vorhaben, das ich nicht aufzugeben gewillt sei, unterstützen würde. Auch, daß es mir um Informationen und nicht um Dokumente gehe. Während der Komparatist, der keiner Gemeinde angehört, übersetzt und zugleich, um den Abweisenden geneigter zu machen, noch ein wenig von seiner eigenen Familiengeschichte mitteilt (sein Großvater Abraham war Kantor), kann ich den Blick nicht von den Händen meines Gegenübers lassen. Weiße Hände mit dürren, ringlosen Fingern, langen Nägeln, die unruhig über die Tischplatte fahren, mal tastend, mal leise trommelnd.

Ich fahre erschrocken zusammen, als der Archivar plötzlich aufspringt, hinter dem Schreibtisch hervorkommt, mich am Arm faßt, hochzieht, umdreht zur Wand, an der eine Tafel mit Varianten kyrillischer Buchstaben hängt. So, sagt er darauf deutend, so hat sich das Schriftbild verändert, und ich würde von ihm verlangen, alte Dokumente zu entziffern. Welch ein Ansinnen! Eine Mühe, eine zeit- und kraftzehrende Angelegenheit. Der Komparatist kommt kaum nach mit dem Übersetzen des Wortschwalls. Ich werde auf meinen Stuhl zurückgedrängt, und der Archivar sitzt mir wieder gegenüber, sieht mich düster an. Höflich entgegne ich ihm, daß wir die Veränderung der Schrift über die Jahrhunderte auch aus unserer Sprache kennen, daß mir das mühsame Entziffern von Handschriften vertraut sei, daß ich jedoch davon ausginge, daß die Dokumente zu Sabina Spielrein bereits erschlossen und übertragen worden seien. Er wiegt den Kopf, ringt die Hände. Nun, das wohl, vielleicht ja, vielleicht auch nicht. Man müsse schauen, und das koste. Auf mein: wieviel? erneutes Kopfwiegen, Händeringen, schließlich 50 $ pro Personeninformation: für Vater, Mutter, Geschwister, Ehemann, schließlich Sabina Nikolajewna selbst. Jetzt zu zahlen. In bar. Dann könne er sich an die Arbeit machen und werde mir, wenn er etwas herausgefunden habe, die Informationen nach Deutschland schicken.

Verblüfft über den plötzlichen Sinneswandel höre ich dem Komparatisten zu, der mich beschwörend anschaut, so als fürchte er, daß ich auf das Ansinnen eingehen könnte. Aber abgesehen davon, daß ich keine US-Dollar, sondern nur russische Rubel und wertlose Kopekenmünzen in meinem Portemonnaie habe, bin ich nicht gewillt, mich auf den unsicheren Handel einzulassen. Auch verspüre ich während der Rede einen zunehmenden Zorn, weil mein Gegenüber mehr und mehr jenem Vorurteil zu entsprechen beginnt, das ich bisher nicht nur abgelehnt habe, sondern gegen das ich mich auch immun glaubte. Ich starre auf die unruhigen Finger, bin enttäuscht über diesen Mann, der in Aussehen und Handeln immer mehr dem Zerrbild eines Juden zu entsprechen beginnt, das wir aus Veit Harlans Film erinnern, verachte mich für meine Gedanken, schäme mich meiner Gefühle, versuche dennoch ruhig und höflich zu sein.

Der Komparatist übersetzt, daß ich jetzt kein Geld dabeihabe, jedoch alles bedenken, mich wieder melden werde. Übersetzt meinen Dank, daß der Archivar sich Zeit für mein Anliegen genommen hat. Ich schaue zu I., der mir aufmunternd zunickt. Unter seinem Stuhl stehen ein Paar dunkle Männerstiefel, darüber liegt, so als sei er schnell abgestreift worden, ein spitzer Damenpumps mit Leopardenmuster und hohem, dünnem Metallabsatz.

Der Komparatist macht seine Sache gut. Während wir durch die düsteren Gänge zurückgeführt werden, erkundigt er sich beim Archivar nach den Amerikanern, die nach Rostow kommen und in dieser Gemeinde nach ihren jüdischen Wurzeln suchen, fragt, wie viele Familien nach Israel auswandern wollen und dafür ihre Jüdischkeit beweisen müssen. Da gilt es nachzuforschen, Dokumente auszustellen, Beglaubigungen zu schreiben. Arbeiten, die Zeit und damit auch Geld kosten, mit Auslagen für den Archivar verbunden sind, die dieser dann sehr gerechtfertigt den Ratsuchenden in Rechnung stellen muß.

Meine letzte Frage gilt dem alten jüdischen Friedhof. Zerstört, schon unter Stalin. Keine Gräber von Eva Markowna, Nikolai Arkadjewitsch, der kleinen Emilja und Pawel Scheftel, der starb, bevor die Deutschen kamen.

Документы – Dokumente
Unerwartet, ich hatte schon nicht mehr damit gerechnet, weitere Informationen zu Sabina Nikolajewna und ihrer Familie zu bekommen, gestattet mir Jewgeni Weniaminowitsch Mowschowitsch, aus den von ihm zusammengetragenen Quellen zu zitieren. Moschwowitsch, Doktor der geologisch-mineralogischen Wissenschaften und Professor in Rostow, hat über die Geschichte der jüdischen Gemeinden in Südrußland, Antisemitismus, Pogrome und Holocaust geforscht und dazu mehr als 60 Arbeiten veröffentlicht.

Dokumente I
Im »Alphabeth« der auswärtigen Juden, die ihren Wohnsitz in Rostow am Don hatten, wird auch Naftuli Mowschowitsch Spielrein genannt, geboren 1856 in Warschau. Vor- und Vatersname werden in den Eintragungen in unterschiedlicher Schreibweise wiedergegeben, in allen russischsprachigen Geschäftsdokumenten jedoch ausschließlich mit Nikolai Arkadjewitsch.
N. M. Spielrein hatte in Deutschland Biologie studiert, sich in der Entomologie, der Insektenkunde, spezialisiert und sich 1883 als Großhändler (Kaufmann der 1. und 2. Gilde) in Rostow am Don niedergelassen. 1884 heiratete er die Zahnärztin Eva Markowna Ljublinskaja (geb. 1863).
Standesamtliches Register der in Rostow geborenen Juden:
25. 10. 1885 Registrierung von Sabina Naftulowna, Tochter des Warschauer Kleinbürgers Naftael (Naftuli) Moschkowitsch (Mowschowitsch) Spielrein und seiner Ehefrau Eva Markowna.
14. 6. 1887 Eintrag von Jan (Yascha), Sohn des Warschauer Kaufmanns der 1. Gilde Naftael Moschkowitsch Spielrein und seiner Frau Eva Markowna.

10.10.1901 Registrierung des Todes von Emilja, Tochter des Warschauer Bürgers Naftelew Spielrein.

Die Familie wohnte bis 1890 in einer gemieteten Wohnung in der Nikolskaja Uliza/Ecke Sobornyi Pereulok, ging danach für vier oder fünf Jahre nach Warschau, so daß ich nicht erstaunt bin, weder die Geburt Oskars (Isaaks) 1891 noch die Emiljas 1895 in Rostow verzeichnet zu finden.

Nach der Rückkehr aus Warschau lebten die Spielreins wieder in der Nikolskaja Uliza im Haus Nr. 10 und zogen zwei Jahre später in das neuerbaute eigene Haus in der Uliza Puschkinskaja 97, das auf Eva Markownas Namen eingetragen wurde und in dem sie von 1898 bis 1914 zahnärztliche Sprechstunden abgehalten haben soll. 1899 wurde hier das jüngste Kind, der Sohn Emil, geboren.

Город 3 – Stadt III
Die Direktorin der Bibliothek hat mir ein winziges, in grünes Leder gebundenes Büchlein geschenkt. Darauf in Golddruck: Rostow na Donu. 250 Jahre. 1749 – 1999. Eine kleine Geschichte der Stadt in Englisch, Deutsch, Französisch, Russisch. Stiche von Peter I., von der Zarin Jelisaweta Petrowna, Katharina II. und dem Obersten Alexander Wassiljewitsch Suworow, dem Festungskommandanten. Dazu die historischen Daten: Zar Peters Heerlager beim Feldzug nach Asow, die Gründung der Siedlung 1749 durch Jelisaweta Petrowna mit der Einrichtung eines Grenzzollamtes an der Mündung der Temernika in den Don, 1761 Bau der Festung Rostow am Don. 1778 Gründung Nachitschewans durch Krim-Armenier, 1888 Bezirkszentrum der Donkosakenregion.

Während Sabinas Kindheit entwickelte sich die Stadt neben dem Handels- auch zu einem Industriestandort. 140 Fabriken mit 15000 Arbeitern sind um die Jahrhundertwende registriert, ebenso viele Männer arbeiteten im Hafen der Stadt. 16 Auslandskonsulate zeugen von wirtschaftspolitischer Wichtigkeit.

Noch heute ist Rostow ein wichtiger Industriestandort, bekannt für den Bau von Hubschraubern, die wir auf dem Flughafen bei unserer Ankunft sehen. Kugellager werden in der Stadt produziert, Mähmaschinen, Navigationsgeräte, Nahrungsmittel und Chemikalien. Die Liste der Waren, die das kleine grüne Buch verzeichnet, ist lang. Noch immer gilt der Hafen als bedeutender Umschlagplatz für Industriegüter, Getreide und landwirtschaftliche Produkte.

Neben der staatlichen gibt es die pädagogische, medizinische und technische Universität und Akademien wie die Ausbildungsstätte für Seeleute, die Nautikschule G. Sedow. 288 allgemeinbildende Schulen meldet die Statistik, 12 Lyceen, 4 Gymnasien, 370 Theater, Konzerthallen, Museen, Kulturstätten und einen berühmten Zirkus. *Das Donkosakenensemble für Singen und Tanzen hat eine Staatsbedeutung.*

Bunte Fotos von historischen Gebäuden, modernen Hochhäusern, vom Don und dem Hafen, vom Zoo und der Gemäldegalerie (der bedeutendsten in Südrußland), von Parks, Denkmälern und Stadien, einem Operationssaal, in dem, monitorüberwacht, Chirurgen und Schwestern samt dem narkotisierten Patienten zu sehen sind. Die Autoschau in einem Ausstellungsraum, dessen Beleuchtung Sterne auf das blitzende Blech regnen läßt, wechselt mit den Innenaufnahmen von Cafés und Geschäften, von Luftaufnahmen, die die beiden Prachtstraßen zeigen: die Bolschaja Sadowaja und die Uliza Puschkinskaja. Schließlich der heilige Dmitri, Metropolit von Rostow Welikij, der alten Stadt im Zentrum Rußlands, die der zaristischen Neugründung den Namen gab. Eine Folkloregruppe: tanzende Frauen und Männer in roter, buntbestickter Tracht, die sich um einen Musikanten mit der Garmoschka, dem Knopfakkordeon, drehen.

Движение – Verkehr

Der Nebel nimmt über Tag, wenn die zahllosen Autos und Busse durch die Straßen rollen, ein schmutziges Gelb an. Es stinkt nach Abgasen, das Atmen wird schwer. Marina Nikitina erzählt von den Erstickungsanfällen, unter denen sie als Kind litt, so daß die Eltern mit ihr aufs Land zogen, damit sie in sauberer Luft aufwachsen konnte. Früher, sagt die 21jährige, die sich lachend als Kind der Perestroika bezeichnet, gab es nicht so viele Autos, aber die Fabriken, die Schiffe und die Millionen von Feuerstellen in den Häusern, in denen Kohle, Torf und Holz verbrannt wurden, verunreinigten die Luft mit ihren Abgasen. Das hat sich nicht geändert. Schaue ich aus dem Fenster, sehe ich dicken, dunklen Qualm aus den Schornsteinen aufsteigen. Die Zahl der Autos hat seit dem Ende des Sowjetstaates enorm zugenommen. Wagen aus russischer Produktion rollen neben denen aus westlicher durch Rostows Straßen, rumpeln über Schlaglochwege, verstopfen die zahllosen Einbahnstraßen, mit denen eine hilflose Stadtduma den ständig wachsenden Verkehr regeln will.

Busse, im Westen längst ausgemustert, fahren im öffentlichen Nahverkehr. Rost nagt an den Farben. Aufschriften erzählen von den Vorbesitzern im Westen: Verkehrsbetrieben in den Niederlanden und Spanien, Touristikunternehmen in Skandinavien. Sammeltaxis bringen jene, die es eilig haben und selbst nicht über eine maschina verfügen, zum gewünschten Ort. Gelb gestrichen sind die meisten, kleine Lastwagen, an deren Scheiben Zettel mit den Namen der Fahrtziele kleben.

Wenn sich der Verkehr vor den Ampeln staut, der Qualm aus den Auspuffrohren die Passanten husten und niesen läßt, hoffen wir, daß Putin in der nächsten Dumasitzung endlich das Kyoto-Protokoll unterzeichnet. Ich halte mir meinen Schal vor den Mund, blinzle mit tränenden Augen in den Nebel, in dem die gelben Lichtpunkte der Wagen immer schneller heranschwimmen.

Земля и река – Land und Fluß

Am Sonntag, als unser Flugzeug über Rostow kreiste, stand die Sonne tief, und die Bepflanzungen um die Äcker zeichneten sich scharf ab: Büsche und niedrige Bäume, die die Felder vor den stürmischen Winden schützen sollen. Flaches Land. Endlose Steppe. Manche Felder, gepflügt, schwarzerdig, noch ohne neue Saat. Die Bepflanzung läßt an große umfriedete Gärten denken, die, jetzt abgeerntet, herbstlich kahl im Abendlicht liegen. Hier und da hellgrün leuchtendes Wintergetreide. Nur wenige Häuser. Weit auseinander liegend. Kaum Straßen. Der Don, ein breiter Strom, dessen Nebenarme sich verästeln, zu Seen ausufern, Wasserreservoire in den trockenen Sommern. Ganz nah halte ich die Kamera ans Fenster, um Sabina Spielreins Landschaft im Bild festzuhalten.

In der Stadt führen alle Straßen zum Don, enden im Hafen von Nachitschewan mit seinen Schuppen und Kränen und den großen Schiffen, die am Kai festgemacht haben, oder auf dem Uferweg, auf dem Jogger uns überholen und Spaziergänger ihre Hunde ausführen. Das Wasser ist dunkel, grau, bewegt vom Wind, der kleine Wellen bläst mit einem weißen Rand. Inmitten des Flusses eine grüne Insel. Am Ufer Ausflugsschiffe, die jetzt im späten Herbst unbenutzt und überflüssig dümpeln und von der Strömung mit leisem Schmatzen gegen die Ufermauer gedrückt werden. Hie und da ein Segelboot, fest vertäut. Angler am Ufer, die ihre Leinen über den metallenen Zaun werfen, der Flußufer und Weg trennt. Sie stehen geduldig, rauchen, spucken, zertreten ihre Zigarettenstummel, warten wortlos. Ein paar Halbwüchsige in Jeansjacken und Turnschuhen streiten vor einem geschlossenen Kiosk, kicken ärgerlich leere Limonadebüchsen über den Weg. Auf der Küstenstraße rauscht der Feierabendverkehr. Über eine der beiden weitgespannten Brücken rattert ein Zug.

Ein Kreuzfahrtschiff mit Touristen an Bord gleitet vorbei. Die Menschen an Deck tragen bunte Schals und warme Jacken, Kopftücher die Frauen, die Männer Baseballkappen. Ihre Ferngläser und Kameras haben sie auf die Stadt am hohen Ufer gerichtet, so als trauten sie ihren Augen nicht.

Dokumente II

Von 1890 bis 1894/95 besuchte Sabina Nikolajewna die Fröbelsche Kinderschule in Warschau, an der nach Methoden Pestalozzis erlebnispädagogisch gearbeitet wurde, und, als die Familie nach Rostow zurückkehrte, während der ersten Hälfte des Schuljahres 1896/97 die Musikklasse der Rostower Abteilung der Russischen Musikgesellschaft (Klavierspiel bei A. S. Filonowa). Danach wird sie Schülerin des staatlichen Jekaterinengymnasiums, das sie 1904 mit einer Goldmedaille abschloß.

Während ihrer Gymnasialzeit Freundschaft mit Sofia Borisowna Britschkina, der späteren Protokollsekretärin des Politbüros des ZK, sowie Nina Semenowna Marschak, die das Mitglied des Politbüros A. I. Rykow heiratet. Beide Mädchen waren aktive Mitglieder einer revolutionären Jugendorganisation (JURGU). Auf der Liste der Organisationsadressen zur Verteilung von Proklamationen und Revolutionsliteratur des Rostower Zentralkomitees des JURGU ist auch die Gymnasiastin der 7. (vorletzten) Klasse des Rostower Mädchengymnasiums Sabina Spielrein mit dem Zusatz »Puschkinskaja, eigenes Haus« verzeichnet. Die Liste ging am 27. Mai 1903 unter der Nr. 449 dem Leiter der Sicherheitsabteilung (Ochrannoe Otdelenie – vorrevolutionäres Organ der geheimpolizeilichen Überwachung) zu. Weitere Zeugnisse zu Sabina Nikolajewna sind in diesem Zusammenhang nicht erhalten.

Сладкое – Süßes

Schon beim Frühstück stehen Torten auf dem Büfett. Mit Sahne und Buttercreme. Überzogen mit Schokolade oder rosarotem dicken Zuckerguß. In den Cafés locken Eclairs, Mohrenköpfe und bunte Gelees in den gläsernen Kühltheken, dazu gibt es Tee oder den jetzt beliebten Cappuccino. Im Hefe- und Blätterteiggebäck süße Füllungen: Rosinen und Quark, Apfelstückchen, Pflaumenmus. Während wir essen, beobachten wir die Frauen und Männer, die umständlich Torten aussuchen und sie, in Kartons verpackt und mit Schnur umwickelt, davontragen. Besonders am späten Nachmittag, kurz vor Feierabend mehren sich neben Aktentaschen, Beuteln und Einkaufstüten die Tortenkartons mit den bunten Aufdrucken der Konditoreien, mit denen die Menschen heimwärts hasten oder in den Unterführungen der Bolschaja Sadowaja verschwinden, so als strebten sie alle einem abendlichen Fest entgegen.

Auch Sabina Nikolajewna wird mit Süßem begrüßt und verwöhnt, als sie 1908 erstmals wieder heimkommt. Polja bringt ihr Tee und Gebäck, wenn sie in ihrem Zimmer sitzt, Papier und Feder vor sich auf dem Tisch. In seinem letzten Brief vom 12. August hat Jung geschrieben, daß er auf Nachricht von ihr wartet, hat sie »herzlich geküßt« und gewünscht, daß sie »ruhig und glücklich« sein möge.

Nein, das ist sie nicht. Sie hat den Eltern von ihrer Liebe zu Jung erzählt. Der Vater reagiert mit Ablehnung, die Mutter mit Verständnis. Aber: sei vernünftig, Sabinotschka, der Mann ist verheiratet, hat zwei kleine Töchter, und ein drittes Kind soll bald geboren werden. Jetzt ist er mit Franz Riklin, dem Freund und Kollegen, ins Toggenburg gefahren. In den Bergen wollen sie wandern, bevor er seine Frau und die Kinder von den Schwiegereltern abholt. Im Herbst wird er mit der Familie nach Küsnacht ziehen. Das neue Haus, mit Emma Jungs Geld gebaut, ist fast fertig.

Nein, sie ist nicht ruhig, nicht glücklich, ist krank vor Sehnsucht, zerrissen zwischen ihrer Liebe und der Notwendigkeit, die Tatsachen anzuerkennen: Frau, Kinder, eine bürgerlich sichere Existenz, die er nicht aufgeben will. Ihre Briefe aus Rostow (*am besten immer nach Burghölzli*) kennen wir nicht, aber seine Antwort vom 27. August aus Lauialp, die Zvi Lothane in Genf gefunden hat, zeigt Jungs Besorgnis. Er habe, schreibt er, den Eindruck, daß es ihr in Rostow nicht gutgehe, fügt hinzu: *Ich begreife*. Das mag sich auf die Situation im Elternhaus beziehen, das erste Zusammentreffen mit dem Vater und den Brüdern nach dem Ende der Therapie, dem Sabina ängstlich entgegengesehen hatte.

Er selbst sei inzwischen wieder »ruhig«, gut erholt, sehe »klar«. Von täglichen, großen Bergtouren berichtet er, von seiner gesunden Müdigkeit nach den Wanderungen. Und daß er sich Sabina in Freundschaft verbunden fühle und wünsche, daß ihr das *Leben gelingen möge mit einem Minimum von Unzweckmässigkeiten und den damit verbundenen Schmerzen.* Das klingt nach Abschied und wird doch zugleich zurückgenommen mit seinem Wunsch, sie möge ihm schreiben, und der Versicherung: *In herzlicher Liebe, Ihr J.*

Poljas Süßigkeiten sind kein Trost, die Gespräche mit Eva Markowna keine Entlastung. Und die Bedrückungen und Obsessionen ihrer Kindheit drohen im Haus, lauern hinter jeder Geste, jedem Wort des Vaters.

Sabina zieht sich zurück, schreibt an Jung, versucht sich im locker-leichten Erzählen, das er liebt, schickt Fotos, fiebert täglich seiner Antwort entgegen. Dann endlich, unter dem Datum vom 2. September, wieder die vertraute Schrift: *Fräulein stud. med. Sabina Spielrein / pr. adr. Herrn N. Spielrein / Rostow o/Don / Russland.*

Da liest sie von seinem Dank für die Fotos, und daß ihre Schilderungen des Lebens in Rostow ihn sehr amüsiert hätten. Liest, daß ein plötzlicher Wetterwechsel ihn zwingt, seine im Anschluß an die Wanderungen geplante *Velotour* zu verschieben.

Ungeduldig sucht sie in dem kurzen Brief nach einem Ausdruck seiner Gefühle. Vergebens. Am Schluß nur der freundliche Ratschlag, daß sie sich *alles Herunterstimmende vom Leibe* halten solle, um mit frischen Kräften ihr Studium wiederaufnehmen zu können.

Als sie Rostow verläßt, rät die Mutter: *Quäle Dich nicht, unterdrücke Deine Gefühle, damit sie Dich nicht leiden machen und treffe ihn weiter als Freund.... Miete Dir ein schönes Zimmer und lade ihn ein und schreibe mir wie es gegangen ist. Du kannst über Liebe zu ihm sprechen, aber weiche nicht von Deinem Standpunkt...*

Zurück in Zürich, zieht Sabina in die »Pension Hohenstein«, Plattenstrasse 33, teilt Jung ihre neue Anschrift mit, aber der hält sich für fünf Wochen zum Militärdienst in Brugg auf und zum Festungsbau in der Welschschweiz. Das hat er der *lieben Freu^{n}din* am 28. September mitgeteilt, und sich zugleich darüber lustig gemacht, daß er sich bei der Anrede nach Freuds Besuch bei ihm in Zürich verschrieben hat: liebe *Freudin*. Das klingt fast wie ein Blick in die Zukunft.

Am Ende des Briefes: er mache sich Sorgen um sie. Dann bricht das veröffentlichte Schreiben mit [...] ab. Findet sich im Original eine Fortsetzung?

Was immer Jung ihr noch mitgeteilt haben mag, stud. med. Spielrein packt ihre Koffer aus, richtet sich in ihrem neuen Zimmer ein und stellt die von der Mutter für Jung mitgeschickte Marmelade ins Regal.

Город 4 – Stadt IV

Gegenüber dem Spielrein-Haus liegt der Luna-Park, der jetzt Gorki-Park heißt oder Park Kultury, ein großes Areal mit hohen Bäumen, Rasenflächen, Karussells, Luftschaukeln, bunten Buden und einem Riesenrad. An den Zaun zur Puschkinskaja hat ein Maler seine Bilder gelehnt.

Im Park ein Gorki-Denkmal, auch Lenin finden wir und den General Semjon Budjonnyi, der Rostow, das nach der Oktoberrevolution Widerstand gegen das bolschewistische Regime leistete, im Dezember 1920 mit seiner Reiterarmee besetzte und die Sowjetordnung einführte. In der Zwischenzeit, den Jahren des Bürgerkriegs, hatten sich Aristokraten, Industrielle und Intellektuelle in die Kosakenregion zurückgezogen, und Rostow war für kurze Zeit ein Ort, in dem die ehemaligen Hauptstadtzeitungen erschienen und berühmte Künstler auftraten, bevor sie das Land verließen und in den Westen emigrierten.

Vom vorrevolutionären Glanz der Stadt erzählen repräsentative Gebäude entlang der großen Straßen, die deutsche und Petersburger Baumeister für reiche Kaufleute bauten, die städtische Duma, ausländische diplomatische Vertretungen,

Banken und Agenturen. Manche sind restauriert und frisch gestrichen, andere verfallen, obwohl hinter den bröckelnden Fassaden, den blinden Fenstern, von deren Rahmen längst die Farbe abgeplatzt und das ungeschützte Holz verquollen ist, noch Menschen leben. Ausgebrochene Stufen führen zu Haustüren, die schräg in den Angeln hängen und bei Nacht mit einem vorgelegten Holzbolzen verschlossen werden. Birkenschößlinge sprießen im Schmutz zerbeulter Dachrinnen aus geborstenem Mauerwerk. 15 m² Wohnfläche, lese ich, stehen heute jedem Einwohner zur Verfügung.

Selten habe ich eine Stadt mit so vielen Parks und Grünflächen gesehen, selten so eigenartig anmutende Bauten wie das große Theater an der Bolschaja Sadowaja, das der Architekt einem Mähdrescher nachempfunden hat. Verlassen wir jedoch die großen Straßen mit ihren Cafés und Geschäften, in denen internationale Mode und Unterhaltungselektronik angeboten werden, müssen wir unsere Füße sorgsam setzen.

Das Straßenpflaster ist herausgebrochen, die Gehwegplatten sind zerborsten, Spalten und Löcher tun sich auf. Die rostigen Schienen der Trambahn liegen frei, dennoch rattern die altertümlich-breiten Wagen mit erheblichem Tempo darüber, gesteuert von Frauen in dicken Jacken, mit Kittelschürzen, Wollmützen auf dem Kopf oder ein dickes Tuch gegen den Fahrtwind. Wie sie so robust gebaut daherkommen, fällt es nicht schwer, sich vorzustellen, daß Dr. Spielrein-Scheftel in einem dieser Wagen zu ihrer Arbeit im Schulambulatorium gefahren ist, in dem sie nach ihrer Rückkehr aus Moskau eine Anstellung gefunden hatte.

Müll liegt am Weg. Spelzen von Kürbis- und Sonnenblumenkernen. Wind wirbelt Staub über Früchte, Gebäck und Plastikflaschen mit Wasser und Limonade, die am Gehsteig verkauft werden.

Markt auf der Uliza Stanislawskaja und Uliza Turgenjewskaja. Brot und Kuchen, Kleidung, Blumen und Kosmetikartikel, Töpfe, Pfannen, CDs und Videos werden angeboten. Das Geschäft liegt in den Händen von Frauen, die, gerüschte und gestärkte Schürzen über den Pullovern, in den Buden hocken. Wenige Straßen weiter haben die Armen ihre Waren auf dem Gehweg ausgebreitet: Elektrostecker und Lichtschalter, Schraubenzieher, Schrauben, Nägel und Feilen, kleine Ersatzteile zur Reparatur der maschina. An den rostigen Nägeln der Hauswände hängen Plastikbügel mit abgetragenen Jacken, Röcken und Hosen. Am Boden ausgetretene Schuhe, die abgelaufene Sohle nach oben, auf die mit Kreide die Größe geschrieben ist. Aber jeweils nur einer, damit sich ein schneller Langfinger nicht mit einem passenden Paar davonmachen kann.

Alte Frauen und Männer mit faltigen Gesichtern hocken im Staub neben ihren Schätzen, die die Interessenten kritisch mustern, befühlen, um über den Preis zu verhandeln. Wir betrachten das Treiben mit unserem verwöhnten Blick, mit ästhetischen Ansprüchen, die uns verlegen machen. Zuzusehen, wie ein Armer einem anderen seine letzten Habseligkeiten verkauft, um essen zu können, macht hilflos, läßt uns beschämt die Straßenseite wechseln.

Женщины и мужчины – Frauen und Männer

In den Gesichtern der Mädchen und Frauen suche ich die Züge Sabina Nikolajewnas. Ich sitze im Straßencafé, trinke Tee und schaue auf den endlosen Passantenstrom, der vorüberfließt (auf dieser Straße wurde Spielrein 1942 aus der Stadt getrieben). Junge schlanke Mädchen stöckeln auf abenteuerlich hohen Stilettos, den Kopf mit dem glänzend gefärbten Haar stolz erhoben. Alte Frauen mit langen Röcken und plumpen Filzschuhen schlurfen über den Gehsteig, gekrümmter Rücken, den Kopf mit dem dunklen Wolltuch gesenkt. Die einen mit nach vorn gerichtetem Blick, so als erwarte sie am Ende der Straße Verheißungsvolles, die anderen den Boden absuchend nach einer achtlos fortgeworfenen Kippe, einem verlorenen Rubelstück.

Schön sind die Mädchen. Welch eine Haltung, sagt I. anerkennend, so als kämen sie geradewegs aus einer der berühmten Ballettschulen oder aus dem Kunstturntraining. Die Röcke sehr kurz, die Beine sehr lang, die Jeans so eng, als wären sie mit dem Körper verwachsen. Breite Gürtel um die schmale Taille. Dunkel geschminkte Augen, rosa oder dunkelrot glänzende Lippen. So stehen sie auch am Straßenrand in Berlin, flanieren auf der Oranienburger Straße. Autostrich. Was hier unschuldiges Nachahmen der Illustriertenschönheiten, ist dort gezielt eingesetztes Lockmittel. Zu verführerisch hatten die Versprechungen der Männer in der Disco geklungen, die die großen Limousinen durch die Steppen gelenkt, vom Westen erzählt hatten und vom Geld, das dort auf der Straße liegt.

Hand in Hand flanieren die Mädchen mit ihren Freunden an uns vorbei, bummeln untergehakt von Schaufenster zu Schaufenster. Die Mädchen mit sehnsüchtigen Augen, die jungen Männer selbstbewußt, in Jeansjacken, Gel im Haar und die Sonnenbrille auf die Stirn geschoben. Sie träumen von einem Auto oder einer kleinen Wohnung, wo sie sich, ohne Augen und Ohren der Familie gewärtigen zu müssen, umarmen können. Von Kindern träumen sie nicht. Vorbei die Zeiten, da es mit Kindern einfacher war, ein paar Quadratmeter Wohnraum mehr zu bekommen. Heute zählt nur noch eins: Geld. Und da Kinder keine Rendite versprechen, sehen wir kaum Schwangere, kaum Kinderwagen, scheint es, als sei der Strom der Generationen plötzlich versiegt.

Während ein verliebtes Pärchen am Nachbartisch sich an den Händen hält und tief in die Augen schaut, fallen mir die revolutionären Proklamationen ein: »Das Kollektiv muß eine größere Anziehungskraft ausüben als der Liebespartner.« Und: »Das Sexuelle ist der Klassenfrage in allem unterzuordnen.«

So war es, als das Großväterchen jung war, das mit dem Strohbesen versucht, die umherfliegenden Blätter und Papiere in einen Pappkarton zu fegen. Oder die Alten mit den zerfurchten Gesichtern, die an der Bushaltestelle gegenüber warten, Papirossy im zahnlosen Mund.

Männer in grauen und braunen Jacken gehen vorbei, die Köpfe, trotz des Windes, unbedeckt. Frauen bemüht, sich schönzumachen: gefärbtes dauergewelltes Haar, geschminkte Münder, gepuderte Gesichter, lackierte Nägel. Bunte Tücher. Bestickte Westen. Übergewichtig viele. Von den Süßigkeiten, denen sie nicht widerstehen können.

Verheiratet die meisten. Geschieden und wieder verheiratet. In der Sowjetzeit tat man sich jung zusammen, bekam ein Kind oder auch zwei, hatte endlich eine kleine eigene Wohnung, trennte sich, weil man doch zu jung gewesen war und sich nicht verstand. Heiratete erneut. Eine Registrierung, ohne allzuviel Aufhebens. Heute stehen die Paare vor den Schaufenstern und träumen von Kleidern aus weißem Satin, Schleiern und Perlenkrönchen, Hochzeitstorten, drei-, vierstöckig, in Weiß, Rosa, Hellblau, mit Buttercreme-Blumenbouquets, schnäbelnden Tauben.

Auch Sabina Nikolajewna hatte romantische Vorstellungen gehegt, von der Liebe geträumt, wohl wissend, daß Ehen nicht im Himmel geschlossen, sondern, bei Juden wie bei Russen, oft genug arrangiert werden, mit komplizierten Verhandlungen um die Aussteuer. Auch in ihrer Familie war das so gewesen. Als sich der Großvater in die Tochter eines Arztes verliebte, konnte sein frommer Vater, der Rabbi aus Jekaterinoslaw, nicht zustimmen, denn *der Arzt, als Repräsentant der christlichen Wissenschaft galt als ungläubiger. ... Der Jugendtraum mußte aufgegeben werden und der Grossvater heiratete ein Mädchen, das ihm sein Vater wählte. Die Großmutter war eine liebende stille Duldnerinn.*

Auch die Mutter, Eva Markowna, hatte in ihrer Jugend einen anderen geliebt. Und da die Familie dagegen war, so gab sie schließlich dem Werben Spielreins nach und heiratete den aufstrebenden, ehrgeizigen Kaufmann, der ein Jahr zuvor aus Warschau nach Rostow gekommen war. *Trotz dem allen liebte ihn die Mutter nicht*, vermerkt die Tochter am 23. September 1909 während der Ferientage in Kolberg in ihrem Tagebuch. Sie sehnt sich nach Jung, fragt sich, ob sie nicht versuchen soll, ihn seiner Frau »ganz zu entreissen«. Und weiß zugleich, daß sie nicht glücklich sein könnte im Wissen um das Unglück seiner Frau und seiner Kinder.

Eine Ehe ohne Liebe? Das kannte sie auch von ihren Besuchen auf dem Land, erinnerte das blasse Gesicht der bäuerlichen Braut, die, gewaschen und hergerichtet, vor der Familienikone gesegnet wurde. Mit gelöstem Jungfernzopf zog sie unter dem Wehklagen der unverheirateten Mädchen des Dorfes zur Kirche, wo der Pope wartete, um die Trauung zu vollziehen. Vorausgesetzt, die Familie hatte ihm den Hochzeitsrubel ausgehändigt. Wenn nicht, gab es zwischen den Vätern und den geschäftstüchtigen Priestern ein oft stundenlanges Feilschen, während die Hochzeitsgesellschaft vor der Kirche wartete.

Freiwillige Unterwerfung? Oder unfreiwillige? Sabina Nikolajewna wollte sich nicht durch traditionelle Lebensformen bestimmen und von religiösen Riten beeinflussen lassen, sondern selbst entscheiden.

Und so begegneten sich im Winter 1911/12 Pawel Naumowitsch Scheftel und Sabina Nikolajewna Spielrein ohne Vermittlung, zwei Mediziner, die das Interesse an ihrem Beruf verband. Sie wird sich kritisch gefragt haben, ob sie bereit ist, diesem Mann »all ihr Bestes« zu schenken? Ob sie mit ihm, dessen Mutter gegen die Heirat ist, ein Heim gründen will? Ein Leben führen, wie sie es sich erträumt hat?

In ihrem Tagebuch erwähnt sie weder das Kennenlernen noch ihre Gefühle für Scheftel, nur von den Ehephantasien der noch immer in Jung verliebten Züricher Studentin lese ich: *Mit ihm wandern wir im Freien und verbringen in der warmen fein möblierten Stube lange Winterabende. Ich tue abends gerne auf dem Sofa sitzen und etwas stricken und er liest mir seine Arbeit vor. Dabei denken und fühlen wir zusammen. Alles Höchste und Edelste versuchen wir aneinander grosszuziehen. Von Zeit zu Zeit ueberrasche ich meinen geliebten Mann mit einer selbständigen kleinen Arbeit; die er dann auch wie sein geliebtes Kind behandelt.*

Als sie diese Zeilen notiert, ist ungewiß, wer ihr Retter sein wird, ob sie ihn lieben kann, und sie fragt ängstlich nach Jungs Platz in ihren Tagträumen: *Und mein Freund? Der bleibt mir lieb, sehr lieb, wie ein Vater. Ich stelle ihn meinem Manne als meinen lieben alten Freund vor und gebe ihm in Gegenwart meines M einen Kuss. ... Mein Freund wird auch Taufvater meines ersten Söhnchens werden. ... So spielten die goldigen Phantasien. Daneben schlich ein böser Dämon, der zischte: und sollte dies alles nur ein Traum sein solltest du vielleicht eine alte Jungfer bleiben?*

Zwei Jahre später bekundete Scheftel: »Du sollst mein Weib sein; ich will dir dienen, dich ehren und versorgen nach der Weise jüdischer Männer, die ihren Frauen dienen, sie hochschätzen, ernähren und versorgen in Treue.« Sabina hat mit ihm und dem Rabbiner unter der Chuppa gestanden, dem von vier Stangen getragenen Trauhimmel, und Pawel Naumowitsch nahm, nach Segensspruch und Kiddusch über den Wein, Sabinas Hand und sagte: »Siehe, du bist mir angetraut durch diesen Ring nach dem Gesetze Moses und Israels.«

Dokumente III

1910 Heirat von Jan Spielrein und Silvia Ryss in Rostow. Das Paar lebt in Stuttgart, wo Jan an der Universität lehrt und Studien zur Vektorrechnung veröffentlicht, unter anderem das *Lehrbuch der Vektorrechnung nach den Bedürfnissen in der technischen Mechanik und Elektrizitätslehre.*

1. Juni 1912 Registrierung der Ehe Sabina Nikolajewnas mit dem 32jährigen Kinderarzt und Spezialisten für Nerven- und innere Krankheiten (bei der Eintragung fälschlich als Tierarzt bezeichnet) Feifel Notowitsch (Pawel Naumowitsch) Scheftel in der Synagoge zu Rostow.

1. Oktober 1912: Sonia Ryss, Silvias Schwester, heiratet Karl Liebknecht in Rostow und zieht mit ihm nach Berlin, wo er als Abgeordneter der Sozialdemokratischen Partei im Reichstag sitzt. Das zur selben Zeit in Berlin lebende Ehepaar Spielrein-Scheftel steht in Kontakt mit Liebknecht und seinem Kreis.

1915 heiratet Isaak (Oskar) Spielrein die Biologiestudentin Rakhil Poschtschtarewa aus Rostow; 1916 wird deren Tochter Menicha geboren.

15. Januar 1919: Ermordung Liebknechts in Berlin; nach Hitlers Machtergreifung lebte seine Witwe in Moskau, in der Nähe von Silvia und Jan Spielrein, der das Staatliche Institut für Energie leitete.

Sabina Nikolajewna, die ihre Brüder häufig in Moskau besuchte, soll bei einem dieser Treffen behauptet haben, sie hätte Lenins Leiden vielleicht heilen können, wenn man sie im Winter 1923/24 zu ihm gelassen hätte. So die Erinnerungen Menicha Spielreins.

War das Selbstüberschätzung? Professionelles Selbstverständnis? Oder eine jener Legenden, die sich heute um Sabina Spielrein zu bilden beginnen?

Der Fragebogen, den sie in Moskau 1923 ausfüllen mußte, zeugt jedenfalls vom Selbstbewußtsein der »Jüdin und Kleinbürgerin« Sabina Nikolajewna Spielrein-Scheftel. Er befindet sich heute im Staatsarchiv der Russischen Föderation. Trägt den Stempel: »RSFSR, Narkompros, Glawnauka« (Volkskommissariat für Bildung, Hauptabteilung Wissenschaften).

Dr. Spielrein teilt mit: »der Vater dient in Rostow bei Narkompros, der Ehemann ist Arzt in Rostow am Don, die drei Brüder sind Wissenschaftler (Professor der Physik, Professor der Psychotechnik)«, und »der dritte ist in der Agronomie tätig, das Kind Renata ist 10 Jahre alt.«

Auf die Frage nach den Besitzverhältnissen antwortet sie klar und knapp: »Keiner hat etwas.«

Sie gibt an, daß sie seit September 1923 als Pädologin im Gorodok der 3. Internationale arbeitet, wissenschaftliche Mitarbeiterin des Staatlichen Psychoanalytischen Instituts ist und die Abteilung für Kinderpsychologie an der Ersten Moskauer Staatlichen Universität leitet. Und merkt an, daß sie nie einer politischen Partei angehört habe. Weiter schreibt sie, daß sie die »Qualifikation 2. Kategorie« besitze, ungefähr 30 Arbeiten veröffentlicht und an zahlreichen Konferenzen zur Pädagogik, Psychologie, Psychiatrie, Medizin und Psychoanalyse teilgenommen habe.

Als Lehrer nennt sie Prof. Bleuler (Psychiatrie) und Prof. Eichhorst (Innere Medizin) in Zürich. Sie ist Mitarbeiterin von Prof. Bleuler und Dr. Jung in Zürich, von Prof. Freud in Wien und von Prof. Bonhoeffer in Berlin gewesen. In München hat sie Mythologie und Kunstgeschichte studiert, am Rousseau-Institut (Genf) als »Pädologin, im Bereich Psychologie im Labor (des psychologischen Instituts) Prof. Claparèdes« gearbeitet, sich mit der Entstehung des Nibelungenliedes und »ein wenig mit Märchen beschäftigt«.

Neben den Standardfragen und Standardantworten finden sich im Fragebogen zwei für diese Dokumente beispiellose handschriftliche Zusätze:

1. *Ich würde es in dem psychoanalytischen Institut für unumgänglich halten, die Kinder persönlich zu beobachten, damit Gespräche mit den Leiterinnen nicht zu rein theoretischen Urteilen und »platonischen« Ratschlägen in Abwesenheit führen.*

und

2. *Ich arbeite mit Genuß, da ich glaube, für meine Tätigkeit, ohne die ich keinen Sinn in meinem Leben sehe, gleichsam geboren, »berufen« zu sein.*

Als sie zu ihrer Person Auskunft gab, hatte sie bereits ihre Arbeit am Psychoanalytischen Institut in der Malaja Nikitskaja Uliza 6 und im angeschlossenen Psychoanalytischen Kinderambulatorium aufgenommen. Damals ahnte sie nicht, daß das Institut bereits Ende 1924 liquidiert und der Direktor I. D. Jermakow entlassen werden wird. Zu Beginn des Jahres 1925 begann der Auszug aus dem Gebäude Malaja Nikitskaja, und die Genossin Spielrein verließ Moskau und fuhr mit ihrer Tochter nach Rostow.

Вокзал – Bahnhof

Am westlichen Ende der Bolschaja Sadowaja liegt der Bahnhof. Das alte Gebäude, aus dem Sabina Nikolajewna abreiste und zu dem sie heimkehrte, ist längst abgerissen und hat einem Bau der siebziger oder achtziger Jahre Platz gemacht, der dennoch bereits wieder vernachlässigt und heruntergekommen aussieht. Größer als das Abfertigungsgebäude des Flughafens, liegt er an einem großen Platz, auf dem die Stadtbusse und Trambahnen ihre Haltestellen haben. An offenen Verkaufsständen werden Gebäck und Getränke angeboten. Frauen strecken uns Becher mit Sonnenblumenkernen entgegen. Männer lungern herum, rauchen, kauen die Kerne, spucken die Spelzen aus. Viele sind arbeitslos, finden sich noch nicht zurecht in der neuen Gesellschaft, in der es keine staatlich garantierte Arbeit, kaum noch Staatsfabriken gibt.

Rechts die Schalterhalle. Überraschend klein in dem großen Gebäude. Auf der Anzeigetafel die Zugverbindungen, Abfahrts- und Ankunftszeiten. Taganrog. Krasnodar. Wladikawkas. Nur ein Schalter ist geöffnet. Ein Mann kauft eine Fahrkarte, ein anderer notiert Zeiten auf einem Zettel. Es ist kurz vor Mittag. Niemand scheint in dieser Millionenstadt reisen zu wollen.

Zahllose Gleise. Auf einigen warten Züge. An den Fenstern der blauen Waggons eines Fernzuges sind die weißen Spitzengardinen zugezogen. Vielleicht fährt er nach Moskau, das 1226 km entfernt im Norden liegt. Von dort traf Sabina Nikolajewna im Winter 1924/25 in Rostow ein. Renata an der Hand. Beide bepackt mit Koffern und Taschen. Sie kehrte für immer zurück in die Stadt ihrer Kindheit, ihrer Jugend, in der sie nichts mehr so vorfand wie 1912, als sie mit Pawel Scheftel nach Westen gereist war, durch die Steppe, die Weiten der Ukraine, nach Warschau und Berlin.

Ein Güterzug rattert vorbei. Die Bahngleise führen über die Donbrücke oder in weitem Bogen um die Stadt, um sich dann nach Süden und Norden, Osten und Westen zu verzweigen. Dahin wollen jetzt alle, mit denen ich spreche. In den Westen. Nach Deutschland, in die Schweiz, die Niederlande, Großbritannien. Sie lernen Deutsch, Englisch, suchen Kontakte und sehen in jedem Ausländer die Chance, Einladungen, Stipendien, Reisemöglichkeiten zu bekommen.

Vorbei die Zeiten der zwanziger und dreißiger Jahre des letzten Jahrhunderts, in denen Rostow unablässig wuchs, die Bevölkerung um das Zehnfache, auf eine halbe Million und mehr, anstieg. Jahre, in denen mächtige Industriebetriebe entstanden, der Glaube an den sozialistischen Fortschritt die Menschen erfaßte, die in den Fabrikgiganten Maschinen und Flugzeuge herstellten und in den zahllosen neuen Kinosälen den bewegten Bildern froher Arbeiter und Bauern folgten, deren Lebensziele Planerfüllung und Aufbau der neuen Gesellschaft hießen.

Verschwunden waren, als Sabina zurückkehrte, die Köchin, die Mägde, Gärtner, Kutscher, Pferdeknechte und die Buchhalter in Vaters Kontor. Und das Haus in der Puschkinskaja war voll fremder Menschen, die frühmorgens in die Fabriken gingen und spätabends erschöpft in den Polstern und Betten der Spielreins ausruhten.

Auch Nikolai Arkadjewitsch hatte wieder eine Aufgabe. Er war, wenn auch nur für kurze Zeit, Geschäftsführer einer Handelsgesellschaft. Denn da infolge von Revolution, Bürgerkrieg und Verstaatlichungen die Wirtschaft zusammengebrochen war und Hunger herrschte, weil es zu Streiks, Massenkundgebungen und im März 1921 zum Aufstand der Kronstädter Matrosen gekommen war, hatte Lenin ein neues Wirtschaftsprogramm bestimmt. NEP – eine »Neue Ökonomische Politik«.

Ein »dem Staate untergeordneter, ihm dienender Kapitalismus« wurde vorübergehend geduldet, Privatunternehmen in der Kleinindustrie und im Handel wieder zugelassen. Die Bauern durften einen Teil ihrer Produkte auf dem freien Markt verkaufen. Und man brauchte Hilfe aus dem Ausland, war angewiesen auf die Kontakte und das Wissen von Menschen wie Nikolai Arkadjewitsch Spielrein. Das neue ökonomische Konzept mag ihm neue Hoffnung gegeben haben, neuen Lebensmut die Ankunft der Tochter.

Hatte er sie hier am Bahnhof erwartet, um das Gepäck mit ihrem alten Kinderschlitten in die Uliza Puschkinskaja zu ziehen? Hatte sich einer der zerlumpten Jungen, die auf die Ankunft der Fernzüge warteten, ihrer Koffer und Taschen angenommen? Oder war Pawel Scheftel, dem die Ärztin Olga Snetkowa gerade die Tochter Nina geboren hatte, zum Bahnhof gekommen, um Sabina und Renata zu begrüßen?

Улица Шаумяна – Uliza Schaumjana
Viktor und Sergej, die Psychologen, warten in der Hotelhalle. Erst langsam, so erzählen sie, beginnt man sich der Psychoanalyse wieder zuzuwenden, versucht anzuknüpfen an die Tradition der Pionierzeit, als die russischen Psychiater in Wien und Zürich die neue Wissenschaft studierten, zurückkehrten nach Rußland und zu praktizieren begannen, Vereinigungen gründeten in Kasan und Moskau.

Wir besuchen die Praxisräume, die sich Irina im Hochparterre eines Mietshauses mit anderen Therapeuten teilt. Drei Zimmer, liebevoll renoviert. Ein Raum mit einem Ecksofa für die Analysen, ein anderer mit Spielzeug, Bildern, Stiften und Papier für die Kindertherapie. Jetzt ist uns Sabina Nikolajewna ganz nah: *Tiersymbolik und Phobie bei einem Knaben* (1914), *Die Äußerungen des Ödipuskomplexes im Kindesalter* (1916), *Das Schamgefühl bei Kindern* (1920), *Renatchens Menschenentstehungstheorie* (1920), *Schnellanalyse einer kindlichen Phobie* (1921), *Die Entstehung der kindlichen Worte Mama und Papa* (1922) und *Quelques analogies entre la pensée de l'enfant, celle de l'aphasique et la pensées subconsciente* (1923), ihre letzte in der Schweiz entstandene Arbeit.

Acht Patienten pro Tag, sagt Irina, 200 Rubel, das entspricht 5 € pro Patient. Selbst zu zahlen. Nicht von der Krankenkasse wie bei euch. Wer sich das leistet, bei dem ist der Leidensdruck groß. Ja, sie kann von der Praxis leben, aber Viktor und Sergej arbeiten zusätzlich an der Universität. Durchschnittlicher Monatsverdienst 3 500 Rubel. Die meisten hier, fügen sie hinzu, haben mehr als eine Stelle. Das Leben ist teuer geworden in Rußland. Dennoch haben sie zusammengelegt und die Erinnerungstafel am Haus in der

Puschkinskaja anbringen lassen, haben dort zwei Räume gekauft, Sabinas Schlaf- und Kinderzimmer im zweiten Stock. Da wollen sie ein Museum einrichten.

Aber jetzt, drängt Sergej, mußt du sehen, wo sie gelebt hat, als sie aus Moskau zurückkam. In Viktors blauem Lada fahren wir in die Uliza Schaumjana, die parallel zur Bolschaja Sadowaja verläuft und die breiten Prospekte Woroschilowski und Budjonnowski verbindet. Hierher, zu ihrem Ehemann, ist Sabina Nikolajewna während des Jahres 1925 mit Renata gezogen, nachdem sich Scheftel von Olga Snetkowa getrennt hatte. Sabina ist schwanger. Am 18. Juni 1926 wird die Tochter Eva Pawlowna geboren.

Über den zerborstenen Asphalt weht welkes Laub. Autos parken vor den mehrstöckigen Häusern mit verwitterten Sandsteinsockeln und gelben Klinkermauern. Regenwasserrinnen enden eine Handbreit über dem Gehweg. Elektroleitungen, an den Mauern von Stockwerk zu Stockwerk gezogen, schaukeln im Wind. An den Balkonen sind Fernsehantennen verschraubt. Das Haus Nr. 13 hat eine breite Einfahrt, die in einen Hof führt. Das grüngestrichene Gittertor ist verschlossen.

Als Sabina Nikolajewna hier wohnte, erklärt Sergej, hieß die Straße Dmitrijewskaja, und das Haus hatte die Nummer 33. Links im Durchgang liegt die Tür zur Erdgeschoßwohnung. Dort bewohnten die Scheftels zwei Zimmer, die durch einen dunklen Flur verbunden waren. Pawel Naumowitschs Zimmer ging zur Straße (er zeigt auf ein braunes zweiflügeliges Holzfenster mit einem Oberlicht), und Sabina Nikolajewna, Renata und die kleine Eva wohnten im Zimmer zum Hof. Ich schaue durch das Fenster mit dem schwarzen Gitter, hinter dem Scheftel lebte und als Kinderarzt praktizierte. Ja, bekräftigt Viktor, alles in einem Raum: Ordination, Wohnzimmer, Schlafzimmer. Viele Patienten kann er nicht gehabt haben, mutmaßt Segej, hatten doch der »ehemalige Krankenhausfacharzt« P. N. Scheftel und Dr. S. N. Spielrein-Scheftel, »vormals Assistentin an ausländischen Kliniken«, in der

Rostower Zeitung »Molot« in der Zeit vom 1.12.1927 bis 17.3.1928 Sprechstunden angeboten; Spielrein als Psychoneurologin und Scheftel für »Kinderdefektologie«.

Ursprünglich war das Haus der Pferdestall eines alten Rostower Gutshauses, das an der Sadowaja lag, höre ich. Aber nach der Enteignung der Besitzer wurden alle Gebäude in Wohnungen für die zahllosen Menschen umgebaut, die vom Land nach Rostow strömten, um in den Fabriken zu arbeiten.

Sergej klingelt, klopft an das metallene Tor. Aber niemand öffnet. Durch die Verstrebungen kann ich in den düsteren Hof sehen, auf die stockfleckigen Wände des Hinterhauses.

Über Spielreins Leben in dieser Wohnung wissen wir wenig. Nichts über die Ehe von Pawel Naumowitsch und Sabina Nikolajewna. Als Eva geboren wird, ist Renata 13 Jahre alt. Die zweijährige Nina kennen die Kinder nicht. Erst nach Pawel Naumowitschs Tod 1937, so erzählte Nina Pawlowna Snetkowa 1990, begegnete sie ihren Stiefschwestern und Sabina Nikolajewna, die zu ihrer Mutter gekommen sei und vorgeschlagen habe, daß, wenn einer von ihnen etwas zustieße, die andere sich um die Kinder kümmern solle. Sie machten die drei Schwestern miteinander bekannt. Auch die 24jährige Renata, die in Moskau Musik studierte, wurde einbezogen.

Eine pragmatische Entscheidung Sabina Spielreins in diesen Jahren des Terrors, der Verdächtigungen, Verschleppungen, Hinrichtungen. Jan und Isaak wurden in Moskau verhaftet, Emil in Rostow, sogar den alten Nikolai Arkadjewitsch hatte man 1935 vorübergehend ins Gefängnis geworfen. Und es wird vermutet, daß Pawel Naumowitsch, der zu Depressionen neigte, nicht einen Herzinfarkt erlitten, sondern sich das Leben genommen hatte. Gründe genug für Sabina Spielrein, mit Olga Snetkowa Vereinbarungen zum Schutz der Kinder zu treffen.

Nina Pawlowna Snetkowa ist eine der wenigen, die sich noch an Sabina Spielrein erinnern. Sie beschreibt sie als schmucklos, uneitel, im langen schwarzen Rock und altmodischen Spangenschuhen (*ich glaube, die hatte sie noch von Berlin*), grauhaarig, gebeugt, vorzeitig gealtert, *vom Leben mitgenommen*, aber von großer geistiger Klarheit und emotionaler wie intellektueller Kraft. Sie arbeitete an einer Schule als Pädologin und, nach Abschaffung dieser Disziplin, halbtags als Schulärztin. Davon berichtet sie auch selbst in ihrem Aufsatz *Einige Mitteilungen aus dem Kinderleben* in der *Zeitschrift für Psychoanalytische Pädagogik*.

Das Erscheinungsdatum (1923) für diese Arbeit in den wenigen Spielrein-Bibliographien sorgt aber für Verwirrung, wissen wir doch genau, daß Sabina Nikolajewna sich im Februar dieses Jahres noch in Genf aufgehalten hatte und von dort nach Moskau gegangen war. Jewgeni W. Mowschowitsch hat mit Hilfe des Freud-Archivs in Wien ermittelt, daß das angegebene Jahr falsch sein muß, denn die erste Ausgabe der *Zeitschrift für Psychoanalytische Pädagogik* ist erst 1926, Spielreins Aufsatz ein Jahr darauf, im Dezember 1927, erschienen.

Eine der vielen falschen Angaben, auf die ich während meiner Spurensuche gestoßen bin. Sicher hingegen ist, daß Sabina Nikolajewnas letzte beide Arbeiten in Rostow entstanden sind:

К Докладу Д-ра Скальковского (*Zum Vortrag von Dr. Skal'kovskij*) und *Kinderzeichnungen bei offenen und geschlossenen Augen*. Die erste Arbeit ist Spielreins Erwiderung auf einen Vortrag, den G. A. Skalkowski am 13. Mai 1929 auf der 1. Konferenz der Psychiater und Neuropathologen der Nordkaukasus-Region in Rostow gehalten hatte und die 1929 publiziert wurde.

Schon im ersten Satz bekennt sich Spielrein zu ihrem Lehrer: *Der Vortragende wendet bei der Behandlung seiner Patienten praktisch dieselbe Methode an wie Freud. Wie alle Freudianer empfiehlt er, zunächst die verdrängten infantilen Sexualerlebnisse aufzudecken*. Auch die Arbeiten Jean Piagets bezieht sie in ihre Auseinandersetzung mit den Ausführungen Skalkowskis ein.

Da die Therapeuten in Rostow offensichtlich aus Kostengründen unter Zeitdruck arbeiten mußten, empfiehlt Spielrein für Erwachsene eine Mindestanalysedauer von 6 Wochen bis 2 Monaten bei drei halbstündigen Sitzungen pro Woche. Bei einem fünfstündigen Arbeitstag der Analytiker setzt sie drei Stunden für Analysen und zwei Stunden für Beratungen an, wobei der Arzt während der drei Stunden sieben Patienten analysieren sollte. *Dazwischen gibt es einige Minuten Pause beim Patientenwechsel ... Wenn man noch 4 Beratungsfälle pro Tag hinzurechnet – ergibt sich eine monatliche Abfertigungsquote von circa 100 Menschen pro Arzt.* Da diese Arbeit den Arzt mehr ermüdet als andere Therapiemethoden, schlägt Spielrein einen langen Urlaub zur Erholung vor, *vielleicht einen längeren als der Pädagoge, der 2 1/2 Monate Sommerurlaub bekommt.*

Das Ende des Aufsatzes ist nochmals, trotz Kosten und Zeitaufwand, ein Plädoyer für die Wirksamkeit der Psychoanalyse, bei der Ausgaben für Sanatorium, Wasser- und Elektrokuren eingespart werden können. Als ich das las, mußte ich an die verängstigte russische Patientin in Dr. Hellers Sanatorium in Interlaken denken.

Spielreins Publikationen beweisen, daß sie bis zum Verbot der Psychoanalyse in der Sowjetunion analytisch gearbeitet hat, sowohl mit Kindern im Schulambulatorium als auch mit Erwachsenen an der Poliklinik des Hauses der Wissenschaftler in der Uliza Bolschaja Sadowaja 45, die nach der Revolution in Uliza Engelsa umbenannt worden war.

Ich frage, ob Sabina Nikolajewna auch an der Universität gelehrt hat. Может быть. Vielleicht. Die Psychologen zukken die Achseln. Kann sein. Kann aber auch nicht sein. Die Professoren, die damals gelehrt haben, sind tot. Viele Unterlagen wurden während der Zeit stalinistischen Terrors, während des Großen Vaterländischen Kriegs vernichtet. Wir sind auf die Aussagen Nina Pawlownas angewiesen, die sich an eine Couch in Spielreins Zimmer in der Uliza Schaumjana erinnert, und auf die Erzählungen einer alten Frau, die mit Eva gespielt haben will.

Sie spricht von dem großen Ernst Sabinas und daß sie den beiden Mädchen zum Malen gelegentlich die Augen verbunden habe. Das Bild, das sie mit offenen Augen gezeichnet hatten, wurde nochmals mit verbundenen reproduziert. Eine Methode, die Spielrein auch bei Schülern anwandte und deren Ergebnisse sie 1931 unter dem Titel *Kinderzeichnungen mit offenen und geschlossenen Augen* in der Zeitschrift *Imago* veröffentlichte. Es ist ihre letzte Publikation, in der sie am Ende, wie gefordert, den gesellschaftlichen Nutzen dieser Methode betont: *Schließlich wäre in allen Fällen, wo wir bei der Schuljugend Pünktlichkeit, Geschicklichkeit, exaktes Augenmaß, eventuell auch exakte Zeitschätzung entwickeln wollen, der Versuch von speziellen Übungen der kinästhetischen Empfindungen zu empfehlen, insbesondere das Schemazeichnen mit geschlossenen Augen.*

Ich kann nicht glauben, daß nichts weiter geblieben ist als diese Aufsätze, sage ich, während Viktor wieder über die Einbahnstraßen schimpft, die uns unnötige Umwege aufzwingen. Siebzehn Jahre hat sie hier gelebt, und Nina Pawlowna erinnert sich daran, daß Spielrein viel geschrieben hat. Was? Und an wen?

Wer seit seiner Jugend Tagebuch schreibt, wird nicht plötzlich damit aufhören. Wer in regem Briefwechsel gestanden hat mit Freud und Jung, mit Freunden, Verwandten und Kollegen, kann nicht auf diesen Austausch verzichtet haben. Wo sind ihre Korrespondenzen? Wo ihre Aufzeichnungen, ihre Hefte und Bücher? Zerstört von den deutschen Soldaten? Geplündert von russischen Nachbarn?

Sergej weiß, daß 1942 während des deutschen Bombardements ein Feuer im Haus ausgebrochen war, daß sich Spielrein und ihre Töchter retten konnten und irgendwo nahe dem Gasetnyi Pereulok unterkamen, unweit des Sammelpunktes, von dem die Juden des Andrejewski-Rayons zu ihrer Erschießung getrieben wurden.

Dokumente V
Einträge im Bezirksarchiv des ZAGS, des Amtes für Personenstandswesen:
26. März 1922: Tod von Eva Markowna, 18. Juni 1926: Geburt von Eva Pawlowna Scheftelja.

Das Mädchen wurde privat in Musik, Tanz, Malerei und Sprachen unterrichtet und besuchte die Geigenklasse der Ippolit-Iwanow-Musikschule in Rostow.

Januar 1935: Verhaftung Isaak Spielreins; Verurteilung am 20. März nach § 58 Abs. 10 des Strafgesetzbuches der RSFSR wegen Veröffentlichung seiner Untersuchung *Die Sprache der Rotarmisten* (1928). Er wurde in Lager der Regionen Komi und Karaganda verbannt und am 26. Dezember 1937 erschossen.

1936: Emil Spielrein wird Dekan des Biologischen Fachbereichs der Universität Rostow.

Sommer 1937: Tod Pawel Naumowitsch Scheftels; Verhaftung und Ermordung Jan Spielreins; Emil Spielrein wird in Rostow verhaftet und 1938 erschossen.

17. August 1938: Tod Nikolai Arkadjewitschs (Eintrag im Regionalarchiv des ZAGS).

Im Sommer 1941 wurde Renatas Konservatorium in Moskau, an dem sie Cello studierte, evakuiert. Sie kam zur Mutter nach Rostow und arbeitete dort in einer Kinderkrippe.

21.-29. November 1941: erste Besetzung Rostows durch die Deutschen. Emil Spielreins Frau, Fejgele Burstein, flieht mit dem Sohn Ewald Emiljewitsch. Der älteste Sohn, Mark, der gerade sein Chemiestudium abgeschlossen hat, kommt bei den Kampfhandlungen mit den Deutschen ums Leben.

Juli 1942: Kampf um Rostow. Am 24. Juli wird die Stadt nach erbittertem Widerstand von den deutschen Soldaten eingenommen, alle жиды, »Jidden«, wie die Russen die Juden abfällig nennen, werden registriert. Das Tragen des gelben Sterns wird Pflicht. Sabina Nikolajewna, obwohl des Deutschen mächtig, wird nicht in den jüdischen Ältestenrat aufgenommen.

Eine Freundin Eva Pawlownas erinnert, daß man Eva mit der Geburtsurkunde eines getöteten armenischen Mädchens habe retten wollen. Sabina Nikolajewna lehnte, im Vertrauen darauf, daß es von seiten der Deutschen keine Greueltaten geben würde, ab.

11./12. August 1942 Sammelstelle der Juden im Schulgebäude Sozialistitscheskaja ul. /Gasetnyi per. Todesmarsch über die Bolschaja Sadowaja in die Smijowskaja Balka.

Змиёвская Балка – Schlangenschlucht
Davor habe ich Angst. Vor dem Weg in die Schlucht. In einen der sich im Steppenland plötzlich auftuenden owragi. Sabina Nikolajewnas letztem Weg. Balka heißen diese Abgründe hier im Vorland des Kaukasus, und weil es im sommerwarmen Gras und Gestrüpp vermutlich Schlangen gegeben hat, wird der, zu dem wir jetzt fahren, Smijowskaja Balka, Schlangenschlucht, genannt.

Der Komparatist, der uns zum Archivar begleitet hat, fährt mit. Der Taxifahrer bedarf keiner Erklärung. Er kennt den Platz. Vor der Perestroika, erzählt der Komparatist, gab es dort jedes Jahr eine Feier zum Gedenken an die Ermordeten. Die ermordeten Sozialisten, fügt er hinzu, denn die Juden, obwohl die größte Gruppe unter den Getöteten, wurden nie erwähnt.

Das Taxi kommt in dem dichten Verkehr nur langsam voran. Heute liegt die Schlucht am nördlichen Stadtrand, erklärt der Komparatist, aber damals war sie weit draußen. Damals, als die 20 000 Menschen (oder waren es mehr?) aus der Stadt getrieben wurden. 12 000 von ihnen waren jüdischen Glaubens, ist überliefert.

Meine Mutter, sagt der Komparatist, war ein junges Mädchen, fast noch ein Kind, als die Deutschen kamen. Aber ihre Eltern hatten das umkämpfte Rostow rechtzeitig verlassen, waren in den Kaukasus geflohen und weiter nach Transkaukasien, bis sie sich in Armenien in Sicherheit wähnten. Erst viele Jahre nach dem Krieg waren sie zurückgekehrt.

Ich frage nach den Erinnerungen der Mutter. Hatte sie die Spielreins gekannt, den alten Nikolai Arkadjewitsch, der verarmt in dem einst so prächtigen Haus in der Puschkinskaja lebte und sich in der Alphabetisierungskampagne engagierte, hatte sie von Emil Nikolajewitsch Spielrein gehört, kannte sie dessen Sohn Ewald, Sabinas Neffen? Der Komparatist schüttelt den Kopf.

Damals, sagt er, gab es keine jüdische Gemeinde mehr, längst war der in den Spitzen der KPdSU latente Judenhaß durch Stalin legitimiert, vorbei die Zeit, da sich die Juden nach der Revolution als vollwertige Mitglieder im neuen Staat fühlen durften, ihn aufbauen halfen.

Damals hatten jüdische Aktivisten, deren Muttersprache das Jiddische war, eine eigene Sektion innerhalb der Bolschewiki begründet, hatten die sozialistischen Zionisten gedrängt, auch der Partei beizutreten. Es gab jiddische Theater, jiddische Zeitungen. Dichter und Schriftsteller publizierten Texte in der bis 1914 verachteten Sprache. In der Ukraine wurden sogar jiddischsprachige Sowjets und Gerichtshöfe eingerichtet. Das schnelle Aufrücken von Juden in Parteiämter veranlaßte damals sogar manchen Nichtjuden, nach jüdischen Vorfahren und einem jüdischen Namen zu suchen! Isaak Naftuljewitsch Spielrein hat diese Fälle unmotivierter Namenswechsel analysiert und in einer sozialpsychologischen Studie unter dem Titel *Zum Wechsel der Vor- und Familiennamen* 1929 in Moskau veröffentlicht.

Seit seiner Rückkehr dorthin hatte er mit nicht nachlassendem Enthusiasmus die Forschungen an der Psychotechnik betrieben, als Wissenschaftler, aber auch in der Umsetzung der Theorien in die Praxis: Beratung von Betrieben bei Produktionsumstellungen, Ausarbeitungen von Beförderungsrichtlinien für die Rote Armee. 1931 Gründung einer Hochschule für Psychotechnik, der ersten der Welt. Im selben Jahr richtet Isaak Naftulewitsch in Moskau eine Internationale Konferenz für Psychotechnik aus, an der auch seine Schwester Sabina teilnimmt. Im Präsidium der Internationalen Psychotechnischen Gesellschaft: Isaak Spielrein, William Stern und Henri Piéron.

Drei Millionen Menschen in der UdSSR, so der Plan von 1932, sollten in den vom Volkskommissariat für Arbeit aufgebauten Beratungsstellen künftig erfaßt werden. Doch mit Stalins wachsender Macht waren nicht nur die Stunden jüdischer Wissenschaftler, sondern auch die der Psychotechnik gezählt. Bereits 1934 wurden die psychotechnischen Institutionen wieder abgeschafft, die neunundzwanzig Forschungsinstitute im Land aufgelöst, die von Isaak Naftuljewitsch betreute Zeitschrift *Psychotechnik* verboten.

Swetlana Allilujewa, Stalins Tochter, berichtet vom Haß ihres Vaters auf ihren jüdischen Ehemann, schreibt von der Verachtung für die jüdische Frau seines Sohnes und deren Kinder. Und als sein Sohn in deutsche Kriegsgefangenschaft gekommen war, ließ Stalin die Schwiegertochter verhaften und für Jahre hinter Gefängnismauern verschwinden. Die alte russische Furcht vor jüdischer Sabotage in Kriegszeiten trieb den Diktator im Kreml um: *Überall sah er Feinde. Das war bereits pathologisch, eine Art Verfolgungswahn.*

Ein Netz von Konspiration, Verdächtigungen, Verleumdungen entstand. Niemand konnte sich mehr sicher fühlen. Dem Genossen Isaak Naftuljewitsch Spielrein waren vermutlich seine internationalen Kontakte, die fremdsprachlichen Korrespondenzen und Artikel zum Verhängnis geworden. Man warf ihm Beteiligung an der trotzkistischen Opposition vor und daß die Psychotechnik gesellschaftsfeindlich sei, weil sie die Entwicklung des Individuums betone. In Briefen aus dem Gefängnis beschwor Isaak Spielrein die Parteispitze, ihn freizulassen, da die Revolution sein Leben gewesen sei und er die Parteilinie nie verlassen habe. Er verstand nicht, was man ihm vorwarf, versicherte wieder und wieder seine Loyalität. Aber Stalin blieb unerbittlich.

Alte Kampfgefährten, Mitarbeiter, alte Freunde und Mitstreiter mochten sich an ihn wenden, eingedenk ihrer früheren Beziehungen zu ihm, sie mochten sich darauf berufen, – es war nutzlos, erinnert Stalins Tochter und glaubt, daß Berija, der georgische Chef der Geheimpolizei und Volkskommissar für Innere Angelegenheiten, hinter Stalins grausamen Urteilen stand. Zuletzt beherrschte den Diktator *nur noch das tückische Interesse daran: Wie wird sich N. jetzt benehmen? Wird er seine Irrtümer und Feh-*

ler eingestehen? Und N. ist zu ersetzen, durch A., B., oder S. wie Spielrein.

Daß sich bei den Prozessen auch der Antisemitismus wieder Bahn brach, ist belegt. Seit Mitte der dreißiger Jahre hatte man jüdische Parteikader aus ihren Posten verdrängt, und mit der Absetzung des Juden Litwinow als sowjetischem Außenminister 1938 und der Einsetzung Molotows war die antijüdische Politik Stalins auch international offenbar geworden.

Der Komparatist zeigt auf Industriebetriebe, die an den Rändern des alten Rostow entstanden und die Stadt weit in die Steppe hinaus ausdehnen. Fabriken, die ihre Arbeiter entlassen, weil sie mit den Schwierigkeiten und Unwägbarkeiten eines ungeregelten Marktes zu kämpfen haben und jetzt auf finanzkräftige Investoren warten und Joint Ventures aus dem Ausland, die in unserem Hotel von gepflegten Männern mit Aktenkoffern verhandelt werden.

Aber ich kann an diesem Oktobernachmittag nur an Spielrein denken: Was hat sie empfunden, beim Anblick der Frauen und Männer in der Bolschaja Sadowaja, die gekommen waren, den Auszug der Juden zu sehen? Die höhnten, auf den Boden spien, Haß in den Augen und Verachtung. Was hat sie bewegt, als sie aus der Stadt getrieben wurde? Von Uniformierten, die in der einst so geliebten Sprache befahlen, schrien, fluchten und ihre Gewehrkolben den Alten und Gebrechlichen in Seite und Rücken stießen: Vorwärts! Hat sie die Töchter an der Hand gehalten? Die eine rechts, die andere links? Oder haben die Mädchen sie gestützt auf diesem letzten Weg? Hat sie sich Vorwürfe gemacht, nicht geflohen zu sein, wie Olga Snetkowa und Nina? Vorwürfe, weil sie der Nichte Menicha nicht glaubte, die ihr von den nach Moskau geflohenen deutschen Kommunisten erzählt hatte, von Informationen über die Verbrechen, die die Nazis in Deutschland und den besetzten Ländern begingen.

Hatten die Emigranten von Jungs Berliner Rundfunkrede im Juni 1933 berichtet, von seiner Bewunderung für die neuen Herren im Deutschen Reich? *Das arische Unbewußte hat ein höheres Potential als das jüdische ... Die jungen germanischen Völker sind durchaus imstande, neue Kulturformen zu schaffen.*

Wir fahren am grüngestrichenen Zaun des Tierparks vorbei. Der Komparatist weiß nicht, ob es den Zoo schon damals gab. Die Bahngleise jedoch, die hier in den Außenbezirken neben der Landstraße verlegt sind, hat es gegeben. Und ein Dorf gab es, das heute Teil der Stadt geworden ist, dessen Einwohner sich in den Häusern verbargen und die Ohren zuhielten, als die Schüsse aus der Schlucht krachten.

Werden Sie über Sabina Nikolajewnas Ende schreiben? hat mich die zierliche alte Dame gestern in ihrem klaren, gepflegten Deutsch gefragt.

Ich weiß es nicht, habe ich geantwortet. Noch weiß ich es nicht.

Jetzt liegt die Stadt hinter uns. Grauer Dunst über der Steppe. Das Taxi hält. Hier, sagt der Komparatist, und wir steigen aus. Stehen am Abgrund. Ferner ist die Frau, deren Spuren ich suche, mir nie gewesen. Ich gehe allein, sage ich.

Der Weg hinab ist gepflastert, flache Stufen darin, in regelmäßigen Abständen steil aufragende Wände aus verwittertem Sandstein. Noch kann ich erkennen, wo die Buchstaben befestigt waren, die im dunklen Grund helle Stellen hinterlassen haben. Hier und da noch metallene Bruchstücke der Schrift, die eine Geschichte erzählten. Sinnlos jetzt, die Reste der Erinnerung zum Ganzen zu fügen. Oder waren es Namen? Die Namen der Toten?

Trockenes Steppengras, dorniges Gestrüpp. Dürre Birken und Ginster in spätem, kümmerlichem Gelb. Ein Mahnmal: Verzweifelte recken ihre Arme zum Himmel. Entlaubte Pappeln.

Hier wurde sie erschossen. Hier liegt sie, meine fremde Schwester, der ich nachgegangen bin, nachgefahren, deren Worte ich nachlas: *Ich trotze, weil ich was Edles und Grosses zu schaffen habe und nicht für die Alltäglichkeit geschaffen bin. Es gilt der Kampf auf Leben oder Tod. Wenn es einen Gott-Vater gibt, so höre er mich: kein Schmerz ist mir unausträglich, kein Opfer zu gross, um meine heilige Bestimmung zu erfüllen.*

Woran dachte sie auf diesem Weg? An die Toten? Vater und Mutter, die Brüder? Tauchte in der wabernden Hitze Emiljas kleines Gesicht auf, mit dem mutwilligen Lachen unter dem Strohhut? Oder Pawel mit dem dunklen Bart und den schönen Händen? Dachte sie an Freud, der in London zu Beginn des Krieges gestorben war? An ihren Ahn, *der starb garnicht, sondern nahm Abschied und ging zu Gott* ... An Jung?

Ich steige tiefer hinunter, erinnere Jungs Alpträume, seine Nachtgesichte: *Die toten kamen zurück von Jerusalem, wo sie nicht fanden, was sie suchten. Sie begehrten bei mir einlaß und verlangten bei mir lehre.*

Kein Kiddusch. Niemand, der den Segen spricht, wenn die Schüsse gefallen sind. Kein leinernes Tuch, das den Körper bedeckt. Kein Gott, der verhindert, was geschieht. *Die toten standen in der nacht den wänden entlang und riefen: Von Gott wollen wir wissen, wo ist Gott? ist Gott tot?*

Ich bin am tiefsten Punkt, am Ende des Weges. Ein steinernes Rund, darin eingelassen ein metallener Ring für die ewige Flamme. Erloschen. Seit Jahren schon. Kaum einer, der kommt, der Toten zu gedenken. Nur zwei dürftige Sträuße aus Plastik sind geblieben, ihre Farben von Sonne, Regen und Schnee stumpf-verblichen wie die Schrift auf einem Grab. Vielleicht waren die Blüten rot.

Den Körper soll man verbrennen ... Die Asche ... streuen Sie in die Erde, mitten von einem grossen Feld.

Ich bücke mich nach einem Stein. Kalt und rund liegt er in meiner Hand. Es dämmert. Weit oben, am Rande der balka, wartet das Taxi. *Klein und nichtig ist der mensch ... In unermeßlicher entfernung steht ein einziger stern im zenith ... Dieser stern ist der Gott und das ziel des menschen.*

Kein Laut dringt in die Tiefe, kein Vogel im Gesträuch. Ich lege den Stein auf die Erde. ... *schreiben Sie:*

Ich war auch einmal ein Mensch. Ich hiess Sabina Spielrein.

Anmerkungen

Die kursiv gesetzten Texte werden, wenn nicht anders angegeben, wie folgt zitiert:
- *Spielrein* (Sabina Spielrein, *Tagebuch und Briefe, Die Frau zwischen Jung und Freud*, hg. v. Traute Hensch, Edition Kore/Psychosozial-Verlag, Gießen 2003).
- Minder (Bernhard Minder, *Sabina Spielrein. Jungs Patientin am Burghölzli*, Luzifer-Amor 7, Heft 14, 1994, S. 55-127. Zitate aus der von B. Minder transkribierten Krankenakte Sabina Spielreins).
- *Briefwechsel* (Sigmund Freud / C. G. Jung, *Briefwechsel*, hg. v. William McGuire u. Wolfgang Sauerländer, S. Fischer Verlag, Frankfurt am Main 1974).
- *Schriften* (Sabina Spielrein, *Ausgewählte Schriften*, hg. v. Günter Bose und Erich Brinkmann, Verlag Brinkmann & Bose, Berlin 1986).

Spuren I

9 *In den* ... (*Spielrein*, S. 77). *Es war* ... (Ebenda, S. 76/77).
10 *Prof. Freud* ... (Ebenda, S. 77).
12 *ein Mädchen* ... (Ebenda, S. 78/79). *Groß und Spielrein* ... (*Briefwechsel*, S. 253).
16 *Er ist* ... (Ebenda, S. 173).
17 *Jetzt liegt* ... (Ebenda, S. 253).
18 *Heute hat* ... (*Spielrein*, S. 132).
34 *Wien!* ... (Ebenda, S. 76/77). *Sie haben* ... (Ebenda, S. 111/12). *Bitte Fräulein* ... (Ebenda, S. 112).
35 *Sie sind* ... (Ebenda, S. 114).
37 *Mutter sagt* ... (Ebenda, S. 36/37).
42 *Ich bin* ... (Ebenda, S. 36). *ihre Tochter* ... (Ebenda, S. 86).
43 *eine kleine* ... (Ebenda, S. 83). *mir vorerst* ... (Ebenda, S. 109). *Ich stand* ... (Ebenda, S. 89).
44 *Einsicht in* ... (Ebenda, S. 111).
47 *Heute möchte* ... (Ebenda, S. 114). *Den Tyrannen* ... (Ebenda).

Das Traumweltkind

53 *mehr als...* (Minder, S. 102). *Nach den...* (Ebenda, S. 104).
73 *man könnte...* (Ebenda, S. 100).
79 *Wenn ich...* (Ebenda, S. 101).

Der Schattengeliebte

123 *Heute abend...* (Minder, S. 98/99).
124 *Giebt als...* (Ebenda, S. 99).
127 *Mein Urgrossvater...* (Spielrein, S. 54). *Der Grossvater...* (Ebenda, S. 55). *Bezeichnend ist...* (Ebenda).
129 *Pat. leidet...* (Minder, S. 101).
130 *wie die...* (Spielrein, S. 35).
133 *ich möchte...* (Minder, S. 106).
134 *Eine Rückkehr...* (Ebenda, S. 115).
139 *ihre contra...* (Ebenda, S. 106). *verstimmt, beklagt...* (Ebenda, S. 108). *wenn ich...* (Ebenda, S. 107).
140 *Letzter Wille* (Ebenda, S. 111).
143 *Mit der...* (Ebenda, S. 108). *Zustand...* (Ebenda.)
153 *Nachts starke...* (Ebenda, S. 109). *Die Patientin...* (Ebenda, S. 116)... *Sehr geehrte...* (Ebenda, S. 117).
154 *ans Marschieren...* (Ebenda). *Wir möchten...* (Ebenda, S. 118). *sie merkt...* (Ebenda, S. 110).
158 *von einer...* (Ebenda, S. 121).
160 *Morgen also...* (Schriften, S. 215). *Fräulein Sabina...* (Minder, S. 118).
161 *Mit den...* (Schriften, S. 215). *Fräulein Sabina...* (Minder, S. 118/19).

Spuren III

169 *Als wir...* (Minder, S. 120).
174 *Ich habe...* (Ebenda, S. 122).
177 *Frl. Spielrein...* (Briefwechsel, S. 265). *Ich habe...* (Ebenda, S. 262). *die uebrigen...* (Spielrein, S. 133.)
179 *3.-4. Lebensjahr...* (Briefwechsel, S. 7).
180 *Sehr geehrter...* (Ebenda, S. 8/9).

181 *einem Wesen* ... (Ebenda, S. 79/80).
182 *Ich schreibe* ... (Ebenda, S. 82). *Sie machte* ... (Ebenda, S. 229/30). *Von jener* ... (Ebenda, S. 233).
183 *Denn meinem* ... (Ebenda, S. 235). *Sie hatte* ... (Ebenda, S. 252). *Solche Erfahrungen* ... (Ebenda, S. 254/55). *außerordentlich weise* ... (Ebenda, S. 259).
184 *in bester* ... (Ebenda, S. 260/61). *Machen Sie* ... (Ebenda, S. 262).
186 *Ist es* ... *(Spielrein, S. 75)*.
188 *Wenn ich* ... *(Schriften, S. 216)*.
190 *Ich habe* ... *(Briefwechsel, S. 268). Fr. T. O.* ... *(Spielrein, S.80)*.
192 *Ach, nein,* ... (Ebenda, S. 37, 39, 41, 43, 57, 53, 67, 68, 78, 78, 46, 54).
196 *Stunden einsamer* ... (Ebenda, S. 38/39).
197 *Neues Zimmer!* ... (Ebenda, S. 71).
198 *Bald 5h* ... (Ebenda, S. 67, 68, 69, 70). *und dieses* ... (Ebenda, S. 70).
199 *Der Vater* ... (Ebenda, S. 70/71). *Nach Russland* ... (Ebenda, S. 70). *und deshalb* ... (Ebenda, S. 72). *dass er* ... (Ebenda, S. 73).
200 *Gut wenigstens* ... (Ebenda, S. 74). *Was willst* ... (Ebenda, S. 75). *Ich habe* ... (Ebenda, S. 106). *an sich* ... (Ebenda, S. 114).
201 *Daß ich* ... (Ebenda, S. 115). *Warum Sie* ... (Ebenda). *Mein persönliches* ... (Ebenda, S. 116). *Es thut* ... (Ebenda, S. 117/18). *Ich kann* ... (Ebenda, S. 118).
202 *Alle wissen* ... (Ebenda, S. 106). *Ich habe* ... (Ebenda, S. 119/20). *Es handelt* ... (Ebenda, S. 120).
203 *die tatsächlich* ... (C.G. Jung, *Zur gegenwärtigen Lage der Psychotherapie*, in: *Zivilisation im Übergang; Gesammelte Werke* v. C. G. Jung, Bd. 10, Olten 1974, S. 190/91).

Die Grenzgängerin

207 *Was geht* ... *(Spielrein, S. 216)*.
208 *Ich stelle* ... (Ebenda, S. 163).
209 *Liebe Frau* ... (Ebenda, S. 126). *aber auf* ... (Ebenda S. 34)
211 *Was hindert* ... (Ebenda, S. 159).
219 *Damit entfällt* ... (Ebenda, S. 125).
220 *Hochgeehrtes Frl* ... (Ebenda, S.109-111).
221 *wählte die* ... (Ebenda, S. 51). *war früher* ... (Ebenda, S. 49f.).
222 *Augen glänzten* ... (Ebenda). *Ich muss* ... (Ebenda, S. 50).

223 *Diese Nachricht* ... (Ebenda, S. 52). *Im Vorzimmer* ... (Ebenda, S. 47).
224 *man mal* ... (Ebenda, S. 48).
229 *Wenn die* ... (Ebenda, S. 95). *kom(m)t der* ... (Ebenda, S. 101). *Er wollte* ... (Ebenda, S. 44).
230 *Diesmal wird* ... (*Briefwechsel*, S. 486).
231 *meine wissenschaftlichen* ... (*Spielrein*, S. 45).
235 *einzusperren* ... (Ebenda, S. 189/90.) *Jemandem Leiden* ... (Ebenda, S. 129f., 133). *hilf mir* ... (Ebenda, S. 75). *Wann ist* ... (Ebenda, S. 73).
236 *Liebes!* (Ebenda, S. 132/33).
237 *Er hatte* ... (*Erinnerungen, Träume, Gedanken von C. G. Jung. Aufgezeichnet u. herausgegeben v. Aniela Jaffé. Olten u. Freiburg i.Breisgau 1984*. S. 170).
238 *Mein Buch* ... (Ebenda, S. 171).
239 *Ich habe* ... (*Spielrein*, S. 177). *Ströme von* ... (*Erinnerungen*, S. 179). *schrieb die* ... (Ebenda, S. 181). *mich mit* ... (Ebenda, S. 183).
242 *das infantile* ... (*Spielrein*, S. 120). *von jedem* ... (Ebenda, S. 118).
243 *Wir sind* ... (Ebenda, S. 118). *weil Dr. Jung* ... (Ebenda, S. 102). *daß ihm* ... (Ebenda, S. 114). *Bis zu* ... (Ebenda, S. 56/57).
244 *ein schwarzes* ... (Ebenda, S. 98/99).
246 *Ich, hingegen* ... (Ebenda, S. 84).
252 *So sagt* ... (Ebenda, S. 180).
257 *das Siegfriedsymbol* ... (Ebenda, S. 213).
258 *Theil der* ... (Ebenda, S. 213f.). *Sie machen* ... (Ebenda, S. 173). *Es ist* ... (Ebenda, S. 171). *Wenn nun* ... (Ebenda, S. 172).
259 *grossen arysch-* ... (Ebenda, S. 178). *eine schicksals* ... (Ebenda, S. 217).

Solo mit E.

262 »Eitingon war ...« (Alexander Etkind. *Eros des Unmöglichen. Die Geschichte der Psychoanalyse in Rußland*. Leipzig 1996. S. 305). »Dieser Mensch ...« (Ebenda).
263 »Ich halte ...« (*Briefwechsel*, S. 99).
265 »Durch viele ...« (Etkind, S. 306f.). »Jeder Pfennig ...« (Ebenda, S. 308). »In den ...« (Ebenda, S. 287) »Mein wirklicher ...« (Ebenda).

266 »Ich sage ...« (Ebenda, S. 307). »Zum Ausgleich ...« (Ebenda, S. 288).
267 »Die Kombination ...« (Ebenda).
268 »Eitingon ist ...« (Perry Meisel, Walter Kendrich (Hg.), *Kultur und Psychoanalyse in Bloomsbury und Berlin. Die Briefe von James und Alix Strachey 1924-1925*. Stuttgart 1995, S. 216). »Schestows Berlinbesuche ...« (Etkind, S. 316).
269 »unser bisheriges ...« (Ebenda, S. 307). »das ganze ...« (Anna Freud an Lou Andreas-Salomé, 17. 12. 1922). »Dadurch habe ...« (Meisel/Kendrich, S. 229).
271 »Sagen Sie ...« (Etkind, S. 317/18). »Diese Russen ...« (Hanns Sachs, *Freud: Meister und Freund*. Frankfurt a. M., Berlin, Wien, 1982, S. 97f.).

Spuren IV

283 *der längst* ... (*Spielrein*, S. 186).
285 *Wie gefällt* ... (Ebenda, S. 186/ 87).
297 *Leben gelingen* ... (Ebenda, S. 256). *Quäle Dich* ... (Ebenda, S. 259).
302 *der Arzt* ... (Ebenda, S. 55).
303 *Mit ihm* ... (Ebenda, S. 66).
304 *Und mein* ... (Ebenda, S. 66/67).
320 *Ich trotze* ... (Ebenda, S. 74).
321 *der starb* ... (Ebenda, S. 54). *Die toten kamen* ... (*Erinnerungen*, a.a.O., S. 389). *Die toten standen* ... (Ebenda, S. 391). *Den Körper* ... (Minder, S. 111). *Klein und* ... (*Erinnerungen*, S. 397). *schreiben Sie* ... (Minder, S. 111).

Die in den Dokumenten I-V dieses Kapitels aufgeführten Daten und Fakten sind J. W. Mowschowitsch История трагической жизни Сабины Шпильрейн (*Die tragische Geschichte der Sabina Spielrein*), Rostow am Don: Mini Tajp, 2004 mit freundlicher Genehmigung des Autors entnommen. Die Übersetzung aus dem Russischen folgt, der besseren Lesbarkeit willen, der Duden-Transkription.
Der Abdruck der Zitate aus den Tagebüchern und Briefen Sabina Spielreins (*Sabina Spielrein, Tagebuch und Briefe, Die Frau zwischen*

Jung und Freud, hg. v. Traute Hensch, Gießen 2003) erfolgte mit freundlicher Genehmigung des Psychosozialverlags, Gießen. Orthographie und Interpunktion wurden teilweise, ohne jedoch in Spielreins stilistische Eigenheiten einzugreifen, stillschweigend korrigiert.

Abdruck der Zitate aus Briefen Sigmund Freuds an C. G. Jung *(Sigmund Freud / C.G. Jung, Briefwechsel*, hg. v. William McGuire u. Wolfgang Sauerländer, Frankfurt am Main 1974) mit freundlicher Genehmigung des S. Fischer Verlags, Frankfurt am Main, sowie der Zitate aus den Briefen von Alix an James Strachey (Perry Meisel, Walter Kendrich (Hg.), *Kultur und Psychoanalyse in Bloomsbury und Berlin. Die Briefe von James und Alix Strachey 1924-1925*, Stuttgart 1995) mit freundlicher Genehmigung des Verlags Internationale Psychoanalyse, Stuttgart.

Zitate aus Briefen C. G. Jungs an Sigmund Freud *(Sigmund Freud / C. G. Jung, Briefwechsel*, hg. v. William McGuire u. Wolfgang Sauerländer, Frankfurt am Main 1974) und an Sabina Spielrein *(Sabina Spielrein, Tagebuch und Briefe, Die Frau zwischen Jung und Freud*, hg. v. Traute Hensch, Gießen 2003) sowie aus C. G. Jung, *Gesammelte Werke*, Bd. 10 (Olten 1974) und *Erinnerungen, Träume, Gedanken von C.G. Jung*. Aufgezeichnet u. herausgegeben v. Aniela Jaffé (Olten u. Freiburg i. Breisgau 1984) © Erbengemeinschaft C. G. Jung, Abdruck mit freundlicher Genehmigung.

Auf Wunsch der Erbengemeinschaft C. G. Jung sei an dieser Stelle nochmals darauf hingewiesen, daß *Die russische Patientin* ein Roman ist, »dessen Thema zwar durch historische Fakten angeregt, im übrigen aber durch die literarische Imagination der Autorin frei gestaltet wurde«.

Dank

Mein Dank gilt Prof. Dr. Jewgeni Weniaminowitsch Mowschowitsch (Rostow am Don), der mir großzügig seine Arbeit zu Sabina Spielrein История трагической жизни Сабины Шпильрейн überlassen hat und daraus zu zitieren gestattete, sowie Prof. Dr. Ekkehard Buchhofer (Kiel), Sabine Cassens und Ludger M. Hermanns (Karl-Abraham-Institut, Berlin), Prof. Dr. Annelore Engel (Kiel), Dr. Albrecht Götz von Olenhusen (Freiburg i. Breisgau), Dr. Gottfried Heuer (London), Dr. Max von Hilgers (Rostow am Don/Berlin), Chris Hirte (Berlin), Dr. Heide Hollmer (Kiel), Dr. Dunja Kary (Bordesholm), Dr. Kornelia Küchmeister (Kiel), Prof. Dr. Zvi Lothane (New York), Prof. Dr. Alexander Luxemburg (Rostow am Don), Dipl. Psych. Viktor Nikolajew (Rostow am Don), Dr. Doris Schmidt (Berlin), Sophie Templer-Kuh (Berlin), Sergej Uljanitzki (Rostow am Don), Dr. Annatina Wieser (Zürich) – und meinem Mann.

Berlin, im Herbst 2005　　　　　　　　　　　　　　　　Bärbel Reetz

Inhalt

Spuren I
9
Das Traumweltkind
51

Spuren II
83
Der Schattengeliebte
122

Spuren III
169
Die Grenzgängerin
206
Solo mit E. – Eine Irritation
261

Spuren IV
279